Karen Hamilton

PERFECT GIRLFRIEND –
Du kannst ihr nicht entkommen

Autorin

Karen Hamilton verbrachte ihre Kindheit in Angola, Zimbabwe, Belgien und Italien und hat viele Jahre als Flugbegleiterin gearbeitet. Sie ist Absolventin der Faber Academy und lebt inzwischen mit ihrem Mann, einem Piloten, in Hampshire. Ihr Fernweh kompensiert sie, indem sie die Welt durch ihr Schreiben erforscht.

Karen Hamilton

PERFECT GIRLFRIEND

Du kannst ihr nicht entkommen

Roman

Deutsch von Christoph Göhler

blanvalet

Die Originalausgabe erschien 2018 unter dem Titel
»The Perfect Girlfriend« bei WILDFIRE,
an imprint of HEADLINE PUBLISHING GROUP, London.

Dieser Roman ist unter dem Titel »Perfect Girlfriend – Du weißt, du liebst mich« bei Blanvalet als Paperback erschienen.

Dieses Buch ist auch als E-Book erhältlich.

FSC
www.fsc.org
MIX
Papier aus verantwortungsvollen Quellen
FSC® C014496

Verlagsgruppe Random House FSC® N001967

1. Auflage

Redaktion: René Stein
Umschlaggestaltung: © www.buerosued.de
Umschlagmotiv: © Yolande Sutton Photography/Moment/
Getty Images
JaB · Herstellung: wag
Satz: Uhl + Massopust, Aalen
Druck und Bindung: GGP Media GmbH, Pößneck
Printed in Germany
ISBN 978-3-7341-0556-2

www.blanvalet.de

Für A, A, O & E

PROLOG

Juli 2000

Ich blicke nach unten und sehe zwei Paar Füße baumeln. Meine Schuhe, weißgelbe Sandalen, sind mit Margeriten besetzt. Seine sind schlammbraun mit Klettverschluss und haben einen dunkelblauen Traktor auf beiden Seiten. Die Socken passen nicht zueinander; nie finde ich zwei gleiche. Die eine ist dunkelrot, die andere schwarz. Und sie sind zu eng – schon jetzt hat das Rippenmuster auf seinen Waden, knapp über dem Bund, einen Ring aus winzigen Vertiefungen gebildet. Er tritt gegen die Mauerkante. Rums, rums. Rums, rums. Der Lärm prallt von den vier Seitenwänden ab. Weiter unten flitzen Wasserläufer über das stehende, trübe Wasser, unter dem sich, wie ich weiß, ein gefliester Delfin in Silber- und Blautönen verbirgt, der genau identisch ist mit dem Delfin, der auf dem freiliegenden Bodenstück am flachen Ende zu sehen ist. Knapp über der Wasseroberfläche kleben Strähnen aus dünnem Schleim an dem steil abfallenden Beckenboden.

Die Sonne brennt; schon breitet sich die Röte auf seinen Wangen aus, und Flecken bilden sich auf seiner Nasenspitze. Er sollte einen Hut tragen. Jeder weiß, dass kleine Kinder nicht ohne Hut oder starken UV-Schutz in die Sonne gehen sollten, aber ich konnte weder das eine noch das andere finden, als heute Morgen der Befehl kam, augenblicklich »an die frische Luft!« zu gehen. Immerhin haben wir genug für ein Picknick dabei, das ich schon am frühen Vormittag vorbereitet hatte. Das von mir schief und krumm geschnittene Weißbrot schmeckte ein bisschen schal, darum habe ich es besonders dick mit Frischkäse bestrichen. Außerdem haben wir Chips dabei, und so löse ich, nachdem ich die Tragetasche glattgestrichen und als improvisierte Picknickdecke auf den Betonfliesen am Beckenrand ausgebreitet habe, die Brotdreiecke voneinander ab und lege ein paar Chips dazwischen, bevor ich sie wieder akkurat zusammenklappe.

Ein Fehler.

Er bricht in Tränen aus. »Ich mag keine Chips in meinem Sandwich!«

»Das hättest du früher sagen sollen.«

Seine Schreie vibrieren in meinen Ohren. Mir dreht sich der Magen um. Ich fasse ihn unter den Armen und ziehe ihn vom Rand weg. Hastig zupfe ich die Chips wieder heraus und lasse sie zurück in die Tüte fallen. Aber auch das ist ein Fehler – weil kaum sichtbare Überreste von hellem Käse daran kleben bleiben. Ich setze mich ihm im Schneidersitz gegenüber.

»Dann iss eben ein paar Trauben!«

Er hält inne und starrt mich durch halb gebildete Tränen an, die sich in seinen geröteten Augen sammeln.

Unsere Mutter sieht es nicht gern, wenn er Trauben isst, die nicht halbiert oder geviertelt wurden, weil er sich daran verschlucken könnte, aber ich habe nicht daran gedacht, ein Messer einzustecken. Ich könnte sie mit den Zähnen teilen, aber ich möchte nichts Süßes vor meinem Sandwich schmecken. Außerdem weiß unsere Mutter nicht mal die Hälfte von dem, was er so treibt, und ganz im Ernst, ein paar Trauben am Stück in den Mund zu nehmen steht weit, weit unten auf der Liste der Gefahren, vor denen ich ihn schon bewahrt habe.

»Iss ein paar hiervon«, wiederhole ich gelassener, als ich mich fühle. »Es sind rote. Deine Lieblingstrauben.« Ich zupfe mit Zeigefinger und Daumen ein paar Früchte ab und reiche sie ihm.

Er packt sie mit beiden Händen, steckt sie nacheinander in den Mund und beißt mit aller Kraft zu. Saft rinnt über sein Kinn.

Erleichterung. Je älter er wird, desto schwieriger ist er zufriedenzustellen. Er lässt kaum noch mit sich reden und verlangt alles, was er sich gerade in den Kopf gesetzt hat.

Ich beiße in mein Sandwich und matsche dabei die Chips in den Teig. Eine Brise streicht ganz sanft – fast als wüsste sie, dass sie an einem so strahlenden Tag unerwünscht ist – über meine Arme und Beine und löst sich dann auf. Stille.

»Mehr!«

»Bitte.«

Er zieht die Stirn in Falten.

Während ich weitere Trauben abzupfe, rätsele ich, was das Mädchen von nebenan wohl gerade tut. Sie ist elf, fast ein Jahr älter als ich. Eis essen? Ihre Füße in den weichen Sand wühlen? Sie hat mich eingeladen, mit ihrer Familie an den Strand zu fahren, doch ich muss heute auf einen Vierjährigen aufpassen, darum lautete die Antwort Nein.

Ich atme kräftigen Lavendelduft ein. In der Nähe summen Bienen. Nicht allzu weit von uns entfernt erwacht brummend ein Rasenmäher zum Leben. Ich drehe mich um, falls es der Chefgärtner ist, der mich immer anlächelt und mir sagt, dass mein Gesicht so hübsch sei. Ich krümme eine Hand über den Brauen zusammen, forme einen Schirm und kneife die Augen zusammen. Mit Mühe kann ich den Umriss eines Mannes im Overall ausmachen, aber sein Gesicht liegt unter einem Fischerhut aus Jeansstoff verborgen.

»Ich hab Durst!«

»Wir haben kein Wasser, du wirst etwas hiervon trinken müssen.«

Ich mache eine Limonadendose auf. Eigentlich darf er keine Sprudelgetränke und nichts allzu Süßes trinken. Es gibt so viele Regeln für ihn, dass ich manchmal nicht weiß, ob ich lachen oder weinen soll – ob ich mich freuen soll, dass sie sich um ihn sorgt, oder ob ich einfach nur sauer sein soll. So fühle ich mich oft … Manchmal weiß ich einfach nicht, was ich in bestimmten Situationen empfinden soll.

Er verzieht das Gesicht, weil die Limo in seinem Mund blubbert. Aber offenbar ist er wirklich durstig, denn er macht keinen Ärger. Er sieht richtig süß aus mit seinem zerknautschten Gesicht, und ein paar Sekunden wird mir fast warm ums Herz. Aber dann lässt er die Dose fallen. Klappernd kippt sie um, die Limo läuft aus, während die Dose über die Kante rollt. Sie schlägt so leise auf dem Wasser auf, dass ich das Klatschen kaum höre. Wir beugen uns beide vor und spähen nach unten.

»Jetzt haben die Frösche und Fische auch was zu trinken«, erkläre ich fröhlich, wobei ich die Arme ausstrecke und ihn an mich ziehen will.

Seine Arme sind stark, sein Druck energisch. »Nein! Ich will meine Dose wiederhaben!«

Ich kann den Gedanken nicht ertragen. Ich kann den Gedanken an sein Geschrei nicht ertragen; es durchbohrt mich, bis ich mir nur noch die Ohren zuhalten und selbst schreien möchte.

»Dann geh los und such einen langen Stock!«, herrsche ich ihn eilig an.

Er steht auf und rennt eifrig an dem Lavendel vorbei zu den Stämmen der großen Eichen.

Als Letztes rufe ich ihm hinterher: »Du brauchst aber einen richtig langen!«

Ich lasse die Beine wieder über die Kante baumeln, lege mich auf den Rücken und schließe für ein paar Sekunden in gesegneter Stille die Augen. Durch den Baumwollrock hindurch spüre ich unter meinen Schenkeln die warmen Betonfliesen, während die obere Hälfte meines Körpers im Gras liegt. Es kitzelt mich am Hals. Ich höre, wie der Rasenmäher immer weiter wegwandert. Trägheit packt mich, und ich atme tief die Sommerluft ein, bevor ich mir vorstelle, dass ich keinen Beton und kein Gras unter mir spüre – sondern Sand.

Die Wirklichkeit schleicht sich in meine Gedanken und wieder heraus. Ich meine ein Platschen zu hören wie von einer Möwe, die einen arglosen Fisch erwischt hat.

Dann nichts mehr.

Ich setze mich abrupt auf, verschlafen, desorientiert. Ich schaue mich um, schaue nach unten.

Ich renne los, ich klettere, ich strecke mich, ich packe, ich ziehe.

Aber vergeblich, denn Will ist nicht da. Er ist nicht da, weil er totenstill ist. Irgendwo tief in mir trennt sich etwas ab, bevor es sich ganz auflöst.

Seit diesem Tag versteht sich mein Geist exzellent darauf, mich an einen sicheren Ort zu versetzen, wenn es nötig wird.

1

Heute

Ich lege fuchsienroten Lippenstift auf und vervollständige damit meine Transformation. Alle exzellenten Ideen erscheinen unglaublich naheliegend – *nachdem* sie einem erst eingefallen sind. Das Gesicht in dem wasserbesprenkelten Spiegel ist das einer Frau mit starkem Make-up und dunkelbraunem Haar, aber mit meinen Augen. Das Halstuch aus Polyester kratzt, und obwohl es ein ungewohntes Gefühl ist, eine Uniform zu tragen, erlaubt es mir der gestärkte Hosenanzug mit den Achtzigerjahre-Schulterpolstern, mich in eine anonyme Flugbegleiterin zu verwandeln. Meine Miene ist neutral und professionell, ruhig und beherrscht. Ein neues Jahr, ein neues Ich.

Amy rümpft neben mir im Spiegel die Nase. »Der Gestank hier drin erinnert mich an die Schule.«

Ich rümpfe ebenfalls die Nase. »Das billige Klopapier und das elende Wassertröpfeln machen es nicht besser.«

Wir halten lauschend ein, zwei Sekunden inne.

Sie sieht kurz auf die Uhr. »Wir sollten los, schließlich wollen wir keinen schlechten Eindruck machen.«

Ich folge ihr nach draußen. Ihr rotbraunes Haar hat sie zu einem so festen Dutt verwebt, dass er schon künstlich aussieht. Ihr blumiges Parfüm wirkt unaufdringlich. Meins ist zu kräftig, der schwere Duft kitzelt schon den ganzen Morgen in meiner Nase. Als wir zu den anderen achtzehn Trainees stoßen, die alle zurück in den Unterrichtsraum wollen, erhebt Brian, einer unserer Trainer, mahnend die offene Hand.

»Ähem.«

Es wird still. Ich frage mich, ob ich hier die Einzige bin, die ständig laut schreien möchte, denn mal ernsthaft: Wie schwer kann dieser Job schon sein? So wie ich es sehe, muss ich nur pünktlich zur Arbeit erscheinen, abheben, ein Tablett mit Essen austeilen, es wieder einsammeln, vielleicht hier und da noch ein Getränk, und damit ist meine Arbeit erledigt. Ich nehme doch an, dass die Passagiere in der Lage sind, sich nach der Fütterung selbst mit dem eingebauten Unterhaltungs-System zu unterhalten. Nach der Landung werde ich, so stelle ich es mir vor, reichlich Zeit haben, an einem Hotelpool zu chillen oder die Märkte der Umgebung zu erforschen.

Ich merke, dass Brian immer noch spricht, also zwinge ich mich, ihm zuzuhören.

»… brauchen sich gar nicht erst zu setzen, denn wir gehen gleich in den Simulationsbereich und werden uns dort das Trainings-Equipment ansehen.«

Wir trippeln wieder nach draußen und versammeln uns im Korridor, bevor wir von Brians Komplizin Dawn weitergescheucht werden. Wir folgen ihr nach unten und durch den zentralen Empfangsbereich. Dawn hackt einen Code in ein Tastenfeld, dann betreten wir einen kleinen Raum. An den Wänden sind Haken, an denen Unmengen von schmutzig aussehenden Overalls hängen.

»Bitte hören Sie gut zu. Ziehen Sie jetzt bitte alle einen Overall über Ihre Uniform. Stellen Sie Ihre Schuhe auf den Regalen darunter ab, und streifen Sie die weißen Fußschützer über.«

Ich erstarre. Alle außer mir nehmen schon die Overalls von den Haken und schauen die jeweilige Größe nach. Gott, das schaffe ich einfach nicht. Sie sind eklig. Sie sehen aus, als wären sie zum letzten Mal … nein, noch nie gewaschen worden.

»Juliette? Gibt es ein Problem?« Brians Miene zeigt übertriebene Fürsorge.

»Nein. Kein Problem.« Ich lächle.

Er wendet mir den Rücken zu. »Also, meine Damen, diejenigen unter Ihnen, die einen Rock tragen, sollten sich vergewissern, dass ihre Beine komplett bedeckt sind. Einige Teile in unserem Equipment haben Klettverschlüsse, die jede Strumpfhose ruinieren.«

Scheiße. Ich werde nicht darum herumkommen. Ich greife mir einen Overall, steige ein, schiebe die Arme in die Ärmel, dann schließe ich die Knöpfe. Keine Ahnung, warum ich mir die Mühe gemacht habe, mein Kostüm reinigen zu lassen. In dem sackartigen Overall mit den Elastikbünden um meine Knöchel sehe ich aus wie eine Lachnummer. Mir fehlt nur noch eine Atemschutzmaske, dann könnte man meinen, ich wollte an einem Tatort Spuren sichern. Selbst Amy sieht nicht ganz so makellos aus wie sonst.

»Das wird lustig«, flüstere ich ihr leise zu.

Sie strahlt. »Ich bin schon so gespannt auf die Praxisübungen. Davon habe ich schon als kleines Mädchen geträumt.«

»Im Ernst?«

Wieso sollte irgendein Kind davon träumen, Kellnerin zu werden, wenn auch eine fliegende? Als ich noch jung war, hatte ich Pläne. Große Pläne. Richtige Pläne.

»Wir warten nur noch auf Sie, Juliette.« Brian hält eine Tür auf.

Er geht mir jetzt schon auf die Nerven, und ich muss ihn noch weitere fünf Wochen ertragen. Ich folge ihm in eine riesige Lagerhalle, wo Fragmente von verschiedenen Flugzeugtypen aufgebaut sind; zum Teil ebenerdig, zum Teil auf erhöhten, über Treppen erreichbaren Plattformen. Wir holen die anderen auf ihrem Weg durch das Gebäude ein, als plötzlich die vordere Tür eines Flugzeugs aufplatzt und mehrere Menschen in Overalls herauspurzeln, eine Rutsche hinunter. Ein uniformierter Crew-Mitarbeiter bedient die Tür und bellt über dem schrillenden Alarm Anweisungen: »Springen! Springen!«

Wir eilen vorbei, bis Dawn und Brian neben einer aufgeblasenen, silbriggrauen Masse anhalten, die etwas von einer Kinderhüpfburg hat. Es ist eine als Floß verwendbare Notrutsche. »Also, bevor wir das Slide-Raft besteigen, werde ich Ihnen das Überlebens-Equipment erklären. Eine Notlandung auf Wasser wird als ›Wasserung‹ bezeichnet …«

Ich blende mich aus, und Brians Stimme verschwimmt im Hintergrund. Ich kenne die Statistiken. Sie können behaupten, was sie wollen, aber die Chancen, einen Flugzeugabsturz auf dem Wasser zu überleben, stehen nicht gut.

Um Punkt fünf Uhr werden wir durch den gesicherten Eingangsbereich wieder in die echte Welt entlassen, auf den Flughafenzubringer. Das Röhren der tieffliegenden Flugzeuge und der hektische Verkehr wirken im ersten Moment desorientierend. Ich atme kalte, klare Luft ein. Beim Ausatmen steht eine Dampfwolke vor meinem Mund. Die Gruppe teilt sich in jene auf, die zum Parkplatz gehen, und den Rest, der nach Hatton Cross aufbricht. Ich höre dem angeregten Geplapper nur mit halbem Ohr zu. Dann teilt sich die Gruppe erneut; wer zum Bus muss, biegt vorher ab, während wir übrigen, Amy eingeschlossen, im U-Bahnhof verschwinden. Ich gehe neben ihr her, während wir den Bahnsteig ansteuern.

»Heute nicht den Zug nach Westen?«, fragt sie. »Ich dachte, der Zug nach Reading fährt von Heathrow ab?«

Ich zögere. »Ich besuche noch eine Freundin. In Richmond.«

»Du hast eindeutig mehr Energie als ich. Ich bin hundemüde, ich glaube nicht, dass ich auch nur den Gedanken ertragen könnte, heute Abend auszugehen. Und ich will meine Unterlagen durchgehen.«

»Es ist Freitag«, bemerke ich, nicht ohne einen gewissen Unterton in der Stimme.

»Mag sein, aber ich will alles wiederholen, solange es noch frisch ist«, sagt Amy.

»Sehr gut. Dann weiß ich schon, neben wem ich in der Prüfung sitzen muss.« Ich lächle.

Amy lacht.

Ich tue so, als würde ich mitlachen, dann starre ich aus dem Fenster; das Licht im Zug spiegelt uns in die Dunkelheit draußen.

Amy steigt in Boston Manor aus. Ich winke ihr nach und schaue zu, wie sie zu der Treppe am Ausgang schreitet, aufrecht und stolz in ihrer Uniform.

In Hammersmith steige ich um und bin danach die einzige Uniformierte unter den Fahrgästen. Ich steige in Richmond aus, überquere die Straße und ziehe den Mantel fester um mich. Die Tasche schneidet mir in die rechte Schulter, während ich die vertraute Seitenstraße ansteuere, wo das Klicken meiner Absätze bei jedem zielstrebigen Schritt von den Wänden widerhallt. Ich umgehe eine zerbrochene Flasche und steuere den Rand des Greens an. Vor einem zurückgesetzt stehenden, alten Mehrfamilienhaus halte ich inne, lehne mich an den Zaun und ziehe meine hochhackigen Schuhe aus, um sie gegen Ballerinas zu wechseln. Ich schlage die Mantelkapuze hoch und lasse sie in meine Stirn fallen, bevor ich durch den Vorgarten zur Haustür gehe. Mein Schlüssel gleitet ins Schloss. Ich trete ein, lausche.

Stille.

Ich steige die Treppe in den dritten und obersten Stock hoch und schließe die Tür zu Wohnung 3B auf. Sobald ich eingetreten bin, bleibe ich stehen und atme den angenehmen Duft von Heimat ein.

Mir genügt das Leuchten des Aquariums, ich brauche kein Licht zu machen. Ich lasse mich auf das Sofa sinken und hole die Anziehsachen aus meiner Tasche. Dann ziehe ich mich aus, falte sorgfältig die Uniform zusammen und wechsele in schwarze Jeans und einen Pullover. Mit meinem Handy als Taschenlampe tappe ich barfuß in die Küche und ziehe den Kühlschrank auf. Wie immer ist er praktisch leer bis auf etwas Bier, ein paar Chilis und ein Käsemakkaroni-Fertiggericht für eine Person. Ich lächle.

Auf dem Rückweg zum Wohnzimmer riskiere ich es, eine Stehlampe einzuschalten, und hole aus meiner Tasche ein

Foto, das ich auf den Kaminsims stelle. In einer idealen Welt wäre es gerahmt, aber ich habe es gern bei mir, damit ich es immer anschauen kann, wenn mir danach ist. Auf dem Bild stehe ich glücklich lächelnd neben Nate, meinem zukünftigen Ehemann. Ich falte meine Uniform über meinen linken Arm und gehe weiter ins Schlafzimmer. Als Nächstes lege ich Hose, Bluse und Jacke aufs Bett und beuge mich vor, um mein Gesicht in seinem Kissen zu vergraben. Ich atme tief ein, ehe ich den Kopf wieder hebe und den Strahl der Handytaschenlampe durch das Zimmer wandern lasse. Nichts hat sich verändert, seit ich zuletzt hier war. Gut.

Als ich die verspiegelte Schiebetür vor dem Kleiderschrank zurückrolle, blitzt mir der Strahl meines Taschenlampenlichts ins Gesicht. Ich blinzele, bis sich meine Augen wieder an die Dunkelheit angepasst haben. Nates Ersatz-Pilotenuniform, seine Sakkos, Hemden und Hosen hängen alle ordentlich nebeneinander, allerdings nicht so ordentlich, wie ich sie aufhängen kann. Ich richte sie exakt aus, sodass immer etwa drei Zentimeter Abstand bleiben. Nur eine Lücke lasse ich, dort kommt meine Uniform hin, gleich neben seine. So wie es sein sollte. Ich trete zurück und bewundere mein Werk. Das Licht fängt sich in dem Goldemblem auf seiner Mütze. Ich schiebe die Tür wieder zu.

Mein letzter Stopp ist jedes Mal das Bad. Ich werfe einen Blick in den Medizinschrank. Er muss kürzlich eine Erkältung gehabt haben, denn der Menthol-Inhalator und der Hustensaft sind neu.

Schließlich kehre ich ins Wohnzimmer zurück und nehme mir einen Apfel aus der Obstschale. Ich presse die Stirn gegen das Wohnzimmerfenster und knabbere winzige Bissen ab, während ich nach unten schaue. Es ist niemand zu sehen. Die Rushhour ist vorbei, vermutlich sind die meisten Menschen inzwischen zu Hause und machen es sich gemütlich. Im Gegensatz zu mir. Ich halte mich in den Randbezirken meines Lebens auf.

Und warte. Das ist meine Hauptbeschäftigung, warten. Und nachdenken …

Ich weiß so vieles über Nate: dass er gern Ski fährt und immer frisch riecht; der Duft der Zitrusseife haftet seiner Haut an. Ich weiß, dass er gern noch vor Mitte dreißig zum Kapitän befördert werden würde.

Auch seinen familiären Hintergrund kenne ich auswendig: Ich weiß von den Kindheitsurlauben in Marbella, Nizza, Verbier und Whistler; den Tennis-, Reit- und Cricketstunden; der Missbilligung seines Vaters, als Nate nicht in dessen Fußstapfen treten und Investmentbanker werden wollte, sondern stattdessen seinen Traum von einer Karriere als Pilot wahr machte.

Seine jüngere Schwester vergöttert ihn, aber mich kann sie nicht leiden.

Von seinen Fotos auf Facebook und anderen Seiten weiß ich, dass er mal zum Friseur müsste; die blonden Locken reichen ihm inzwischen fast bis auf den Kragen.

Aber vor allem weiß ich, dass er im Innersten immer noch Gefühle für mich hegt. Nate wurde nur von vorübergehender Bindungsangst befallen. Auch wenn ich damals am Boden zerstört war, begreife ich manche Zusammenhänge inzwischen besser. Darum wird sich alles wie von selbst zusammenfügen, wenn erst der Zeitpunkt gekommen ist, ihm zu eröffnen, dass ich inzwischen für dieselbe Fluglinie arbeite wie er – wenn er erst zu schätzen weiß, was ich alles auf mich genommen habe, um *uns* zu retten.

Bis dahin muss ich Geduld bewahren, was allerdings äußerst schwierig ist. Immer wenn ich ein neues Bild von ihm auf Facebook sehe, bringe ich danach tagelang kaum einen Bissen hinunter.

Mein Handyalarm ermahnt mich, dass es Zeit ist zu gehen. Ich musste mich erst darauf trainieren, ihn zu stellen, denn wenn ich eines erkannt habe: Einmal, ein einziges Mal kommt man praktisch mit allem durch. Auch zweimal. Und ehe man sichs versieht, geht man immer größere Risiken ein. Die Zeit verfliegt wie im Rausch und wird in immer kleinere Schnitze zerteilt. Ich prüfe kurz, ob Nates Flug aus Chicago schon gelandet ist. Das ist er – sogar fünf Minuten zu früh. Ich eile zu meiner Tasche und nestele daran herum, wickele meinen Apfelbutzen in ein Papiertaschentuch und ziehe ein Päckchen mit Mini-Schokomuffins heraus. Nates Lieblingsmuffins. Eine Angewohnheit, die ich einfach nicht ablegen kann – Lebensmittel, die er gern isst, auf meine Einkaufsliste zu setzen. Ich öffne die Tür des Gefrierschranks, und sofort streicht weißes Licht über die Wand. Ich schiebe das Päckchen ganz nach hinten, hinter das Fleisch, das er mit Sicherheit nie auftauen wird, und die Erbsen, die ihn noch weniger interessieren. Lieber würde ich die Muffins irgendwo liegen lassen, wo sie eher auffallen, etwa neben dem Kaffeeautomaten, aber das geht nicht, also muss ich mich hiermit begnügen. Wenn er sie findet, wird er hoffentlich kurz an mich denken. Auf meiner Einkaufsliste standen immer reihenweise Sachen, die er mag. Ich habe nie etwas vergessen.

Ich gehe zurück ins Schlafzimmer und zerre meine Uniform von den Bügeln, die prompt ins Schwingen kommen und klappernd gegen die Rückwand des Schranks schlagen. Wieder im Wohnzimmer, nehme ich das Foto vom Kaminsims und schiebe es widerwillig in meine Tasche. Ich streife meine Ballerinas über und schalte die Stehlampe aus. Die bunten Fische starren mich an, während sie ihre Bahnen ziehen. Einer glotzt besonders neugierig, mit weit aufgerissenem Maul, ein besonders hässlicher. Nate hat ihn Rainbow getauft. Ich habe ihn schon immer gehasst.

Ich schlucke schwer. Ich will noch nicht gehen. Diese Räume sind wie Treibsand, sie verschlingen mich.

Ich nehme meine Tasche und verschwinde, ziehe die Tür leise hinter mir zu, bevor ich zum Bahnhof eile, um den Zug zu meiner Schuhschachtel, der Puppenstube von Wohnung in Reading, zu erwischen. Die Bezeichnung Wohnung hat sie eigentlich nicht verdient, denn jeder Aufenthalt dort fühlt sich an wie in der Abflug-Lounge des Lebens. Wo ich warte und warte, bis das Gate zu meinem wahren Leben wieder öffnet.

2

Ich liege im Bett und rekele mich. Gott sei Dank ist Wochenende. Obwohl die Airline natürlich Tag und Nacht fliegt, folgt unser Training einer gewöhnlichen Arbeitswoche. Heute Abend will ich nach Bournemouth fahren, wo in einem Luxushotel eine Spendengala für eine Kinderorganisation veranstaltet wird. Bei der Gala handelt es sich um eine Auktion, mit Meeresfrüchtebüffet und freier Platzwahl, und ich freue mich schon, selbst wenn ich keine formelle Einladung vorweisen kann. Das ist nicht weiter tragisch, wie ich bei ähnlichen Veranstaltungen gemerkt habe: Solange ich entsprechend aussehe und gekleidet bin und keine ungebührliche Aufmerksamkeit auf mich ziehe (natürlich), stellt man meine Anwesenheit kaum je infrage, und bei Spendengalas spricht doch einiges dafür, dass sie umso gelungener sind, je mehr Gäste anwesend sind.

Ich stehe auf, dusche, ziehe mich um und drücke den Knopf am Kaffeeautomaten. Ich liebe das Geräusch und den Geruch von gemahlenen Bohnen. Wenn ich die Augen schließe, und sei es nur für ein, zwei Sekunden am Tag, kann ich mir vorgaukeln, ich wäre zu Hause. Es sind die kleinen Dinge, die mich vor dem Zusammenbruch bewahren. Bitterkeit umspült meine Zunge, während ich an meinem Espresso nippe. Zwischen zwei Schlucken werfe ich einen Blick auf mein Tablet. Ich scrolle nach unten. Bella, die Veranstalterin des heutigen Abends, postet in einem fort unzählige Bilder von vergangenen Events. Auf den meisten ist sie selbst zu sehen, mit breitem Grinsen, jedes einzeln getönte Haar sitzt akkurat an seinem Platz, und ihr Schmuck, gewöhnlich Gold oder Saphire, sieht teuer, aber niemals protzig aus. Makellos wie immer. Bella versteht es exzellent, Geld für gute Zwecke aufzutreiben, und sie schafft es, dabei wie eine Samariterin zu erscheinen, ohne dass sie sich die Hände schmutzig machen müsste. Eine Party organisieren und mit einem Glas Champagner durchs Gedränge schweben kann jede; doch wer wirklich und wahrhaftig etwas Gutes tun wollte, sollte eher billigen Wein trinken und sich für etwas Unpopuläres hergeben. Doch Bellas hervorstechendes Talent ist es nun mal, sich selbst im Leben fantastisch zur Geltung zu bringen.

Mein Handy vibriert. Eine Nachricht.

Meine Mitbewohnerin hat beschlossen, heute Abend eine Party zu schmeißen. Wenn man schon nicht abhauen kann ... :) Bock? Ich habe noch ein paar Leute aus dem Kurs eingeladen. Amy X

Ich bin hin- und hergerissen. Je mehr Freunde ich bei der Airline finde, desto besser wird es für mich laufen. Und ich brauche unbedingt Freunde. Weil ich für Nate Goldsmith vorübergehend mit meinem eigenen Leben ausgesetzt habe, ist mir kaum jemand von früher geblieben – bis auf die Leute, mit denen ich über soziale Medien in Kontakt bleibe, und dazu eine Handvoll Aussteiger aus meinen Tagen als Statistin beim Film. In Bellas Nähe zu sein hingegen ist wie … wie am Schorf rumpulen. Doch je näher ich ihrer Welt bin, desto wahrscheinlicher ist es, dass etwas von ihrem Glück und ihrer Fortüne auf mich abfärbt. Unentschlossen starre ich auf mein Handy und lausche dabei dem Regen, der draußen vor dem Fenster in die Kanalisation tröpfelt.

Vierzehn Tage, nachdem Nate die Bombe hatte platzen lassen, stand er vor mir, während ich meine Sachen packte.

»Ich habe eine super Wohnung in Reading gefunden und für die nächsten sechs Monate die Miete im Voraus bezahlt. Als Geschenk. Ich fahre dich sogar hin und leite mit dir alles in die Wege, damit du dich dort einrichten kannst.«

»Wieso in Reading?«

»Ich habe dort kurz während meiner Ausbildung gewohnt, es ist ein toller Ort für einen Neuanfang. So voller Leben.«

»Wirklich?«

Er war nicht davon abzubringen, was angesichts der Tatsache, dass er ganz schön knauserig sein kann, schmerzhaft deutlich machte, wie entschlossen er war, mich in die Wüste zu schicken. Wenigstens hatte ihn das Wohnungsprojekt davon abgehalten, weiter darauf zu drängen, dass ich zu meiner gestörten Mutter ziehen sollte. Die Wohnung war schlicht, sauber und enthielt alles Notwendige, um ein freudloses, funktionelles Leben zu führen. Ich betrachtete das Wohnzimmer, in dem wir wie angewurzelt standen, in peinlichem Schweigen. Ich glaube, er wartete darauf, dass ich ihm dankte.

»Adieu, Elizabeth.«

Elizabeth, jetzt mal im Ernst? Was war aus Lily, Babe, Schatz, Süße geworden? Er küsste mich auf die Stirn, verschwand aus der Wohnung und zog die Tür leise hinter sich ins Schloss. Die Stille hallte durch den Raum. Kochend vor Zorn und Scham schaute ich aus dem Fenster und sah, wie im Regenschleier die Heckleuchten seines Autos verschwanden. Ich liebte ihn, und dennoch hatte ich ihn nicht abhalten können, den größten Fehler seines Lebens zu begehen. Er gehörte zu mir. Der Moment, in dem ich mich auf das hart gepolsterte Sofa sinken ließ – und innerlich zusammensackte –, war die Geburtsstunde meines persönlichen Aktionsplans. Elizabeth/Lily würde sich verpuppen, um irgendwann, in einen prächtigen Schmetterling verwandelt, als Juliette – mein zweiter Vorname – aus ihrem Kokon zu krabbeln.

Hmm. Also jetzt … Amy oder Bella? Bella oder Amy? *Ene mene* … Ich greife unter dem Couchtisch nach meiner Handtasche, wühle darin nach dem Geldbeutel, hole eine Münze heraus und werfe sie. Kopf Bella, Zahl Amy. Die Münze tanzt über den Tisch und entscheidet sich für Zahl. Eine der seltenen Gelegenheiten, bei denen Bella gegen jemand anderen verloren hat. Ich antworte Amy: **Komme gern, xxx**

Sie schickt mir ihre Adresse. Das einzige Problem besteht jetzt darin, dass ich noch einen ganzen Tag rumkriegen muss. Mit meinem Look brauche ich mir nun weniger Mühe zu geben, schließlich gehe ich nur zu einer kleinen Hausparty. Der Himmel ist so grau, dass es fast dunkel ist. Ich gehe in meinem winzigen Zimmer auf und ab. Draußen spießen die Strahlen der Autoscheinwerfer die herabschießenden Regentropfen auf. Oder aber ich könnte gleich jetzt nach Richmond fahren. Ich könnte vor Nates Haus sitzen. Er würde nie erfahren, dass ich da bin. Es wäre ein so tröstendes Gefühl, ihm nahe zu sein. Ich dusche, ziehe Jeans und einen schwarzen Pulli an, schnappe mir Sneakers und Mantel und marschiere im Stechschritt zum Bahnhof.

Regen ist für mich ein echtes Gottesgeschenk. Wer hätte nach so vielen verregneten Sommern gedacht, dass ich mich einmal freuen würde, wenn ich, unter einer Kapuze versteckt, unerkannt in irgendwelchen Geschäftseingängen oder Seitengassen ausharren kann. Mutter Natur ist auf meiner Seite. An diesem elenden Tag Ende Januar sind alle Menschen abgelenkt und die Schirme aufgespannt, sie halten die Köpfe gesenkt und die Schultern hochgezogen. Riesenräder aus Wasserfontänen spritzen unter den Autoreifen hervor. Niemand nimmt von mir Notiz.

Nates Wohnzimmerlampen sind an. Höchstwahrscheinlich schaut er gerade die neueste Serie oder einen Film auf Netflix. Ich vermisse ihn. Nicht zum ersten Mal bereue ich mein Verhalten, meine Kapitulation. In einem kurzen Moment der Schwäche überkommt mich der fast unwiderstehliche Drang, über die Straße zu flitzen und seine Tür einzutreten. Doch ich muss nach seinen Regeln spielen, sonst wird er mich nie auf Augenhöhe akzeptieren. Dafür spielen wir dann bei der zweiten Runde zu meinen Bedingungen.

Amys Wohnung liegt über einem Friseursalon. Was nur gut ist, denn würden unter ihr tatsächlich irgendwelche Nachbarn wohnen, hätten die bestimmt längst die Polizei gerufen. Irgendwas wie Ibiza Dance Style wummert nach draußen. Ich drücke auf die Klingel, merke aber gleich darauf, dass die Haustür offensteht, darum trete ich einfach ein. Ich gehe nach oben und in Amys Wohnung. Sie lacht gerade, den Kopf zurückgeworfen, eine Flasche Bier in der

Hand. Ich bleibe kurz stehen. Sie entdeckt mich, kommt auf mich zu und küsst mich einmal auf jede Wange.

»Komm rein! Ich freu mich so, dass du gekommen bist. Das ist meine Mitbewohnerin Hannah«, sie deutet auf eine Frau in der entgegengesetzten Ecke, »und ein paar von den anderen kennst du ja schon … Oliver, Gabrielle …«

Die Namen von Amys restlichen Freunden bleiben mir nur kurz im Gedächtnis: Lucy, Ben, Michelle … Ich lasse es zu, dass mir eine Flasche Bier in die Hand gedrückt wird, obwohl ich es nicht ausstehen kann, aus der Flasche zu trinken. Ab und zu nehme ich einen Schluck, während ich höflich mit Oliver plaudere, was harte Arbeit ist, da er einer der Stillsten in unserem Kurs ist. Schließlich werde ich von Amy gerettet, die wild entschlossen scheint, heute Abend einen draufzumachen. Wir tanzen, Amy flirtet, und der Abend wird richtig nett. Ich habe Amy falsch eingeschätzt. Ich hätte nicht gedacht, dass sie mir von Nutzen sein könnte, aber jetzt nehme ich mir vor, Kontakt mit ihr zu halten und sie besser kennenzulernen. Ich lasse mich in den Augenblick fallen. Ich lache viel. Von Herzen. So habe ich mich nicht mehr amüsiert, seit … ehrlich gesagt, weiß ich es nicht mehr. Aber es muss mit Nate gewesen sein. Versteht sich.

Vor beinahe sieben Monaten war Nate in einem Kapitel meines Lebens erschienen wie in einer Szene aus einer Liebesschnulze. Als ich damals den Blick von meinem Computerbildschirm an der Hotelrezeption hob – mit festgefrorenem Arbeitslächeln –, musste ich an mich halten, um nicht laut nach Luft zu schnappen. Der Mann vor mir sah aus, als hätte er alles Schöne im Leben absorbiert und alles Unangenehme oder Traurige an sich abperlen lassen.

Blonde Locken wellten sich unter seiner Pilotenmütze hervor, und seine Haut leuchtete natürlich braun. Ihm folgten ein paar ähnlich uniformierte Stewardessen, die mit kurzen Schritten über den Marmorboden trippelten.

»Ich glaube, Sie haben ein paar Last-Minute-Reservierungen für uns? Wir sind mit Maschinenschaden nach Heathrow umgedreht und müssen jetzt eine außerplanmäßige Übernachtung einlegen.«

Bis zu diesem Moment war das Aufregendste, was mir in den acht Monaten an der Rezeption im Airport Inn widerfahren war, dass ein B-Promi versucht hatte, zwei Frauen in sein Zimmer zu schmuggeln, von denen weder die eine noch die andere seine Ehefrau war.

»Arbeiten Sie heute Abend?«, fragte Nate, als ich ihm die Keycard überreichte – sein Zimmer hatte ich bis zuletzt zurückgehalten.

»Um acht habe ich Schluss«, antwortete ich und merkte im selben Moment, wie in mir ein vorfreudiges Kribbeln aus dem Tiefschlaf erwachte.

»Hätten Sie vielleicht Lust, uns die besten Bars in der Nähe zu zeigen?«

»Gern.«

In dieser Nacht war auch ich zu Gast in unserem Hotel. Es war unvermeidlich. Seit der Sekunde, in der sich unsere Blicke getroffen hatten, hatte ich alles darangesetzt, ihn zu blenden.

Sechs Wochen später zog ich zu Nate …

»Juliette?«

»Entschuldige, Amy, ich war gerade ganz woanders.«

»Willst du vielleicht hier auf dem Sofa pennen?«

Ich lasse den Blick durch den Raum wandern und stelle

überrascht fest, dass nur noch wenige Gäste geblieben sind. Ich habe zwar halb mitbekommen, wie sich die Leute verabschiedet haben und Oliver angeboten hat, mich nach Hause zu fahren, aber da hatte ich noch nicht gehen wollen. Amy wird einen guten sozialen Kontakt abgeben.

Ich ziehe mein Handy aus der Tasche. »Wirklich nett, vielen Dank. Aber ich muss nach Hause.«

Auf der Taxifahrt scrolle ich durch die Fotos von Bellas Veranstaltung auf Twitter. Der Flut an lobenden Kommentaren nach war es ein weiterer durchschlagender Erfolg für *Beautiful Bella*. Die Laternen an der Schnellstraße lassen ihr Gesicht abwechselnd verblassen und wieder erstrahlen. Sie sieht atemberaubend aus, eisköniginnenhaft. Perlen – zweifelsohne echt – liegen eng um ihren Hals. Das lange blonde Haar ist elegant hochgesteckt. Auf jedem einzelnen Bild lächelt sie, umgeben von den Großen und Wichtigen der Gegend. Ich fahre mit dem Zeigefinger ihre Konturen auf dem Display nach und wünsche mir, ich könnte sie genauso leicht auslöschen, wie man ein Bild löscht.

Zu Hause gehe ich unruhig auf und ab.

Während ich über den vergangenen Abend nachsinne, bestärke ich mich noch einmal darin, dass es die richtige Entscheidung war, Bella einen Korb zu geben. Nicht dass ich sie bei dieser Gelegenheit angesprochen hätte; ich wollte nur still beobachten. Übung macht den Meister. Wenn für mich irgendwann der richtige Zeitpunkt gekommen ist, Bella in die Ecke zu drängen, wird alles bis ins Letzte durchgeplant sein.

Rache wird am besten kalt serviert, und meine gibt es *on the rocks*.

3

Die restlichen fünf Wochen des Trainings halten mich auf Trab. Zwar behalte ich Bella weiterhin online im Auge und besuche mindestens einmal wöchentlich Nates Wohnung, wenn er unterwegs ist, doch gleichzeitig verbringe ich viel Zeit mit Amy. Sie lernt gern gemeinsam mit mir. Das ist eigentlich nicht mein Ding, aber andererseits bedeutet es, dass sie mich mag und sich auf mich verlässt. Ihre Mitbewohnerin Hannah fliegt für eine andere Airline Langstrecke, und Amy als sechste von sieben Geschwistern ist jemand, der schlecht allein sein kann.

Schließlich, nachdem wir unzählige Male auf die Notrutsche gesprungen sind, Brandfluchthauben angelegt haben und in rauchgefüllte Kammern gestürmt sind, um imaginäre Feuer zu löschen, nachdem wir Erste-Hilfe-Puppen wiederbelebt, uns gegenseitig mit Handschellen gefesselt, unseren Kollegen Verbände angelegt, lächerlich viele Rollenspiele aufgeführt, immer wieder die Flugzeuge im Hangar besichtigt haben und zu guter Letzt gezeigt bekamen, wie man den Koffer in den Kofferraum eines Autos hebt, ohne dass man sich dabei den Rücken zerrt (wobei das Schlimmste allerdings war, das endlose Gequatsche von Brian und Dawn zu ertragen) … nach all diesen Torturen ist endlich unser Abschlusstag gekommen. Das Timing erscheint ideal, denn überall entdeckt man schon die ersten Anzeichen des nahenden Frühlings: Narzissen, dünnere Mäntel, längere Tage, Neuanfänge.

Wir schütteln einem Manager die Hand, der laut Brian offenbar »sehr wichtig« ist, und danken ihm, während er uns eine billig aussehende Goldplakette überreicht. Wir heften sie an unsere Jacken, direkt über das Namensschild, und grinsen. Wir grinsen noch einmal, während unsere Fotos aufgenommen werden. Damit trete ich nicht nur in das nächste Stadium meines Aktionsplans ein, ich bin auch endlich Brian los. Nächsten Dienstag geht es nach Mumbai. Alle Kursteilnehmer wurden für einen Langstreckenflug eingetragen, damit mehr Zeit für das In-Flight-Training bleibt. Amy fliegt nach Dallas. In einem nahen Pub mit zu hellen Lampen und einem dunkel gemusterten Teppichboden, in dem sich zweifellos alle erdenklichen Flecken verstecken, feiern wir alle zusammen mit mehreren Gläsern Prosecco.

»Prost!«, sagt Amy.

Wir stoßen an.

»Prost!«, wiederhole ich.

Amy nimmt einen tiefen Schluck. »Ich hab ein bisschen Schiss vor meinem ersten Flug, du auch?«

»Nein.«

Sie sieht mich überrascht an.

Ich fühle mich sicher, weil ich Nates Einsatzplan kontrolliert habe und er am Montag für den Flug nach Nairobi eingetragen ist. Unsere Arbeitswege kreuzen sich nicht, wenigstens nicht schon jetzt. Nate hat mich zwar auf Facebook entfreundet, auf Twitter entfolgt, überall radikal ent-dingst, aber er hat seine alten Passwörter behalten, wobei zu seiner Ehrenrettung gesagt sei: Er hat keine Ahnung, dass ich sie kenne. Trotzdem hat er mir bis auf Weiteres nur diese eine Möglichkeit gelassen, Informationen über ihn zu sammeln. Die sozialen Medien sind inzwischen mein wichtigstes Werkzeug. Amy weiß ein wenig über »Nick«, aber nicht, wer er wirklich ist oder wo er arbeitet, sondern nur, dass wir gerade eine Beziehungspause einlegen. Amy ist die perfekte Vertraute: Sie schimpft ausreichend über Nick, um mir eine Stütze zu sein, aber nicht so ausgiebig, dass ich mich genötigt fühle, ihn verteidigen zu müssen. Irgendetwas musste ich ihr offenbaren. So funktionieren Freundschaften: Man teilt Geheimnisse.

Mein Handy klingelt. Das ist so ungewöhnlich, dass ich um ein Haar meinen Prosecco verschütte. *Tante Barbara*. Ihr Name leuchtet auf dem Display auf. Es bleibt ein kurzes Gespräch. Ich werde am Dienstag doch nicht nach Mumbai fliegen.

Meine Mutter ist gestorben.

Das Haus, in dem ich als Kind gelebt habe, steht im Süden, in einem kleinen Dorf nahe der Marktstadt Dorchester. Wie oft habe ich schon zu hören bekommen: »Oh, Dorset, ich liebe Dorset, es ist so schön dort!«, bevor das Gespräch aufs Meer kommt. Sweet Pea Cottage liegt im Nirgendwo, weitab jeder Küste. Farmen tüpfeln die Umgebung, und wenn ich, was selten vorkommt, an die Heimat meiner Kindheit denke, sehe ich sofort die Eiche im Ortszentrum vor mir, um die sich Schiefersteinhäuser und reetgedeckte Hütten gruppieren. Die Trails, die sich durch die nahen Hügel winden, sind seit jeher bei Wanderern und Hundebesitzern beliebt.

Mein Vater taucht ebenfalls zur Beerdigung auf, was mich ein wenig irritiert. Während die Beatles »In my Life« herausposaunen, studiere ich den alten Mann auf der anderen Seite des Mittelgangs und gleiche ihn mit meinen Erinnerungen von damals ab. Ich war zehn, als er uns endgültig verließ. Er war Pfeifenraucher, weshalb ich mich genauer an den Geruch als an ihn erinnere. Ein tiefer Schmerz schnürt mir die Kehle zu, als sich die Erinnerung an ihn als schlampig verkleideten Nikolaus in meine Gedanken drängt. Die kleine rote Mütze mit dem weißen Bommel war seinen wilden braunen Locken einfach nicht gewachsen. Ich schlucke schwer.

Dies ist erst die zweite Beerdigung, auf der ich je war, und ich bin nicht sicher, ob ich verstehe, was das öffentliche Massentrauern bringen soll. Wenn jemand nicht mehr da ist, ist er nicht mehr da. Im ersten Moment hat mich die große Trauergemeinde überrascht, doch ich begreife schnell, dass die meisten Gäste wegen Barbara gekommen sind. Die Menschen scheinen sie aufrichtig zu mögen. Während wir darauf warten, dass der Gottesdienst beginnt, unterhält sie die Trauergäste in der Reihe vor ihr mit Anekdoten aus der Geschichte der Kirche; in ihrer Stimme schwingt, neben der Trauer, ein leiser Stolz. Ich höre ihr mit halbem Ohr zu, das ist allemal besser, als stumm und sinnlos zu warten.

»… ursprünglich aus dem dreizehnten Jahrhundert. Hunderte von Jahren, in denen hier Gottesdienste abgehalten wurden. Was für eine Vorstellung! So viele Menschen. Bis 1838 wurden am sechsten Januar, dem alten Weihnachtsfeiertag, Brot, Fleischpasteten und Ale ausgegeben, dann stoppte ein strenger Pastor den Brauch.«

Eine plötzliche Stille weist darauf hin, dass der Trauergottesdienst beginnt.

»... so sind wir hier versammelt, um Amelia zu ehren ...«

Ich stehe auf. Greife nach einem Gesangsbuch. Setze mich wieder. Meine Mutter würde toben. Bestimmt kehrt sie als Gespenst zurück und spukt bei Barbara als Poltergeist herum, weil sie die Trauerfeier in einer Kirche abhalten ließ. Barbara meinte, Amelia hätte ihr ganzes Leben immer ihren Kopf durchgesetzt, darum sei sie jetzt an der Reihe, Entscheidungen zu fällen. Barbara sitzt neben mir, ihre Schultern heben und senken sich. Ihr blondes, grau gesträhntes Haar ist zu einem straffen Dutt zurückgekämmt. Sie ist von Kopf bis Fuß in Schwarz gekleidet, das allein von einer silbernen Kette mit Kreuz durchbrochen wird. Auch ich trage Schwarz, aber nur, weil es die vorherrschende Farbe in meinem Kleiderschrank ist. Ich tätschele ihren Arm, ziehe die Hand aber gleich wieder zurück, damit Barbara nicht auf die Idee kommt, sie festzuhalten.

Der Vikar verstummt, es ist vorbei.

Ich folge Barbara zur Tür und stelle mich neben sie, um nickend und dankend die Beileidsbekundungen entgegenzunehmen. Ab und zu denke ich daran, meine Augen mit einem Taschentuch zu betupfen – dennoch ist der Schmerz in meiner Kehle echt. Allerdings werde ich auf keinen Fall den drohenden Tränen nachgeben, denn ich bin ziemlich sicher, dass ich jede Kontrolle verlieren werde, habe ich erst einmal zu weinen angefangen. Abgehackte Sätze umschweben mich.

Mein Vater schlurft in mein Blickfeld.

»Was willst du hier?«, frage ich unwirsch.

»Wir können uns bei Barbara unterhalten.«

Bei starkem Tee und Sandwichs mit Ei und Kresse – das Weißbrot ist endrindet – bringen mein Vater und ich unsere wechselseitigen Erinnerungen auf den neuesten Stand. Er zeigt alle klassischen Anzeichen des Alterns: eine Mischung aus weißem Haar, Brille, Falten und Bauch, komplettiert von einem aggressiven Husten. Pfeifenrauch hängt in seinen Kleidern.

»Amelia hat immer gesagt, du hättest dich praktisch in Luft aufgelöst«, sage ich vorwurfsvoll. »Du hättest kein Interesse daran gezeigt, in Verbindung zu bleiben.«

»Ja schon, aber als ich es hörte, erschien es mir doch angebracht … hierherzukommen und … dich zu treffen.«

»Ein bisschen spät. Telefone gab es schon in den Neunzigern. Sogar Amelia hatte eins.«

»Ich habe wieder geheiratet.«

Ich weiß nicht, was ich darauf sagen soll. Auf seinen Geburtstagskarten, seinen einzigen Kontaktversuchen, hatte er regelmäßig geschrieben: *Meiner lieben Lilienblume.*

»Elizabeth Juliette Magnolia.« Er lächelt über seinen uralten Scherz.

Er behauptete immer, wenn es nach ihm gegangen wäre, wäre ich eine Imogen geworden, aber meine Mutter hätte nicht mit sich reden lassen. Während alle anderen in den Achtzigern und Neunzigern feste Dauerwellen und Schulterpolster trugen und sich begeistert dem Materialismus hingaben, beschloss meine Mutter, in den Sechzigern und Siebzigern zu verweilen. Blumen. Beatles. Partys. Drogen. Alkohol. Kurz: Fun, Fun, Fun. Mein Vater war Fernfahrer, und meine Mutter brachte zu ihrer »Entschuldigung« vor, dass sie sich nicht wohl fühlte, die einzige Erwachsene zu Hause zu sein. Sie redete sich ein, dass Mörder und Einbrecher vor ihrer Haustür Schlange stehen würden, sobald er unterwegs war.

Mein Vater tippt auf seine Uhr. »Ich muss los. Der Zug fährt. Lass uns in Verbindung bleiben. Ich habe jetzt sogar E-Mail. Ich schreibe dir die Adresse auf. Vielleicht kannst du uns ja mal besuchen kommen?«

»Vielleicht.« Wohl kaum.

»Ich denke durchaus an sie und auch an *ihn*, weißt du …«

»Adieu«, sage ich.

Er zögert. Einen grauenvollen Moment glaube ich, dass er mich gleich umarmen wird, aber er lässt es.

»Adieu, Lilienblume.«

Ich drehe mich wieder dem Raum voller Fremder zu. Amy hatte angeboten, mich zu begleiten, aber alte Gewohnheiten sind schwer abzulegen; mir war nie wohl dabei, Familie und Freunde zu vermischen.

»Ich hoffe, du bleibst noch ein paar Tage«, wendet sich Barbara an mich. »Du musst mir helfen, das Haus auszuräumen.«

Sie lässt unausgesprochen, dass dies das Mindeste ist, was ich tun kann. Überraschenderweise hat meine Mutter ein Testament hinterlassen. In ihrer verqueren Logik dachte sie wahrscheinlich, dass sie damit alles wiedergutmachen könnte. Ich bin jetzt die stolze Alleinbesitzerin von Sweet Pea Cottage.

»Ich werde heute dort übernachten.«

»Allein?«

»Allein.«

»Bis dann, Babs. Bezaubernde Trauerfeier«, unterbricht uns ein großer, dünner Mann, der mit einer Hand einen Gehstock umklammert.

»Bye. Pass auf dich auf«, sagt eine andere Frau und berührt dabei kurz den Arm meiner Tante, bevor sie ihren Mantel nimmt.

Nacheinander verabschiedet sich ein Trauergast nach dem anderen. Aufgrund zahlreicher Hilfsangebote bleibt die Küche blitzblank zurück. Alle gehen gern zur Hand, wenn die Alternative darin besteht, mit Menschen, die dir praktisch fremd sind, Smalltalk über eine Tote zu führen, die man noch weniger gekannt hat.

»Bist du dir sicher?«, fragt Barbara, während ich meine Tasche packe, um den kurzen Weg zu Sweet Pea Cottage anzutreten.

Ich schwenke eine kleine Taschenlampe – die uns in der Arbeit für das Ruheabteil der Crew empfohlen wurde. »Absolut. Wir sehen uns morgen früh.«

Meine Mitgefühlsreserven sind ausgetrocknet, und ich sehne mich danach, allein zu sein. Außerdem bin ich gerade in der richtigen Stimmung, um mich den Geistern zu stellen.

Meine Schritte hallen erst über die Straße und dann über den Weg zur Haustür. Ich ziehe meinen alten Schlüssel heraus, hole tief Luft und schließe auf. Die Holztür quietscht. Das hat sie schon immer, aber wirklich zu hören ist es erst jetzt, wo das Haus so still daliegt.

In den ersten Jahren war es voller Menschen. Sie waren einfach *da*; saßen herum, lachten. Ich erinnere mich an viel Gelächter. Lärmend, trunken, albern. Vor allem das ist mir im Gedächtnis geblieben. Und die *Debatten*. Meine Mutter hatte sich in den Kopf gesetzt, dass es um die Welt hauptsächlich so *schlecht* bestellt war, weil die Menschen sich nicht mehr richtig auszudrücken wussten.

»Tony Blair tut es sehr wohl«, hatte jemand gesagt.

»Und Prinzessin Diana hat es auch getan«, war eine andere Stimme eingefallen. »Und sieh doch nur, was ihr Tod bewirkt hat. Er hat die Menschen befreit, offen ihre Gefühle zu zeigen.«

Je mehr Alkohol ihre Hirne beflügelte, desto lauter brandeten die Debatten gegen den eklektischen Musik-Mix an. Ich lernte, mich unsichtbar zu machen. Es gibt keine schlimmere Spaßbremse als ein Kind. Bei meinem zweijährigen Bruder war das allerdings anders. Wenn meine Mutter mit anderen über ihn sprach, verwendete sie Adjektive wie »niedlich«, »lustig« oder »bezaubernd«, bei mir hingegen Worte wie »still«, »launisch«, und »gefühlsarm«.

In den späteren Jahren, nachdem der ständige Strom von Besuchern versiegt war, schlief meine Mutter gewöhnlich schon am Spätnachmittag ein, während der Fernseher oder das Radio oder auch beide zugleich durchs Haus plärrten. Ich drehte dann den Ton ab, zog ihr die Schuhe aus und deckte sie zu. Nachdem ich Will ins Bett gebracht hatte, setzte ich mich in einen Sessel, las oder dachte mir Geschichten und Theaterstücke aus.

Jetzt tickt eine Uhr. Ich habe das Geräusch schon immer gehasst, schon vor »Dem Vorfall«, wie das Unglück später allgemein bezeichnet wurde. Der vierjährige William Florian Jasmin grinst mich vom Kaminsims aus an. Wenn es nach meinem Vater gegangen wäre, hätte er Nicholas geheißen. Sechs Jahre jünger als ich, hatte er das angeborene Talent, die Menschen um sich herum zu bezaubern. Alles nur noch irrelevante, tote Informationen.

Ich gehe auf den Barschrank aus glänzendem Holz zu. Inmitten der zusammengewürfelten Schnäpse steht eine

Flasche Gin, die zu meiner Überraschung noch fast voll ist. Ich öffne den Kühlschrank, ohne recht zu wissen, was ich darin erwarten soll. Unter den Fertiggerichten, ein paar Zwiebeln und drei verschrumpelten Äpfeln entdecke ich sechs Dosen Tonic. Keine Zitronen oder Limetten, aber im Gefrierfach liegen mehrere gefüllte Eisbehälter, immerhin. Den Lieblingsdrink meiner Mutter fest in meiner Hand, gehe ich nach oben, drücke die Schlafzimmertür auf und atme die kalte, feuchte Luft ein.

Ich trete ein. Dielen knarren an den altbekannten Stellen. Ich ziehe eine Schranktür auf, und sofort schlägt mir das Parfüm meiner Mutter entgegen. *Opium*. Ich hasse Parfüms, die nach Tarnung riechen, die Gerüche wie Alkohol und Vernachlässigung übertünchen sollen. Ich schaudere bei der Erinnerung und drehe mich um, als würde ich halb damit rechnen, Amelia zu begegnen, die ihre Drinks auf einem Tablett mit Zierdeckchen nach oben trägt – ein Versuch, ihre Sucht respektabel erscheinen zu lassen. Ich kann den kalten Rauch riechen, obwohl seit Jahren niemand mehr in diesem Haus geraucht hat.

Ich wende mich wieder der anstehenden Aufgabe zu und ziehe Bügel von der Stange, an denen vor allem Kleider hängen. Ich starre auf eines mit Rosenmuster und halte es dann vor mich hin. Ich schaue in den Spiegel; es steht mir nicht. Das war ihr Lieblingskleid. Sie trug es jeden Sommer, damals in den Zeiten, bevor der Alkohol sie vollends verschlang. Morgens, vor ihrem Mittagswein, ging sie manchmal mit mir und Will in den nahen Wald und erklärte uns unterwegs die Namen der Blumen: Schlüsselblumen, Butterblumen, Fingerhüte …

Auf dem Weg zum Wald hatte früher eine Frau mit grünem Daumen gewohnt, deren Garten Amelia immer bewundert hatte, vor allem im Frühling. Die Frau war nicht lang nach Dem Vorfall gestorben. Die neuen Eigentümer des Bungalows hatten sich sofort darangemacht, das Haus zu modernisieren, und nach jahrelangen Bauarbeiten war nichts von der früheren Schönheit geblieben. Aber bis dahin hatte Amelia das schon nicht mehr zur Kenntnis oder auch nur wahrgenommen.

Ich ziehe die Schubladen im Einbauschrank auf, deren Holzfronten mit hübsch geschnitzten Blumen verziert sind. Unterhosen. Strumpfhosen. Modrige Pullover. Ein Gartenbuch. Hinter dem Umschlag klemmen zwei gepresste Gänseblümchen. Ich leere mein Glas, dann gehe ich wieder nach unten, um Nachschub und ein paar Müllsäcke zu holen.

Ich reiße die letzte Schublade auf. Weil sie leichter ist als erwartet, schießt sie heraus, dass ich nach hinten stolpere. Sie ist völlig leer bis auf einen vergilbten Umschlag, der mit Tesafilm an die hintere Kante geklebt wurde und den ich hastig aufreiße. In diesem Moment stürzt alles auf mich ein; unterdrückte Erinnerungen wirbeln durch meinen Geist wie Wasser durch ein Fallrohr. Und dann trifft es mich.

Ich renne ins Bad und übergebe mich. Anschließend drehe ich kaltes Wasser auf und spritze es mir ins Gesicht, ohne dabei auch nur ein einziges Mal in den Spiegel zu blicken. Ich muss hier weg.

Ich gehe nach draußen und bestelle per Handy ein Taxi zum Bahnhof. Neben dem Holztor am Ende des Wegs warte ich. Als sich das Taxi nähert, streichen seine Scheinwerfer über die wuchernden Hecken und den alles erstickenden Efeu, der seit jeher das Cottage zu verschlingen droht. Ich muss stark bleiben, ich darf nicht zulassen, dass die Vergangenheit mich mit ihren Klauen zu packen kriegt und mich reißt. Geborgen in der Dunkelheit des Rücksitzes wiederhole ich leise murmelnd meine Mantras, während der Fahrer einer Fußballübertragung im Radio lauscht.

Halte dich an den Plan, halte dich an den Plan.

Wer bei der Planung versagt, plant sein Versagen.

Solange ich mich nicht vom Kurs abbringen lasse, kann mich nichts je wieder verletzen.

4

In Heathrow steige ich aus dem Zug, die Automatiktüren des Crew Centers öffnen sich. Überall leuchtet es Grün und Blau – unsere Firmenfarben. In der Kantine entdecke ich, während ich einen doppelten Espresso bestelle, einen freien Ecktisch. Über uns erneuern die Monitore ständig die Liste von verheißungsvollen Flugzielen. Rom. Nairobi. Athen. Mein Blick kommt auf Los Angeles zu liegen: meinem ersten Zielflughafen als Flugbegleiterin in Vollzeit. Ich brauche Abstand von Sweet Pea Cottage, von Dorset und der Vergangenheit. Mein Geist droht zu versumpfen.

LAX Crew in Raum neun melden, leuchtet auf den Bildschirmen auf.

Ich stehe auf, sammele meine Sachen ein und gehe zum Briefing. Mir wird eine Arbeitsposition im hinteren Bereich des Flugzeugs zugewiesen.

Der Flug selbst wäre erheblich einfacher, wenn es nicht so viele Passagiere wären. Aus der Galley in die Economy Class zu treten ist tatsächlich ein bisschen so, wie eine Bühne zu betreten, denn immerhin werde ich von Hunderten Augen beobachtet und spüre sofort die unausgesprochene Spannung. Ich löse die Bremse des Trolleys und schiebe ihn vor mir her. Flaschen klirren. Als ich an der mir zugewiesenen Sitzreihe stoppe – sechsunddreißig –, kann ich fast hören, wie die Passagiere zu berechnen versuchen, in welcher Reihenfolge sie wohl bedient werden, und das verleiht mir ein unerwartetes Machtgefühl.

»Lasagne oder Chickencurry?« Ich lächle. »Rotwein oder Weißwein?«

In der First Class sitzt ein prominenter Koch, der, wie ich höre, mit der Galley-Crew und anderen Passagieren Küchentipps teilt. Ich bin halb versucht, nach vorn zu gehen und mich dazuzustellen; vielleicht kann ich etwas Neues aufschnappen, womit ich Nate beeindrucken kann? Dummerweise hänge ich fest, denn ich muss den Service für den Nachmittagstee vorbereiten. Und ehe sich mir eine Gelegenheit bietet, wird bereits der Beginn mit dem Landeanflug über die Bordlautsprecher verkündet.

Nach der Landung werden im Crew-Bus Pläne geschmiedet.

»Hat jemand Lust auf eine Tour zu den Villen der Stars?«, fragt jemand.

Ich kann mir nichts Schlimmeres vorstellen, als dafür zu bezahlen, dass man mir einen Lifestyle vorführt, den ich mir nie werde leisten können. Ich schließe mich einer Fünfergruppe an, die sich morgen irgendwo am Strand zum Brunch treffen will. Wir sind acht Stunden hinter dem Vereinigten Königreich zurück, also werde sogar ich bis dahin mehr als nur einen Kaffee zu mir nehmen wollen. Ich habe niemandem erzählt, dass ich zum allerersten Mal geflogen bin, sondern nur erklärt, dass ich erst seit Kurzem Stewardess bin und noch nie in LA war. Ich habe Gerüchte über »Streiche« gehört – ich verabscheue die Bilder, die dieses Wort heraufbeschwört –, bei denen Neulingen aufgetragen wurde, eine Tüte voller Eiswürfel aus dem Flugzeug zu einer Zimmerparty mitzunehmen oder dem Kapitän den Koffer aufs Zimmer zu tragen.

Venice Beach.

Jetzt, wo ich hier bin, an einem Ort, der mir so vertraut ist, als wäre ich in einem Film gelandet, möchte ich mich am liebsten kneifen. Ich kann nicht glauben, dass ich es wahrhaftig hierher geschafft habe und nun ein Leben führe, wie Nate es tut. Wenn ich mir vorstelle … Wie oft habe ich in unserer Wohnung auf ihn gewartet, während er durch die Welt gondelte und sich austoben durfte. Ich war so eine Dumpfbacke. Ich schaue auf den weiten Strand. Unter den hohen, dürren Palmen machen die Leute ganz selbstverständlich ihr Work-out an den Freiluft-Fitnessgeräten. Ein Rettungsschwimmerstand sticht mir ins Auge. Ich habe bei Babs ein paarmal *Baywatch* geschaut und war jedes Mal ganz gebannt.

Ich schlendere mit meinen Kurzzeitfreunden – meinen Kollegen – den Boardwalk entlang und stöbere in den Ständen voller Sonnenbrillen, T-Shirts, Kristallen, Souvenirs, während wir schönen schlanken Menschen beim Joggen, Rollerbladen und Skateboarden ausweichen. Ein Künstler will mein Porträt zeichnen, aber ich lehne lächelnd ab. Ich bin fast entspannt.

Wir finden für unseren Brunch ein Restaurant mit Terrasse. Ich bestelle ein Eiweiß-Omelett und ein Mineralwasser.

»Also keinen Buck's Fizz zum Frühstück?«, fragt Alan, der Kabinenchef. »Du kannst ruhig trinken, solange du zwölf Stunden vor dem Dienst wieder aufhörst.«

»Ich trinke nur ganz selten«, sage ich. »Ich mache mir eigentlich nichts aus Alkohol.«

Alle lachen los.

»Was denn?«, frage ich. »Das ist die Wahrheit.« Ich sehe der Reihe nach in die altklugen Gesichter.

»Du wirst nicht mehr lange sagen, dass du nur ganz selten trinkst«, sagt Alan und nimmt einen tiefen Schluck aus seiner Sektflöte. »Ich gebe dir sechs Monate. Allerhöchstens.«

Sie können so viel lachen und so viele Vermutungen anstellen, wie sie wollen. Ich blende mich aus.

Während ich 11.000 Meter über dem Atlantik durch den Gang wandere und Essen serviere, hält mich angesichts der endlosen Anfragen nur das Wissen aufrecht, dass meine Tätigkeit ausschließlich Mittel zum Zweck ist. Es gibt einen peinlichen Moment, als ich von Alan über die Bordanlage in die First Class gerufen werde, um mit einem französischen Fluggast zu sprechen, der ein paar Nachfragen hat.

»Kann er kein Englisch?«, frage ich.

»*Sie.* Nur gebrochen. Deswegen brauchen wir dich.«

Ich gehe so langsam wie möglich nach vorn und versuche währenddessen heraufzubeschwören, dass jemand ohnmächtig im Gang zusammenbricht oder mir tausend komplizierte Fragen stellt, denn mein Problem ist, dass ich bei der Bewerbung meine Französischkenntnisse etwas frisiert habe. Bestenfalls besitze ich Grundkenntnisse. Trotzdem bin ich das Risiko eingegangen und habe es geschafft, mich durch die gnädig kurze mündliche Prüfung zu schummeln, indem ich mir ein paar Wochen lang einen Audio-Selbstlernkurs verpasste und bei der Prüfung selbst so tat, als wäre ich schwer verschnupft. Ich war so erleichtert, als ich aus dem Prüfungsraum spazierte, dass ich mir keine Gedanken darüber machte, wie die langfristigen Konsequenzen aussehen könnten. Ich sah das als weitere Hürde, die ich genommen hatte, nicht als mögliches zukünftiges Problem.

Lächelnd stelle ich mich Madame Chauvin vor, einer älteren Dame, die erwartungsvoll von ihrem Sitz zu mir aufsieht und sofort zu einer längeren Ansprache ansetzt.

»Ich regle das«, sage ich zu Alan, der servil neben mir ausharrt.

Er zuckt mit den Achseln und verschwindet nach vorn in die Galley.

Einen französischen Satz habe ich auswendig gelernt und bringe ihn jetzt vor. »Je ne parle pas très bien francais …« Ich spreche nicht sehr gut Französisch. Ob sie nicht langsamer sprechen könne?

Sie stutzt, lächelt dann und spricht langsamer.

Ich gehe neben ihrem Sitz in die Hocke, sodass hoffentlich niemand sonst mithört. Ich schnappe die Worte *bagages* und *Paris* auf. Ich überlege.

Immer noch lächelnd erkläre ich, praktisch flüsternd: »Pas de problème«, und biete ihr einen *Café au lait* an.

Sie öffnet den Mund, doch ich tätschele ihren Arm und sage: »De rien«, dann stehe ich auf und gehe. Bevor ich zurück in die Economy flüchte, bitte ich die Galley-Crew, ihr einen Kaffee mit drei Keksen, am besten Schokolade, zu bringen.

Alan, der an einer Theke lehnt und auf seinem iPad tippt, hält inne und sieht mich durch seine Brille an.

»Was wollte Madame Chauvin denn?«

»Sie macht sich Sorgen, ob ihr Gepäck in den Anschlussflug nach Paris kommt.«

»Ach so. Und das war alles?«

»Na ja, außerdem vermisst sie ihre Enkel und freut sich darauf, sie wiederzusehen. Sie war lange weg und hat andere Verwandte besucht. Ich sollte jetzt wieder nach hinten, ich bin noch nicht fertig mit der Abrechnung.«

Ich eile erst durch die Business Class und dann durch die Premium Economy, bis ich das sichere Heck erreicht habe. Das Meer von Economy-Gesichtern ist eine willkommene Erleichterung, doch ich bleibe nervös, bis wir gelandet sind. Jedes Mal, wenn das Bordtelefon klingelt, macht mein Herz einen Satz aus Furcht, »die Französisch sprechende Kollegin« wird noch mal angefordert.

Nach der Landung fahre ich kurz nach Hause, um meine Tasche abzuladen, mich zu duschen und etwas anderes anzuziehen, bevor ich den Zug nach Dorchester nehme. Unterwegs schicke ich Babs eine Nachricht mit der Bitte, mich am Bahnhof abzuholen, dann schließe ich die Augen und mache ein kleines Nickerchen. Am Bahnhof wartet sie schon in ihrem roten Mini auf mich.

»Ich glaube, ich werde das Cottage verkaufen«, sage ich zu ihr, als wir daran vorbeifahren. »Ich muss einfach darauf bauen, dass sich irgendein Hippie-Romantiker findet, der auf Hänsel und Gretel, Feen, Blumen und Fliegenpilze steht.«

»Da bin ich ganz deiner Meinung, Liebes.«

Ich hatte mit einer ganzen Flotte an Einwänden gerechnet, einsatzbereit und aufgereiht wie Flugzeuge vor der Rollbahn. Meine Mutter hatte das Haus von meinen Großeltern vermacht bekommen, die beide noch vor meinem ersten Geburtstag gestorben waren. Barbara war damals schon mit Ernie verheiratet, und beide lebten glücklich in ihrem modernen Einfamilienhaus, in dem »alles funktionierte«.

»Ich hatte ihr jahrelang zugeredet, endlich zu verkaufen, aber mit ihr war einfach nicht zu reden. Das Cottage ist was für eine Familie, und was den Garten angeht …«

»Ein Dschungel, soweit ich das durchs Fenster erkennen konnte.«

Amelia kaufte gern verschiedene Blumensamenmischungen, die sie in einer großen Schüssel vermengte, bevor sie sich damit in den Garten stellte, sie mit beiden Händen in die Luft warf und voller Vorfreude beobachtete, wie sie willkürlich wieder herabregneten. Natürlich ging nur ein Teil der Samen auf; Farbexplosionen inmitten von Gras und Unkraut, bis die Blumen irgendwann erstickten oder den Kampf nach langen wasserlosen Wochen in der Sommerhitze aufgaben.

»Sie konnte sich hier unmöglich erholen, so ganz allein, umgeben von Erinnerungen«, sagt Babs leise, fast zu sich selbst.

»Sie hatte mich«, erwidere ich. Kein Wort über die Prozession ungeeigneter Männer, nachdem Dad gegangen war.

»Ich habe immer ein Auge auf dich gehabt«, sagt Babs schnell. »Ich habe dir Suppe und Apfelkuchen gemacht. Und du wusstest, dass dir meine Tür jederzeit offenstand.«

Gelegentlich fehlen mir die Worte. Suppe und beschissener Apfelkuchen. Geburtstagskarten von meinem Vater. Als wären wir die Waltons. Amelia fühlte sich von jeglicher mütterlichen Verantwortung entbunden, nachdem mir ein Theaterstipendium an einem Internat zuerkannt worden war, einer Institution, die sich ihrer *Werte* rühmte. Auf einem Holzbalken im Speisesaal prangte die lateinische Formel für Licht und Wahrheit – *lux et veritas.* Wenn ich keine Schuluniform trug, stellten meine abgetragenen Kleider und kindischen Disney-Schlafanzüge sicher, dass ich noch tiefer als sonst unter der Eiskönigin und ihrer Clique mit ihren passenden Seidenpyjamas und Markenpullovern, -hosen und -schuhen stand.

Wir erreichen Barbaras Haus. Sie parkt vor ihrer Garage, die sie seit Ernies tödlicher Herzattacke vor sieben Jahren nicht mehr betreten hat. Er liebte es, sich darin zu verkriechen, Radio Four zu hören und Holztruhen zu schnitzen, die er später auf Flohmärkten verkaufte. Babs dreht den Schlüssel im Schloss ihrer weißen PVC-Haustür, ich folge ihr nach drinnen und bringe zuerst meine Taschen hoch ins Gästezimmer.

»Kannst du mir helfen, das Cottage auszuräumen?«, frage ich, als ich wieder nach unten komme. »Ich möchte ein paar Makler durch das Haus schicken. Vielleicht kann ich wenigstens notdürftig Frieden mit der Vergangenheit schließen, wenn es erst verkauft ist.«

»Ja, natürlich, Lily, Liebes.«

»Ich nenne mich inzwischen Juliette.« Es schadet nichts, wenn sie das weiß.

»Ach. In Ordnung. Schön, solange du nicht erwartest, dass ich immerzu daran denke.«

»Lass uns Kaffee trinken und danach rübergehen«, sage ich. »Ich will die Sache hinter mich bringen.«

Jetzt, so kurz vor Ende März, lockert sich allmählich der eisige Griff des Winters. Kirschblüten überziehen die Zweige der Dorfbäume, und Osterglocken zwängen sich durch die Rasenflächen. Amelias liebste Jahreszeit. Meine allerdings nicht, denn sie erinnert mich zu stark daran, wie die Zeit vergeht. Ohne Nate. Im Juli letzten Jahres kamen wir zusammen, und ich bin fest entschlossen, unsere Beziehung noch vor unserem Jahrestag zu kitten. Ich beschleunige meinen Schritt, sammele neue Entschlusskraft und stoße das Tor vor Sweet Pea Cottage auf.

Gleich als Erstes gehe ich nach oben ins Zimmer meiner Mutter und hebe das Foto auf, dass ich an jenem Abend fallen ließ; das Bild mit ihrem kostbaren Will, mir und meiner früheren besten Freundin Kim, die damals nebenan wohnte. Ich zwinge mich, es ein paar Sekunden zu betrachten, dann reiße ich es in winzige Fetzen. Es war eins der letzten Fotos, die von ihm gemacht wurden – den blauen Elefanten, den er fest in seinen Händen hält, bekam er erst eine Woche vor seinem Tod von Babs geschenkt, was wohl der Grund dafür ist, dass Amelia das Bild versteckt hatte. Ich will keine Andenken. Kurz nach Dem Vorfall wurde Kim von ihrer Familie in ein Internat gesteckt, und ich blieb allein unter den Kindern in der kleinen Dorfschule zurück, die mich entweder zutiefst verunsichert anschwiegen oder mich offen wie eine Aussätzige behandelten.

Ich bleibe reglos stehen.

Stille.

Ich schließe die Augen.

Ich kann fast die Sonne auf meiner Haut spüren, so wie an *jenem* Tag. Damals ging kaum ein Luftzug. Ich tue das nur selten. Ich kehre selten dorthin zurück, und auch jetzt wäre das nicht nötig, trotzdem lässt mir ein überwältigender Drang zur Selbstpeinigung keine Ruhe, bis ich mich dazu zwinge. Mein Atem geht schneller, sobald ich mir die missmutige Gleichgültigkeit – und Trägheit – ins Gedächtnis rufe, die ich damals empfand. Bis ich mich erschrocken mit einem Ruck aufsetzte. Mir war übel, und ich hatte ein kaum wahrnehmbares Sabbern im Mundwinkel bemerkt. Ich hatte es weggewischt, während das unablässige Dröhnen der Bienen von einer gespenstischen Stille durchdrungen wurde.

Entweder begann damals alles, oder alles endete; das kann ich nie entscheiden.

Schaudernd öffne ich die Augen, laufe nach unten und krame in der Küche herum. Ich reiße mehrere Müllsäcke von einer Rolle und drücke Babs ein paar davon in die Hand.

»Hier. Wenn du irgendwas behalten willst, dann nimm es. Alles andere wird gespendet oder landet im Müll.«

Wir brauchen zwei Tage. Mir bleibt nichts anderes übrig, als bei Barbara zu übernachten, aber dann ist alles erledigt.

Bevor ich Dorchester verlasse, lasse ich noch mehrere Nachschlüssel machen und händige sie diversen Immobilienmaklern aus, erst dann kehre ich mit dem Zug in meine Schuhschachtel zurück.

Mein Leben nimmt langsam wieder Gestalt an. Wenn der Hausverkauf erst abgeschlossen ist, habe ich wieder Geld. Während der letzten Monate war ich wohl eher Igel als Hase, aber jeder weiß, wer das Rennen am Ende gewinnt.

Zum ersten Mal, seit ich hier eingezogen bin, schlafe ich die Nacht durch.

An meinem vorletzten arbeitsfreien Tag stehe ich früh auf und fahre zu Nate. Er ist zu Hause, bedauerlicherweise, aber ich kann nicht länger auf meine Dosis verzichten. Ich gehe an dem Theater und einer Bank vorbei und überquere dann die Straße. Ich starre auf sein Haus, in dem es noch fünf weitere Wohnungen gibt. Es steht in einer kleinen Seitenstraße, ein wenig zurückgesetzt vom eigentlichen Richmond Green. Das Grundstück ist umgeben von einem gepflegten Gemeinschaftsgarten vor und hinter dem Haus. Ich gehe mehrmals daran vorbei, ziehe weitschweifige Bahnen über die weite offene Fläche und bleibe in der Nähe, bis Nate gegen neun zu seinem üblichen Morgenlauf aufbricht, den er regelmäßig mit einem Kaffee in seinem Lieblingscafé beschließt. Auch diesmal ist das Wetter auf meiner Seite. Obwohl die dunklen Wolken aussehen, als könnten sie jeden Moment platzen, ist noch kein Tropfen gefallen, doch das bedeutet, dass ich guten Gewissens die Kapuze meines Regenmantels hochgeschlagen lassen kann.

Von meinem Posten in der Nähe des Eingangs zum Café kann ich einige Zeit später durch das Schaufenster erkennen, dass Nate sich ein Croissant bestellt hat. Ungewöhnlich. Hoffnung blüht auf; Frustessen könnte darauf hindeuten, dass er einsam ist. Ich ziehe mein Handy heraus und starre auf das Display. Nate lässt sich Zeit beim Kaffeetrinken und studiert ausgiebig die bereitgelegten Gazetten. Als ich von meinem Handy aufsehe, durchschießt mich Angst. Nate kommt geradewegs auf den Eingang zu. Mit gesenktem Kopf gehe ich weiter und verschwinde im nächsten Ladeneingang, wo ich mit angehaltenem Atem abwarte. Er geht an mir vorbei. Mein Herz schlägt wild. Ich muss tief durchatmen.

Dann gehe ich in die entgegengesetzte Richtung davon, auf den Fluss zu, und rufe Amy an. Ich brauche Ablenkung.

»Hast du Lust auf ein paar Tapas heute Abend in Richmond?«, frage ich. »Ich kenne ein gutes Restaurant, preiswert und nett.«

Es besteht keine Gefahr, dass wir Nate über den Weg laufen, denn er ist da schon unterwegs nach Boston.

Amy ist einverstanden. »Aber erst kommst du auf einen Drink zu mir«, sagt sie.

Der Tapas-Laden war eines unserer Lieblingsrestaurants. Alejandro, der geschwätzige Manager, wird Nate bestimmt erzählen, wie glücklich ich auf ihn gewirkt habe, wenn ich ihm gegenüber nur ein-, zweimal erwähne, wie viel entspannter ich mit meinem neuen – erfundenen – Freund bin. Nate *sollte* eifersüchtig sein. Es liegt in der menschlichen Natur, immer genau das zu wollen, was man nicht haben kann, das weiß ich nur zu gut, und ich wette, Nate checkt ab und zu aus reiner Neugier meine Facebook-Seite, auch wenn er mit seiner Entfreundung den Eindruck erwecken will, er sei nicht mehr interessiert. Es wird ihm guttun, wenn er sieht, dass ich mit einer neuen Freundin ausgehe. Und selbst wenn nicht, wird vielleicht *irgendwer* etwas sehen und mich positiv erwähnen. Ich musste zwei Facebook-Accounts erstellen – einen als Elizabeth und einen als Juliette – und achte peinlich genau darauf, welche Bilder ich auf welcher Seite poste, denn es würde sofort auffliegen, wenn ich am einen Tag in Melbourne und am nächsten in Singapur wäre.

Ich kehre zum Bahnhof zurück, blicke zu der unübersehbaren quadratischen Uhr auf – es ist noch nicht mal Mittag – und fahre über den Nachmittag nach Hause. Ich sollte die Zeit, bis ich zu Amy aufbreche, produktiv nutzen, darum hole ich meinen Laptop heraus und mache mich an die Arbeit. Nachdem ich mich über ein paar Notare informiert habe, schaue ich nach, was Bella so treibt. Sie unterstützt bereits die nächste Wohltätigkeitsorganisation, dieses Mal eine gegen Mobbing. Zorn durchfährt mich. Dazu hat sie kein Recht, nicht das geringste.

Scheiß-einatmen, scheiß-ausatmen. Ein. Aus. Ein. Aus.

Fasse dich in Geduld.

Halte dich an den Plan.

Ich lenke mich ab, indem ich nach einer Fahrschule suche, und buche zuletzt ein paar Fahrstunden.

Ich nehme zur Abwechslung den Bus nach Heathrow und dort den nächsten nach Brentford, auch wenn das viel länger dauert. Das ist egal, ich habe reichlich Zeit, obwohl ich heute so viel zu tun hatte. Jeder Flug, den wir absolvieren, bringt uns je nach Destination zwei bis fünf Ruhetage ein – »Time At Base«-Tage, bei uns allgemein TAB-Tage genannt. Der Bus legt immer wieder Halt ein, während er sich durch Hounslow schlängelt und dann auf die A4 zurückfährt, wo er an zurückgesetzten Häuserreihen vorbeirollt. Selbst über dem Dröhnen des Busmotors höre ich praktisch ständig das Pfeifen eines Flugzeugs im Landeanflug. Wenn ich durch das Fenster nach oben blicke, kann ich – sogar bei Tag – an jedem nahenden Flugzeug die blinkenden Anti-Kollisionslichter und das Fahrwerk mit den dicken schwarzen Reifen erkennen, das aus dem metallischen Unterbauch herausragt.

An der Brentford High Street steige ich vor dem städtischen Gerichtsgebäude aus, und dann sind es noch vierzig Minuten zu Fuß zu Amys Wohnung. Ich passiere glänzende, glasverkleidete Hochhäuser und die deprimierenden grauen Brückenpfeiler der M4 über mir. Der letzte Abschnitt meiner Reise führt mich in eine breite Wohnstraße.

Bis ich Amys Klingel drücke, bin ich schweißgebadet.

Sie öffnet die Tür in einem pfirsichfarbenen Morgenmantel. »Entschuldige! Ich bin ein bisschen spät dran. Nimm dir was zu trinken aus dem Kühlschrank«, ruft sie mir über die Schulter zu und verschwindet in ihrem Schlafzimmer. »Ich bin gleich fertig.«

Ich verzichte. Stattdessen warte ich auf dem Sofa auf sie. Sie braucht Ewigkeiten, also ziehe ich gelangweilt eine Schublade im Esstisch auf. Darin liegt hauptsächlich Müll. Ich kann nicht anders, ich muss Ordnung schaffen, sortiere die herumliegenden Stifte und berge ein halb aufgelöstes Päckchen mit klebrigen Hustenbonbons, die eindeutig in den Abfall gehören. Ich entdecke einen Schlüsselring mit Homer Simpson auf dem Anhänger, eine Eruption von Blau und Gelb, und zwei Schlüsseln daran. Ersatzschlüssel? Ich nehme sie heraus und lasse sie in meine Tasche gleiten – man weiß nie, wozu so was gut sein kann.

»Du erinnerst dich doch an Jack von meiner Party, oder?«, sagt Amy, als wir endlich unterwegs sind. Sie wartet meine Antwort gar nicht erst ab. »Ich hoffe, es stört dich nicht? Er hatte heute Abend nichts vor, darum habe ich ihm gesagt, dass er mitkommen kann.«

Ich lächle. »Wie schön. Je mehr, desto besser.«

Natürlich stört es mich, verflucht noch mal.

Sobald wir das Restaurant betreten, sinkt meine Laune noch tiefer. Weit und breit ist kein herzlicher Alejandro zu sehen; ich kann seine Abwesenheit spüren, und mein Gefühl wird verstärkt durch den fehlenden vertrockneten Kaktus auf dem hohen Fensterbrett und die verschwundenen Papiertischtücher mit den schlecht gezeichneten Sombreros. Stattdessen wirkt das Lokal … gepflegt. Ich weiß instinktiv, dass er verkauft hat, dass er weitergezogen ist. Ich fühle mich verraten. Ich war eine treue Kundin.

Eine Kellnerin führt uns an einen Tisch mit vier Gedecken. Ich blicke auf den Hinterkopf eines Mannes; er dreht sich um und grinst uns an.

»Hi, Jack«, sage ich mit einem breiten Lächeln. »Für wen ist der freie Platz?« Ich rutsche lässig Amy gegenüber in die Bank.

»Für meinen Kumpel Chris«, antwortet Jack, immer noch grinsend.

Wie immer, wenn die Dinge aus dem Lot geraten, spüre ich ein nervöses Kribbeln in meiner Brust. Ich will keine Doppel-Dates und mich nicht mit anderen Männern treffen – wozu auch? Ich habe Nate. Ich zwinge mich, die unter dem Tisch geballten Fäuste zu öffnen, die Speisekarte zu nehmen und aufzuschlagen.

Gerade als ich vorschlagen will, dass wir uns das Essen sparen und stattdessen direkt in eine Bar verschwinden sollten, trifft Chris ein. Er ist in jeder Hinsicht überlebensgroß: riesig, laut, bierbäuchig. Obwohl ich ihn lächelnd willkommen heiße, geraten die nächsten Stunden zur Tortur. Ich habe das Gefühl, in eine Falle getappt zu sein. Es ist unerträglich, hier zu sitzen, mit den falschen Menschen in einem falschen Leben, und dabei so tun zu müssen, als wäre alles in bester Ordnung. Ich habe die albtraumhafte Achterbahnfahrt mit Anfang zwanzig nicht ertragen, um jetzt einen so brutalen Stich innerer Leere zu empfinden. Ich finde, dass mir eine kosmische Belohnung zusteht wie … Zufriedenheit oder Stabilität. Ich gehöre nach Hause, zu Nate. Jede Sekunde, die wir getrennt sind, ist vertane Zeit, weil schon jetzt sonnenklar ist, wie alles ausgehen wird – wir *werden* zusammen sein. Mit Nate fühlte ich mich, als hätte ich einen Zug nach Hause bestiegen, nur um auf halber Strecke in einer Winternacht aus dem Waggon geworfen zu werden und erklärt zu bekommen, dass ich mein Ziel mit einer Reihe von Ersatzbussen erreichen müsste.

Ich will das ganze Paket: Nate, die offenen, annehmenden Arme seiner Familie, ein angenehmes Leben und dazu Kinder, die später mal Fußballer – Will liebte es, Fußball zu spielen – und Schauspieler werden. Ich würde mich selbst um meine Kinder kümmern; ich würde niemandem zutrauen, sie angemessen zu beaufsichtigen. Ich will einer jener Menschen sein, die anderen Menschen als Vorbild dienen und die bewundernde Blicke auf sich ziehen – in einem Restaurant etwa oder vielleicht nur mit den Kindern auf dem Weg zum Park. Ich möchte, dass sich die Leute ausmalen, ich sei einer jener Menschen, die alle fünf Sinne bei sich haben, dass sie sich mein geordnetes Zuhause vorstellen, wo Kinderbilder unter Magneten an der Kühlschranktür hängen, während mein Gemahl eine Flasche mit gekühltem teurem Wein öffnet und ich das Risotto umrühre.

Als es auf Mitternacht zugeht, sind alle dicht und lachen über Sachen, die auch nicht im Ansatz witzig sind. Wenn

Jack mir noch ein einziges YouTube-Video zeigt, auf dem ein Mann von seinem Motorrad in einen extra dafür postierten Heuhaufen fliegt, fange ich an zu schreien. Und ich glaube nicht, dass ich dann so schnell wieder aufhören kann.

Wir hängen inzwischen in einer langen Schlange an einem verlassenen Taxistand fest. Der Geruch des Kebabs aus einem nahen Imbiss erschlägt mich. Ich ertrage ihn keine Sekunde länger. Kindischer Trotz ergreift mich.

»Ich habe eine Idee«, schlage ich vor. »Ein Freund von mir wohnt ganz in der Nähe, er ist nicht da, aber ich darf hin und wieder seine Wohnung benutzen. Zum Ausgleich, weil ich seine Fische füttere und alles im Auge behalte. Wir könnten auf einen Absacker zu ihm gehen.«

»Bist du sicher?«, fragt Amy. »Was ist mit …?«

»Komm schon. Ich habe die Nase voll von der Warterei. Wir können in der Wärme was trinken, und ich rufe uns ein Minicab.«

Amy zögert immer noch.

»Mir nach«, verkünde ich und marschiere los durch die Gasse in Richtung Richmond Green. »Beim Hochgehen müsst ihr leise sein, ein paar von seinen Nachbarn arbeiten Schicht. Aber wenn wir erst in der Wohnung sind, ist alles gut.«

Selbstgefällig lasse ich alle in die Wohnung, so als hätte ich endlich die Zügel in der Hand. Mein Blick fliegt durchs Wohnzimmer. Alles ist aufgeräumt. Nirgendwo liegen Arbeitshandbücher, Briefe oder allzu persönliche Dinge herum. Nate und ich sind beide ordentlich, und dass Gegensätze sich anziehen, ist mit Sicherheit ein Mythos. Ich ziehe die Jalousien herunter und bestehe darauf, dass jeder einen Kaffeelikör trinkt. Es wird Nate nicht auffallen, wenn der Pegel in der Flasche sinkt, er hasst das Zeug. Jack setzt sich direkt neben Amy aufs Sofa. Neben Chris ist noch ein Platz frei, er sitzt auf dem zweiten Sofa, genau auf Nates Stammplatz. Es geschieht Nate recht, dass ein anderer Mann – selbst wenn er ihm nicht das Wasser reichen kann – seinen Platz einnimmt.

Die Fische ziehen Bahnen. Wenn Fische sprechen könnten … Zum ersten Mal überhaupt füttere ich sie, indem ich eine dünne Schicht übelriechender Konfetti-Teilchen auf die Wasseroberfläche sprenkle. Rainbow sieht mich grimmig an, während er das Maul aufreißt und zuklappt.

»Bin gleich wieder da«, sage ich. »Ich muss nur kurz ins Bad, dann rufe ich uns ein Taxi für später.«

Sie ignorieren mich; sie grölen bereits über das nächste YouTube-Video auf Jacks Handy.

In Nates Gästezimmer werfe ich einen Blick auf seinen Schreibtisch. Fast leer, wie üblich, bis auf einen Topf mit einem Sortiment von Hotel-Kugelschreibern. Er neigt dazu, seinen Papierkram mitzunehmen. Trotzdem kann ich der Versuchung nicht widerstehen, in seinen Schubladen nachzusehen, während ich die Nummer einer Taxigesellschaft wähle und mir das Handy zwischen Ohr und Schulter klemme.

Es läutet.

Eine Männerstimme antwortet: »Hallo?«

Mein Blick kommt auf einem teuren altweißen Umschlag zu liegen. Eine Einladung? Wozu? Von wem? Ganz behutsam ziehe ich die Karte heraus, obwohl Nate den Umschlag längst mit dem Brieföffner aufgeschlitzt hat.

»Hallo? Bob's Cars?«

Ich muss mich zum Sprechen zwingen. »Ach, hallo, ja … ich möchte bitte ein Taxi bestellen …«

Dann lege ich auf, sinke aufs Bett und lese die Zeilen, bevor sie vor meinen Augen verschwimmen.

5

Immer wenn ich den »Kontakt« mit Bella suche, ob nun online, aus der Distanz oder auf Fotos, bereite ich mich mental vor. Ich verschanze mich hinter einer imaginären Schutzmauer. Für jeden ist das, was ich sehe, völlig belanglos – für mich hingegen jedes Mal ein neuer Tiefschlag. Die nächste schmerzhafte Erinnerung daran, wie *sie* die Art von Leben führt, das eigentlich mir zusteht.

Es ist eine Einladung zu Bella nach Hause, wo der dreißigste Geburtstag einer Freundin gefeiert werden soll. Und mich stört nicht die Tatsache, dass ihre Freundin eine ziemlich bekannte Prominente ist – nichts könnte mir gleichgültiger sein –, mich wurmt die unverhohlene *Exklusivität.* Ich würde zu gern eingeladen werden und mich in denselben gesellschaftlichen Kreisen bewegen wie Nate. Denn auch ich war früher mit Bella bekannt.

»Juliette?« Amy steht mit gerunzelter Stirn in der Tür, sichtlich verwirrt trotz ihres glasigen Blicks.

»Entschuldige, ich wurde abgelenkt. Ich habe meinem Freund eine Nachricht geschickt, dass wir hier sind, und er hat mich gebeten, was für ihn nachzusehen.«

Ich lege die Karte in die Schublade zurück, schalte das Licht aus und folge ihr zurück ins Wohnzimmer. »Noch jemand einen Kaffeelikör?«, frage ich mit Gastgeberinnenlächeln. »Der Typ aus der Zentrale meinte, dass eine Menge los ist. Das Taxi braucht noch eine Stunde.«

Es kostet mich Mühe, am Ball zu bleiben. Ich lächle und nicke und beteilige mich, so gut ich kann. Aber eigentlich möchte ich laut aufjubeln, als der Fahrer nach fünfundvierzig Minuten anruft und uns mitteilt, dass er vor der Tür steht.

»Ich habe zwei Wagen bestellt«, lüge ich. »Ich nehme den nächsten und fahre heim. Außerdem«, ergänze ich, als Amy den Mund öffnet, als wollte sie Protest einlegen, »will ich hier noch ein bisschen aufräumen.«

Letzteres ist nicht gelogen, denn ich muss überprüfen, ob ich alles an den richtigen Platz zurückgelegt habe. Ich darf keine Spuren hinterlassen; Nate ist pingelig. Ich überzeuge mich, dass sein Flug nach Boston tatsächlich gestartet ist, bevor ich mich sicher genug fühle, um die Nacht hier zu verbringen. Ich wüsste nicht, was dagegen spräche. Ich kehre ins Arbeitszimmer zurück und ziehe noch einmal die steife Einladungskarte heraus.

Ich würde mich aufrichtig freuen, wenn wir dich bei der Feier …

Amelias Entschluss, ein Internatsstipendium zu beantragen, statt mich weiter in die örtliche Gesamtschule zu schicken, fiel genau zu dem Zeitpunkt, an dem sich meine pubertären Hormone bemerkbar machten. Amelia hatte mit mir für die Aufnahmeprüfung geübt, allerdings fand ich es relativ simpel, gegensätzliche Monologe zu analysieren und eine Abfolge von Szenen zu improvisieren. Die Schulsprecherin, Bella, wurde von der Hausmutter beauftragt, sich um mich zu kümmern und mich mit allem vertraut zu machen, was sie – das sei fairerweise gesagt – auch tat. Anfangs. Bella war elegant, intelligent, witzig, schlank und schön. Unter Bellas Fittichen war ich sicher vor meinen Mitschülerinnen, die auf meine zu enge, billige Kleidung herabsahen, unter denen sich deutlich mein Babyspeck abzeichnete.

Der innere Kreis, also der »coole Teil« der Schülerschaft, bestand hauptsächlich aus Wochenendheimfahrerinnen. Bellas Familie lebte in einem exklusiven Viertel von Bournemouth. Ich ließ mich nur vage darüber aus, wie nahe meine Mutter lebte. »Auf dem Land«, antwortete ich bloß, wenn ich gefragt wurde, dabei waren es tatsächlich genau zweiunddreißig Minuten mit dem Auto – ich hatte gestoppt, wie lange der Taxifahrer an meinem ersten Tag gebraucht hatte. Die Wochenenden schleppten sich dahin. Normalerweise entzog ich mich und verkroch mich in der Bibliothek, wo ich die erlaubten Zeitschriften durchblätterte – *Vogue* und *Tatler* –, und mir meine zukünftigen Einladungen auf Partys ausmalte, die mich auch auf die Fotos von Galas und anderen VIP-Events hinten im Heft brächten.

Bei den Theateraufführungen bekam Bella stets die Rollen, die bei einem Grundschul-Weihnachtsspiel jener der heiligen Maria entsprochen hätten, während ihre engsten Freundinnen – Stephanie und Lucy – die der Heiligen Könige übernahmen. Ich spielte trotz meines Stipendiums Statistenrollen – einen Hirten oder Esel –, auch wenn ich abseits der Bühne besondere Aufgaben zugeteilt bekam, wie Stücke schreiben oder Regie führen. Ich versuchte, gleichmütig zu bleiben, trotzdem schmerzte es, weil auch ich ein Recht darauf hatte zu glänzen, Applaus einzuheimsen und dadurch meinen sozialen Status zu erhöhen.

»Die kriegt sie nur, weil ihre Familie so stinkreich ist.

Sie spenden der Schule Unsummen. Gegen sie hat keine eine Chance«, flüsterte mir Claire, eine stille Mitschülerin, auch Stipendiatin und darüber hinaus Sportskanone, einmal zu, als Bella die nächste begehrte Rolle zugesprochen bekam.

Ich konnte Claire gut leiden, trotzdem konnte ich mich nicht mit ihr anfreunden, denn ich hatte mitbekommen, dass Bella – auch wenn sie nach außen hin bei mir eine Ausnahme machte – es allgemein nicht guthieß, dass Stipendiatinnen einen »Freifahrtschein« bekamen, während die meisten aus dem inneren Kreis Eltern hatten, die hart gearbeitet hatten, um zu Wohlstand zu kommen. Der Gedanke, dass Bella je sehen könnte, woher ich kam, erfüllte mich mit Scham. Nur nachts, wenn ich im Schein der Taschenlampe in mein Tagebuch schrieb, ließ ich meinem Gefühl, hier am falschen Platz zu sein, freien Lauf, aber auch dabei sparte ich mit Details.

Es schmerzt mehr, wenn man die Wahrheit auch noch schwarz auf weiß vor sich sieht.

Ich gähne. Es ist drei Uhr morgens, von draußen leuchtet der Vollmond herein.

Ich gehe ins Bad, schminke mich mit Seife sowie lauwarmem Wasser ab und putze mir die Zähne mit Nates elektrischer Zahnbürste (er hat eine zweite mit Batterie, die er im Dienst mitnimmt).

Als ich aufwache, durchlebe ich ein paar kostbare, flüchtige Sekunden, in denen ich glaube, dass alles noch so ist, wie es sein sollte. Ich liege glücklich und zufrieden in unserem Bett, während Nate Frühstück macht oder joggen gegangen ist. Aber wie jedes Mal schlägt gleich darauf die niederschmetternde Realität zu, und das schwebende, nicht greifbare Glücksgefühl zerplatzt wie eine Seifenblase.

Ich schaue auf mein Handy; es ist Mittag. Ich mache Kaffee und werfe einen Blick in den Gefrierschrank. Die Muffins sind noch unberührt, darum ziehe ich sie ein winziges Stück weiter vor.

Mein Handy läutet. Ein Makler.

»Fantastische Neuigkeiten, Miss Price«, sagt die junge Männerstimme. »Wir haben bereits ein Angebot, das fast dem geforderten Preis entspricht. Und wir bräuchten nicht abzuwarten, bis die potenziellen Käufer ihre eigene Bleibe verkauft haben, denn sie leben derzeit zur Miete.«

Damit werde ich in Kürze so viel Geld zur Verfügung haben wie noch nie in meinem Leben. Amelias Schuldgeld. Das bedeutet, dass ich mir aussuchen kann, wo ich wohnen will; ich brauche nicht länger im Exil in Reading zu versauern. Ich sehe mir Immobilienangebote in Richmond an, doch die sind reine Halsabschneiderei. Realistisch betrachtet kann ich mir hier nur eine winzige Wohnung leisten, mehrere mögliche Objekte versehe ich mit einem Lesezeichen.

Ich wechsele zu Facebook. Bei Amy tut sich noch nichts. Michele Bianchi, Halbitaliener und Freund aus längst vergangenen Statistentagen, hat eine kleine Rolle in einem Fernsehspiel als Assistent einer Tierärztin ergattert. Ich tippe *Glückwunsch!* Niemand sprach ihn je nur mit seinem Vornamen an – er hieß grundsätzlich Michele Bianchi. Wir haben oft zusammen Mittag gegessen und den richtigen Schauspielern bei der Arbeit zugeschaut. Wenn ich alles daran gesetzt hätte, wäre auch für mich eine Schauspielschule drin gewesen. Mir gefiel der Gedanke, ein Doppelleben zu führen; das eine als ich selbst, das andere als erfundene

Figur. Doch nachdem ich bei der ersten sich bietenden Gelegenheit von meiner Schule abgegangen war, machte ich stattdessen einen Job nach dem anderen: als Floristin, Servicekraft bei einer Event-Agentur, Verwaltungsassistentin, Verkäuferin, um nur ein paar zu nennen. Mit meinen Wohngelegenheiten verhielt es sich ähnlich. Ich hatte nacheinander Zimmer in WGs angemietet, kehrte aber regelmäßig ein paar Monate später nach Dorset zurück, weil ich es hasste, mit Fremden zusammenzuleben. Wenn ich es recht überlege, verhält es sich mit meinen Männerbeziehungen und Freundschaften ähnlich. Im Allgemeinen sind die Menschen für mich eine Enttäuschung, sobald ich sie näher kennenlerne. Nur auf Nate kann ich bauen. Bei ihm fühlt sich alles *richtig* an. Anders kann ich es einfach nicht beschreiben.

Ich scrolle durch die Chronik seiner Facebook-Seite; er war in Boston im Fitnessclub.

Bella hat getweetet, dass sie heute Morgen Hot Yoga ausprobieren will.

Ich sehe mich wie üblich ein bisschen um. Das hat noch nie geschadet, und selbst als ich noch hier lebte, gab es immer Dinge, die zu kopieren oder einzustecken sich lohnte. Weil man nie wissen kann im Leben, einfach niemals. Mir sticht nichts Neues oder Ungewöhnliches ins Auge, darum wasche und trockne ich meinen Kaffeebecher ab, hänge ihn zurück an den Tassenbaum und überzeuge mich abschließend dreifach, dass alles an seinem Platz ist. Mein Blick fällt auf die Kühlschranktür, auf der freie Flächen zwischen den wenigen Fotos und Werbezetteln klaffen. Früher war sie viel farbenfroher. Nate brachte mir aus jedem Land, in das er kam, Kühlschrankmagneten oder

Tassen mit. Richtige Touristensouvenirs, weil er genau wusste, dass ich so was liebe – ich finde das nicht kitschig. »Ich denke an dich, während ich unterwegs bin«, behauptete er stets. Die Souvenirs liegen alle noch im Karton; ich werde sie erst wieder auspacken, wenn ich sie hierher, in ihr ursprüngliches Zuhause mitnehmen kann.

Ich lasse ein letztes Mal den Blick durch mein ehemaliges und zukünftiges Heim wandern, dann mache ich mich widerwillig auf den Weg und nehme den Zug zurück zur Schuhschachtel. Sobald ich dort bin, rufe ich bei Bellas Friseur an und mache einen Termin aus. Bella lebt immer noch in Bournemouth, in der Nähe ihres Elternhauses, das liegt nicht unüberwindbar weit von hier entfernt. Ich setze mich aufs Sofa und lerne für meine theoretische Fahrprüfung. Nate wird seine selbstbewusste, unabhängige zukünftige Ehefrau, der er dummerweise den Laufpass gegeben hat, nicht wiedererkennen.

Er hat nicht den Hauch einer Chance.

Ich breche in aller Frühe zu einem Kurzstreckenflug nach Frankfurt auf. Direkt nach dem Rückflug ziehe ich mich auf der Flughafentoilette um, gebe meine Uniform in der Reinigung ab und nehme den Bus nach Bournemouth.

»Was kann ich heute für Sie tun?«, fragt Bellas Lieblingsstylistin, die stets lächelnde Natasha.

Ich stocke. Eigentlich wollte ich blond werden wie Bella, aber wenn ich es recht bedenke, wirkt Amy so selbstsicher mit ihren braunen Haaren. Sie strahlt das richtige Maß an Souveränität aus und ist doch diszipliniert, wenn es darauf ankommt. Vielleicht könnte ich etwas lernen, wenn ich mich an ihr orientiere.

»Ich würde gern was Neues ausprobieren«, sage ich. »Mir schwebt ein bisschen etwas Ausgefalleneres vor …«

Bei einem Kaffee wandere ich mit dem Finger über die Farbtafel und tippe auf die Schattierung, die Amys Haarfarbe am nächsten kommt, bevor ich ganz entspannt in einer Zeitschrift blättere. Während Natasha mein Haar stylt und schneidet – »nur etwas kürzen«, beharre ich, denn ich will nicht *genau* wie Amy aussehen –, plaudere ich mit ihr über ein paar schwierige Passagiere auf meinen Flügen, in der Hoffnung, dass sie im Gegenzug ein paar Anekdoten über zickige Kundinnen preisgibt. Und bestimmt gehört Bella dazu, denn es ist schlicht unvorstellbar, dass sie irgendwen mit Respekt behandelt. Allerdings will Natasha nicht anbeißen. Ich gebe ein großzügiges Trinkgeld, um sicherzustellen, dass sie beim nächsten Mal gesprächiger ist. Entspannt spaziere ich zurück zum Bahnhof, wobei ich jedes Mal überrascht bin, wenn mir der Küstenwind ins Haar fegt und eine braune Haarsträhne in mein Blickfeld gerät.

Als ich auf den Bahnsteig komme, springt mir auf der Abfahrtstafel ein vertrauter Name entgegen: das Dorf, in dem mein Internat lag. Es gibt keinen konkreten Anlass, trotzdem möchte ich instinktiv dorthin fahren, obwohl die Schule inzwischen zum Pflegeheim umgebaut wurde. Ehe ich es mir anders überlegen kann, kaufe ich ein Ticket und steige in den nächsten Zug. Allerdings habe ich dummerweise nicht genauer auf die Tafel geschaut, denn ich brauche über eine Stunde, um ins tiefste Dorset zu gelangen. Vom Bahnhof bis zur Schule ist es noch eine halbe Meile zu gehen. Von einem glänzenden Goldschild leuchtet der neue Name, begleitet von dem Versprechen: *Wir sorgen für*

Sie. Ich hoffe nur, dass sie für die alten Leute besser *sorgen* als damals für die jungen Mädchen. Ich gehe vorbei und spaziere die schmalen Dorfbürgersteige entlang – auf einer vertrauten, uralten Route.

Der Zeitungsladen ist noch derselbe. Während der Nachmittagspause zwischen vier Uhr und vier Uhr fünfundzwanzig war es uns gestattet, den dreiminütigen Weg auf uns zu nehmen und unsere Süßigkeitenvorräte aufzustocken. Ich drücke die Tür auf. Ich kann mich nicht erinnern, wer damals hinter der Theke stand, weiß also nicht, ob der Mann an der altmodischen Kasse mich früher bedient hat, aber ich habe den Verdacht, dass auch er noch derselbe wie damals ist.

»Wie ich sehe, hat die Schule den Betreiber gewechselt?«, frage ich, während ich so tue, als würde ich in den Zeitschriften auf dem Regal stöbern.

Er nickt.

»Ich war als junges Mädchen hier.«

»Wirklich? Es gab damals so viele.«

Er verliert kein Wort über die Dorfjungs, die oft auf dem gegenüberliegenden Gehweg standen und uns auslachten. Wir wurden regelmäßig ermahnt, sie gar nicht zu beachten, allerdings kann ich ihnen keinen Vorwurf machen. Jeder Verstoß gegen die Uniformregeln wurde unverzüglich mit vierzehn Tagen Hausarrest bestraft, darum trugen wir keine normalen Sachen wie normale Schüler, sondern im Sommer lächerliche Strohhüte oder aber im Winter Umhänge, die uns zu Witzfiguren machten, so als würden wir einer religiösen Sekte oder einem anderen Zeitalter angehören.

Ich entscheide mich für zwei Brautmagazine. Während

wir die Bezahlung regeln, fallen mir die braunen Papiertüten ins Auge. Ich füllte meine immer mit so vielen Leckereien wie möglich und bestach andere Schülerinnen, damit sie ihre Zeit mit mir verbrachten (ziemlich durchschaubar). Wir verabschieden uns, und ich gehe zurück in Richtung Pflegeheim. Ich habe keine Ahnung, was ich mir davon erwarte, aber jetzt, wo ich schon mal hier bin, kann ein Besuch nicht schaden.

Als ich mich dem viktorianischen Gebäude nähere, fällt mir als Erstes auf, dass der Empfangsbereich am selben Fleck geblieben ist, dafür aber der Haupteingang verbreitert wurde. Anstelle der alten weißen Holztür, die immerzu knarrte, öffnen sich jetzt Doppeltüren nach außen. Eine eiserne Rollstuhlrampe lehnt an der Seite. Blätter kreiseln in der Luft, in winzigen Strudeln gefangen. Die Autos sind neu, der alte Rover der Rektorin ist ebenso Geschichte wie der Polo der Schauspiellehrerin. Von dort, wo ich jetzt stehe, befand sich früher linker Hand eine schwarze Tür. Inzwischen wurde die Stelle zugemauert. Während der täglichen Morgenpause öffnete sich die alte Tür, und die Vertrauensschüler verteilten Post und Pakete von Zuhause: Geburtstagskarten, Valentinswünsche oder Postkarten und Briefe von älteren Verwandten, hauptsächlich jenen, die noch mit der E-Mail fremdelten.

Ich atme tief durch und betrete meine ehemalige Schule. Die Räume haben sich komplett verändert, doch der Geruch nach öffentlicher Einrichtung ist geblieben. Es ist ein Schock, sofort erwarte ich, *sie* zu sehen oder ihre unverkennbaren Schritte zu hören. Wie angewurzelt bleibe ich stehen und muss an etwas denken – daran, wie Bella mir eines Abends erklärte, dass ich beim Abendessen nicht neben ihr sitzen könnte, sie müsse den Platz für Stephanie freihalten. Über demütigende Minuten hinweg konnte ich im überfüllten Speisesaal keinen anderen Platz finden. Ich setze die Erinnerung auf meine persönliche Verfehlungsliste.

Dann konzentriere ich mich auf die jetzige Umgebung. Die Buntglasfenster zieren immer noch die hohen Wände, und auch der große offene Kamin ist an Ort und Stelle geblieben. Aber an der Wand darüber hat man eine glänzende Holzplakette festgenagelt. Meine Augen überfliegen das lateinische Original (*fortes fortuna adiuvat*) und richten sich dann auf die englische Übersetzung: Dem Mutigen hilft das Glück. Während ich noch darüber nachsinne, was dieses Motto in einem Altenheim bedeutet, werde ich aus meinen Gedanken gerissen.

»Kann ich Ihnen helfen?« Eine Frauenstimme.

Ich drehe mich um und lächle die Frau am Empfang an, die eine verspielte pfauenblaue Bluse trägt. Die Lesebrille hängt an einer Kette um ihren Hals. Sie sieht aus, als würde sie *sich sorgen.*

»Verzeihen Sie«, sage ich. »Ich bin hier früher zur Schule gegangen. Es ist ein merkwürdiges Gefühl, wieder hier zu sein.«

»Und wann war das?«

»Ich bin vor etwa zehn Jahren abgegangen. Sagen Sie … dürfte ich mich vielleicht mal umsehen?«

»Das geht leider nicht, fürchte ich. Nicht ohne vorherige Anmeldung. Und wenn Sie keine Verwandten hier haben, dann tut es mir leid, aber nein.«

»Und was ist mit den Außenanlagen? Läuft der Bach immer noch unten durch den Park?«

»Ja, tut er, aber ich muss nachfragen, ob Sie dorthin dürfen.« Sie greift nach dem Telefon auf ihrem Tisch. »Ich wüsste aber nicht, was dagegenspricht.«

Der Bach ist nicht sehr tief, in meiner Erinnerung war er tiefer. Zwar sind die Rasenufer inzwischen überwuchert, doch man gelangt immer noch auf dem alten Pfad dorthin. Ich frage mich, ob überhaupt noch jemand hierherkommt. Es ist schließlich kaum wahrscheinlich, dass sich die jetzigen Bewohner auf eine Zigarette oder für sonstige Heimlichkeiten hierherschleichen.

Hier habe ich mich früher versteckt. Ich zog die Schuhe aus und ließ die nackten Füße im Wasser baumeln.

Alle dachten, ich würde nach Will instinktiv das Wasser scheuen. Stattdessen fand ich es tröstlich.

Eine kühle Brise weht und lässt die Trauerweiden über das Wasser streichen. Ich setze mich auf die unebenen Steine, drehe mich um und schaue zum Hauptgebäude zurück.

Zuletzt saß ich hier am Abend des Sommerballs für die Schulabgängerinnen.

Vor zehn Jahren.

Oberstufenschüler aus anderen Schulen – auch Jungen – waren eingeladen, sie wurden aus dem ganzen County per Bus angekarrt. Schnell verbreitete sich das Gerücht, dass ein paar Schulabgänger den Obstpunsch mit hereingeschmuggeltem Alkohol aufgepeppt hatten. Stoisch trank ich meine Bowle, auch wenn sie wie Hustenmedizin schmeckte, aber im Hinterkopf war mir immer klar, dass ich mich auf keinen Fall so idiotisch albern und schamlos aufführen wollte wie meine Mutter. Babs hatte mir etwas Geld geschickt, davon hatte ich mir extra für diesen Anlass ein rotes Kleid gekauft. Doch obwohl ich mich äußerlich verändert hatte, war ich innerlich immer noch dieselbe. Irgendwann hatte ich es satt, mich unscheinbar zu fühlen und neben Claire auf einem Stuhl am Rand des Geschehens auszuharren, und so schlich ich, als die Aufsicht führenden Lehrer gerade nicht hinsahen, aus dem Gebäude und spazierte über den Rasen hinunter zu meinem persönlichen Versteck. In meiner Kehle brannte es leicht, und mir war heiß. Ich zog die hochhackigen Schuhe aus und tauchte die Füße ins Wasser. Das Dunkelgrau der aufziehenden Nacht verdichtete sich, und allmählich sanken die Temperaturen. Ich war beinahe glücklich; bald würde ich diesen verhassten Ort verlassen. Eine sanfte Brise strich über meine Arme und Beine, ich fühlte mich unbeobachtet, sicher und geborgen. Ich zog die Füße wieder aus dem Wasser und schlang die Arme um die Knie.

Eigentlich hatte ich vorgehabt, in den Schlafsaal zu schleichen, sobald es noch dunkler wäre, und mich unter meiner Decke zu verkriechen. Aber jetzt warnten mich Schritte und knirschende Kiesel, dass ich nicht mehr allein war. Ich stand schnell auf und machte mich darauf gefasst, mich rechtfertigen zu müssen, aber zu meinem Erstaunen konnte ich in der Dunkelheit gerade noch erahnen, dass es ein Oberstufenschüler war, einer der bekannten »Coolen« aus der Gruppe, die sich um Bella, Stephanie und ihre Gang geschart hatten.

Allein.

Ich fragte mich kurz, ob er mir wohl gefolgt war, doch sein Blick war in die Ferne gerichtet. Als er mich entdeckte, schien er verblüfft, dass noch jemand hier war. Er hatte seine schwarze Krawatte ausgezogen, und die obersten zwei Hemdknöpfe standen offen. In seiner Rechten hielt er ein Glas. Ich setzte mich wieder, er setzte sich zu mir, stellte sein Glas ab und drehte es leicht in den Boden hinein, damit es halbwegs gerade stand.

»Hi.« Er zündete sich eine Zigarette an, und die Streichholzflamme erhellte sein Gesicht. Mit der freien Hand zerrte er die Schuhe und Socken von seinen Füßen, dann wackelte er mit den Zehen im Wasser. »Ist das kalt!«

Ich lachte.

Die rote Spitze seiner Zigarette glühte auf. Er bot sie mir an.

Ich wollte nicht ablehnen, darum nahm ich sie und inhalierte so vorsichtig wie möglich, dennoch wurde mir leicht schwindlig. Ich überlegte fieberhaft, womit ich ihn zum Lachen bringen oder zum Bleiben bewegen konnte, denn in mir war eine winzige Hoffnung entflammt. Vielleicht würde sich an diesem Abend etwas entwickeln, das alles verändern konnte.

»Warst du schon auf vielen Bällen und Partys?«, platzte ich heraus und verwünschte mich sofort für die unbedarfte, naiv klingende Frage.

»Drei in diesem Jahr.«

Mir fiel darauf nichts Weiteres ein, dennoch gab er mir das Gefühl, dass es keine vergeudete Zeit war, mit mir zu reden; dass ich nicht hässlich war. Oder zu dick. Mein Bauch war wie ausgehöhlt. Ich wünschte mir, ich hätte mir auch einen Drink mitgenommen.

»Darf ich?«, fragte ich und deutete auf sein halbvolles Glas.

»Klar doch.« Er hob es an und hielt es an meine Lippen.

Ich nahm erst einen winzigen, dann einen zweiten, tieferen Schluck. Es schmeckte besser als vorhin. Als er mir noch einen Schluck anbot, schüttelte ich den Kopf. »Was ist mit dir?«

»Ich hatte schon genug. Was tust du so allein hier draußen?«

Ich zögerte. »Ich brauchte eine Pause. Irgendwann hältst du es nicht mehr aus, tagein, tagaus mit denselben Leuten zusammen zu sein.«

Er lachte. »Erzähl mir was Neues. Wenigstens ist eure Schule so groß, dass es Verstecke wie dieses hier gibt. Und es gibt hier entschieden mehr Schüler als bei uns.«

Er drückte seine Zigarette im Gras aus, und ich war überrascht, wie viel Licht der kleine glühende Punkt gespendet hatte, denn schlagartig hüllte uns die Dunkelheit ein. Wir schwiegen beide. Ich hörte das leise Plätschern des Wassers und weiter weg das Wummern der Musik, aber ohne dass ich das Stück erkannt hätte. Plötzlich spürte ich, wie surreal der Augenblick war, fast als wäre ich vorübergehend aus meinem wahren Leben ausgetreten.

Ich weiß nicht mehr, wer sich zuerst vorbeugte, aber unsere Lippen berührten sich, und wir küssten uns. Er schmeckte nach Alkohol und Zigaretten.

»Du riechst echt gut«, sagte er, als wir uns voneinander lösten.

Es muss das Haarspray gewesen sein, denn ich konnte mir kein Parfüm leisten und hatte nicht den Mut gehabt, welches von Bella zu stehlen. Ich beugte mich wieder vor, nahm einen winzigen Schluck aus seinem Glas und stellte es dann weg. Wir küssten uns wieder und legten uns hin. Ich spürte den Boden, die Steine und das Moos unter meinem Rücken und sorgte mich einen winzigen Moment um mein Kleid. Doch dann küsste er mich wieder, und ich vergaß alle Sorgen. Nichts war noch von Bedeutung. Die Zeit begann hier. Ich weiß noch, wie ich dachte: *Das ist es*. Er war mein Ticket ins wahre Leben, von heute an würde sich alles ändern. Alles würde sich zum Besten wenden.

Ich gab meinen Gefühlen nach. Ich fühlte mich beschützt. Es fühlte sich richtig an.

Als es vorbei war, schien der ganze Augenblick auszubleichen wie ein sich auflösender Schatten in einem Traum.

»Hast du zufällig Zigaretten?«, fragte er. »Das war meine letzte.«

»Nein«, erwiderte ich und wünschte mir verzweifelt, ich hätte welche.

Bevor wir noch viel reden konnten, hörte ich ihn die Hose hochziehen und seinen Gürtel schließen. Er zog die Schuhe an. Mühsam sammelte ich mich wieder, meine Beine flatterten.

»Kommst du mit rauf?«, fragte er.

»Klar. Gleich.« Das klang cooler als *Bitte bleib bei mir.*

»Okay. Bis dann.«

Ich stand auf und versuchte, ihn zu umarmen. Er drückte mich kurz an sich und mir dann einen Kuss auf die Lippen. Ich wollte ihm sagen, dass ich ihn liebte, doch ich spürte, dass es dafür zu früh war. Also ließ ich ihn gehen. Ich hörte ihn den Abhang hochsteigen. Von mir weg. Ich tastete nach seinem Glas, doch es war umgefallen und ausgelaufen. Ich versuchte, das Ganze zu begreifen, fragte mich, ob ich nun trotz meiner fünfzehn Jahre erwachsen war, und legte dabei immer wieder die Finger auf meine Lippen, um seinem Abschiedskuss nachzuspüren. Ich konzentrierte mich auf das

Wummern der Musik und konnte endlich ein Stück erkennen – Will Smith' »Switch«.

Erst als es endgültig zu kalt und ungemütlich wurde, schlich ich hinauf in den Schlafsaal und säuberte mich. Von Blut, Samen, Dreck. Anschließend zwang ich mich, wieder auf die Party zu gehen. Er war auch im Saal, und in meiner Naivität nahm ich an, dass er zu mir kommen würde, dass er verkünden würde, wir seien jetzt ein Paar, und dass ich dadurch in den Kreis der beliebten Schülerinnen aufsteigen würde – und sei es nur vorübergehend. Doch er schien mit Bella zu schäkern. Sie lachte über etwas, das er gesagt hatte. Kurz darauf legte er den Arm um Stephanies Schulter.

Den kurzen Rest des Abends schaute ich vom Rand des Saals aus zu, lauschte Claire widerwillig mit halbem Ohr und ging zwischendurch immer wieder auf die Toilette, jedes Mal in der Hoffnung, dass er mir folgen würde. Ich hasste mich selbst, weil ich nicht den Mumm hatte, loszugehen und mich zu ihm zu stellen, so als hätte ich jedes Recht dazu. Ich gab Bella die Schuld an meiner Unsicherheit. Wäre sie netter, wäre sie mir eine echte Freundin gewesen, dann hätte ich ganz selbstverständlich zu ihrem Kreis gehört. Aber ich hatte Angst vor ihr. Angst, dass sie mich vor ihm bloßstellen würde.

Zweimal glaubte ich, dass er hersah. Aber beide Male nur so flüchtig, dass ich seinen Blick nicht auffangen konnte. Immer wieder sah ich auf die Uhr; es war reine Folter, denn um Viertel vor zwölf würden die Busse abfahren. Um elf war ich der Verzweiflung nahe. Inzwischen hoffte ich nur noch auf ein beiläufiges Versprechen, mich anzurufen oder mir zu mailen. Bis Viertel nach elf hatte ich mir eingeredet, dass es ihm peinlich war, mich anzusprechen. Andererseits gab es keine verstohlenen Blicke, überhaupt keinen Hinweis darauf, dass irgendetwas passiert war. Kein einziges Mal sahen wir uns in die Augen. Allmählich hatte ich den Verdacht, dass ich mir alles nur eingebildet hatte – aber das war unmöglich. Zorn und Hass machten sich in mir breit, gepaart mit verbitterter Entschlossenheit.

Ich schwor mir, dass ich mich nie wieder so behandeln lassen würde. Nie wieder würde ich mich so eiskalt abservieren lassen.

Doch noch war ich nicht bereit, alle meine Hoffnungen fahren zu lassen. Während der letzten Schulwochen checkte ich bei jedem Besuch in der Bibliothek meine Mails. In jeder Pause wartete ich in Sichtweite der schwarzen Tür auf eine romantische Karte oder ein kleines Geschenk – irgendwas, egal was. Jedes Mal, wenn abends das Telefon neben dem Gemeinschaftsraum läutete, wünschte ich mir, dass es für mich sein möge. Denn ganz abgesehen von meinen Sehnsüchten und Hoffnungen hätte sich dadurch alles geändert; hätte das eine weitere schreckliche Folge dieses Abends erträglicher gemacht. Bis heute zucke ich zusammen, wenn ich unvorbereitet gewisse Worte höre, die man mir nachrief, nachdem mein Fehltritt allgemein bekannt wurde.

Ich stehe auf, erfüllt von frischem Optimismus und Glauben an mich selbst. Es war gut, noch einmal herzukommen und mich an meinen vor zehn Jahren gefassten Schwur zu erinnern, mich nie wieder respektlos behandeln zu lassen.

Schon gar nicht von einem Mann.

Auf der Rückfahrt im Zug habe ich reichlich Zeit, alles zu durchdenken: *Nate hatte kein Recht, mich in Reading abzuladen, als sei ich nichts wert.*

Er hat mich eindeutig in dem Glauben gewiegt, dass wir beide eine Zukunft hätten, dass er mich genauso lieben würde wie ich ihn.

Ich hätte mich von ihm schwängern lassen sollen. Ich habe mir den Luxus eines Flitterwochen-Gefühls erlaubt, und das ist mich teuer zu stehen gekommen, aber ich gebe nicht auf.

Ich werde ihn zurückerobern und gewissenhaft alles dafür tun, dass unsere Leben durch unzertrennliche Bande verknüpft werden.

Ich habe in so vielen Selbsthilfebüchern gelesen, dass man die Vergangenheit nicht ungeschehen machen kann, dass nur die Zukunft Hoffnung auf Veränderung bietet. Darum werde ich zwischen meinen bevorstehenden Flügen nach Bahrain, Washington, Lusaka und Barbados meine Zeit ausschließlich mit positiven Schritten füllen und etwa bei jeder Gelegenheit Fahrunterricht nehmen. Und eine neue Wohnung suchen. Ich fühle mich allgemein viel besser, wenn ich ein konkretes Ziel vor Augen habe.

Ich blättere in den Zeitschriften, die ich in dem Dorfladen gekauft habe. Eins der Models sieht Bella ähnlich. Ich werde zu Hause ihr Bild ausschneiden und es meiner Pinnwand hinzufügen; einem Kunstwerk, einem Labyrinth aus Hunderten von Bildern von Bella und Nate: Gesichter, Arme, Beine, Kleidung, Körper.

In guten wie in schlechten Zeiten. In Reichtum und in Armut. In Krankheit und Gesundheit. Bis dass der Tod uns scheidet.

Diese Worte wiederhole ich statt meines üblichen Mantras vor mich hin, während ich von meiner Zukunft mit Nate träume, um mich auf der Rückfahrt in mein provisorisches Leben abzulenken.

6

Mein Flug nach Barbados verzögert sich nach dem Boarding. Bislang um zwei Stunden. Anfangs reagiere ich geduldig auf die Beschwerden, aber es dauert nicht lang, bis ich meinen Frust nur noch mühsam zügeln kann. Es gibt ein Problem mit einer unserer Ladeluken für das Gepäck. Die Mechaniker versuchen, sie zu reparieren. Ende der Geschichte. Ich erkläre – *höflich* –, dass es sinnlos ist, trotzdem zu starten, da in diesem Fall die kostbaren Koffer der Passagiere aus dem Flugzeug purzeln und über London herabregnen würden. Mit Hotelgästen war einfacher umzugehen. Die waren nicht in ihren Zimmern gefangen und saßen im Hotel fest, ohne irgendeine andere Beschäftigung zu haben, als meine Aufmerksamkeit zu beanspruchen.

»Entschuldigung?«

Ich fahre herum und will schon eine weitere Forderung abschmettern, als ich sehe, dass die Stimme einem Mädchen von höchstens neun oder zehn Jahren gehört.

Ich gehe neben ihr in die Hocke. »Ja?«

»Ist mit dem Flugzeug alles in Ordnung? Ich fliege ganz alleine.«

»Ja, du brauchst dir keine Sorgen zu machen. Es gibt ein kleines Problem, weil eine Tür klemmt, aber die wird gerade repariert. Wieso bist du allein unterwegs?«

»Ich fliege zu meiner Mum. Sie hat einen neuen Freund, darum lebe ich bei meiner Oma. Aber jetzt hat sie gesagt, ich kann kommen und bei ihr Urlaub machen.«

Eine altvertraute Zorneswoge bricht so unvermittelt über mich herein, dass ich fast die Balance verliere. Ich halte mich an der Lehne fest und richte mich wieder auf.

»Weißt du was, du darfst zwar während des Flugs nicht ins Cockpit, aber nach der Landung, wenn alle aussteigen, bringe ich dich nach vorn. Gefällt dir das?«

Sie nickt.

»Und wenn du auf dem Flug irgendwann Angst bekommst, kannst du jederzeit zu mir kommen.« Ich deute auf mein Namensschild. »Frag einfach nach Juliette.«

»Okay.« Sie wendet sich ab und schaut aus dem Fenster. »Danke.«

Ich suche die Kollegin, die für das Mädchen zuständig ist, und erkläre ihr, dass ich übernehme.

Ein kurzer Ruck, endlich setzen wir zurück. Vorn in der Kabine beginnt eine Gruppe von Ferienfliegern zu klatschen. Am liebsten würde ich mitklatschen.

Barbados.

Heiß. Sonnig. Sandig. Entspannt.

Laut den Damen an der Rezeption ist es – Ende April – die ideale Reisezeit. Es gibt neun Sonnenstunden täglich, und die Hurrikansaison liegt noch in weiter Ferne. Am ersten Morgen geselle ich mich zu den anderen am Pool, dämmere auf einer Sonnenliege vor mich hin und nuckele an einer dünnen Margarita. Ein seltenes Gefühl von innerer Ruhe senkt sich über mich. Ich schließe die Augen und lasse die Wärme in meine Knochen sickern.

Nate ist in Shanghai. Ich frage mich, was er wohl so treibt. Also setze ich mich auf, greife nach meinem Handy und ziehe mich an einen schattigen Fleck unter einem nahen Baum zurück.

Ich scrolle.

Ich rechne schon lange damit, dass Nate seine Passwörter ändert. Natürlich werde ich stinksauer sein, wenn es so weit ist, aber bislang kann ich nach Herzenslust verfolgen, was er so treibt. Ich habe kein schlechtes Gewissen dabei. In der Liebe und im Krieg sind alle Mittel erlaubt. Außerdem hat er auch keine Rücksicht auf meine Gefühle genommen, als er mich aus der Wohnung warf.

An jenem Abend hatte ich ihm ein ganz besonderes Curry gekocht, und damals – vor sieben Monaten – begann ich Augenblicke zu durchleben, in denen ich das Gefühl hatte, ins Bodenlose zu stürzen. Zwischendurch musste ich mich sogar an der Küchentheke festhalten, so als könnte ich mich nur dadurch retten. Gefühle, die ich lange verschüttet glaubte, schossen wieder in mein Bewusstsein und drohten mich zu ersticken. Eine Erkenntnis allerdings überstrahlte das Durcheinander in meinem Kopf: Ich hatte die Situation falsch eingeschätzt. Ich hatte geglaubt, über unsere Zukunft sei bereits entschieden, wir bräuchten nur nacheinander die jeweiligen Schritte zu tun – zusammenwohnen, Antrag, Verlobung, Heirat und so weiter.

Ich war in der Küche, als ich hörte, wie die Haustür zuging. Ich eilte ihm entgegen, um ihn zu begrüßen, doch meine Umarmung blieb unerwidert.

»Es ist nicht so, dass ich nichts für dich empfinde, ich glaube nur nicht, dass ich dir geben kann, was du im

Moment in einer Beziehung brauchst. Ich brauche einfach mehr Freiraum«, erklärte er, nachdem er verkündet hatte, dass es mit uns vorbei sei.

Ich sah ihm fest in die Augen. »Ach, es liegt an dir, nicht an mir? Da musst du dir schon was Besseres einfallen lassen …«

»Na schön, sehen wir den Tatsachen ins Auge – selbst *du* musst zugeben, dass alles ziemlich überstürzt war. Du … ich … wir hätten es langsamer angehen sollen.«

Ich versuchte zu atmen. Nachzudenken. Ich spürte, wie sich der von mir geplante Abend in Luft auflöste, doch mein Hirn wollte das noch nicht begreifen. Ich musste die Situation wieder in den Griff bekommen, musste sie retten. Mein Blick ging in den offenen Essbereich hinter ihm. Alle femininen Akzente stammten von mir. Auf den Regalen reihten sich geschmackvolle Dekorationsstücke und Vasen. Bilder, Getränkeuntersetzer, Besteck, Geschirr, Weingläser, eine Obstschale. *Dinge*. Die Zierkissen im Wohnzimmer. Und ein Teppich in warmen Herbstfarben. *Ich* hatte diesen Ort zu einem Heim gemacht.

Ich drehte ihm den Rücken zu, legte behutsam den Kochlöffel ab, mit dem ich im Topf gerührt hatte – Herrgott noch mal, ich hatte den ganzen Nachmittag damit zugebracht, das Rezept *buchstabengetreu* nachzukochen –, und löste die Schürze, unter der mein neues, kurzes, enganliegendes Kleid zum Vorschein kam. Äußerlich ruhig, doch innerlich so aufgewühlt, dass mir speiübel war, drehte ich mich zu ihm um.

»Du bist müde und hast Jetlag. Wahrscheinlich bist du total hinüber, du Ärmster. Diese Hin- und Herflitzerei zwischen Ost und West kann nicht gesund sein. Ich mache dir einen Drink, und dann unterhalten wir uns gemeinsam darüber, wie wir alles regeln.« In Anbetracht der Umstände war ich von meiner eigenen Großzügigkeit überrascht.

»Es ist mir ernst.« Nate wurde hörbar lauter und machte keine Anstalten, die perfekt gekühlte Bierflasche zu nehmen, die ich ihm hinstreckte. »Lily, Elizabeth … es funktioniert nicht. Für mich. Das ist mir einfach zu intensiv. Ich möchte, nein, ich brauche wirklich … Freiraum.« Er fuhr sich mit den Händen durchs Haar und starrte mich eindringlich an, als würde er wahrhaftig glauben, dass ich klein beigeben würde.

»Hast du eine andere?«

»Nein. Nein, da ist niemand. Ehrenwort.«

Zu erschüttert, um etwas zu sagen, drehte ich ihm wieder den Rücken zu und kippte das Bier in sein Curry. Einen kurzen Moment verschaffte mir das Schäumen eine leise Befriedigung. Ich warf ein paar gehackte Chilischoten dazu und zwei ultrascharfe Scotch Bonnets hinterher. Wütend rührte ich um.

Meine Gedanken galoppierten.

Ich konnte mich weigern auszuziehen. Auf keinen Fall – auf keinen Fall! – würde ich zu meiner Mutter zurückkehren. Richmond war mir zur Heimat geworden.

Meine Ängste verknoteten sich wie Bänder, schnürten alles ab und riefen das vertraute Gefühl wach, ungerecht behandelt zu werden. Das war nicht fair, ich war ihm die perfekte Freundin gewesen. Das konnte er mir nicht antun. Meine Träume entglitten mir unaufhaltsam, so verzweifelt ich sie auch festzuhalten versuchte. Dennoch gab es inmitten der Dunkelheit einen strahlenden Fixpunkt. Falls irgendwie eine Frau hinter allem steckte, falls Nate mich belog, dann sollte sie sich sehr, sehr in Acht nehmen.

Denn eines wusste ich genau: Wenn ich irgendwann herausfand, dass eine andere Frau hinter meinen geplatzten Träumen steckte, dann hätte ich nicht die geringsten Hemmungen, ihre und Nates zu zerstören.

Doch Zorn bringt mich im Moment nicht weiter, nicht solange ich hier im Paradies weile.

Die Sonne sinkt. Billy Oceans »Carribean Queen« plärrt aus den Lautsprechern an der schilfgedeckten Bar. Cocktails werden gemixt, die Drinks nur so gekippt. Ich atme den Duft von Meer und Sonnencreme ein.

Lachen. Glückseligkeit. Spaß.

Das wollte ich mit Nate erleben.

Reisen.

Ich brauche einen Moment für mich, darum kehre ich zu meiner Sonnenliege zurück, stecke das Smartphone in meine Tasche und setze die Sonnenbrille ab. Ich tauche in den warmen Pool, drehe mich auf den Rücken und lasse mich wie ein Seestern durchs Wasser treiben. Das Wasser dämpft alle Geräusche. Ich liebe das Gefühl von Isolation und Taubheit, das Gefühl, allein und von einer perversen Welt abgeschnitten zu sein.

Zu den wenigen guten Dingen, die meine Jahre im Internat mir gebracht haben, gehört die Tatsache, dass ich dort schwimmen lernen musste.

Drei Wochen, nachdem Nate und ich uns getrennt hatten, lief mir ein Pärchen über den Weg, das wir ein- oder zweimal im Pub getroffen hatten.

Sie schienen überrascht, als ich ihnen von Nates Entscheidung erzählte.

»Aber ihr habt beide so glücklich gewirkt«, sagte die Frau. »Ihr hattet doch einen Urlaub geplant, oder?«

»Ja. Auf Bali.«

Ich hatte Stunden online verbracht, um den perfekten Fleck zu finden. Pärchenmassagen, romantische Spaziergänge, abgeschiedene Strände. Yoga und Meditation. Es wäre die ideale Gelegenheit für Nate gewesen, dem »Sinn des Lebens« näherzukommen, nach dem er jetzt zu suchen scheint. Sein Bindungsangst-Gehampel wäre in vierzehn Tagen überwunden und Geschichte gewesen.

»Das tut mir so leid«, sagte sie. »Er muss verrückt sein, dich gehen zu lassen. Wir hatten einen so lustigen Abend zusammen. Ich dachte, er würde dich vergöttern.«

Ich zuckte mit den Achseln. »Ich muss seine Gefühle respektieren. Was bleibt mir anderes übrig?«

Aber es war tröstlich zu wissen, dass nicht ich allein blind gewesen war. Und ich war auch nicht wirklich blind gewesen, nicht völlig, jedenfalls benahm Nate sich nicht so, als hätte er sich komplett entliebt. Bevor ich auszog, schliefen wir noch einmal miteinander.

Erfrischt steige ich aus dem Pool. Ich kämme meine Haare und setze mich zum Trocknen auf meine Liege, bevor ich später auf mein Zimmer gehe und mich umziehe.

Ich greife nach meinem Smartphone, gehe auf Facebook und poste auf meiner Juliette-Seite mehrere Bilder der Pool-Landschaft.

Dann checke ich Nates frisch aktualisierten Flugplan. Er und ich sind nächsten Monat zur selben Zeit in New York, aber zum Glück auf verschiedenen Flügen. Nichtsdestoweniger muss ich auf der Hut sein.

Auf Bellas Seite tut sich nichts, ich frage mich, was sie wohl vorhat. Sie macht praktisch nie Pause bei ihrer Selbstvermarktung.

Amy amüsiert sich in Nairobi; ihre gesamte Crew ist auf eine zweitägige Safari gegangen.

Auf dem Heimflug am folgenden Tag starre ich während des Starts und beim Steigflug stumm in das strahlende Blau über dem Wolkenteppich. Ich sehne mich so nach Nate. Nicht mehr lang, und ich kann ihm zeigen, wie strikt ich mich an unsere Abmachung gehalten und ihm Freiraum gegeben habe.

»Senior crew report to your stations.«

Die Aufforderung plärrt über die Bordsprechanlage und lässt meine Fantasien zerplatzen wie Seifenblasen. Es ist die Alarmdurchsage, mit der die Crew gewarnt wird, dass etwas passiert ist. Aber ich bin nicht in der Stimmung, a) heute zu sterben oder b) ein Flugzeug voll undisziplinierter, panischer Fluggäste über die Rettungsrutschen zu evakuieren. Ich schaue in die Kabine. Die Passagiere ahnen schon, dass etwas nicht stimmt, und haben tatsächlich die Kopfhörer abgesetzt. Manche blicken gespannt in meine Richtung. Meine Kollegin an der Tür gegenüber sieht zu mir her. Ihr Gesicht ist weiß. Das Bordtelefon läutet, und auf der Tafel darüber blinken die Notlichter. Es ist der Kabinenchef.

»Wir haben vermutlich einen Turbinenbrand an Steuerbord und kehren darum nach Bridgetown zurück. Der Kapitän hat erklärt, dass wir Treibstoff ablassen müssen und es darum bis zu dreißig Minuten dauern kann, bevor wir landen. Die Turbine wurde zwar sicherheitshalber abgeschaltet, aber es könnte weitere Komplikationen geben, deshalb müssen wir die Passagiere auf eine mögliche Notevakuierung vorbereiten. Fragen?«

Stille.

»Gut, wir fangen bei Tür Eins an. Wiederholen Sie die Instruktionen …«

Während ich den Hörer in die Halterung hänge, fängt Anya, meine Kollegin an Tür vier, in der Bordküche an zu schlottern und zu weinen.

»Ich bin gerade erst aus dem Mutterschutz zurück«, schluchzt sie. »Ich will noch nicht sterben.«

»Dann tu es einfach nicht. Reiß dich zusammen. Genau für diesen Fall wurden wir ausgebildet, also krieg dich wieder ein, dann geh da raus und tu deine Arbeit. Dann vergeht die Zeit auch schneller. Mach dich bereit, gleich nach der Landung deine Tür zu öffnen und dich zu retten, falls es nötig sein sollte. Mach dir um alle anderen keine Gedanken.« Ein morbider Gedanke blitzt in meinem Kopf auf – ich könnte ebenfalls zu Schaden kommen –, und so füge ich noch an: »Es sei denn, ich brauche deine Hilfe.«

Sie sieht mich an, wischt ihre Augen trocken und trottet an ihre zugewiesene Position in der Kabine. Wir stehen beide da wie Verkehrspolizistinnen, während aus den Lautsprechern die Ansage mit der Notfall-Prozedur dröhnt, und beginnen anschließend damit, die Passagiere einzuweisen. Ich konzentriere mich ganz und gar auf meinen Job, damit auf keinen Fall irgendeine Panik in mir oder bei den Passagieren aufkommt. Ich weiß, was ich zu tun habe, und ich sitze praktischerweise direkt an einer Tür. Wie ich angenehm überrascht feststelle, bleiben die Fluggäste im Großen und Ganzen ruhig und sind ausnahmsweise gewillt, auf uns zu hören. Wir bringen sie in die Schutzposition – mit straff gespanntem Sicherheitsgurt, vornübergebeugt, die Hände über dem Kopf gefaltet – und lassen jeden Passagier zum nächsten Ausgang deuten. All die endlosen, immer gleichen Übungen und Trainingsprozeduren scheinen sich auszuzahlen. Ich sichere die Kabine, indem ich alle Taschen und losen Gegenstände wegräume. Dann prüfe ich zweimal die Sicherungen an den Kanistern und Trolleys in der Galley.

»Cabin crew, seats for landing."

Ich schnüre mich in meinen Sicherheitsgurt. Anya bewegt stumm die Lippen, als würde sie beten.

Ich wünschte, Nate säße im Cockpit. Er ist zu egoistisch, um zu sterben. Das Flugzeug schaukelt hin und her. Offenbar ist Wind aufgekommen. Ich muss an ein Fahrgeschäft in einem Vergnügungspark denken, in dem ich mit meiner Mutter und einem ihrer damaligen Freunde war. Ich liebte den Kitzel, das Bauchkribbeln auf der Achterbahn und wollte unbedingt noch einmal hin, aber wir fuhren nie wieder dorthin.

Wir brechen durch die Wolken. Der Boden ist bereits zu sehen. Der Co-Pilot gibt durch: »One thousand feet«, also noch etwas mehr als dreihundert Meter.

In der Ferne kann ich das marineblaue Meer sehen, und davor Häuser mit aquamarinblauen Pools inmitten eines Flickenwerks von grünlich-braunem Land.

Das Jaulen der Triebwerke verstärkt sich.

Ich sehe, wie sich einige Passagiere an den Händen fassen.

Ein Kind weint.

In der Galley ist es still bis auf das Scheppern der Kaffeetassen in ihren Metallhalterungen.

»One hundred feet.«

»Vorbeugen, vorbeugen!«, schreie ich und nehme dabei selbst die Sicherheitsposition ein, in der meine Hände, so wenig das bringen mag, meinen Kopf abschirmen.

»Vorbeugen, vorbeugen«, schreit jetzt auch Anya mit einer Urgewalt, die ich ihr nicht zugetraut hätte.

Der Gurt schneidet in meinen Rumpf. Der Boden hebt sich uns entgegen, ich kann gerade noch die Rollbahn sehen, dann knallen wir mit einem ohrenbetäubenden Dröhnen auf den Asphalt. Das Flugzeug wird langsamer, und der Druck auf meinen Gurt verringert sich, als wir noch langsamer werden. Das Flugzeug biegt scharf ab und kommt abrupt zum Stehen.

Wir sind in Sicherheit. Das Drama ist überstanden.

Bis … das Jaulen des Evakuierungsalarms die Stille durchschneidet. An allen Tafeln blinken rote Warnlichter auf.

Rauch. Ich rieche Rauch.

Ich löse meinen Gurt, ziehe die schwere Tür auf und weiche zurück in eine Lücke, damit ich nicht überrannt werde. Innerhalb weniger Sekunden ist die graue Notrutsche aufgeblasen und entfaltet sich. Heiße Außenluft schlägt mir entgegen; ein scharfer Kontrast zur Klimaanlage.

»Kommen Sie hierher und springen Sie!«, rufe ich. »Einer nach dem anderen.«

Wie auf Autopilot schubse ich einen Mann, der einen Sekundenbruchteil zu lang zögert. Er schreit, bis er unten angekommen ist. Im Nu hat sich die Kabine geleert.

Nirgendwo sind Flammen zu sehen, und Rauch kann ich auch keinen mehr riechen; trotzdem bleibe ich nicht länger als nötig. Mein Job ist getan. Ich greife nach meinen

Taschen. Das soll man zwar nicht, aber wenn wir noch länger hier festsitzen, dann will ich keinesfalls meine Sachen hierlassen, wo sie verbrennen oder verloren gehen könnten. Ich bin froh, dass ich meine flachen Kabinenschuhe angelassen habe, denn der Asphalt muss glühend heiß sein. Als ich nach unten rutsche, ziehe ich mir durch die Reibung des Polyesterrocks Brandwunden an den Schenkeln zu.

Während der nächsten achtundvierzig Stunden bin ich damit beschäftigt, immer neue Formulare auszufüllen, mich befragen zu lassen, Aussagen zu machen und psychologische Betreuung zu verweigern. Jedes Mal, wenn ich glaube, meine Rolle in diesem *Un-Drama* sei zu Ende, holt mich jemand mit einem Klemmbrett oder Tablet vom Pool weg und befragt mich zu irgendwas, was ich längst beantwortet habe.

Ich tröste mich damit, dass ich massig Überstunden ansammele, solange ich hier bin – und am Pool Bräune tanke, während ich meinen Geliebten und meine Feindin ausspioniere.

Zwei Tage später geht es zurück nach Heathrow. Wir werden versetzt, was nichts anderes bedeutet, als dass wir als Passagiere und nicht als arbeitende Crew fliegen. Ich schaue zwei fast neue Filme – eine Komödie und einen Horrorfilm.

Direkt nach der Landung fühle ich mich irgendwie rastlos. Der erste Mai rückt näher, und ich sitze zu Hause fest, weil ich vier Tage lang auf Standby bin. Das heißt, ich muss innerhalb von zwei Stunden verfügbar sein, wenn jemand aus der Crew krankheitsbedingt oder wegen einer Veränderung im Flugplan ausfällt. Babs ist mit ein paar Freundinnen vom Tennis in den Lake District gefahren. Ich will nicht wieder in meiner Gefängniszelle von Wohnung sitzen. Nate ist zu Hause, zu ihm kann ich also auch nicht.

Aber … ich habe Amys Schlüssel.

Ich halte mich über ihren Einsatzplan auf dem Laufenden und weiß daher, dass sie immer noch in Kenia ist, und ihre Mitbewohnerin Hannah ist für drei Wochen in Neuseeland, wo sie ihre Familie besucht. Ich könnte in ihrer Wohnung übernachten. Wenn ich dabei ein, zwei Pflanzen gieße, wäre das gar nicht so schlecht. Ich täte sogar ein gutes Werk. Wobei ich mich wohlgemerkt überhaupt nicht daran erinnern kann, ob sie Pflanzen haben.

Statt zur Busstation biege ich ab in Richtung U-Bahn. Leise Selbstzufriedenheit mischt sich unter die leichte Übelkeit, die der Jetlag mit sich bringt. Ich schleife meinen Koffer und die Rolltasche zur U-Bahn, die über die Spalten im Asphalt rumpeln.

Die Sonne scheint warm auf mich herab, als ich an Amys Station aussteige und zu ihrer Wohnung gehe. Der Sommer ist nicht mehr fern. Ich bin optimistisch, dass schon bald der perfekte Zeitpunkt kommt, Nate zu eröffnen, dass ich wieder ein Teil seines Lebens bin.

7

Mein Handy läutet. Im ersten Moment bekomme ich es gar nicht mit, denn ich habe kürzlich den Klingelton geändert, damit mein Herz nicht bei jedem Läuten in der vergeblichen Hoffnung aussetzt, es könnte Nate sein. Der Anruf geht auf die Mailbox. Es läutet wieder. Eine mir unbekannte Festnetznummer. Ich liege in Amys Bett. Ich brauche einen Moment, um mich zu orientieren. Die blasse Sonne zwängt sich an dem Rechteck der Jalousie vorbei.

Ich nehme den Anruf an. »Hallo?«

»Elizabeth?«, fragt eine gut gelaunte Stimme.

»Wer ist da, bitte?«

Selbst in den besten Zeiten fällt es mir schwer, mir ins Gedächtnis zu rufen, wer wer ist und in welcher Beziehung ich zu ihm stehe. Ich brauche einen Kaffee und steige aus dem Bett, das Telefon immer noch fest in der Hand.

»Ich bin Lorraine«, fährt die Stimme fort. »Ihre neue Teammanagerin. Wir würden Sie gern zu einem Gespräch über Ihren Barbados-Flug einladen.«

»Hi, Lorraine. In der Arbeit verwende ich meinen zweiten Vornamen, Juliette. So wurde es ins System eingegeben. Ich habe das schon an alle möglichen Abteilungen weitergegeben, trotzdem tauche ich immer noch als Elizabeth auf. Könnten Sie das bitte ändern? Das ist wirklich sehr ärgerlich.« Ich habe mich in die Küche vorgearbeitet und schalte den Wasserkocher ein.

»Ich fürchte, das kann nur die Personalabteilung. Ich gebe Ihnen deren Mailadresse.«

»Nicht nötig, danke. Ich habe denen mindestens zehnmal geschrieben. Und was das Gespräch angeht, gern, aber ehrlich gesagt glaube ich nicht, dass ich noch mehr beizutragen habe, als ich bereits gesagt habe. Tut mir wirklich leid.«

Ich wünsche mir inständig, sie möge auflegen. Es gibt so vieles, was ich für mich klären muss. Ich muss ernsthaft überlegen und eingrenzen, wann ich Nate idealerweise anspreche. Ich muss meine Freundschaft mit Amy pflegen, ich muss meine Social-Media-Accounts auf dem neuesten Stand halten, und bald will mich auch Babs besuchen. Und zu alledem muss ich noch die Fahrstunden und die Wohnungssuche in meinen Terminplan quetschen. Meine Tage sind wirklich vollgepackt und anstrengend, inzwischen habe ich vollstes Verständnis für das Gequatsche über Work-Life-Balance, das ständig im Radio zu hören ist. Ich gieße Wasser auf das Kaffeegranulat. Ich bin kein Fan von Instantkaffee, doch Not kennt kein Gebot.

»Elizabeth? Verzeihung, ich meinte Juliette? Wir müssen drauf bestehen, dass Sie so bald wie möglich zu einem Gespräch vorbeikommen. Heute Nachmittag um vier oder morgen Vormittag um elf? Natürlich wird Ihre Arbeitszeit bezahlt, und ich bin sicher, dass sich der Weg für Sie lohnt.« Sie senkt die Stimme. »Ich will nicht zu viel am Telefon verraten, aber glauben Sie mir, Sie werden hocherfreut sein.«

Ich habe da meine Zweifel, doch je eher ich die Arbeit vom Hals habe, desto schneller kann ich mich wieder meinem eigentlichen Leben widmen.

»Ich werde um vier Uhr da sein«, höre ich mich zustimmen.

Ich nehme den Kaffee mit in Amys Zimmer und lege mich auf ihr Bett. Die Außengeräusche sind mir fremd. Der Müllwagen kommt hier an einem anderen Tag als bei mir, da kann man leicht die Orientierung verlieren. Ich fühle mich erschöpft und schließe die Augen. Es ist nicht allein der Job, es ist alles zusammen. Ich fühle mich wie eine Schauspielerin auf der Bühne, die es nicht erwarten kann, ihren Auftritt endlich hinter sich zu bringen. Immer wieder frage ich mich, ob ich nicht alles hinwerfen und weiterziehen sollte. Aber ich weiß nicht wie. Es ist immer eine ganz andere Situation, wenn dir etwas selbst widerfährt. Wie soll ich einfach vergessen? Aktion scheint der einzige Weg zu sein, der nach vorn führt. Außerdem liebe ich Nate aufrichtig. Und ist es wirklich so abwegig, was ich mir wünsche: einen Freundeskreis und einen Job, wenigstens für die nächste Zeit? Danach ein richtiges, erwachsenes, reifes Leben, das in ein komfortables Alter mündet, möglichst ohne dass ich in ein Altersheim abgeschoben werde, in dem es nach Schulkantine riecht? Das ist wirklich nicht viel verlangt.

Das bin ich mir schuldig.

Ich stehe auf, gehe unter die Dusche und ziehe mich um. Ich werde meinen Koffer in den Gepäckregalen im Crew-Center abstellen müssen, bevor ich mich in dieses mysteriöse Meeting begebe, denn hier kann ich ihn unmöglich lassen. Plötzlich blitzt ein Gedanke auf: Vielleicht soll ich auf einem Sonderflug eingesetzt werden, um den Premierminister zu einem Friedensgipfel zu bringen oder einen extrem öffentlichkeitsscheuen Prominenten auf eine abgeschiedene Insel. Meine Laune hebt sich.

Bevor ich gehe, kann ich nicht anders, ich muss den Wäschetrockenschrank aufräumen und dabei die Handtücher ordentlich gefaltet nach Farben sortieren. Das ist das Praktische an Mitbewohnern: Beide werden denken, dass die jeweils andere das getan hat, dabei sollten sie eigentlich mir danken. Ich gebe der Versuchung nach, die Wohnung zu erkunden, einfach nur, um ein besseres Gefühl für Amy zu entwickeln und zu verstehen, wie sie tickt. Sie fühlt sich so wohl in ihrer Haut, ist so selbstsicher. Ich möchte so sein wie sie und mir meine Gefühle nicht immer auf den ersten Blick ansehen lassen.

Geheimnisse lassen sich am ehesten im Schlafzimmer entdecken, und Amy ist da keine Ausnahme. Bestimmt freuen sich die Einbrecher über die Fantasielosigkeit der Normalbevölkerung. Die dritte Schrankschublade enthält eine kleine Sammlung von Sextoys, durchsichtigen Outfits und mehreren Perücken, aber es ist der Inhalt von Amys Nachttischschublade, der mich schockiert: Antidepressiva. Wer hätte das gedacht? Die Entdeckung versetzt mir einen kleinen Stich. Aber wenn ich es recht bedenke, ist es nicht *normal,* rund um die Uhr glücklich zu sein. Vielleicht sollte ich ein paar davon probieren? Ich drücke sechs Pillen aus dem Blister, wickele sie in ein Papiertaschentuch und versenke das Bündel in meiner Tasche.

Im Wohnzimmer lasse ich leise eine CD abspielen und dann noch eine. Einfach alles erinnert mich an Nate. Jeder Song könnte über uns und unsere Liebe geschrieben worden sein, fast als hätten die Musiker exakt den gleichen Schmerz gespürt, den ich jetzt erleiden muss. Was die Menschen doch für ein Chaos in ihrem Leben anrichten. So viel sinnlos verbrachte Zeit, voneinander getrennt, obwohl doch alles auch ganz anders sein könnte. Ich wähle ein letztes Stück aus und stimme in den Refrain ein.

Bevor ich mich zum Gehen zwinge, werfe ich zwei von Amys Pillen ein. Mit den Öffentlichen zu fahren wird mir allmählich lästig; ich fasse den Entschluss, meine Fahrstunden aufzustocken. Ich habe gelesen, dass es im Durchschnitt fünfundvierzig Stunden Theorie und zweiundzwanzig Fahrstunden braucht, um die Prüfung zu bestehen. Ich habe fest vor, wesentlich schneller zu sein.

Im Crew-Center werde ich an einer Reihe von Räumen vorbeigeleitet, die mir noch nie aufgefallen sind, und dann in den letzten geführt. Drei Menschen sitzen mir an einem Tisch gegenüber. Zwei Männer und eine Frau, das muss Lorraine sein. Sind drei gut oder schlecht? Von einem überdimensionalen Bildschirm leuchten Bilder der Nicht-Absturzstelle. Das Flugzeug sieht aus wie ein weißes Insekt mit grauen Beinen.

»Bitte setzen Sie sich.« Lorraine macht eine Pause und lächelt, während ich ihrer Aufforderung nachkomme. »Vielen Dank, dass Sie heute gekommen sind. Wir haben Sie hierhergebeten, weil wir Ihnen persönlich danken wollten. Wir haben viele lobende Botschaften von Passagieren bekommen, denen Sie während des jüngsten Vorfalls geholfen haben. Ich möchte, dass wir uns alle einen Moment Zeit nehmen, während ich ein paar der Begriffe vorlese, mit denen Sie beschrieben wurden. Ich zitiere: Ruhig. Professionell. Cool. Besonnen. Ermutigend. Tapfer. Ein Vorbild für Ihre Fluggesellschaft. Fähig. Eine Heldin.« Sie hält inne.

Alle starren mich an.

»Wow«, sage ich mit wachsendem Unbehagen.

»Darum möchten wir Ihnen nicht nur eine Auszeichnung für exzellente Leistungen im Job verleihen, sondern Sie auch zu unserer Sicherheitsbotschafterin ernennen. Der *Safety Ambassador* übernimmt eine brandneue, extrem wichtige Aufgabe, und kein Geringerer als Sie ist dafür vorgesehen: Sie werden in unserer Firmenfamilie eine besonders herausgehobene Position einnehmen. Das ist eine ganz erstaunliche Leistung für jemanden, der erst so kurz fliegt. Also, gut gemacht. Mit der neuen Aufgabe sind zahlreiche Vergünstigungen verbunden und …«

Ich kann ihr nicht länger zuhören. Ich will mir die Ohren zuhalten. Was für ein Desaster. Jede halbwegs brauchbare PR-Geschichte wird in der Firmenzeitung gnadenlos ausgeschlachtet. Bilder von vorbildlichen Kolleginnen mit sorgsam arrangierten Frisuren und breitem Grinsen schmücken das Cover. Scheiße. Schon greift der Mann rechts außen nach einer fetten Kamera mit langem Objektiv. Ich hebe die Hand vors Gesicht.

»Nicht so schnell! Bitte!«, werfe ich ein. »Das ist alles sehr nett, und ich fühle mich wirklich geschmeichelt, aber Ihnen ist schon allen bewusst, dass ich das Flugzeug nicht gelandet habe, oder? Liegt hier nicht vielleicht eine Verwechslung vor? Ich habe meinen Job erledigt, für den ich von unserer Firma extrem gut ausgebildet wurde. Und ich finde es wirklich unglaublich nett, dass Sie mich zur Sicherheitsbotschafterin ernennen wollen, aber ich muss Ihnen leider sagen, dass ich nicht die Frau dafür bin. Es gibt viele Kollegen und Kolleginnen, die sicherheitsbewusster sind als ich …«

Ich verstumme, weil ich mich plötzlich gelöster und abgehobener fühle als sonst. Ich frage mich, ob das was mit Amys Pillen zu tun hat.

Lorraine lächelt immer noch. »Genug, genug, Juliette. Vielleicht haben wir Sie ein wenig überrumpelt. Warum fahren Sie nicht nach Hause und überschlafen das Ganze? Ich rufe Sie dann morgen wieder an.«

Verfluchte Kacke. Alles hat sich verschworen, mir meine wertvolle Zeit und Energie zu rauben, dabei müsste ich gerade jetzt meine ganze Kraft auf wichtigere Dinge verwenden, wie beispielsweise meine Wiedervereinigung mit Nate.

Auf dem Heimweg gestatte ich mir eine kleine Tagträumerei. Es *könnte* funktionieren. Wenn wir wieder zusammen sind, könnte er neben mir stehen, wie bei einem Promi-Paar auf dem Cover von *Hello!* Ich sehe schon die Bildunterschriften vor mir: *Nathan und Elizabeth in ihrem Apartment in Richmond. Nathan und Elizabeth in der First Class.*

Nein, ich weiß nicht …

Mein Gefühl sagt mir, dass es noch zu früh ist, meine Tarnung auffliegen zu lassen, und Nate wird mich auf jeden Fall erkennen, wenn mein Bild überall im Briefing Center hängt, und zwar unabhängig davon, wie ich heiße oder wie ich mein Haar färbe. Er wollte *Freiraum.* Falls ich zu früh wieder in seinem Leben auftauche, besteht die Gefahr, dass er den sprichwörtlichen Braten riecht. Gleich morgen rufe ich Lorraine an und erfinde eine oder zwei Phobien, vielleicht Angst vor öffentlichen Auftritten, irgendwas in der Richtung. Ich weise sie darauf hin, wie tapfer Anya die Hand einer alten Dame hielt, als sie mit ihr gemeinsam auf die Notrutsche stieg. Sie werden begeistert sein.

Zu Hause feile ich weiter an meinem Aktionsplan. Ich buche ein paar zusätzliche Fahrstunden und arrangiere mehrere Wohnungsbesichtigungen.

Ehe ich mich versehe, ist es Mitternacht. Ich zwinge mich, ins Bett zu gehen. Ich brauche Energie für morgen früh, aber ich kann nicht schlafen, weil mir plötzlich einfällt, was ich zu fragen vergessen habe.

Am nächsten Morgen rufe ich Lorraine im Büro an.

»*Falls* ich mich einverstanden erkläre, Safety Ambassador zu werden, wann würde das dann in Kraft treten?«

»Wir planen, diese Position im August oder September einzuführen, ein genaues Datum habe ich noch nicht, aber wahrscheinlich würden Sie im Spätsommer zu einem Training eingeteilt werden.«

»Oh, in diesem Fall nehme ich Ihr Angebot liebend gerne an, vielen Dank.«

Vom Bahnhof in Bournemouth aus gehe ich geradewegs zu Bellas Fitnessclub. Ich habe einen Termin bei der Managerin gemacht, Stephanie Quentin.

Ich nenne dem Mädchen am Empfang meinen Namen und werde zu einem Sofa geführt. Während ich warte, behalte ich den Eingang genau im Blick, falls Bella hereinkommt. Unbekannte drängen durch die Drehkreuze, beladen mit Sporttaschen, Wasserflaschen oder Tennisschlägern.

»Elizabeth?«

Ich stehe auf, während Stephanie, Bellas Adjutantin, in mein Blickfeld marschiert kommt. Ihr Gang ist mir so vertraut.

»Stephanie? Das ist aber eine Überraschung! Ich hätte nie gedacht, dass du in einem Fitnessclub arbeitest. Nicht dass das irgendwie verkehrt wäre«, ergänze ich – reichlich großherzig angesichts der Beleidigungen, die sie mir damals an den Kopf geworfen hat.

Sie lächelt, doch ihre Augen verraten, dass ich einen wunden Punkt getroffen habe. Ich war *wirklich* überrascht, als ich mich in Bellas Welt vertiefte und Stephanies Name auftauchte, als Managerin des Fitnessclubs, in dem Bella ihren Körper in Schuss hält. Eigentlich schien Stephanies Weg vorgezeichnet, sie sollte Anwältin werden wie ihre Mutter.

»Lange Geschichte«, sagt sie. »Gehen wir in mein Büro?« Sie deutet auf einen Raum hinter der Glaswand.

Ich folge ihr und nehme vor ihrem Schreibtisch Platz. Ich entdecke mehrere Bilder eines Jungen, der etwa acht Jahre alt sein muss. *Das* oder besser *er* muss die lange Geschichte sein.

»Möchtest du vielleicht einen Tee oder Kaffee?«, fragt sie, während sie mir ein Klemmbrett mit einem Fragebogen überreicht.

»Einen Kaffee, schwarz bitte. Ich habe das Formular schon online ausgefüllt und dazugeschrieben, dass ich noch nicht weiß, welche Art von Mitgliedschaft am besten für mich wäre oder ob ich überhaupt beitrete.«

Sie zeigt eine bedauernde Miene. »Gut, aber du müsstest das hier trotzdem ausfüllen. Ich bin gleich wieder da, ich hole nur schnell deinen Kaffee.«

Stephanie verschwindet.

Ich atme ein. Und aus.

Weil mir bewusst ist, dass ich durch die Scheibe zu sehen bin, blicke ich mich möglichst unauffällig um, entdecke aber ansonsten nichts von Interesse. Keine Fotos von alten Schulfreundinnen – was auch wenig wahrscheinlich wäre –, aber falls es welche gäbe, wären mit Sicherheit sie, Bella, Lucy und Gemma darauf.

Das Quartett.

Bella durfte immer zwei Freundinnen mit zum jährlichen Familien-Winterurlaub bei ihrer Tante in Whistler mitnehmen. Stephanie war jedes Mal dabei, Lucy und Gemma mussten sich abwechseln. Ich gab immer vor, dass ich ebenfalls Skifahren würde. In Frankreich.

Das Formular verschwimmt vor mir. Ich kann mich nicht an die Fake-Adresse erinnern, die ich online angegeben habe. Nicht dass es wirklich wichtig ist, rufe ich mir ins Gedächtnis, denn Stephanie hat keine Macht mehr über mich.

Das erste Schulhalbjahr war noch erträglich. Ich kannte meinen Platz – und akzeptierte ihn, wenn auch widerstrebend. Ich wollte so gern richtig mit Bella befreundet sein. Doch mir war immer klar, dass ich es nie bis in den innersten Kreis schaffen würde, sondern mich mit einem Platz am Rand begnügen müsste.

Die Mädchen hatten alle den gleichen Hintergrund, sie *wussten*, wann sie was zu sagen und zu tun hatten, sie *wussten*, dass sie alle das Potenzial hatten, ohne allzu große Mühe zu glänzen. Sie konnten Skifahren, sprachen fließend Französisch und backten umstandslos ein Soufflé.

Ich versuchte, mich anzupassen – das Richtige zu sagen und zu tun –, aber je öfter ich dabei patzte, desto schlimmer wurde es. In ihrer Gegenwart wirkte ich tollpatschig und maulfaul. Nachts lag ich im Bett und stellte mich schlafend, während ich ihren Unterhaltungen über Jungs, Make-up, Mode, Musik und sympathische oder unsympathische Lehrer lauschte. Dabei malte ich mir aus, wie ich an ihrem Gespräch teilhaben könnte.

Und als das nicht funktionierte, begann ich damit, andere Optionen zu erwägen.

»Hier ist dein Kaffee.« Stephanie ist zurückgekehrt und stellt einen Becher auf den Schreibtisch. »Na schön, dann fangen wir an …«

»Wie lange arbeitest du schon hier?«, frage ich, beuge mich vor und nippe vorsichtig an meinem Kaffee.

»Ein paar Jahre. Erst musst du das hier fertig ausfüllen, dann gehe ich mit dir ein paar Punkte durch, und danach hole ich jemanden, der dir hier alles zeigt.«

»Kannst du das nicht machen? Vielleicht könnten wir dabei ein bisschen plaudern.«

»Na ja …«

»Du bist immerhin die Chefin«, sage ich lächelnd.

»Aber dann muss es schnell gehen, fürchte ich. Mein nächster Termin«, sie schaut kurz zur Wanduhr hoch, »ist in Kürze.«

Nachdem ich die Formulare ausgefüllt und unterschrieben habe, führt sie mich in die eigentliche Fitnesshalle, und ich nicke höflich, während sie mir die neuesten Geräte sowie spezielle Räume für die Fitnesskurse zeigt und etwas von individuellen Trainings- und Einführungsstunden schwafelt. Dann folge ich ihr die Treppe hinunter, um den Pool anzusehen. Ich könnte sie schubsen. Ich müsste mit aller Kraft zustoßen, aber wenn ich es richtig anstellen würde, würde sie sich bestimmt was brechen. Doch über uns starrt uns die dunkle, runde Linse der Überwachungskamera an.

»Hast du noch Kontakt zu Bella oder sonst jemandem von damals?«

»Schon.«

Ihre Absätze klackern auf den Holzstufen. Meine Turnschuhe geben keinen Laut von sich.

»Wie geht es Bella?«

Sie bleibt stehen und dreht sich um, so als versuchte sie, meine Reaktion abzuschätzen. »Gut.«

Ich zucke mit den Achseln. »Bin nur neugierig. Es ist so lange her.«

»Sie wird demnächst ihre Verlobung verkünden.«

Meine Hand schließt sich um den Handlauf. »Mit wem?«

»Mit Miles, einem Vermögensberater.«

Mir ist aufgefallen, dass er auf einigen Bildern von verschiedenen Veranstaltungen getaggt wurde. Der Optik nach ist er ein Totalversager.

Ich ziehe mein Handy aus der Handtasche und werfe einen Blick aufs Display. »Ach, Mist. Ich muss los. Aber ich finde mich schon zurecht, wenn ich eintrete. Lass uns in Verbindung bleiben.«

»Ja«, lächelt sie und macht kehrt, um wieder nach oben zu gehen.

»Deine Handynummer?« Vor ihrem Büro bleibe ich stehen.

»Ich bin immer über die Rezeption zu erreichen«, antwortet sie. »Falls es nötig sein sollte.«

»Wie ist es mit Facebook?« Ich suche nach ihr. »Ach, da bist du ja. Ich habe dir eine Freundschaftsanfrage geschickt.«

Ich bleibe stehen, sodass ihr nichts anderes übrig bleibt, als ihr Handy herauszuziehen und meine Anfrage anzunehmen. Ihre Hände beben leicht dabei.

»Wunderbar. Ist mir wirklich ein Vergnügen, Stephanie. War super, dich wiederzusehen.« Ohne einen Blick zurück gehe ich los.

Die Heimreise vergeht wie im Flug, während ich ihre Facebook-Seite durchsuche.

Dank Stephanie bekomme ich nun frischen Einblick in Bellas innere Welt. Ganz neue Möglichkeiten tun sich mir auf.

Ich liebe das Internet, es ist mein Freund.

8

Ich wusste, dass Nate heute allein zu Hause sein würde. Er hat gepostet, dass er den Abend vor dem Fernseher verbringen und die neueste Serie über den nächsten Serienmörder schauen will. Und wahrhaftig parkt sein schwarzer Jaguar am üblichen Fleck. Ich marschiere auf und ab. Einmal unterhielten wir uns darüber, welche Rolle wir gern in alten oder historischen Filmen spielen würden, wenn wir die freie Wahl hätten. Er entschied sich für Russell Crowes Maximus Decimus in *Gladiator*. Ich für Gwyneth Paltrows Helen in *Sie liebt ihn – sie liebt ihn nicht.*

»Ich wäre definitiv die, die sich die Haare abschneidet und ihn abserviert«, hatte ich selbstbewusst verkündet, voller Zuversicht in unsere Liebe. »Auf keinen Fall würde ich mich so mies behandeln lassen.«

Ich habe mal gehört, dass du irgendwann alles schlucken musst, was du je von dir gegeben hast, aber ich hoffe inständig, dass das nicht stimmt. Ich will nicht, dass meine Überzeugung zu einer selbsterfüllenden Prophezeiung mutiert.

Nate hat die Jalousien noch nicht vorgezogen, darum harre ich noch ein bisschen länger aus und hoffe, wenigstens einen kurzen Blick auf ihn zu erhaschen. Ich habe ihn seit über einer Woche nicht mehr in Fleisch und Blut gesehen, denn erst habe ich zwei Tage auf Standby im Gefängnis meiner Schuhschachtel verbracht, und dann musste ich schlagartig nach der Mindestvorlaufzeit von zwei Stunden auf einen Flug nach Kingston. Erst als sich das frühe Grau des entschieden zu trüben Maitags langsam verdichtet, wird meine Geduld belohnt. Da ist ein Zögern in seiner Silhouette, ich bin fast sicher, dass er in meine Richtung schaut. Also drehe ich mich um und gehe weg, obwohl mir die Beine beinahe den Dienst versagen und sich in meiner Brust die altgewohnte Leere breitmacht.

Nate wurde in ein privilegiertes Leben hineingeboren, darum ist es nicht allein seine Schuld, dass er so vieles für selbstverständlich hält. Er weiß nicht, wie es ist, Verzicht üben zu müssen. Was er haben möchte, bekommt er, genau wie Bella und alle anderen, die ähnlich aufgewachsen sind wie sie. Ihr Geld beschützt sie vor den Unannehmlichkeiten des Lebens. Ich bemühe mich, Nate das zugutezuhalten, ich bemühe mich wirklich. Aber manchmal, so wie jetzt, könnte ich auf ihn einprügeln, so frustriert bin ich, dass er unsere Zeit vergeudet. Ich bleibe stehen und lehne mich an die kühle Ziegelmauer.

Einatmen.

Ausatmen.

Geduld ist eine Tugend. Halte dich an den Plan.

Meine Schultern entspannen sich.

Ich gehe weiter.

Als ich wieder zu Hause bin, frage ich Amy per Textnachricht, ob sie Lust hat, nächste Woche nach Reading zu kommen, wenn wir gleichzeitig dienstfrei haben. Unsere Dienstpläne harmonieren in letzter Zeit kaum noch, ich habe sie seit Wochen nicht mehr gesehen. Mein Gefühl sagt mir, dass es ganz lustig sein könnte, noch mal zusammen auszugehen (hoffentlich bringt sie nicht wieder Youtube-Jack mit). Und möglicherweise könnte ich über sie anfangen, mein Freundschaftsnetz auszuweiten, so wie ich es geplant hatte.

Sie schickt ein »Ja« zurück.

Ich buche für den kommenden Mittwoch einen Tisch in einem Restaurant am Fluss mit asiatischer Fusion-Küche.

Vor Amys Ankunft gebe ich mir alle Mühe, meine Wohnung aufzuräumen, ich entferne meine Pinnwand und lege sie außer Sichtweite ganz oben flach auf den Kleiderschrank. Außerdem verstecke ich meine Erwerbungen der zwei jüngsten Shopping-Trips: zwei Voodoo-Puppen, eine männlich, eine weiblich. Als ich die Tür aufreiße, um sie in die Wohnung zu lassen, starrt sie mich an.

»Deine Haare?«

Ich habe mich inzwischen so daran gewöhnt, dass ich sie komplett vergessen hatte. »Gefallen sie dir? Ich weiß, sie sind deinen ein bisschen ähnlich.«

»Nein, ist schon okay … Nur sehen wir jetzt ein bisschen aus wie Ahörnchen und Behörnchen.«

Scheiße. Ich habe meine einzige Freundin verprellt. Und im Rückblick könnte Rotbraun weniger eine Tarnung sein, als Signalwirkung haben.

»Es ist nur eine Tönung. Ich wollte mal was Neues ausprobieren.« Ich nehme ihr die Übernachtungstasche ab und stelle sie neben das Sofa. »Komm, wir gehen gleich los.«

Wir bestellen Sekt, um unsere ersten drei Monate im Job zu feiern.

»Es ist, als würde ich in einem Traum leben«, sagt Amy. »Jedes Mal, wenn ich irgendwo lande, jedes Mal, wenn ich in ein Vier- oder Fünfsterne-Hotel trete, kann ich kaum glauben, dass das jetzt mein Leben ist.«

»Wir sollten beantragen, dass wir gemeinsam zu einem Flug eingeteilt werden. Sonst arbeiten wir wahrscheinlich nie zusammen.«

»Ja, das hört sich gut an.« Sie hält inne. »Etwas Eigenartiges ist passiert, während ich weg war«, sagt sie.

»Ich wollte dich schon fragen, wie es auf eurer Safari war. Ich habe gehört, es kann ein bisschen sein wie in *Ich bin ein Star, holt mich hier raus* mit all den Schlangen, Krabbeltieren und merkwürdigen Restaurants, in denen sie dir exotische Tiere auftischen.«

»Da hatte ich eigentlich nie Angst. Es gab ein paar Lokale, in denen man Krokodilfleisch bestellen konnte. Jedenfalls, ich meinte nicht Nairobi, da ist nichts Seltsames passiert – sondern als ich heimkam.«

»Ach ja?«

»Ja. Na ja, Hannah ist immer noch unterwegs, aber es war, als wäre … jemand in unserer Wohnung gewesen. Sie sah irgendwie aufgeräumter aus.«

Ich lache. »Das ist doch gut, oder?«

»Schon, vielleicht. Trotzdem kann ich es irgendwie nicht auf sich beruhen lassen. Wir wurden definitiv nicht beklaut, denn ein Einbrecher hätte was …«

»Geklaut«, beende ich den Satz für sie.

Wir lachen beide.

Ich probiere etwas Tintenfisch, der wie Kaugummi schmeckt. Also knabbere ich stattdessen Oliven mit Wasabi- und Ingwerüberzug und reihe die Kerne akkurat am Tellerrand auf.

»Am gespenstischsten fand ich die Sache mit der CD. Als

ich den Player einschalten wollte, war er auf Repeat-Modus eingestellt. Bei einem absolut kitschigen Song.«

»Du bist selbst schuld, wenn du deine Musik auf Geräten hörst, die so was von Zweitausendfünf sind.« Ich schneide eine Grimasse und lächle dann.

Sie erwidert mein Lächeln. »Na ja, vielleicht.«

»Vergiss es einfach, für so was gibt es letztendlich immer eine logische Erklärung. Glaub mir, ich kenne mich da aus. Wie geht es Jack?«

»Ich sehe Jack kaum noch. Irgendwie hat sich die Sache totgelaufen.«

»Das tut mir leid.« Ich muss mir ein Lächeln verkneifen. »Was ist denn passiert?«

»Er hat sein Online-Dating-Profil nicht deaktiviert, sieht also so aus, als wollte er sich alle Optionen offenhalten. Aber ich bin trotzdem viel unterwegs. Ein paar alte Freunde von meiner Schule treffen sich nächste Woche zum Essen, und ich freue mich total, sie wiederzusehen.«

»Wann denn? Vielleicht könnte ich dich begleiten.«

Sie rutscht auf ihrem Stuhl herum und murmelt irgendwas davon, dass sie das Essen nicht organisiert hat.

Ich verstehe den Wink, bin aber ein wenig gekränkt.

Nach dem zweiten Glas Sekt wird Amys Blick glasig. Das überrascht mich nicht, Antidepressiva sollten nicht mit Alkohol genommen werden. Es ist ein komisches Gefühl, wenn du etwas über einen Menschen weißt und derjenige keine Ahnung hat, dass du es weißt. Fast als müssten sie es dir ansehen können, wenn sie dir nur lang genug in die Augen schauen. Über solche Sachen zerbreche ich mir oft den Kopf.

»Gehen wir in einen Club«, schlage ich vor, um sie wieder aufzuwecken.

Während wir lachend eingehakt zum Taxistand wandern, würde ich ihr am liebsten offen erklären, wie praktisch es ist, eine Freundin zu haben, doch ich halte mich zurück. Ich habe das schon einmal zu einer Freundin gesagt und mir damit nur einen schrägen Blick eingehandelt.

Ich hoffe, Amy bleibt, wie sie ist, und tut nichts, was unserer Freundschaft schaden könnte.

Sobald Amy am nächsten Tag gefahren ist, versuche ich, telefonisch einen Termin bei Bellas Friseur zu machen, um meine Haarfarbe in Blond zu ändern.

Dummerweise ist sie im Urlaub.

Ich beschließe, es nach meinem nächsten Flug – nach Miami – am übernächsten Tag nachholen zu lassen.

Der Flug nach Miami dauert fast neun Stunden. Das Flugzeug ist rappelvoll mit Urlaubern, die entweder auf ein Kreuzfahrtschiff oder nach Disney World wollen. Ich komme kaum dazu, mich hinzusetzen, und uns gehen unterwegs Saft, Wein und die Spieltüten für Kinder aus.

Nach drei Stunden Flug bitte ich über das Bordtelefon den Kapitän, den medizinischen Notdienst der Airline anzurufen, weil eine Frau im siebten Monat über schwere Magenkrämpfe klagt. Ich werde ins Cockpit gerufen und muss das Gespräch selbst führen. Ich setze Kopfhörer auf und höre zu. Die Stimme – eine Ärztin in Arizona – stellt endlos lang Fragen und rät zuletzt, der Frau ein verdauungsförderndes Mittel anzubieten.

Es funktioniert; nach einer halben Stunde ist sie schmerzfrei, wieder beruhigt und ihre Ängste los, ihr erstes Kind könnte irgendwo über dem Atlantik zur Welt kommen.

Auch ich bin erleichtert.

Nach der Landung kommt es zu weiteren Verzögerungen, weil der Flughafen überfüllt ist. Selbst im Personaldurchgang warten zwei Besatzungen vor uns. Es dauert, bis wir die Passkontrolle hinter uns gebracht und unser Gepäck bekommen haben. Als ich mich endlich in den Crew-Bus setze, schmerzen meine Beine.

In der Hotellobby lädt uns der Kapitän ein, in einer Stunde auf eine Zimmerparty. Ich beschließe hinzugehen. Es ist noch früh in Miami, und wenn ich auf meinem Zimmer bleibe, schlafe ich garantiert ein.

Ich frage die Frau am Empfang nach einem Friseur in der Nähe, und sie macht mir einen Termin.

Dann nehme ich den Aufzug zu meinem Zimmer, packe aus und dusche.

In der Tür zu Zimmer 342 klemmt ein Koffer, um sie offen zu halten. Vier Kollegen sind schon da und sitzen auf dem Bett oder eng aneinandergedrängt auf dem kleinen Sofa. Jim, der Kapitän, lehnt am Schreibtisch und hält eine Bierdose in der Hand.

»Hi. Komm rein«, sagt er.

»Hi.« Ich setze mich zu den anderen aufs Bett und bin auf einmal verlegen.

Alle haben eine Plastiktüte mit Crew-Proviant mitgebracht: Wein, Bier oder Alcopops.

»Auch was?«, fragt der Captain und reicht mir ein Bier.

»Danke«, sage ich und ziehe den Dosenring auf.

Es ist warm, und eigentlich will ich kein Bier trinken, schon gar nicht aus der Dose, aber ich sollte mich für die Zeit, die ich hier bin, so gut wie möglich einfügen.

Eine Stunde später drängt sich fast die ganze Crew im Zimmer. Ein Flugbegleiter, Rick, der in der Economy im Gang neben mir arbeitet, sitzt neben einer Kollegin aus der Business, Mandy. Dass sie praktisch über jede seiner Bemerkungen lacht, irritiert mich, auch wenn ich anfangs nicht sagen kann wieso.

Dann begreife ich, dass Mandy mich ein bisschen an mich selbst erinnert – daran, wie ich früher an Nates Lippen hing. Ich frage mich, was er wohl in diesem Moment treibt und ob er gerade in Mexiko auf einer ähnlichen Party ist.

Ich beschließe, mich zu verabschieden, auch wenn draußen noch die Spätnachmittagssonne scheint.

Am nächsten Vormittag braucht die Friseurin fast drei Stunden, bis mein Haar blond gefärbt ist, doch das Ergebnis gefällt mir.

Ich gehe zu Fuß zurück, vorbei an den Stränden und den Palmen, dem Rosa, Zitronengelb und Taubenblau des Art Deco, und auch am Park Central Hotel, wo – laut einer Broschüre in meinem Zimmer – Clark Gable gern abstieg.

Dann bin ich wieder in meinem nichtssagenden Zimmer, denn inzwischen beginnen sich alle Hotels zu gleichen. Ich bereite alles für den Rückflug vor: Ich bügele meine Bluse, putze meine Schuhe, packe und quetsche die winzigen Hotel-Shampoofläschchen in meinen Kulturbeutel.

Der Rückflug ist genauso voll wie der Hinflug. Es gibt keinen einzigen freien Platz, und in der Maschine sitzen fast ausnahmslos Passagiere, die frisch von einem Kreuzfahrtschiff kommen, an Luxus und mehrgängige Menüs – plus Snacks – gewöhnt sind und jetzt vor einem Tablett mit einem aufgewärmten Frühstück, einem steinharten Brötchen und einem Fertig-Obstsalat sitzen.

Während der einstündigen Pause wird offensichtlich, dass nach der Zimmerparty am Vorabend etwas zwischen Rick und der kichernden Kollegin gelaufen ist. Statt nach oben in die Kojen zu gehen, sitzen sie neben mir auf den Ruhesitzen. Mandy versucht, ihn in ein Gespräch zu verwickeln, aber es ist schmerzhaft deutlich – wenigstens für mich –, dass er einfach nur seine Zeitung lesen will.

Ich weiß genau, was sie versucht. Wer wüsste solche Signale besser zu deuten als ich?

Sie ist so, wie ich *früher* war. Mandy möchte *irgendwas* nach der mit ihm verbrachten Nacht. Sie hofft verzweifelt: wenigstens auf eine höfliche Geste, so oberflächlich sie auch sein mag, und sei es das unaufrichtige Versprechen, sie anzurufen.

Ich werfe ihm hinter ihrem Rücken einen vernichtenden Blick zu.

Er reagiert nicht einmal.

Am nächsten Morgen quäle ich mich aus dem Bett, weil ich zur Fahrstunde muss, obwohl mir jeder Muskel im Leib wehtut.

Bevor ich mit dem Fliegen begann, habe ich keinen Gedanken daran verschwendet, dass diese Arbeit auch körperlich belastend sein würde, wie viel Gepäck, Container und Vorräte zu heben und herumzutragen sind. Oft entdecke ich blaue Flecken an meinen Armen und Schenkeln, wo mich Passagiere mit ihren Koffern gerammt haben; oder ich wurde in der Galley bei unerwarteten Turbulenzen von herunterfallenden Gegenständen getroffen.

Ich bin spät dran, flitze los und mache mich, sobald ich in den Kombi meines Fahrlehrers geklettert bin, sofort daran, alle Spiegel zu überprüfen und den Fahrersitz richtig einzustellen. Er ist ziemlich pedantisch bei diesen Kleinigkeiten.

Zufrieden über meine Fortschritte meldet er mich für die Prüfung an – erst für die Theorie, dann für die Praxis.

Die nächsten drei freien Tage verbringe ich mit Lernen, und dazwischen besichtige ich mehrere Immobilien in Richmond. Na schön, Immobilien – in Wahrheit sind es winzige Apartments, noch kleiner als die Schuhschachtel, eher Streichholzschachteln. Aber ich kann mir nicht vorstellen, dass ich woanders wohnen möchte, wenn ich endlich aus Reading wegziehe.

Richmond ist meine Heimat. Und außerdem ist ein Apartment hier eine lohnende Investition, wenn Nate und ich erst wieder zusammen sind.

Da mein Notar meint, ich müsste das Geld aus dem Verkauf von Sweet Pea Cottage bald erhalten, gebe ich ein Angebot für die kleinste Wohnung in Richmond ab, die aber Nate am nächsten liegt.

Während ich mich auf meinen nächsten Einsatz vorbereite, singe ich immer wieder Sinatras »New York, New York« vor mich hin. Ich gehe ganz sicher: Nates Flug ist bereits unterwegs. Ausnahmsweise sind wir in die gleiche Richtung unterwegs.

Der Flug ist nur zu zwei Dritteln besetzt, doch mich halten Nachfragen nach Produkten aus unserem Duty-free auf Trab. Mehrmals marschiere ich die gesamte Länge des Flugzeugs ab, um die diversen Wagen nach den jeweiligen Angeboten abzusuchen.

Die teureren Produkte werden in einem kleineren Behälter in der Nähe der First Class aufbewahrt. Nachdem die Passagierin zwanzig Minuten damit zugebracht hat, das angeforderte Armband sowie eine Armbanduhr zu begutachten, beschließt sie, dass beide doch nicht ganz passen. Die magere Provision, die wir beim Verkauf erhalten, ist das ganze Tamtam wirklich nicht wert.

Als die Flight Crew den Landeanflug auf New York ankündigt, beginnt mein Herz schneller zu schlagen, was lächerlich ist, da Nate schon Stunden vor uns gelandet sein muss.

In dem Augenblick, als der Crew-Bus aus dem Tunnel fährt, ist die Skyline einfach nur atemberaubend. Ich habe den Stadtplan in der Flugzeitschrift studiert und mich mit der simplen Anordnung der Straßen vertraut gemacht. Während wir uns durch den stockenden Verkehr bewegen, schaue ich aus dem Fenster. Ich beobachte die ameisengleichen Menschenmassen, die an aggressiven Werbetafeln für Pizza zu einem Dollar und für chinesische All-you-can-eat-Büffets vorbeieilen. Touristenbusse mit offenem Dach, nicht unähnlich jenen in London, mischen sich unter die gelben Taxis und die Einsatzfahrzeuge mit ihren kreischenden, jaulenden Sirenen. Uniformierte Portiers bewachen geduldig die gläsernen Eingänge der Apartmenthäuser. Wir fahren an Bloomingdale's vorbei, und kurz danach hält unser Bus vor einem schmalen Hochhaus. Unser Hotel ist zwischen zwei Gebäuden eingeklemmt.

Es ist eine Schande, dass Nate und ich gleichzeitig hier sind und nicht gemeinsam auf Erkundungstour gehen können.

Ich bin wachsam, während ich an der Rezeption einchecke, und bitte um eine Liste der diversen Crews. Nates Zimmer ist im siebenundzwanzigsten Stock.

Während ich in meinem Zimmer im fünften Stock darauf warte, dass mir mein Koffer gebracht wird, starre ich aus dem Fenster auf den Büroblock gegenüber. Ich tippe den WLAN-Code des Hotels in mein Handy ein. Nate hat noch nichts darüber gepostet, was er in New York vorhat. Ziemlich sicher wird er morgen in aller Frühe joggen gehen. Bis dahin habe ich frei.

Ich werfe einen Blick auf Bellas Blog. Mir ist übel. Obwohl ich – dank Stephanie – darauf vorbereitet war, obwohl ich wusste, was auf mich zukommen würde, wird mir das Herz schwer. Und Neid erfüllt mich. Bella und Miles haben ihre Verlobung verkündet. Ich checke Stephanies Facebook-Seite. Der Begriff »Grinsekatze« kommt mir in den Sinn. Bellas Ring besteht aus einem fetten, in Platin gefassten Diamanten.

Glückwünsche, Bella und Miles.
Tolle Neuigkeiten.
So glücklich.
Perfektes Paar.

Bla, bla, scheiß Blabla.

Der letzte Kommentar stammt von Nate:

Wünsche euch alles Glück der Welt, und willkommen in der Familie, Miles. Du weißt hoffentlich, worauf du dich einlässt! Kleiner Scherz. X

Ich habe immer extrem darauf geachtet, dass Nate und ich nichts mit seiner Familie zu tun hatten, solange wir zusammen waren. Das war nicht weiter schwer, schließlich war er oft unterwegs, und an seinen freien Tagen hielt ich ihn auf Trab und beschäftigte mich mit ihm. Ich durfte nicht riskieren, dass Bella Lügen über mich erfindet und damit Nates Geist vergiftet. Sie vergöttert ihren älteren Bruder und will ihn vor allem Unheil beschützen. Wenn ich ihr eines Tages zum zweiten Mal offiziell vorgestellt werde, dann nur als gesetzlich angetraute Ehefrau und Schwägerin. *Fait accompli.* Ich würde zu gern noch vor ihr am Altar stehen, sie zwingen, zu *meiner* Hochzeit zu erscheinen, mit mühsam gewahrter Miene, während ihr aufgeht, dass ihr von nun an nichts anderes übrig bleiben wird, als nett zu mir zu sein.

Ich gehe spazieren. Ich passiere Block um Block, aber zu vieles erinnert mich ans Heiraten: Juweliere, Kaufhäuser, Hotels und Brautmodengeschäfte. Sogar eine vorbeifahrende Stretch-Limousine in Weiß fährt an mir vorbei.

Ich bin gezwungen, mir immer neue Ablenkungen einfallen zu lassen. Ich trinke Kaffee. Ich warte, verflucht, ich warte.

Auch als ich wieder in meinem Zimmer bin, komme ich nicht zur Ruhe und kann erst recht nicht einschlafen. Ich zappe durch die Kanäle, kann mich aber nicht konzentrieren und schaue schließlich halbstündige *Commercials*. Eine windige Moderatorin mit aufgesetztem Lächeln und silberner Toupierfrisur führt einen Gemüseschneider vor. Sonderangebote blitzen immer wieder auf dem Bildschirm auf. Ich starre darauf. Vielleicht könnte der Gemüseschneider ganz praktisch sein, wenn ich wieder bei Nate wohne.

Er mag es, wenn ich ihn bekoche. Und ich fand es immer schrecklich, wenn der Zwiebelgestank an meinen Händen haften blieb, auch nachdem ich mir unzählige Male die Hände gewaschen hatte.

Der Jetlag spielt meinen Gedanken Streiche.

Um sechs Uhr morgens fahre ich in Laufklamotten in die Lobby hinunter. Ich lasse mich auf einem Ecksofa nieder und verstecke mich hinter einer *New York Post.* Meine Augen kleben an einem Artikel, den ich immer wieder von Neuem lese. Jedes Mal, wenn ein Ping den Aufzug ankündigt, stockt mir kurz das Herz. Eine ganze Reihe Kollegen sind schon wach und unterwegs – was nicht weiter überrascht, schließlich ist es zu Hause schon später Vormittag.

Vielleicht habe ich mich getäuscht?

Vielleicht ist Nate in den Fitnessraum gegangen. Aber er wird bestimmt nicht den ganzen Tag im Hotel verbringen, also entschließe ich mich zu warten.

Zehn nach sieben, verflucht noch mal. Der Aufzug pingt. Noch bevor die Türen sich öffnen, weiß ich einfach, spüre ich einfach, dass er dahinter steht. Mein Herz pocht. Ich halte den Atem an. Er ist es! Nate in Laufbekleidung, der eine Flasche Wasser festhält und die Ohrhörer eingestöpselt hat. Er verschwindet durch die Automatiktür nach draußen und biegt nach rechts.

Die Kapuze tief ins Gesicht gezogen, folge ich ihm. Die Bedingungen sind perfekt, denn die vielen Passanten geben mir Deckung. Gleichzeitig sind es aber nicht so viele, dass sie mich behindern würden.

Ein Block, zwei Blocks.

An Frühstückcafés vorbei, die Kaffee, Bagels und Donuts anpreisen. Autos hupen. In der Ferne heulen Sirenen. An jeder Straßenkreuzung bleibe ich ein Stück zurück und warte bis zur letzten Sekunde der Grünphase, bevor ich die Straße überquere.

Nate läuft noch nicht, legt aber an Tempo zu.

Ich werde ebenfalls schneller.

Auf der Straßenseite gegenüber stehen Pferdekutschen. Hinter den Kutschenrädern und Faltverdecken verbergen sich Rasenflächen und Grün.

Der Central Park.

Ich werde kühner, schon fast dreist, bis ich nur noch zwei Schritte hinter Nate bin. Er bleibt am Eingang stehen und stellt den Timer an seiner Uhr, während ich zurückbleibe und den Geruch von Pferdedung inhaliere. Die Frühaufsteher unter den Touristen warten schon am Gehweg. Ein an einem nahen Geländer befestigtes Poster wirbt für Gottesdienste am Memorial Day in ein paar Tagen, dem letzten Montag im Mai.

Nate beginnt zu laufen.

Ich auch.

Wolkenkratzer blicken auf uns herab. Gleich bei der ersten Möglichkeit biegt er – wie die anderen Jogger auch – von der Straße ab auf die Fußwege, was mir sehr gelegen kommt. Blütenüberladene Bäume beschatten die mit blassen Blümchen getüpfelten Rasenflecken. Mein Atem geht schneller. Mein Plan hat einen entscheidenden Haken – ich bin nicht so fit wie er. Ich hoffe, er läuft nicht zu lang, denn der Park ist riesig. Ich atme Fliederduft ein. Wir laufen über eine Brücke und direkt in eine Explosion von Azaleen.

Amelia hätte den Central Park geliebt, sie hätte mir jede einzelne Pflanze und Blume benannt. Auch Will wäre hier glücklich gewesen. Wir hätten unsere Schuhe ausgezogen und wären barfuß durchs Gras gelaufen.

Ich bin durstig, und mir ist heiß.

Auf einmal bleibt Nate stehen. Das T-Shirt klebt ihm am verschwitzten Rücken. Er beugt sich vor, stemmt die Hände auf die Schenkel und trinkt dann in tiefen Schlucken von seinem Wasser. Am liebsten würde ich hinrennen und ihm die Flasche aus der Hand reißen.

Ich atme so leise ich kann. Er steht immer noch da.

Die Tageszeit täuscht, es ist bereits ziemlich heiß; ich hatte naiverweise angenommen, dass es hier so kühl sein würde wie zu Hause. Jetzt geht Nate zu einer nahen Bank. *Scheiße.* Dann schaut er direkt in meine Richtung.

Ich jogge weiter, bis ich hinter ihm bin. Dann lehne ich mich an einen Baum und warte darauf, dass ich wieder zu Atem komme.

Nate bleibt unbewegt sitzen, als würde er die Landschaft betrachten, dabei macht er wohl nur eine kurze Pause. Er hat sich die Haare schneiden lassen. Ich weiß nicht recht, ob es ihm steht, für meinen Geschmack ist es ein bisschen zu kurz.

Mein Kopf dreht sich, ich bin wie beschwipst. Die Rinde fühlt sich rau und kühl an meiner Haut an. Ich bin nur wenige Meter von ihm entfernt, ich schieße ein paar Fotos mit meiner Handykamera. Warum gehe ich nicht einfach jetzt zu ihm? Worauf warte ich noch? Inzwischen sind sieben Monate vergangen. Ich habe ihm seinen dämlichen Freiraum gelassen.

Freiraum. Ich hasse das Wort.

Gegen Ende hat er fast jeden seiner Sätze damit gepfeffert. Vielleicht sollte ich meinen Aktionsplan vergessen und die Gunst des Augenblicks nutzen. Vielleicht hat uns das Schicksal *tatsächlich* hier zusammengeführt, gemeinsam und weit weg von allen Ablenkungen, die zu Hause warten.

Scheiß drauf! Ich tu's. Ab sofort will ich gefährlich leben. Ich mache einen Schritt nach vorn. Nein! Meine Mantras purzeln durch meinen Kopf.

Halte dich an den Plan.

Verbessere den Plan.

Mein Schädel pocht, brutale, pulsierende Kopfschmerzen kündigen sich an. Ich brauche Wasser. Ich mache noch einen Schritt vorwärts.

Einatmen.

Ausatmen.

Ich weiß nicht warum, aber ich fühle mich zu ihm hingezogen, wie eine Motte zur Flamme.

Ich zögere.

Dann mache ich noch einen Schritt und komme auf einem heruntergefallenen Ast zu stehen. Er ist kurz, aber fest, hat ungefähr die Größe eines Baseballschlägers. Ich atme durch. Nate sieht so entspannt aus. Früher konnte ich nach Lust und Laune zu ihm gehen und ihn umarmen. Jetzt darf ich das nicht mehr.

So sind die Regeln.

Ich hatte dabei weder eine Wahl noch etwas mitzureden.

Nate dreht sich zur Seite, legt das linke Bein auf die Bank und beugt sich zum Stretchen vor. Offenbar spielt ihm sein Wadenmuskel einen Streich, das kommt hin und wieder vor.

Ich gehe in die Hocke, als wollte ich etwas aufheben, doch da ist nichts außer dem Ast. Ich erkaufe mir Zeit, indem ich meine Schuhe neu schnüre. Und dabei durchschießen mich Verbitterung und heißer Zorn. Das hier ist einfach lächerlich; auch ich habe Rechte. Ich packe mit meiner rechten Hand den Ast und stehe auf. Ich drücke ihn an mein Bein.

Nate steht jetzt ebenfalls auf, macht sich mit erhobenen Armen und verschränkten Fingern lang und streckt sich. Ich mache einen Schritt auf ihn zu. Er lässt die Arme wieder fallen. Ich hole tief Luft.

Er schaut auf die Uhr und joggt dann in die entgegengesetzte Richtung davon. Ich bleibe wie angewurzelt stehen und lasse den Ast fallen, der mich am Knöchel trifft, während Nate uneinholbar der Wegkrümmung folgt und verschwindet.

9

Ich muss wahnsinnig sein. Was habe ich mir nur dabei gedacht? Ich habe meine eigenen Regeln nicht befolgt.

Halte dich an den Plan.

Wer bei der Planung versagt, plant sein Versagen.

Ich bleibe wie angewurzelt stehen. Ich habe ihn auf fremdem Territorium getroffen und beinahe meine persönlichen Grenzen übertreten. Gott sei Dank ist Nate weitergelaufen. Ich darf nie wieder derart die Beherrschung verlieren.

Nie wieder.

»Alles in Ordnung, Madam?«

Ich blicke auf. Ein alter Mann im Anzug sieht mich an.

»Ja, danke. Alles in Ordnung. Ich bin ohne Wasser losgelaufen und habe ziemlichen Durst. Idiotisch.«

»Da drüben können sie eins kaufen.« Er deutet geradeaus. »Es ist schon ziemlich heiß heute Morgen.«

»Vielen Dank.«

Ich laufe in die angegebene Richtung los und erreiche wenig später einen fahrbaren Stand. Außer Wasser kaufe ich noch einen Kaffee und eine Brezel.

»Verzeihung, wo ist eigentlich der Ausgang aus dem Park?«, frage ich den Kassierer.

Ich habe völlig die Orientierung verloren und muss mich erst einmal ins Gras setzen. Gierig trinke ich mein Wasser.

Die Brezel ist salzig und trocken; sie bleibt mir halb im Halse stecken. Auf dem Weg aus dem Park werfe ich den hufeisenförmigen Rest in den Mülleimer.

Als das Hotel endlich in Sichtweite kommt, empfinde ich dieselbe Erleichterung wie jedes Mal in dem Moment, in dem die Räder des Flugzeugs auf der Rollbahn aufsetzen. Ich schiebe meine Keycard ins Türschloss, lasse mich aufs Bett fallen und schelte mich.

Um ein Haar hätte ich alles kaputt gemacht.

Es war die Tatsache, dass ich ihm so nah war. Trotzdem muss ich mich an meinen Plan halten, denn im Juli werden es fast zehn Monate seit unserer Trennung sein. Fast ein Jahr.

So kann ich ihm beweisen, dass ich ihm reichlich Freiraum gelassen habe, um sich zu finden – oder was er auch tun zu müssen glaubt. Die Vorstellung schmerzt, dass er mit anderen Frauen schläft, wie sollte es auch anders sein. Doch keine von ihnen taucht länger auf seiner Facebook-Seite auf, darum habe ich alle Gedanken an sie aus meinem Kopf verbannt und versuche, es positiv zu sehen. Er hat mich nicht für eine bestimmte andere Frau verlassen. Wenn wir uns wieder vereinen, wird er tatsächlich bereit sein, sesshaft zu werden.

Ich muss an frischen Mantras arbeiten, und ich muss sie öfter wiederholen.

Wenn du zweifelst, lass es.

Geduld ist eine Tugend.

Halte dich an den Plan.

Obwohl mein Kopf jetzt völlig in Ordnung ist, nehme ich zwei starke Schmerztabletten und spüle sie mit mehreren Gläsern Wasser hinunter.

Ganz gleich warum, ich darf nicht noch einmal die Kontrolle verlieren.

Ich bin müde und übernächtigt.

Das Crew-Boarding des Fluges nach Heathrow verzögert sich, weil der Hinflug Verspätung hat. Als wir endlich boarden dürfen, müssen wir uns an der Putzkolonne mit ihren Staubsaugern vorbeischieben, die sämtliche Gänge verstellen, und danach bleibt kaum noch Zeit, unsere Security Checks durchzuführen – und überhaupt keine, die Galley vorzubereiten.

Auf halber Flugstrecke erkranken zwei Passagiere und brauchen Sauerstoff, außerdem sind zu viele lärmende Kinder an Bord. Ununterbrochen werden wir angefordert, und dauernd gibt es Beschwerden, dass das Entertainment-System nicht funktioniert.

Vielleicht bleibe ich doch nicht allzu lange diesem Job treu.

Während der Pause träume ich in meiner Koje von Will. Er ist jünger, nur ungefähr anderthalb Jahre, und läuft noch auf ziemlich wackligen Beinen. Dafür schwimmt er wie ein Wasserbaby. Amelia versteckt sich im schattigen Garten und pflückt Blumen. Sie will mir Anweisungen zurufen, aber ihre Worte dringen nur gedämpft zu mir, so als wäre sie unter Wasser. Bis ich endlich verstehe, was sie mir zu sagen versucht, bis ich den *Ernst* der Lage begreife, ist es längst zu spät.

Ich setze mich auf und taste nach meiner Taschenlampe. Ich trinke in kleinen Schlucken Wasser. In der Premium Economy sitzt ein Junge in einer blauen Latzhose, die mich an Will erinnert haben muss.

Den ganzen restlichen Flug komme ich nicht mehr zur Ruhe, bin völlig verstört. Als wir endlich im Landeanflug sind und ich meinen Gurt auf dem Crew-Seat angelegt habe, bin ich kurz davor, meiner Kollegin die Geschichte mit Will zu erzählen. So etwas wäre auch nicht weiter ungewöhnlich – ich brauchte erst eine Weile, um mich daran zu gewöhnen. Viele Kollegen schwatzen hemmungslos und geben intime Bekenntnisse preis, als würden sie glauben, dass alles dem Beichtgeheimnis unterliegt, wenn es nur über den Wolken erzählt wird.

Natürlich tue ich es nicht. Es würde nichts ändern.

Stattdessen erzähle ich ihr von »Nick« und davon, wie ich schon in der ersten Sekunde wusste, dass nie jemand an ihn heranreichen würde. Jeder weiß, was geschah, wenn Elizabeth Taylor wieder einmal versuchte, ohne Richard Burton auszukommen. Ich habe gelesen, dass ihre Romanze als »tödliche Liebe, die niemals starb« beschrieben wurde. Für beide war das Leben ohne den anderen sinnlos.

Nur mit Nate fühle ich mich vollständig, trotz seiner Fehler, und darum weiß ich, dass das hier Liebe ist.

Wäre ich nur verschossen, wäre ich blind für seine Schwächen. Wahre Liebe nimmt den anderen so an, wie er ist.

Meinen ersten freien Tag verbringe ich allein in der Wohnung. Ich entspanne mich, indem ich durch Bellas und Miles Verlobungsanzeigenfotos scrolle. Nächsten Monat wollen sie feiern. Ich drucke die Fotos aus, die ich in New York von Nate gemacht habe, und hefte sie an meine Pinnwand. Sie sind nicht besonders scharf – ehrlich gesagt –, aber ich muss alles auf dem neuesten Stand halten, weil unsere Leben um jeden Preis weiter verbunden bleiben müssen, und sei es nur hinter den Kulissen.

Ich starre auf die Pinnwand; irgendwas stimmt nicht. Ich starre unermüdlich weiter darauf, bis ich begreife, was mich stört.

Bellas glückliches Lächeln hat nichts in meiner Privatsphäre zu suchen. Ich nehme eine Schere und hacke auf ihr Gesicht ein, bis es auf jedem Bild, auf dem sie lächelt, zerschlitzt ist. Intakt bleiben nur die Bilder, auf denen sie nicht ganz so selbstzufrieden aussieht.

Ich atme tief aus. Sofort geht es mir besser.

Ich hole die zwei Voodoo-Puppen aus der Schuhschachtel oben auf meinem Schrank. Die weibliche hat Nadeln in ihrem Kopf, die männliche nur eine in ihrer Brust. Ich will, dass Nates Herz verhärtet bleibt, bis er sich wieder in mich verliebt. Als ich die Puppen auf einem Karibikflug an einem Marktstand entdeckte und kaufte, lachte die Kollegin, mit der ich unterwegs war. »Gruselpüppchen für Touristen«, meinte sie. »Wozu in aller Welt brauchst du die denn?«

»Für einen Scherz«, antwortete ich.

Ich hasse es, mit anderen shoppen zu gehen. Aber wie ich feststellen musste, sind einige meiner Kollegen so unselbstständig, dass sie sich schon bei der Vorflugbesprechung an mich hängen und unbedingt in Erfahrung bringen wollen, was ich zwischen Hin- und Rückflug unternehmen werde, nur damit sie sich dann selbst einladen können.

An meinem zweiten freien Tag bestehe ich die theoretische Fahrprüfung. Jetzt fehlt mir nur noch die praktische, dann kann ich meine neue Freiheit genießen. Nachdem ich ein paar Autohändler abgeklappert habe, beschließe ich, dass ich mir ein kleines graues Cabrio bestellen werde. Ich glaube, im Kofferraum ist gerade genug Platz für einen Handgepäckkoffer.

Danach muss ich ein zweitägiges schwarzes Loch füllen, bis mein nächster Flug nach Bangkok ansteht. Ich halte mich von Nates Wohnung fern, mein Verhalten in New York hat mir selbst Angst gemacht. Ich muss mich wieder in den Griff bekommen und sicherstellen, dass ich stark genug bin, mich in seiner Nähe aufzuhalten, ohne dabei alles aufs Spiel zu setzen.

Amy ist gerade in Australien und daher nicht zu gebrauchen. Mein Juliette- und das Elizabeth-Profil auf Facebook sind auf dem aktuellen Stand und mit den korrekten Kommentaren und Fotos versehen.

Ich rufe Babs an. »Lust auf einen Besuch?«

»Natürlich, Liebes. Du kommst gerade richtig, ich habe eine Rinderpastete mit Ale gemacht.«

Ich packe eine kleine Reisetasche und gehe los zum Bahnhof.

Ich habe Babs nicht angekündigt, wann ich eintreffen würde, darum nehme ich einen Bus, der an Sweet Pea Cottage vorbeifährt. Über dem Zu-Verkaufen-Schild klebt ein *Reserviert.*

Ich warte auf eine Empfindung, irgendein Gefühl, aber nein, da ist nichts.

Als ich die Klingel drücke, reißt Babs in einer mit Kirschen bedruckten Küchenschürze die Tür auf, im Gesicht Spuren von Mehl. Barbara sieht aus, wie eine Mutter wahrscheinlich aussehen sollte.

»Wie schön, dich zu sehen«, sagt sie. »Ich mache schnell das Essen fertig.«

Über der Pastete – ich zupfe den Teig ab –, mit neuen Kartoffeln und grünen Bohnen serviert Babs mir den neuesten Dorfklatsch: zwei Scheidungen, ein Todesfall und ein Einbruch.

Ich bringe sie über meine Fahrstunden auf den neuesten Stand.

»Das klingt ja wunderbar, dann wirst du mich öfter besuchen können!«

Ich nicke.

Stille.

Auf einmal ist das Geklapper des Bestecks das alles übertönende Geräusch in der Küche, und das bedeutet, dass Babs Mut sammelt, um mir schlechte Neuigkeiten zu eröffnen oder um mich etwas zu fragen.

Ich warte ab.

»Fühlst du dich kräftig genug für einen Besuch? Morgen bei William?«

Ich stehe auf und fülle am Wasserhahn unsere Gläser nach.

»Bald ist sein Geburtstag, und …«, setzt Babs nach.

»Nein, tut mir leid, aber ich möchte nicht.«

»Ich würde mich freuen, wenn du mir Gesellschaft leisten würdest. Wir könnten auch ein paar Blumen an Amelias Fach abstellen.«

»Den Toten ist es egal, ob Blumen an ihrem Grab stehen oder nicht.«

»Ich gehe trotzdem hin. Ich gehe immer hin.«

»Er ist nicht mehr dort. Sie ist nicht dort.«

Babs räuspert sich.

Ich weiß schon, was jetzt kommt, und ich will es nicht hören. »Was kommt heute im Fernsehen?«, frage ich schon im Aufstehen und fange an, den Tisch abzuräumen. »Such was aus, ich spüle solange ab.«

Ich drehe das heiße Wasser auf, quetsche einen fetten Klecks Zitronenspülmittel in eine Schüssel und starre auf die aufschäumenden Blasen.

Babs entscheidet sich für eine Serie, die ich noch von früher kenne; ich höre die Titelmelodie aus dem Wohnzimmer. Wir haben sie immer im Gemeinschaftsraum unserer Schule geguckt, dicht gedrängt auf Sofas und dicken Kissen auf dem Boden, schon in Pyjamas und Nachthemden.

Zehn Minuten später setze ich mich zu ihr aufs Sofa. Wenn ich nicht wüsste, dass sie sich die Serie immer ansieht, hätte ich angenommen, sie hätte sie absichtlich ausgewählt. Denn in der Episode von heute Abend gibt es eine Szene an einem Grab, in der eine Figur »endlich Frieden schließen kann«.

Am nächsten Morgen fahre ich früh wieder ab, unter zahllosen Beteuerungen, bald wiederzukommen.

Auf der Heimfahrt läutet mein Handy. Es ist mein Notar. Der Hausverkauf ist durch.

Ich bin reich.

Im Geist sehe ich vor mir, wie ein Jungmakler zum Cottage geschickt wird, um das *Reserviert*-Schild gegen eines mit *Verkauft* auszutauschen.

Ärgerlicherweise wurde die Wohnung in Richmond, auf die ich ein Auge geworfen hatte, zwischenzeitlich vom Markt genommen. Ich muss wieder von Neuem mit meiner Suche anfangen. Aber zumindest bin ich dadurch bis zu meinem nächsten Einsatz beschäftigt.

Irgendwo über Europa und dann Asien, verloren in einem Niemandsland und in rasendem Tempo nach Bangkok unterwegs, sitze ich auf einem umgedrehten Metallcontainer. Es ist ziemlich kalt, und ich höre meiner Kollegin Nancy zu, die ohne Punkt und Komma auf mich einredet. Sie hat mir schon Bilder von ihrer Katze, ihrem Pferd und ihren Patenkindern gezeigt, mir alles über eine Operation enthüllt, die sie vor vier Jahren hatte, und mir offenbart, dass ihr Exmann ein Transvestit war.

»Aber ehrlich gesagt hat nicht *das* uns auseinandergebracht …«

»Ach so«, sage ich. »Möchtest du einen Kaffee?« Ich stehe auf, lege einen Filter in die Kaffeemaschine und hoffe inständig, dass ein Passagier hereingeschneit kommt oder in Ohnmacht fällt oder irgendwas anstellt, was uns eine Weile beschäftigt hält.

»Oh ja, ich nehme gern einen. Jedenfalls, wie gesagt, es war nicht, dass er meine Sachen angezogen hat …«

»Ich bin gleich wieder da, Nancy. Ich bin nur dran mit den Security Checks.«

Gewöhnlich lasse ich die aus, aber heute Nacht tigere ich durch die abgedunkelte Kabine, überprüfe die Toiletten auf verdächtige Botschaften oder Bombenbastler und stelle sicher, dass kein Passagier krank ist oder irgendwas Merkwürdiges treibt. Alles ist ruhig. Kein Pärchen versucht, gemeinsam auf die Toilette zu schleichen, um dem Mile High Club beizutreten (nicht dass mich das besonders stören würde). Ich tue dann immer so, als hätte ich nichts bemerkt.

Als ich in die Galley zurückkehre, hat Nancy schon einen Kollegen in der Mangel, Kevin, der seinem glasigen Blick nach eindeutig wünscht, er hätte sich nie aus der Sicherheit der First Class hierher begeben.

»… viel schlimmer war, dass er so egoistisch war. Ich meine, *total* egoistisch. Glaubst du, er hätte zu Hause auch nur einen Finger gerührt, wenn ich fix und fertig von einem Flug heimkam, auf dem ich die ganze Nacht durch Hunderte von Menschen betreut hatte? Irgendwas eingekauft, irgendwas …«

Ich fange seinen Blick auf und lächle.

»Ich bin nur hergekommen, weil wir frische Servietten brauchen«, sagt er. »Die Galley in der First ist nicht besetzt. Ich sollte lieber wieder vorgehen.«

Kevin arbeitete früher im Controlling, aber dank seiner unstillbaren Reiselust hat er sich dazu entschlossen, mit Anfang vierzig beruflich neu anzufangen. Er scheint lustig zu sein. Beim Briefing brachte er alle zum Lachen, als er erzählte, wie er bei seinem vorigen Flug den Crew-Bus zum Flugzeug verpasst und sich dann im Labyrinth der Gänge unter dem Terminal verlaufen hatte. Kevin zwinkert mir zu und flüchtet dann eilig durch die dicken Vorhänge vor der Galley. Vielleicht sollte ich ein wenig Zeit mit ihm verbringen. Er kommt mir ganz intelligent und unterhaltsam vor.

Ein Passagier ruft uns. Halleluja!

Ich arbeite mich durch die schlafenden, unter Decken vergrabenen Menschen vor, steige dabei über herausgestreckte Füße und ab und zu einen Schuh und erreiche schließlich Sitz 43A, über dem das Ruflämpchen leuchtet.

»Könnte ich bitte eine Tasse Tee bekommen?«, fragt eine alte Dame und schaltet dabei ihr Leselicht ein.

»Natürlich.«

Ich suche die dunkle Kabine nach weiteren Lämpchen

ab. Das ist jetzt mein Leben: Ich suche nach Menschen, die ich bedienen kann, nur um dem Geschwätz meiner Kollegin zu entfliehen.

Zurück in der Galley, möchte Nancy wissen, ob ich Pläne für Bangkok habe, während ich aus dem Heißwasserhahn kochendes Wasser auf den Teebeutel laufen lasse.

Ich überlege. Was würde Nancy auf keinen Fall tun? Hmm. Ich weiß es nicht. Lieber auf Nummer Sicher gehen und vage bleiben.

»Nicht so richtig, ich lasse mich lieber treiben, ohne mir irgendwas fest vorzunehmen. Ich weiß nie, wie ich mich dann fühle oder wie ich schlafe.«

Ich gieße Milch in den Tee, nehme ein paar Zuckerpäckchen, packe alles auf ein Tablett und verschwinde in die Kabine.

Kaum bin ich zurück, fängt Nancy wieder an.

»Ich werde auf jeden Fall den Großen Palast besichtigen, zusammen mit Katie, unserer Pilotin. Wir wohnen im selben Dorf, und als wir gemerkt haben, dass wir zusammen fliegen, haben wir gesagt, es wird Zeit, dass wir uns mal ein bisschen Kultur gönnen, statt immer nur die Märkte abzugrasen.«

»Das ist ja super.«

»Du kannst gern mitkommen.«

»Danke, das ist sehr nett, aber ich will es erst mal ruhig angehen lassen.«

»Wahrscheinlich ist das nur klug. Katie ist total verknallt. Die beiden stehen noch ganz am Anfang, und sie muss in jedem Satz den Namen ihres Freundes unterbringen, ganz egal, worum es geht. Ich nehme es ihr nicht übel, natürlich nicht. Sie ist schon eine ganze Weile solo, hatte nie viel Glück mit den Männern. Aber mal ganz unter uns, ich wette, während wir im Tempel sind, wird es immer nur um Nate hier und Nate da gehen.«

»Nate? Ein ungewöhnlicher Name.« Ich bin überrascht, wie normal und beiläufig ich klinge, obwohl mir das Herz stehen bleibt.

»Ist er das? Hab ich mir noch gar keine Gedanken drüber gemacht. Wahrscheinlich ist es nur eine Kurzform von Nathan oder so.«

»Wie heißt er mit Nachnamen?« Mein Herz schlägt ein bisschen schneller.

»Keine Ahnung. So oder so ist es Zeit, die anderen aufzuwecken, wir haben jetzt Ruhezeit.«

Ich bereite ein paar heiße Tücher vor und schenke mehrere Gläser Saft ein. Dann stelle ich sie auf ein Tablett, wobei meine Hände flattern. Ich trete den Weg zum Heck an, arbeite mich dabei ein weiteres Mal über hervorstehende Gliedmaßen und allen möglichen Müll vor, wobei am gefährlichsten immer die Zeitschriften sind – ich habe schon mehrere Leute darauf ausrutschen sehen. Mit meinem Schlüssel entriegele ich die Tür zum Crew-Abteil, schließe sie dann hinter mir – es ist nicht ungewöhnlich, dass sich Passagiere hier einnisten, wenn sie es irgendwie ins Abteil schaffen –, und schalte das gedimmte Licht ein, bevor ich mich mit einer Hand am Geländer festhalte und, das Tablett fest in der anderen, die schmale Treppe hinaufsteige.

»Guten Morgen alle miteinander«, grüße ich in die Runde.

Ein Teil der Anwesenden schießt hoch, sammelt seine Sachen ein und verschwindet zu den Toiletten.

Andere setzen sich sichtbar erschöpft und orientierungslos auf und wünschen sich unübersehbar, sie lägen zu Hause in ihrem eigenen Bett.

Fünfzehn Minuten später mümmel ich in einem grauen Jogginganzug oben in einer Koje in meinem Schlafsack herum. Die Sicherheitsgurte rutschen ständig an meinen Hüften herunter, weil wir durch Turbulenzen fliegen und ich mich fühle wie ein Stück Stoff in der Waschmaschine beim Schleudern, wie in einem nicht existenten Paralleluniversum.

Eins ist mir aber sonnenklar: Ich werde auf jeden Fall mit Nancy und Katie den Großen Palast besichtigen.

10

Nach einer Stunde breche ich meine Pause von drei Stunden und zwanzig Minuten ab. Ich ertrage es keine Sekunde länger, hier gefangen zu liegen. Ich werde losgehen und mir Katie ansehen, ich muss mir ein Bild von ihr machen.

Mir ist leicht schwindlig, als ich auf der Toilette mein Make-up auffrische. Zu Beginn des Fluges sah ich noch präsentabel aus. Jetzt ist mir sterbensübel. Natürlich war mir klar, dass Nate nicht im Zölibat leben würde. Ich bin nicht blöde. Nun aber plötzlich den Namen einer potenziellen Rivalin zu kennen und auch noch in zehntausend Meter Höhe mit ihr gefangen zu sein ist eine grauenvolle Situation.

Ich arbeite mich im Flugzeug bis zum Bug vor und dann hoch in die Business. Der Kabinenchef – ein älterer Mann – steht in der kleinen Galley im Oberdeck und bereitet gerade die Frühstückstabletts vor.

»Hi. Ich will nur kurz ins Cockpit schauen«, sage ich. »Soll ich fragen, ob sie vorn was brauchen?«

Er schaut auf seine Uhr. »Ja, mach das. Der Kontrollruf ist sowieso fällig.«

Ich weiß, wann die Flugcrew während des Fluges kontaktiert wird, darum habe ich genau diesen Zeitpunkt gewählt. Ich greife zum Hörer und tippe die Nummer des Cockpits ein. Mein Herz hämmert bei der Vorstellung, dass mir Katies Stimme antworten könnte, doch das tut sie nicht. Es ist eine Männerstimme. »Hi. Mike hier.«

»Hi, hier ist Juliette aus der Economy hinten. Ich bin oben und wollte kurz reinschauen, weil ich eine Frage hätte. Brauchen Sie irgendwas?«

»Moment.«

Gedämpfte Stimmen.

»Ja, zwei Kaffee bitte. Einer mit Milch, einer ohne, keinen Zucker. Und falls noch Crew-Sandwichs übrig sind, die wären auch schön, danke.«

»Okay.«

Ich mache den Kaffee. Welcher mag für Katie sein? Ich ziehe ein Tablett mit Sandwichs aus dem Crew-Wagen. Dann rufe ich noch mal durch und kündige mich an.

Ich gehe im Gang vor und warte vor der Tür zum Cockpit. Der Kapitän öffnet, lässt mich eintreten und schließt die Tür hinter mir. Die weißen, grünen und blauen Instrumentenlichter flackern hell im Halbdunkel des Cockpits. Im Sitz des Kopiloten sitzt ein Mann. Keine Katie. Die Tür zur Pilotenkoje ist geschlossen; offenbar schläft sie gerade.

»Hat jemand Pause?«, frage ich.

»Ja.«

Verdammt.

Der Kapitän nimmt mir das Tablett ab, ich greife die Kaffeebecher und stelle sie auf die Flächen hinter jedem Sitz.

»Ich wollte fragen, ob ich während der Landung hier sitzen dürfte«, bitte ich. »Ich bin noch neu und …«

»Tut mir leid, nein, das ist ein Trainingsflug. James«, er deutet auf den Kopiloten, »bereitet sich auf die Prüfung vor – zum Kapitän –, darum geht es leider nicht.« James dreht sich um und winkt bedauernd.

»Ach so.«

»Hoffentlich ergibt sich ein andermal eine Gelegenheit – normalerweise hätte ich nichts dagegen.«

»Danke.«

»Danke für den Kaffee.« Er wirft einen Blick durch den Spion in der Tür, während James die Überwachungskameras checkt. »Alles klar.«

Er öffnet mir die Tür, und ich trete wieder hinaus, desillusioniert, aber nicht geschlagen.

Auf der Fahrt zum Hotel habe ich mich genau hinter Katie platziert und lausche einem Gespräch zwischen ihr und dem anderen Kopiloten.

Sie hat die Haare geflochten und hochgesteckt – mein persönlicher Anti-Stil.

Will liebte es, wenn ich mir Zöpfe flocht. Na ja, er liebte es, daran zu ziehen.

Sie sieht nichtssagend aus.

Ihre Unterhaltung ist genauso nichtssagend – sie sprechen hauptsächlich übers Radfahren. Ich kann mir Nate nicht auf einem Fahrrad vorstellen. Ein Radhelm würde ihm garantiert nicht stehen.

Definitiv nicht.

Wie die meisten Kollegen sieht auch Katie total anders aus, als wir uns am nächsten Morgen in Zivil in der Rezeption versammeln. Wir, das sind Nancy, Katie, noch ein Typ namens Ajay und ich.

Katie hat lange rote Locken und haufenweise Sommersprossen. Sie sieht freundlich, aber auch patent aus, wie jemand, den man nach dem Weg fragen würde. Mit ihren muskulösen Oberarmen und den praktischen beigen Hosen hat sie etwas Burschikoses, so als würde sie sich etwas zu sehr bemühen, unter den meist männlichen Piloten nicht aufzufallen. Doch wenn sie lächelt, erstrahlt ihr ganzes Gesicht hübsch.

Gestern noch war ich nicht sicher, was Nate an ihr finden könnte. Vielleicht ist es einfach die Tatsache, dass sie so gesund und bodenständig aussieht, so der Typ »Mädchen von nebenan«.

Im Bus zum Palast sehe ich sie mir genauer an. Sie schaut aus dem Fenster, ihr Mund ist leicht geöffnet. Wir stecken Ewigkeiten im Verkehr fest, aber ich komme nicht dazu, ein vernünftiges Gespräch mit Katie zu beginnen, weil vorn im Bus eine enthusiastische Fremdenführerin ununterbrochen in ihr Mikrofon quasselt.

Ich blende mich aus.

Dass Nate mich liebt, weiß ich, weil er es mir gesagt hat.

Als ich ihm gestand, dass ich ihn liebe, erwiderte er: »Ich dich auch.« Sonst hätte er doch einfach geschwiegen.

Zugegeben, er reagierte – zuerst – zurückhaltend, als ich schon so bald zu ihm ziehen wollte. Aber ich meinte, wenn unsere Romanze so stürmisch verlaufen würde, dann vielleicht nur, weil es uns vorbestimmt war.

Die Wohnung, in der ich zur Miete wohnte, wurde gerade verkauft. Das war die *Wahrheit,* auch wenn mein Vermieter meinte, ich hätte trotz Eigenbedarf des Neueigentümers möglicherweise noch drei Monate bleiben können. Es wäre schlicht Quatsch gewesen, mir was anderes zu suchen. Es war eine winzige Notlüge zu unserem gemeinsamen Besten.

Ich hatte schon damals kurz mit dem Gedanken gespielt, Flugbegleiterin zu werden, aber ich wollte ihm die perfekte Freundin sein. Ich wollte für Nate *da sein,* wenn er von seinen Flügen heimkehrte.

Mit ihm ganz allein.

Die Worte, die sich in meinem Kopf festsetzen, als ich den Palast zum ersten Mal sehe, sind *Grün* und *Gold.* Ich blicke staunend auf die überwältigenden Gebäude, die mehrstöckigen Dächer und manikürten Gärten.

Es ist heiß. Laut der Fremdenführerin ist es nicht mehr lang bis zur Regenzeit, dennoch trage ich langärmlige Sachen, weil der Dresscode der heiligen Stätte es so gebietet.

»Unglaublich romantisch, findet ihr nicht?«, frage ich die anderen.

Sie nicken, antworten aber nicht, denn sie sind bedauerlicherweise allesamt Menschen, die sich tatsächlich für Gebäude interessieren. Sie lauschen unserer Fremdenführerin, die uns über das Gelände scheucht. Schweiß schlängelt sich an meinem Rückgrat abwärts. So wie ich es sehe, kann man sich auch *schnell* an Dingen erfreuen. Man muss nicht im Schneckentempo herumschleichen, nur um Eindrücke im Gedächtnis zu verankern. Dafür gibt es Kameras.

Das Laufen und Lauschen will kein Ende nehmen. Beim Tempel des Smaragd-Buddhas bestaunen wir unter vielen »Oohs« und »Aahs« einen kleinen Buddha aus Jade, dessen goldenes Gewand offenbar zu Beginn jeder neuen Jahreszeit vom König persönlich gewechselt wird.

Schließlich kehren wir zum Mittagessen in ein Lokal in der Nähe ein, das Gott sei Dank klimatisiert ist. Einen ganzen Nachmittag mit Kultur stehe ich keinesfalls mehr durch. Ich will nur, dass Katie endlich über Nate redet, dann werde ich mich entschuldigen und in mein erlösendes Hotelzimmer zurückkehren. Erschöpft lasse ich mich auf den Stuhl neben ihr fallen und kopiere ihre Bestellung: eine Cola Light und ein Pad Thai.

»Also, wie fandet ihr den Palast?«, frage ich.

»Absolut … unglaublich«, sagt Nancy.

»Fantastisch«, sagt Katie und nimmt einen Schluck Cola.

Ajay, der in einem Reiseführer blättert, nickt nur.

»Für mich hat der ganze Ort etwas unglaublich Romantisches, wie ich vorhin schon gesagt habe«, erkläre ich.

Katie beißt nicht an. Ich werde weniger subtil vorgehen müssen.

Unser Essen kommt, Dampf steigt davon auf. Ich wünschte, ich hätte etwas Kaltes bestellt, ich ertrage diese Hitze nicht. Ich greife nach meinen Stäbchen und picke eine kleine Krabbe heraus. Ich knabbere daran. Der Zitronengrasduft schlägt mir auf den Magen. Genau dieser Geruch war es, der unsere Küche an jenem schrecklichen Abend durchdrang, an dem Nate mit mir Schluss machte.

»Also …«, wende ich mich an Katie. »Nancy hat erzählt, ihr wohnt im selben Dorf. Wo ist das?«

»Knapp außerhalb von Peterborough«, antwortet sie und nennt einen Ort, von dem ich noch nie gehört habe.

»Das ist aber eine ganz schöne Fahrt, oder?« Ich lege den Kopf schief und heuchele Interesse.

»Schon. Aber das stört mich nicht. Ich höre unterwegs Musik oder Hörbücher. Das hilft mir, nach einer langen Nacht runterzukommen.«

Ich habe nichts entdeckt, was darauf hingedeutet hätte,

dass sie bei Nate übernachtet. Und soweit ich weiß, war er noch nie bei ihr, denn Nate fährt an seinen freien Tagen nicht gern aufs Land. Vielleicht hat Nancy da etwas falsch interpretiert oder einfach übertrieben. Bisher hat Katie noch kein einziges Mal »Nate hier« oder »Nate da« gesagt. Vielleicht war es nur eine kurzlebige Affäre, die schon wieder erloschen ist.

Ich picke in meinen Nudeln herum.

Katie gähnt und nimmt schnell die Hand vor den Mund.

»Das Programm am Nachmittag klingt richtig aufregend«, mischt sich Ajay ein. »Im Reiseführer steht, uns erwartet ein absoluter Höhepunkt ...«

»Na ja, so was müssen sie auch schreiben, oder?«, entfährt es mir.

Alle drei schauen mich an.

Mein Mund brennt, als das Chili zu wirken beginnt, es beißt in meine Kehle und bringt mein Gesicht zum Glühen. »Entschuldigt. Ich glaube, ich habe genug getempelt und nehme mir ein Taxi zurück zum Hotel. Trefft ihr euch heute Abend wieder zum Essen?«

»Bleib noch«, bittet Nancy. »Du wirst es bereuen, wenn du jetzt fährst.«

»Ehrlich gesagt bin ich auf einer Linie mit Juliette«, sagt Katie. »Ich brauche heute Nachmittag ein Nickerchen, wenn ich heute Abend durchhalten will.«

Allmählich wird sie mir sympathisch.

Wir lassen Nancy und Ajay zurück, und die Tourleiterin organisiert uns ein Taxi. Sie wirkt so niedergeschlagen, weil wir die Tour abbrechen, dass wir ihr ein großzügiges Trinkgeld geben.

Die Fahrt zurück ist wesentlich kürzer, und unser sehr

gesprächiger Fahrer will über englischen Fußball plaudern. Katie scheint sich einigermaßen auszukennen, also überlasse ich ihr das Reden. Vielleicht gibt sie heute Abend nach ein paar Drinks mehr preis, auch wenn ich den Verdacht habe, dass Nate sie schnell satt bekommen hat.

Zu Hause ist es gerade Mittag, in Bangkok dagegen schon Zeit für einen ersten Sundowner, den ich mit einigen anderen aus der Crew – darunter Katie und Kevin aus der First, Nancy ist zu müde – auf einer Dachterrasse nehme. Lichter illuminieren die nahen Wolkenkratzer.

Ich trinke ein thailändisches Bier aus einem hohen Glas. Es kühlt mir die Kehle, bevor Hitze und Luftfeuchtigkeit mir endgültig die Luft abdrehen.

»Sollen wir in einen Club gehen?«, schlägt jemand vor.

Ich warte ab, was Katie dazu sagt.

»Klingt doch gut«, sagt sie.

»Super«, pflichte ich ihr bei.

Katie dreht sich zu mir. »Willst du dich nicht erst umziehen?«

Ich sehe auf meine schwarzen Jeans. »Wieso?«

»Weil es auch nachts brütend heiß ist. Hast du vergessen, wie heiß es vorhin war, als wir durch den Palast gelaufen sind?«

Katie dreht eine Pirouette, die rot-weißen Punkte auf ihrem Kleid wirbeln herum, die Armreifen klirren. Auf ihrem rechten Knöchel sitzt wie ein Schmutzfleck ein Schmetterlingstattoo.

Erleichterung durchschießt mich; Nate findet Tattoos billig. Wahrscheinlich ist sie für ihn nur eine weitere Eroberung, ein Spielzeug zur Ablenkung.

Ich schenke mir das Umziehen. Wir halten ein Tuk Tuk an, das wild hin und her schwankt, während unser Fahrer sich durch den dichten Verkehr kämpft. Ich klammere mich an eine Metallstange und inhaliere Benzindämpfe. Eine rosa Blumengirlande baumelt vom Rückspiegel und schaukelt im Rhythmus der ruppigen Manöver. Wir gelangen zu einem umgebauten Lagerhaus, in dem man, meinem sicheren Eindruck nach, sich weder um Hygiene- noch um Sicherheitsvorschriften schert; Elektrokabel kreuzen sich waghalsig über uns, überall stehen Holzbretter hervor. Ein Elvis-Imitator massakriert »Always On My Mind«. Das blecherne Mikro pfeift in regelmäßigen Intervallen.

»Ich wünschte, ich wäre zu Hause bei meinem Freund«, sage ich zu Katie, während wir uns einen Platz an der Bar freikämpfen.

»Ich auch«, bekennt sie. »Obwohl, mein Freund ist gerade unterwegs. Er ist auch Pilot.«

Meine Beine wackeln.

Der Barmann wendet sich uns zu. Wir bestellen Bier.

Mir fällt wieder ein, dass ich atmen muss.

Wir stoßen zu den anderen, die sich um einen eisernen Stehtisch drängen. Wir plaudern über die Arbeit, bis ich es irgendwann nicht mehr aushalte.

»Und gibt es auch ein Bild von deinem Kerl?«, frage ich so lässig wie möglich.

»Jede Menge. Normalerweise langweile ich mit Bildern von Nate meine Mitmenschen zu Tode.«

Katie tut mir fast leid – fast –, aber es ist nicht meine Schuld, dass Nate so eitel ist. Und schwach, wenn sich ihm eine Frau an den Hals wirft.

»Hier, schau mal …« Katie strahlt. »Da waren wir in Rio und …«

Nates Gesicht leuchtet von ihrem Handy auf.

Erstarrt lausche ich jedem stechenden Wort in ihrem minutenlangen selbstgefälligen Monolog, bevor ich mich schließlich entschuldige. Draußen sage ich minutenlang meine Mantras auf. Ich bekomme kaum noch Luft. Musik plärrt aus verschiedenen Richtungen auf mich ein. Gruppen von Einheimischen mischen sich mit Taxis und Motorrädern. Gedrängt stehende Verkaufsstände ächzen unter der Last gefälschter Designerwaren, T-Shirts, Schuhen, Handtaschen. Neonschilder werben für Tattoostudios, Drinks, Massagen, Schlaftabletten. Von einem nahen Essenskarren steigt der Gestank von gebratenen Zwiebeln auf.

Ich ziehe mein Smartphone aus der hinteren Hosentasche und logge mich ein. Nates Crew unternimmt an ihren freien Tagen eine Safari durch den Kruger-Nationalpark. Er hat Bilder von langem, sprödem Gras unter stacheligen, karg belaubten Bäumen gepostet und darunter gefragt:

Wer findet den Löwen?

Da tummelt er sich unter wilden Tieren, während ich am anderen Ende der Welt einen weiteren Betrug verarbeiten muss.

Tiefe Atemzüge. Scheiß-Einatmen. Scheiß-Ausatmen.

Eine Schwade Gullygestank holt mich in das wirkliche Bangkok zurück.

Schlaftabletten? Wieder bleibt mein Blick an der Reklame hängen. Vielleicht sollte ich welche besorgen. Und dann meine restliche Zeit hier in seliger Vergessenheit verbringen. Sie können ein Trost sein. Ein kurzfristiges Pflaster.

»Wie viel kostet ein Fläschchen mit zwanzig?«, frage ich die Apothekerin hinter der Theke.

»Warum Sie nehmen nicht vierzig?«, antwortet sie in gebrochenem Englisch. »Billiger.«

Warum eigentlich nicht. Wer A sagt … Ich lasse sie in meine Tasche fallen und schlendere dann kurz zwischen den Ständen durch. Ich entdecke einen kleinen hölzernen Buddha. Ich kaufe ihn ebenfalls, vielleicht bringt er mir Glück.

Widerstrebend kehre ich in die Bar zurück. Katies Hocker ist leer. Ich folge den Schildern zu den Toiletten. Sie steht vor dem Spiegel und bindet ihr Haar zu einem Pferdeschwanz. Schon von der Tür aus rieche ich ihr widerlich süßliches Parfüm.

Lass dir das nicht länger gefallen, schreit es in meinem Kopf.

Ich gehe weiter und umgehe dabei die nassen Flecken auf den dreckigen Fliesen, bis ich direkt neben ihr stehe. Ich lächle in den Spiegel. Sie lächelt zurück, allerdings leicht verdattert.

»Ich dachte, ich hätte Nate auf dem Bild, das du mir gezeigt hast, wiedererkannt. Sein Gesicht kommt mir bekannt vor«, erkläre ich ihr. »Das hat mir keine Ruhe gelassen, aber jetzt bin ich sicher, dass er es ist.«

»Ach. Bist du mal mit ihm geflogen?«

»Nein.«

»Woher kennst du ihn dann?«

»Ich kenne ihn nicht persönlich. Aber irgendwas ist zwischen ihm und einer Freundin von mir vorgefallen. Ich weiß nicht genau was, aber was es auch war, es hat sie übel mitgenommen. Sie sagte, sie könnte immer noch nicht darüber sprechen.«

»Dann kann es nicht Nate gewesen sein. Er ist ein absoluter Gentleman.«

»Vielleicht.«

Ich senke den Blick und wühle zur Ablenkung in meiner Tasche, aber mir entgeht nicht, wie sich ihre Miene kurz nachdenklich verdüstert. Ich hole den Mascara heraus. Als ich den Kopf wieder hebe, ist Katie schon auf dem Weg zur Tür.

»Komme gleich nach«, rufe ich ihr nach.

Falls sie mir antwortet, höre ich es nicht. Die Tür schlägt hinter ihr zu. Nachdenklich trage ich meinen Mascara auf; ihre herablassende Art ärgert mich. Die Geschichte ist nicht völlig erfunden, Nate hat wirklich eine dunkle Seite. Ich wende mich zum Gehen und lasse das Make-up in die Tasche fallen, wo es mit einem hellen Ping gegen das Fläschchen mit den Schlaftabletten schlägt.

In diesem Moment kommt mir eine Idee.

In einer Toilettenkabine hole ich die blauen Kapseln aus meiner Tasche. Laut Etikett soll man eine Kapsel alle zwölf Stunden nehmen. Hmm. Was wäre wohl eine gute Dosis? Zwei? Drei? Vier? Ich schraube den Deckel ab, schüttele drei Kapseln heraus und schiebe sie in meine Jeanstasche. Nachdem ich den Deckel wieder zugeschraubt habe, wühle ich in meiner Tasche nach dem kleinen Umschlag mit der Keycard für mein Hotelzimmer. Ich stopfe die Karte in mein Portemonnaie. Dann ziehe ich vorsichtig die Kapseln auseinander und kippe den Inhalt in den Umschlag. Ich spüle die Hüllen weg und kehre aus der relativ stillen Toilette in den Lärm und den Tumult draußen zurück.

11

Der Elvis-Imitator hat sein Outfit zu Tom Jones gewechselt. Dieselbe Lederhose, ein anderes Oberteil. Hüftkreisend stimmt er »Sex Bomb« an und schwingt dazu die Lederjacke wie ein Lasso.

Ich bestelle mehrere Biere. Eins davon halte ich ein Stück tiefer und kippe den Inhalt des Umschlags in die Flasche.

»Kann ich bitte auch Gläser haben?«, frage ich den Barkeeper.

Er wackelt fragend mit dem Kopf.

»*Gläser*, bitte. Und …« Mein Blick geht über die Theke. »Auch was von denen da.« Ich deute auf ein Päckchen mit Erdnüssen im Chili-Mantel. »Fünf Stück bitte.«

Er reicht mir vier warme Wassergläser frisch aus der Spülmaschine und dazu ein kleines schwarzes Tablett.

Ich arbeite mich zu Katie und den anderen vor und schenke dann das Bier in ein Glas direkt vor ihr. Anders geht es nicht; ich kann die Flasche schlecht durchschütteln.

»Nimm mir nicht übel, was ich vorhin gesagt habe.« Ich reiche ihr das Bier. »Ein Friedensangebot. Manchmal reiße ich einfach die Klappe auf, ohne vorher groß nachzudenken. Bestimmt habe ich mich geirrt.«

Sie zögert, nimmt dann das Glas und hebt es zu einem Prosit.

Ich reiße die Nüsse auf und streiche die Alupäckchen glatt. »Bedient euch«, sage ich zu allen, aber natürlich meine ich Katie damit.

Das mögliche Manko meines Plans besteht darin, dass man das Pulver der Pillen im Bier schmecken könnte. Die Nüsse werden hoffentlich alle merkwürdigen Aromen überdecken. Tom Jones haut den Refrain von »Delilah« raus. Mehrere aus unserer Gruppe, auch Katie, stimmen lachend ein.

Ich lächle und tue so, als würde ich mich amüsieren. Ich hoffe, dass sie von ihrem Hocker kippt. So munter, wie sie aussieht, fürchte ich, dass ich noch mal nachhelfen muss, darum ziehe ich los und bestelle ein paar Shots mit Thai-Rum.

»Los geht's«, rufe ich. »Wer zuletzt fertig ist, holt die nächste Runde.«

Die meisten, darunter auch Katie – puh – gehen auf die Wette ein.

»Du lässt es heute aber krachen«, sagt jemand. »Hast du im Lotto gewonnen?«

Ich lache höflich, so als hätte er wirklich etwas Lustiges gesagt.

»Eins, zwei, drei …«, ruft die Gruppe im Chor.

Ich muss würgen. »Oh Gott, schmeckt das eklig!«, rufe ich.

»Was ist das?«, fragt Kevin, als mein Blick wieder aufklart.

Mir laufen Tränen über die Wangen. »Rum. Ich steige aus.«

»Amateurin«, spottet Kevin lächelnd.

Er hat nette, braune Augen, die gut zu seiner dunklen Haut und seinem frechen Lächeln passen.

Ich erwidere sein Lächeln und sehe dann auf Katie. Endlich wirkt sie leicht weggetreten. »Ich glaube, ich fahre bald ins Hotel zurück«, sage ich zu Kevin. »Sie sieht so aus, als hätte sie auch genug.«

»Ich fahre mit. Ich wollte es heute nicht so spät werden lassen.«

Ich stelle mich zu Katie. »Kevin und ich fahren jetzt ins Hotel. Willst du vielleicht mitkommen? Du siehst müde aus.«

»Müde?« Sie sieht mich verwirrt an. »Nein, nein, mir geht's super. Fahrt ihr nur. Ich komme mit den anderen nach.«

»Ich finde, du solltest mitfahren.« Ich wende mich an Kevin. »Findest du nicht auch?«

Er zuckt mit den Achseln. »Das kann die Lady halten, wie sie will«, sagt er.

Ich ziehe ihn auf die Seite. »Sie sieht ziemlich hinüber aus.«

»Finde ich nicht.«

Katie rutscht von ihrem Hocker und muss sich sofort an den Tisch lehnen, wobei ihr die Tasche aus der Hand fällt. Sie bemüht sich, ihre Sachen wieder einzusammeln: eine Haarbürste, Pfefferminz und einen Lippenstift.

Kevin eilt zu Katie und hilft ihr wieder auf.

Der Blick, den ich ihm zuwerfe, sagt deutlich: »Hab ich es nicht gesagt?«

Draußen halten wir ein Taxi an. Ein richtiges. In einem Tuk-Tuk könnte sie wieder wachgerüttelt werden. Während der Fahrt lehnt sie den Kopf ans Fenster, ihre Augen flattern auf und schließen sich wieder.

Als wir vor dem Hotel anhalten, zieht ein Portier die hintere Tür auf.

»Hilf mir, sie auf ihr Zimmer zu bringen«, sage ich zu Kevin. »Sie sieht aus, als könnte sie eine Runde Schlaf vertragen.«

»Es geht mir gut«, murmelt sie, aber sie beschwert sich nicht, als er den Arm um sie legt, um sie zu stützen.

»Wie ist deine Zimmernummer?«, fragt er.

»Ähm … siebzehn … sechs … zwei.« Sie gähnt und zieht die Stirn in Falten, als müsste sie sich extrem konzentrieren. »Eins. Sieben. Sechs. Zwei.«

Bis wir ihr Stockwerk erreicht haben, schlafwandelt sie schon mehr oder weniger. Ich nehme ihr die Handtasche ab und suche nach ihrer Keycard, schiebe sie in die Tür, und Kevin bringt Katie zum Bett. Ich ziehe ihr die Schuhe aus. Dann stehen Kevin und ich wie besorgte Eltern vor ihrem Bett und betrachten sie nachdenklich.

»Glaubst du, sie ist okay?«, frage ich.

»Schon. Wahrscheinlich muss sie sich nur ausschlafen.«

»Wir sollten sie trotzdem in die stabile Seitenlage bringen, für den Fall der Fälle.«

»Glaubst du wirklich?«

»Ja. Du musst mir dabei helfen.«

Kevin nimmt ihren Rumpf. Ich halte ihre Beine fest, dann drehen wir sie auf die Seite und schieben die Arme in die korrekte Position. Sie schnarcht leise. Äußerst damenhaft.

»Gehen wir«, sagt er.

Ich dimme das Licht und lasse beim Hinausgehen ihre Keycard in meine Tasche gleiten. Die Tür klickt hinter uns zu.

Wir warten auf den Lift.

»Lust auf einen Absacker?«, fragt Kevin.

»Danke. Tut mir leid, aber ich bin wirklich k.o.«

»Schon okay.«

Der Lift kommt. An einem anderen Ort, zu einer anderen Zeit vielleicht. Das ist noch eins der Probleme, die ich Nate zu verdanken habe. Kevin ist nett, und mal ehrlich, warum sollte nur Nate sich amüsieren dürfen? Aber leider bin ich nicht nur monogam, ich bin auch viel zu beschäftigt. Ich habe noch zu tun.

Kevins Zimmer liegt auf dem Stockwerk über meinem, darum verlässt er den Lift zuerst.

»Gute Nacht«, wünschen wir uns gleichzeitig.

Die Lifttüren gleiten zu. Auf meinem Stockwerk öffnen sie sich wieder, aber ich warte in der Kabine, bis sie sich wieder geschlossen haben. Dann drücke ich auf die Siebzehn. Als die Türen aufgehen, kontrolliere ich als Erstes, ob der Korridor leer ist. Eine Überwachungskamera entdecke ich nicht, also ziehe ich Katies Keycard aus meiner Tasche. Die LED am Schloss leuchtet grün, ein Klacken, und ich bin drin.

Sie schnarcht nicht mehr, aber ihr Atem geht schwer. Das Haar fällt ihr ins Gesicht. Ich schiebe es sanft zur Seite. Dann setze ich mich in den Sessel und schaue ihr zu. Ob Nate ihr manchmal zuschaut, wenn sie schläft? Ich habe ihm früher ständig zugeschaut. Er sah immer so verletzlich, so friedlich aus, alle Spuren von Sorge oder Angst waren wie weggebügelt. Ich hätte mich damals zu gern in seinen Kopf gegraben. Ich wollte wissen, was er denkt, immerzu.

Er sagte, seine Gedanken seien wie Spinnweben, nicht zu fassen. Tja, das war gelogen. Er konnte seine Gedanken immerhin so weit bündeln, dass er planen konnte, wie er mich loswird.

Als wäre ich ein Nichts.

Auch wenn es nur alte Wunden aufreißen wird, wenn ich durch seine Nachrichten an sie scrolle, stehe ich auf und nehme ihr Handy, aber es ist PIN-gesichert. Ich durchsuche ihre Handtasche, doch ihr Pass ist nicht darin, und schiebe die Schranktür auf, muss aber feststellen, dass der Safe abgeschlossen ist. Ich durchwühle noch mal ihre Tasche und finde einen Führerschein in ihrem Geldbeutel. Aber auch nachdem ich mehrere Variationen aus ihrem Geburtsdatum ins Handy – und in den Safe – eingetippt habe, bin ich keinen Schritt weiter.

Dann nehme ich mir das Bad vor, schaue mir an, was sie benutzt. Shampoo gegen sprödes Haar. Ich wette, *das* weiß Nate nicht, oder? Dass ihr Haar von Natur aus spröde ist. Ich gehe zu ihrem Koffer, er enthält hauptsächlich Anziehsachen, und dann krame ich in ihrer Flugtasche. Handbücher. Ein Thriller. Ein Reisebuch. Ich erkenne es wieder, weil ich es für Nate gekauft hatte. *Fünfhundert Orte, die du vor deinem Tod gesehen haben musst.*

Er hat ihr ein Buch von mir gegeben oder geliehen? Wie kann er es wagen?

Ich blättere darin. Der Mann hat keine Fantasie, nicht einen Funken. Sein Standardgeschenk ist Schokolade. Ich wette, er hat ihren Geburtstag vergessen – oder irgendwas anderes – und daraufhin beschlossen, ein Geschenk von mir weiterzugeben. Oder aber … sie hat es einfach aus seinem Regal gezogen. Ich starre sie an, wie sie so ruhig und friedlich, so völlig sorgenfrei daliegt, und dann gehe ich mit dem Buch an den Schreibtisch und greife zu einem Stift.

Auf die letzte Seite schreibe ich eine verspätete Widmung:

Meinem geliebten Nate. Ich werde dich ewig lieben. Kann es kaum erwarten, mit dir die Welt zu erobern. E XXX

Bestenfalls hat Nate das Buch nur kurz durchgeblättert. Bestimmt ist ihm nicht aufgefallen, ob ich etwas hineingeschrieben hatte oder nicht.

Geschieht ihm recht.

Ich lege es zurück. Hoffentlich wird sie höllisch eifersüchtig, wenn sie irgendwann über meine Worte stolpert und so mit einem Beweis aus Nates romantischer Vergangenheit konfrontiert wird. Schließlich wühle ich noch mal in ihrer Handtasche und speichere ihre Adresse zusammen mit anderen nützlichen Informationen in meinem Handy. Mehr kann ich im Moment nicht tun, darum lasse ich die Keycard auf ihrem Nachttisch liegen und verschwinde.

In meinem eigenen Zimmer browse ich im Internet nach guten Ideen. Ich brauche einen besseren Zugang zu Nates Welt. Ich entdecke eine App, mit der man sämtliche Nachrichten und Aktivitäten tracken kann. Der Traum aller verstoßenen Geliebten. Ich wette, der Erfinder war in einer ähnlichen Situation wie ich, denn Not macht bekanntlich erfinderisch. Vermarktet wird sie als Diebstahlsicherung oder als praktisches *Tool*, um Teenager oder senile Eltern im Auge zu behalten. Es gibt eine Warnung, dass es streng verboten ist, die App auf einem fremden Handy zu installieren, aber die werde ich ignorieren.

Jetzt brauche ich nur noch Zugang zu seinem Handy. So wie ich aus den Bewertungskommentaren herauslesen kann, haben die meisten Leute, die diese App ohne Erlaubnis des Handybesitzers installiert haben, es heimlich getan, während der Partner schlief oder unter der Dusche war.

Dazu müsste ich mich mitten in der Nacht in Nates Wohnung schleichen, wenn er zu Hause ist, oder mich in seiner Wohnung verstecken, bis er unter die Dusche geht.

Alles andere als ideale Optionen.

Frisch wie der junge Morgen taucht Katie zum Crew-Treffen auf. In meiner Gegenwart erwähnt sie den gestrigen Abend mit keinem Wort, genauso wenig wie ich – oder Kevin. Wahrscheinlich nimmt sie an, dass sie einfach nichts verträgt, und das ist ihr peinlich.

Die Pillen werden mir nützlicher sein, als ich ursprünglich dachte.

Den ganzen Heimflug über grübele ich über meine Möglichkeiten nach, justiere im Kopf meine nächsten Schritte. Als wir in Heathrow aufsetzen, dämmert mir der perfekte Plan.

Beim Joggen nimmt Nate sein Handy nie mit. Für ihn sind das die einzigen Momente, in denen er ganz von der Welt abgeschnitten sein kann. Ich muss also nur zu ihm fahren und abwarten, bis er laufen geht; dann die App installieren, bevor er zurückkommt.

Ganz einfach.

An meinem ersten arbeitsfreien Tag habe ich zwei Intensiv-Fahrstunden, um mich auf die bevorstehende praktische Prüfung vorzubereiten. Ich konzentriere mich nach besten Kräften darauf, alles richtig zu machen, trotzdem ist es frustrierend, dass mir die Kontrolle über die anderen Fahrer abgeht, die uns rücksichtslos überholen oder sich an der Ampel vordrängeln.

Am nächsten Morgen nehme ich in aller Frühe einen

Zug, damit ich gleich zur Stelle bin, wenn Nate zum Laufen aufbricht. Allerdings fühle ich mich jetzt, wo der Sommer näher rückt, viel weniger geschützt. Das Licht ist nicht mein Freund. Ich habe leise Bedenken, dass er mich sehen könnte, wenn er zufällig aus dem Fenster blickt. Ich brauche eine bessere Tarnung.

Ich setze mich auf eine Bank. Tauben picken auf den kahlen Flecken rund um meine Füße herum. Ich scheuche sie weg.

Ich warte und warte, doch er taucht nicht auf. Jede Minute dröhnt ein Flugzeug über uns hinweg.

Vor Frust könnte ich gegen den Baum neben meiner Bank treten. Ich *weiß*, dass er zu Hause ist. Ich wette, Katie ist bei ihm. Wenn ich bei ihm war, ging er trotzdem immer joggen.

Ich spaziere vor zur Hauptstraße. Und dann schlendere ich am Fluss entlang, falls ich ihn dort irgendwo sehe, aber auch dabei habe ich kein Glück.

Ist er vielleicht nach Peterborough gefahren? Unwahrscheinlich, aber wie kann ich es überprüfen?

Das ist das Problem. Genau darum brauche ich Zugriff auf sein Handy.

Enttäuscht fahre ich wieder nach Hause.

Nate hat noch zwei Tage frei, und das heißt, dass mir nichts anderes übrig bleibt, als jeden verfluchten Morgen zu ihm zu fahren und zu warten.

Beharrlichkeit zahlt sich immer aus. Sie ist nie vergeblich, niemals.

Am nächsten Tag geht Nate tatsächlich joggen. Ich hocke hinter einem Baum, wo ich mir zum Schein die Schuhe binde, und beobachte ihn. Ich wünschte, ich könnte ihm zum Dank für sein Entgegenkommen fröhlich zuwinken; er hat keine Ahnung, wie sehr unsere Wiedervereinigung auf Teamwork beruht.

Ich schaue auf mein Handy. Falls er seine übliche Runde läuft, habe ich etwa vierzig Minuten. Die Wetterbedingungen spielen mir in die Hand; sonnig, aber nicht zu heiß. Ich jogge ohne zu zögern auf sein Haus zu, so als hätte ich jedes Recht, in diese Richtung zu laufen. Als ich mich dem Eingang nähere, schlage ich meine Kapuze hoch und setze die Sonnenbrille auf. Ich kenne seine Nachbarn nicht *so* gut, aber wozu sollte ich unnötig ein Risiko eingehen. Ich laufe nach oben in Nates Stockwerk und schließe, so leise ich kann, die Wohnungstür auf.

Dann bleibe ich stehen und warte ab.

Kein Geräusch.

Ich schleiche zum Schlafzimmer und zum Bad. Beide sind leer. Dass weder Katie noch ein weibliches Äquivalent hier sind, lässt mein Herz leichter schlagen. Ich gehe zur Küche. Nates Handy liegt auf dem Tisch neben einem Kaffeebecher mit dem Aufdruck *I ♥ NY.* So einen hat er auch für mich gekauft. Ich hebe ihn an den Mund. Er ist nicht mehr warm, aber auch nicht kalt, daraus schließe ich, dass Nate heute Morgen daraus getrunken hat. Es ist ein intimes, belohnendes Gefühl. Aber ich darf mich nicht ablenken lassen. Ich tippe Nates PIN ein.

Die Zahlen verschwinden, ich muss die PIN erneut eingeben. Sie war nicht korrekt. *Verfluchter Dreck!*

Ich tippe sie noch mal ein, dieses Mal wird sie akzeptiert. Puh. Ich muss mich konzentrieren und wachsam bleiben. Die App wird heruntergeladen. Mittendrin stockt der

Download, genau wie mein Herz: Der Bildschirm friert ein, das Smartphone ist abgestürzt. Ich schalte sein Handy aus, zum Glück hat es einen Ein-Aus-Schalter am Rand. Dann warte ich kurz ab, drücke den Knopf noch mal und starte das Smartphone neu. Beim zweiten Versuch wird die App ganz geladen. Ich scrolle nach unten, verstecke den Icon und lege das Handy dann an seinen Platz zurück. Ich muss noch ein spezielles Konto einrichten, über das ich die Daten abrufen kann, aber das kann ich erst zu Hause machen. In den nächsten achtundvierzig Stunden kann ich die App gratis ausprobieren.

Ich schaue kurz aus dem Fenster. Weit und breit kein zurückkehrender Nate zu sehen.

Ich kann nicht anders. Ich mache einen schnellen Rundgang durch die Wohnung.

Seine rechteckige Flugtasche mit den goldenen Verschlüssen liegt aufgeklappt da. Ich werfe einen Blick hinein. Dokumente, Handbücher, Flugpläne, Karten. Langweilig. Sein Koffer ist zu. Ich hebe ihn an; er ist leer. Sein Portemonnaie liegt daneben. Ich klappe es auf. Quittungen. Restaurant-, Hotel- und Barrechnungen. Ich überfliege sie. Weißwein, hm. Ein Sea Breeze. Ein Cosmopolitan. Frauendrinks, alle im *On the Rocks Restaurant* in Kapstadt getrunken. Vielleicht hat Katie doch Grund, sich Sorgen zu machen. Ich sehe seinen Pass und seinen Fluglinienausweis neben einem Haufen ausländischer Münzen auf dem Nachttisch liegen. Ich blättere kurz durch den Pass. Das habe ich schon unzählige Male getan; ich wollte schon damals alles über ihn wissen. Mit meinem Handy schieße ich ein paar Fotos, um meine Sammlung auf den aktuellen Stand zu bringen. Nate gehört zu den wenigen Leuten in meinem Bekanntenkreis, die ein anständiges Passbild haben.

Ich ziehe die Schranktür auf. Nichts Weibliches, genauso wenig im Bad. Ich schaue aufs Handy. *Scheiße.* Schon fünfunddreißig Minuten vorbei. Ich ziehe eine Flasche von seinem Lieblings-Rotwein aus meinem Rucksack und schiebe sie schnell in sein Weinregal, schließlich hat er bald Geburtstag. Dann gehe ich zur Wohnungstür und winke im Vorbeigehen Rainbow zu. Der Fisch platzt wahrscheinlich fast vor Empörung.

Gerade als ich die Treppe hinuntergehe, höre ich, wie unten die Eingangstür zuschlägt.

Ich warte ab.

Ich höre Schritte auf der Treppe. Dann Stimmen.

»Alles klar so weit?«

»Ja, danke, und selbst?«

Mist.

Nates Stimme. Bei einem freundlichen Wortwechsel mit einem Nachbarn.

»Gut, danke. Mein Knie spielt zurzeit nicht so mit …«

Ich kann mich nirgendwo verstecken. Denk nach. Ich laufe wieder hoch in den dritten Stock und drücke auf den Liftknopf. Er erwacht rumpelnd aus dem Tiefschlaf, er ist uralt. Hoffentlich geht er nicht ausgerechnet jetzt kaputt (so wie das eine Mal, als ich noch bei Nate wohnte. Der Techniker, der ihn reparieren kam, meinte, dass der Aufzug wahrscheinlich bald ersetzt werden müsste, selbst wenn die Eigentümer ihn regelmäßig warten ließen). Die Anzeige leuchtet auf. Erdgeschoss. Zweiter Stock.

Die Stimmen verstummen.

Schritte.

Scheiße, Scheiße, Scheiße.

Die Aufzugtüren gehen auf. Ich trete ein und ramme den Finger auf das E. Die Türen schließen sich bebend. Ich halte die ganze Fahrt nach unten die Luft an, bis der Aufzug stehen bleibt. Dann schlage ich die Kapuze wieder hoch und setze die Sonnenbrille auf. Ich trete mit einem Fuß aus der Kabine und sehe mich um.

Alles leer.

Ohne mich noch einmal umzudrehen, flüchte ich aus der Haustür, jogge über den Weg zur Straße und laufe los.

Zu Hause schwebe ich wie auf Wolken.

Ich hab's geschafft!

Ich habe vollen und totalen Zugang zu Nates Welt. Es ist wie die beste Realityshow aller Zeiten. Ich analysiere alles nach Herzenslust, auch wenn es ein bisschen länger dauert als erwartet, an die Informationen zu kommen.

Ich kann sogar den Verlauf in seinem Browser einsehen. Er hat Katie zu Bellas und Miles Verlobungsfeier im nächsten Monat, am letzten Junisamstag, in einem Fünfsternehotel am Rand des New Forest eingeladen. Zu Bellas Dreißigstem mit ihren Promifreunden hat er es nicht geschafft – er ist auf keinem einzigen Bild zu sehen –, aber natürlich hat Bella für ihre Verlobungsfeier ein Datum ausgewählt, das ihrem vergötterten Bruder entgegenkommt.

Ich mache mir Kaffee und trinke ihn gedankenversunken. Ebenso gedankenversunken starre ich auf meine Pinnwand, in der Hoffnung auf eine Eingebung, bevor ich online gehe und willkürlich Worte wie *Rache* und *fremdgehender Partner* eingebe. Ich ignoriere die lächerlichen Posts, in denen Mord, öffentliches An-den-Pranger-Stellen auf

Reklametafeln oder der Verkauf des gesamten Besitzes des untreuen Partners auf dem Flohmarkt empfohlen wird. Nichtsdestoweniger erweist sich das Internet erneut als wahrer Freund und beweist seine Loyalität, indem es mir mehrere Möglichkeiten anbietet. Mein Geist kehrt immer wieder zum selben Wort zurück: *Sexfalle.* Damit zusammenhängende Ideen kommen mir in den Sinn, doch ich verwerfe jede einzelne als zu riskant. Und doch habe ich das Gefühl, dass eine greifbare Lösung in Reichweite ist, wenn ich nur lang genug nachdenke.

In gewisser Hinsicht soll es so ablaufen wie bei »Zwei zum Preis von einem«: Ich werde hoffentlich auch negativ auf Bellas Abend einwirken können, wenn ich der Party einen Ablauf diktiere, der eher nach meinem Geschmack ist. Nate hält mit seinen Gefühlen nicht hinter dem Berg, wenn er schlecht gelaunt ist.

Ich kehre an meine Pinnwand zurück. Die Fotos sind aufgeteilt in Vergangenheit, Gegenwart und Zukunft. Nates junges Ich grinst mich an. Er trägt Shorts und T-Shirt und sieht glücklich aus. Bella hatte ein Familienfoto auf ihrem Nachttisch stehen. Schon damals hatte er diesen wissenden Blick, strahlte er jene unverhohlene Selbstsicherheit aus.

Meine Vergangenheitsbilder von Bella habe ich aus den Schuljahrbüchern ausgeschnitten, denn sie war in jedem mehrfach vertreten, ob es nun um Schauspiel, Kochen, akademische Leistungen oder Sport ging. Obwohl sie sich beim Reiten, Hockey und Tennis hervortat, lag ihre wahre Stärke im Schwimmen. Sie war völlig fassungslos, als sie mein peinliches Geheimnis aufdeckte – dass ich nicht schwimmen konnte.

»Aber ich dachte, das lernt *jeder* als Kind?«, meinte sie in dem ironischen Tonfall, den sie immer häufiger gebrauchte, wenn sie mit mir sprach.

Ich musste immer eine Viertelstunde vor allen anderen im Schwimmbad erscheinen, wo man mir Einzelunterricht erteilte, und während des Unterrichts musste ich wie ein Baby im Nichtschwimmerbereich bleiben. Als ich einmal aus den miefigen, feuchten Umkleiden kam, war das Becken menschenleer – bis auf Bella, die sich nie um irgendwelche Regeln scherte, weil sie selbstverständlich nicht für sie galten. Ich setzte mich auf eine Bank am Rand und wartete auf Miss Gibbons, aber die blieb unsichtbar, während die Uhr eine Minute nach der anderen abzählte.

Bella sah mich. »Komm rein, ich pass auf dich auf«, winkte sie mich ins Becken.

Ich wollte Nein sagen, aber niemand sagte Nein zu Bella. Also stieg ich langsam die Leiter hinab und ließ mich widerstrebend am flachen Ende ins Wasser sinken. Ich schauderte. Ein ganzer Film von Erinnerungen lief in meinem Kopf ab, erst ganz langsam, dann immer schneller, bis sich alles überstürzte. Aufgestachelt von Bella, nahm ich meinen ganzen Mut zusammen und wagte mich immer weiter zum tiefen Ende vor. Wasser schoss mir in die Nase, brannte mir in der Kehle. Ich reckte den Kopf hoch und sah Bella. Ihr dunkelblauer Schwimmanzug blitzte kurz neben mir auf, dann spürte ich, wie sich unsere Gliedmaßen verhakten und wir beide nach unten sanken.

Ich zwang mich, die Augen zu öffnen, und sah in Todesangst den Beckenrand in meinem Blickfeld auftauchen. Ich streckte den Arm aus und hielt mich mit aller Kraft daran fest.

Endlich spürte ich, wie mich jemand aus dem Wasser zog. Miss Gibbons. Gleich darauf saß ich bibbernd am Rand und hustete dermaßen, dass ich schon dachte, ich müsste mich übergeben. Ich konnte kaum hören, wie Miss Gibbons mit mir schimpfte und Bella dankte.

Ich hatte zwar keinen Beweis, aber trotzdem den starken Verdacht, dass Bella mein Tagebuch gelesen hatte und mir Todesangst einjagen wollte. Ich hatte das Tagebuch mit der vorderen Umschlagseite nach oben in meinem Schreibtisch vorgefunden, dabei legte ich es grundsätzlich genau umgekehrt hinein. Meine Schuldgefühle wegen Will waren nun in der Welt, und ich hatte das grauenhafte Gefühl, dass meine Worte – *Es war meine Schuld* – falsch interpretiert worden waren, so als hätte Bella beschlossen, dass ich eine Art *Mörderin* wäre.

Ich konnte immer schwerer ignorieren, dass Bella für mich unerreichbar bleiben würde. Sie hatte mich satt, so wie manche Menschen irgendwann ihr Haustier satthaben. Ein zickiger Kommentar hier, ein gemeines Kichern da. Meine Schubladen im Schlafsaal wurden durchwühlt, mein Deo oder meine Zahnpasta verschwand. Ich versuchte, so zu tun, als wäre alles in bester Ordnung, versuchte, die Ohren steif zu halten, weil ich hoffte, dass ihre Clique irgendwann das Interesse an mir verlieren würde. Aber jetzt musste ich mich der Erkenntnis stellen, dass ich der falschen Freundin Treue geschworen hatte. Und deswegen kann ich bis heute kaum sagen, wen ich damals mehr hasste: sie oder mich.

In jener Nacht riss ich ein paar Seiten aus meinem Tagebuch in winzige Fetzen. In früheren Einträgen hatte ich detailliert beschrieben, wie ich mir meine Zukunft erträumte, wie sehr mich meine Mutter frustrierte und wie schwer es mir fiel, auf meinen lästigen kleinen Bruder aufzupassen. Und was mit Will passiert war. Der Stress und die Angst, dass Bella oder irgendwer sonst von dem schlimmsten Fehler meines Lebens erfahren haben konnten, noch dazu in meinen eigenen anklagenden Worten, brannte fast ständig wie Säure in meinem Magen.

Und das war nicht mal das Schlimmste, was sie mir antat.

Ich darf mich nicht ablenken lassen und muss mich ganz auf die Gegenwart konzentrieren, wenn Bella für die Vergangenheit bezahlen soll. Monat um Monat, Schritt um Schritt komme ich meinem Ziel näher.

Dasselbe gilt für meine Zukunft mit Nate. Darum ist es nur sinnig, dass Katie verschwinden muss. Ich verwerfe eine Idee nach der anderen, bis mir etwas einfällt, das funktionieren *könnte,* weil Nate schon am Abend vor Bellas Party im Hotel absteigen wird, um ein paar alte Schulfreunde zu treffen.

Eine tiefe innere Ruhe breitet sich in mir aus, während ich meinen Aktionsplan anpasse.

Jetzt, nachdem ich etwas Abstand zu allem gewonnen habe, frage ich mich manchmal, warum ich so beharrlich an Nate hänge. Und jedes Mal komme ich dabei zu dem Schluss, dass es mir entschieden schwerer fallen würde, wenn ich nicht hinter seine Fassade geblickt und einen Mann entdeckt hätte, der so nett, lustig, zärtlich und fürsorglich sein kann. Ich liebe ihn nun mal. Ich habe akzeptiert, dass ich unmöglich gegen mein Los ankämpfen kann. Und nachdem ich vorübergehend machtlos bin, scheint eine kleine Liebesfalle das geringste Übel zu sein, um Katie bei ihrem Abgang behilflich zu sein, denn nun wird sie mit eigenen Augen ansehen müssen, wie schwach und eitel Nate ist. Und gleichzeitig wird Nate eine wertvolle Lektion darin erhalten, wie es sich anfühlt, abserviert zu werden.

12

Nach weiteren acht Intensiv-Fahrstunden bestehe ich an Nates Geburtstag – dem fünfzehnten Juni – meine Fahrprüfung. Endlich kann ich losziehen und mein Auto abholen. Als Geschenk für mich, nachdem ich Nate schlecht ein Geburtstagsgeschenk kaufen kann. Mit offenem Verdeck und Sonnenbrille fahre ich, wie Sophia Loren persönlich, vom Parkplatz des Autohauses.

Zwanzig Minuten später habe ich mich bereits hoffnungslos verfahren; die sprechende Straßenkarte ist plötzlich erloschen. Ich halte an einer Werkstatt und frage einen Mechaniker, wie man das Navigationssystem neu startet. Bevor ich wieder losfahre, rufe ich Amy an.

»Hi, hast du Lust, mit mir eine Runde in meinem neuen Auto zu drehen?«

Sie zögert. »Tut mir leid, aber ich kann nicht. Meine Mutter kommt mich besuchen und …«

»Dann vielleicht später?«

»Ich weiß nicht recht.«

Nachdem ich aufgelegt habe, beschleicht mich ein leises Unbehagen. Amy klang nicht wie sie selbst, sondern so, als wäre jemand bei ihr. Ich mag Amy, wirklich, aber manchmal kann sie recht egoistisch sein. Sie gehört zu den Menschen, die dich regelrecht mit Info zutexten, wenn du sie fragst, wie es ihnen geht. Also rufe ich die Maklerin an und frage, ob ich die Wohnungen, die man für mich zusammengestellt hat, früher als vereinbart besichtigen kann. Ich tippe *Richmond* ins Navi und brause los.

Bald wird mir so richtig bewusst, dass ein Auto insofern unpraktisch ist, als man es irgendwo parken muss. Ich fahre durch die Straßen, hänge hinter Bussen und Fahrrädern fest, bis ich es schließlich irgendwo am Rand von Richmond abstellen kann. Ich schicke Amy eine Nachricht, dass sie mich anrufen soll, falls sie es sich anders überlegt.

Sie reagiert nicht.

Als ich der Maklerin in ihrem dunkelblauen Kostüm in das moderne Zweizimmer-Apartment folge, *weiß* ich augenblicklich, dass dies das perfekte Heim für mich sein wird. Es fühlt sich schon jetzt wie meine Wohnung an. Aus dem Schlafzimmerfenster kann ich gerade einen Blick auf Nates Haustür erhaschen. Mit einem Fernglas werde ich genau beobachten können, wann er kommt und geht, was sehr praktisch sein könnte, selbst wenn wir später wieder zusammen sind.

Ich werde nie wieder einem Menschen vertrauen. Vertrauen ist Luxus.

Wieder zu Hause gebe ich, während ich Kaffeewasser heiß mache, telefonisch ein Angebot für das Apartment ab. Ich feile weiter an meinem Plan und google noch einmal *Liebesfalle.* Ich brauche nur ein Foto von Nate einzuschicken – kein Problem –, meine Kreditkartennummer anzugeben und dazu Nates Aufenthaltsort zu einer bestimmten Zeit. Die schwierigste Frage ist die nach Nates Frauentypus. Ich würde gern sagen, so wie ich. Aber ehrlich gesagt: Ich weiß es nicht einmal. Ich habe braunes Haar – momentan blond – und bin mittelgroß. Ich habe die Bilder von Nates ehemaligen Freundinnen studiert, aber je länger ich darüber nachdenke, desto überzeugter bin ich, dass er keinen festen Frauentyp hat. Ich erkläre der Agentur, dass ich Diskretion und Klasse und keine sichtbaren Tattoos erwarte.

Ich habe Nate nicht viel nach seiner Vergangenheit befragt, während wir zusammen waren. Das war auch nicht nötig, ich habe ihn über die Jahre ja immer im Auge behalten. Und außerdem habe ich viel von meiner persönlichen Geschichte ausgeschmückt – bis auf meine Herkunftsgegend, meine Schule und die Tatsache, dass ich nie den Durchbruch als Schauspielerin geschafft hatte. Ich brauchte eine Entschuldigung für die vielen Jobwechsel.

Einmal fragte er mich, wie gut ich Bella gekannt hatte.

»Jeder kannte Bella«, antwortete ich, »aber ich hatte nicht viel mit ihr zu tun«, bevor ich schnell das Thema wechselte. Ich konnte ihm kaum die Wahrheit sagen – dass ich damals eine Einzelgängerin gewesen war, die manövrierunfähig auf hoher See trieb und nur darauf wartete, alles auf eine Karte zu setzen. Auf ihn.

Ich konnte auch nicht zugeben, dass ich praktisch keine Freundinnen hatte. Deswegen ist Amy so wichtig – jedes Mädchen braucht eine Busenfreundin, und Amy wird mich gut aussehen lassen.

Nate wird meine Freundschaft mit ihr bestimmt gutheißen. Und sie wird der lebende Beweis sein, dass ich sozial keine totale Aussätzige bin.

Am Tag vor *der Party* rufe ich in der Personalverwaltung an, denn ich kann kaum auf zwei Kontinenten gleichzeitig sein.

»Personalnummer?«

»959840. Ich muss mich für meinen Flug nach Perth heute Abend krankmelden.«

Ich höre eine Tastatur klappern. »Handelt es sich um einen Arbeitsunfall? Brauchen Sie Unterstützung von Ihrem Manager?«

»Nein. Danke. Ich rufe wieder an, sobald es mir besser geht«, verspreche ich, die Stimme verstellt, sodass ich sehr krank klinge. Lächelnd beende ich den Anruf.

Wie schön, dass mein Job so anonym ist. Wenn ich mich in meinen vorherigen Jobs krankgemeldet habe, musste ich regelmäßig geheuchelte Fürsorgebekundungen über mich ergehen lassen, obwohl meine Kollegen in Wahrheit nur sauer waren, dass sie für mich einspringen mussten.

Dreihundert Gäste werden zu der Party morgen Abend erwartet. Eine perfekte Anzahl. Der Abend steht unter dem Motto James Bond. Katie geht in einem chinesischen blauen Seidenkleid, wie es die Doppelagentin Miss Taro in *Dr. No* trug. Sie wird eine dunkle Perücke aufsetzen müssen. Nate geht als James Bond. Nie im Leben würde er sich für eine halbwegs interessante Figur entscheiden, wie den Beißer. Bella hält ihr Kostüm geheim; als würde das irgendwen interessieren. In der Schule hielt sie es bei Partys oder Schulaufführungen genauso. Ich google *Bondgirls* und habe einen starken Verdacht, als was sie sich verkleiden wird, denn ein Girl wird als »Ikone« beschrieben. Mein Kleid ist von schlichter Eleganz, ähnlich jenem der KGB-Agentin in *Der Spion, der mich liebte.* Einen Catsuit kann ich kaum anziehen; ich muss mich mit unauffälliger Eleganz unter die Gäste mischen.

Ich checke Nates Nachrichten. Ich liebe meine Spionage-App, wenn sie nicht gerade zickt: Es ist fast, als könnte ich hellsehen. Wie geplant, wird Nate heute Abend im Hotel übernachten.

So wie ich auch.

Das Landhotel liegt auf einem riesigen Grundstück mitsamt Heckenlabyrinth, eigenem See und Golfkurs. Uralte Eichen säumen die lange, leicht kurvige Auffahrt. Während ich vor den Temposchwellern abbremse, muss ich an meine alte Schule denken. Mir wird leicht übel, als der ehrwürdige Bau vor mir auftaucht. Dahinter tut sich ein Spalt in den Wolken auf, durch den sich die schwache Abendsonne bohrt. An der Rezeption ist nichts los, wahrscheinlich die Ruhe vor dem Partysturm, da die meisten Gäste wohl morgen eintreffen werden. Ich checke ein, verweigere die angebotene Hilfe beim Koffertragen und nehme die Treppe nach oben, was meiner Einschätzung nach sicherer ist, als in einer Aufzugkabine gefangen zu sein.

Das Zimmer ist schäbig und das Blumendekor deprimierend altmodisch. Auf den Kissen ruhen kleine, mit violetten Seidenbändern verschlossene Säckchen mit einer Lavendel-Duftmischung, die einen süßlichen Geruch verbreiten; der überwältigende Gestank lässt mich beinahe würgen. Ich will ein Fenster aufreißen, doch das lässt sich nur eine Handbreit öffnen. Ich atme frische Luft durch den Spalt, danach wühle ich in meiner Handtasche nach meinem Parfüm und versprühe es großzügig im Raum. Ich halte die Lavendel-Säckchen, die wohl als Einschlafhilfe fungieren sollen, durch den Fensterspalt und schaue zu, wie sie auf Nimmerwiedersehen von einem Busch verschluckt werden. Die verstörende Erinnerung, die dieser Duft wachruft, kann ich einfach nicht ertragen.

Ich rufe in der Liebesfallen-Agentur an.

»Ist die Frau, die meinen Freund überprüfen soll, schon im Hotel?«, frage ich. Ich sollte wie eine verzweifelte, verunsicherte Geliebte klingen, aber das ist mir egal.

»Ja, aber bitte machen Sie sich keine unnötigen Sorgen. Die meisten Männer sind ihren Partnerinnen treu. Gewöhnlich stellt sich heraus, dass es keinen Grund zur Beunruhigung gibt.«

»Wirklich?« Wie schade.

Ich sinke aufs Bett.

Nates Handy bleibt still. Keine Nachrichten, keine Facebook-Meldungen, nichts. Offensichtlich ist er beschäftigt.

Einatmen. Ausatmen.

Ich hätte nicht schon heute Abend herkommen sollen, ich hätte bis morgen warten sollen. Jetzt sitze ich in diesem Zimmer fest und kann mir nur ausmalen, welches Flirt-Szenario sich unten entfalten mag. Ich wäge meine Möglichkeiten ab: Ich *könnte* in die Bar gehen, aber dort wird es sicherlich nicht so voll sein, dass ich mich unauffällig unter die Gäste mischen könnte. Ich könnte auch etwas vom Room Service bestellen oder versuchen, einen Film anzuschauen. Aber beides sagt mir nicht besonders zu.

Ich muss hier raus.

Die Abenddämmerung liegt in der Luft, als ich zum Parkplatz gehe. Ich drücke die Fernentriegelung und rutsche auf den Fahrersitz. Ohne eine klare Vorstellung, wohin ich will, kurve ich über schmale Straßen, die von riesigen Mammutbäumen und halb verblühten Rhododendronbüschen mit herabhängenden Blättern gesäumt sind. Ich komme an mehreren alten Cottages mit Viehgattern an den Zufahrten vorbei, bevor sich die Landstraße in offenes Heideland mit Flecken von Erika schlängelt und immer wieder Schilder vor Ponys warnen oder zu langsamer Fahrt ermahnen. Die Ponys stehen in Grüppchen von zwei oder drei Tieren unter dem Blätterdach der Eichen am Straßenrand. Eigentlich hatte ich mir vorgenommen, mindestens ein, zwei Stunden herumzufahren, um mich abzulenken, doch schon nach wenigen Minuten muss ich das Fernlicht einschalten. Statt weiter, offener Flächen lässt die Dunkelheit den Wald einschrumpfen, und ich fühle mich abgeschnitten – und irgendwelchen, für mich unsichtbaren Gefahren ausgeliefert.

Bald stehe ich wieder auf dem Hotelparkplatz. Ich schalte den Motor aus, sitze in der Dunkelheit und starre auf das strahlend helle Gebäude. Ein Taxi fährt vor, ein Pärchen kommt aus dem Hotel und schreitet die Treppe hinunter. Ein übergewichtiger Mann im Abendanzug tritt auf eine Zigarette vor die Tür.

Ich rühre mich nicht. Ich traue mir nicht.

Eine blonde Frau stöckelt die Treppe herab und steigt in ein weiteres wartendes Taxi. Ich setze mich auf. Ich konnte nur einen kurzen Blick auf sie erhaschen, aber sie war gut gebaut, hatte langes, welliges Haar und trug ganz eindeutig Highheels. Das *muss* die Frau von der Agentur sein, denn ich wüsste nicht, weshalb sonst jemand zu dieser Zeit allein und in Abendrobe das Hotel verlassen sollte.

Mit frisch erwachter Entschlossenheit starte ich den Motor und folge dem Taxi aus der Einfahrt. Es biegt rechts ab. Immer darauf bedacht, nicht zu dicht aufzufahren, folge ich. Wie vermutet fährt es den sanften Hügel abwärts in Richtung Bahnhof. Ich stelle den Wagen auf dem kleinen Parkplatz neben einem Geländewagen ab. Von meinem

Platz aus kann ich sehen, wie der Fahrer in einem E-Reader oder Tablet liest und der Bildschirm sein Gesicht beleuchtet.

Froh, dass ich Turnschuhe trage, steige ich aus und gehe zu dem Eingang aus roten Ziegeln. Die Frau steht allein auf dem Bahnsteig. Ich schaue zur Anzeigetafel auf; in sieben Minuten geht ein Zug nach London. Sie lehnt in sicherem Abstand von der gelben Bahnsteigmarkierung an einem weißen Pfeiler und tippt auf ihrem Smartphone. Ich setze mich auf eine kalte Metallbank und schaue mich um. Es gibt nicht viel zu sehen: einen Verkaufsautomaten, eine Informationstafel und, natürlich, eine Überwachungskamera. Ich muss wissen, ob sie Nates Gesellschaft genossen hat. Ich könnte in der Agentur anrufen, aber es ist schon spät. Und selbst wenn dort jemand ans Telefon geht, wird man mich vermutlich mit dem Versprechen eines »ausführlichen Berichts in Kürze« abspeisen.

Ich gehe zu ihr. Sie wirkt leicht verunsichert, als ich mich ihr nähere.

»Verzeihen Sie, wissen Sie, wie lang der Zug bis Waterloo Station braucht?« Etwas Besseres fällt mir gerade nicht ein.

»Knapp zwei Stunden.«

»Ach. Wie ärgerlich. Ich wollte eigentlich einen früheren Zug nehmen.«

»Ich auch.« Sie lächelt. »Sie haben Glück. Das ist der letzte Zug heute Abend.«

Ihre großen braunen Augen sind schwer geschminkt, und sie trägt Lipgloss. Ich kann mir vorstellen, dass Nate sie attraktiv findet, und merke, wie mich heiße Eifersucht durchbohrt, die mir so vertraut ist.

»Haben Sie was Nettes unternommen? Ich war nur zu Besuch bei meiner Tante.«

Eine laute Ansage von Band unterbricht uns: »Auf Gleis eins fährt ein …« In der Ferne tauchen weiße Lichter auf, die genau auf uns zuhalten.

»War nett mit Ihnen«, sagt sie und stellt damit klar, dass sie auf keinen Fall die ganze Fahrt bis nach London mit mir plaudern will.

»Gleichfalls«, erwidere ich.

Das Gleis vibriert, als der Zug sich nähert.

In gewisser Hinsicht ist mir *klar,* dass es nicht der Fehler der Frau ist, wenn Nate sich von ihr verführen lässt. Aber in diesem Augenblick repräsentiert sie für mich *jede andere* Frau. Jede Katie, jede ihrer Vorgängerinnen und alle ihre Nachfolgerinnen. Ich versuche, tief Luft zu holen, um mich zu beruhigen, aber meine Lungen sind wie zusammengepresst, und meine Kehle ist wie zugeschnürt. Ich gelange einfach nicht an den sicheren Ort in meinem Kopf. Als der Zug in den Bahnhof einfährt, mache ich einen Schritt nach vorn. Hinter mir wird die Tür zum Warteraum aufgestoßen. Der Fahrer des Geländewagens, neben dem ich geparkt habe, erscheint auf dem Bahnsteig.

Im Zug sehe ich ein paar Köpfe, beim Lesen, über einen Bildschirm gebeugt, dösend. Kurz frage ich mich, ob ich einsteigen und morgen wieder herfahren sollte – aber auch das wäre witzlos. Ich habe schon einen ganzen Abend vergeudet. Die Frau drückt auf den Türöffner und steigt ein. Ich schaue zu, wie sie sich für einen Fensterplatz entscheidet. Ein paar Schritte neben mir begrüßt der Mann einen älteren Herrn, nimmt seine kleine Reisetasche und führt ihn am Arm zum Ausgang.

Der Zug fährt wieder an, und ich merke, wie mich das vermutliche Lockvögelchen verdutzt ansieht, als es mich wie angewurzelt auf dem Bahnsteig stehen sieht. Ein paar Sekunden bleibe ich irgendwie verloren stehen, bis ich mich in die Erkenntnis füge, dass ich am besten in mein einsames Hotelzimmer zurückkehre und mich schlafen lege.

Am folgenden Morgen liege ich im Bett und starre an die Decke. Mein Handy läutet.

»Juliette? Juliette Price?«

»Am Apparat.«

»Hier ist Stacy. Von der Agentur.«

Ich setze mich auf. »Hallo?«

»Sie haben sich gewünscht, neben der E-Mail auch gern einen mündlichen Bericht zu erhalten?«

»Ja, richtig.«

»Ich fürchte, ich habe nicht so gute Neuigkeiten. Haben Sie eine Freundin oder eine andere Vertraute in der Nähe, die Ihnen Beistand geben kann?«

In meinen Adern kribbeln Hoffnung und Spannung. »Kein Problem. Erzählen Sie es mir einfach. Bitte.«

»Nun, wie Sie wissen, verleiten unsere Mädchen niemanden zu …«

»Ja, ja, ja, ich weiß«, unterbreche ich sie ungeduldig. »Jetzt sagen Sie schon. Was hat Nate getan?«

»Er wollte ihre Kontaktdaten. Genau gesagt ihre Telefonnummer. Und sie hat sie ihm nicht von sich aus angeboten. Er hat danach gefragt.«

»Sonst noch was?«

»Nein.«

»Und Ihrer Erfahrung nach bedeutet das was?«

»Dass Sie ihn im Auge behalten sollten.«

»Wie hieß sie?«

»Miranda.«

»Ist sie blond?«

»Ja, aber ich würde empfehlen, kein großes Aufheben um dieses Detail zu machen. Unser ausführlicher Bericht wird in Kürze bei Ihnen eintreffen.«

»Okay. Danke.«

Mit frisch erwachter Zielstrebigkeit steige ich aus dem Bett.

Ich verlasse das Hotel, fahre in ein nahes Dorf, wo ich mich in ein Café setze und ausarbeite, wie ich diese pikante Information am besten an Katie weiterleite.

Am Spätnachmittag schiebe ich den Kopf durch mein Kleid, lege eine dicke Schicht Make-up auf und ziehe eine Perücke über. Ich habe vor Kurzem in den Vereinigten Staaten blaue Kontaktlinsen gekauft, die allerdings höllisch schwer einzusetzen sind. Blinzelnd stochere ich in meinen Augen herum, aber ich gebe nicht auf, bis ich es geschafft habe; eine Brille würde zu sehr nach Verkleidung aussehen. Hinterher trage ich den Mascara neu auf.

Ich bin jetzt blauäugig und habe langes, gewelltes, dunkelbraunes Haar. Ich lächle mich im Spiegel an.

Ich bin bereit.

Ich warte, bis die Party eine Stunde im Gang ist, bevor ich elegant und mit hoch erhobenem Kopf die Treppe hinunterschreite und in den Ballsaal trete, als hätte ich jedes Recht, dort zu sein.

Was ich auch habe.

Ich lasse mir von einem vorbeikommenden Kellner ein Glas Champagner geben und gleite dann durch die Menge. Meine Augen tasten die Gäste ab. Noch habe ich niemanden entdeckt, den ich kenne, trotzdem fühle ich mich nackt. Ich verziehe mich in eine Ecke und nippe an meinem Glas. Gerahmte Bilder von Bellas und Miles' Liebesbeziehung schmücken die Wände – beim Skifahren in Whistler, an Bord einer Jacht in Monaco, in einer Gondel in Venedig. Ich nehme einer Kellnerin ein Kanapee ab, um irgendwas zu tun zu haben, und beiße in Blini mit Lachs, die allerdings ekelhaft fettig schmecken. Mir wird übel.

Meine Übelkeit verstärkt sich, als Bella in meinem Blickfeld auftaucht. Sie steht am anderen Ende des Saals. Meine Prophezeiung hat sich erfüllt: Sie hat sich für Honey Ryder, gespielt von Ursula Andres, aus *Dr. No* entschieden und sieht in ihrem weißen Bikini aus, als käme sie direkt von den Dreharbeiten. Bella ist im wahrsten Sinn des Wortes ein Blickfang.

Ich wende mich an eine ältere Frau neben mir. Sie starrt Bella unverhohlen an.

»Sind Sie eine Freundin von Bella oder von Miles?«, frage ich.

»Weder noch«, antwortet sie. »Mein Mann arbeitet mit Miles zusammen und …«

Ich lächle nickend, aber meine Beine schlottern. Ein roter Haarblitz. Katie. Sie geht allein in Richtung Bar. Nate kann ich nirgendwo sehen. Aber er muss hier irgendwo sein.

Ich entschuldige mich und arbeite mich an die Seite des Saales vor, weg von Bella. Ein Mann tritt mir auf die Zehen. Ich ignoriere den Schmerz und gehe weiter. Eine Band tritt auf die Bühne, und im nächsten Moment ist die Tanzfläche voll. Nach zwei Songs wird es leiser und das Licht weiter gedämpft. Bella betritt die Bühne, der Strahl eines Scheinwerfers beleuchtet sie von oben. Ich schaue zu. Sie winkt jemanden zu sich, der Voodoo-Priester aus *Leben und Sterben lassen* stellt sich zu ihr. Ich erkenne ihn wieder: Miles.

Mein Magen verknotet sich, als ich Nate an einer Wand lehnen sehe, ein Glas Rotwein in der Hand und anscheinend völlig gedankenverloren. Katie stößt zu ihm. Sie sehen nicht besonders glücklich aus, aber andererseits auch nicht unglücklich. Katie nimmt ihm das Glas ab, stellt es auf einen Tisch und ihn auf die Tanzfläche. Ich schaue ihnen beim Herumhopsen zu und bleibe gleichzeitig wie festgewachsen auf meinem Fleck stehen.

Irgendwann schiebe auch ich mich auf die Tanzfläche und geselle mich zu einer Gruppe. Spiegel, Lichter, Dunkelheit. Als eine mitreißende Version von »The Man With The Golden Gun« aus den Lautsprechern dröhnt, ziehen sich die Tänzer etwas zurück – bis auf Bella, die sich in einem eindeutig einstudierten Solo rekelt und windet. Hinterher jubeln und klatschen alle, nur ich würde am liebsten laut schreien. Hat hier denn keiner Augen im Kopf? Wenn das meine Feier wäre, wäre alles geschmackvoll und zurückhaltend. Ich würde keinen solchen Zirkus veranstalten. Mir wird kurz flau, als Bella in meine Richtung deutet; in einer grauenvollen Vision zieht sie mich auf die Bühne und stellt mich bloß. Vor mir löst sich eine Frau aus der Menge und geht zu ihr. Beide fallen sich quietschend in die Arme und tauschen Luftküsse aus.

Erst als ich ausatme, merke ich, dass ich die Luft angehalten habe.

Der Abend fühlt sich nicht wie ein Erfolg an. Bella amüsiert sich königlich, Nate und Katie nicht minder. Was für eine Zeitverschwendung. Ich verschwinde, aber nicht, bevor ich mein Geschenk aus der Tasche gezogen und es zu dem Berg auf dem Tisch in der Ecke gestellt habe. Meine absenderlose Gabe ist ein Ratgeber für Paare, wie sie ihre bröckelnde Beziehung kitten können.

Ich kann glückliche Paare nicht ausstehen.

13

Ich warte achtundvierzig Stunden, bevor ich einen anonymen, aber ausführlichen Brief abschicke, in dem ich Katie als »wohlmeinender Mitmensch« von meinem »Verdacht« berichte. Diese Worte hab ich aus einer Fernsehsendung, in der sie den Empfänger augenscheinlich sehr beunruhigten.

Beinahe euphorisch nach meiner Intervention, drehe ich das Radio laut auf und mache mir gebratenen Reis mit Shrimps. Doch wie so oft mache ich zu viel, und der Anblick von Essen, das für zwei reichen würde, holt mich auf den Boden zurück. Es fehlt mir, für Nate zu kochen, er freute sich nach all dem Flugzeug- und Hotelessen immer über gute Hausmannskost. Ich drehe die Musik wieder leise und mümmele halbherzig meinen Reis, während ich am Laptop scrolle, suche, poste.

Wenn Nates Familie irgendwann in der Zukunft meine Vergangenheit ausforscht, sollen alle sehen, was für ein aufrechter Bürger ich bin. Die Menschen sehen nur, was sie sehen wollen, und in mir werden sie die perfekte Ehefrau für ihren geliebten Sohn und eine gütige, umsichtige Schwiegertochter sehen. Ich bin eine wahre Alleskönnerin. Mein erfundener und abwechslungsreicher Lebenslauf macht mich zur perfekten Kandidatin für diese Position: Ich backe, ich nähe, ich bastle. Ich werde jede Weihnachts-,

Neujahrs- und Osterfeier ausrichten – jedes einzelne beschissene Fest. Ich will, dass Bella jede dieser Familienfeiern fürchtet – so wie ich jedes neue Schuljahr fürchten musste –, denn ich werde sie ganz subtil, nach und nach ihrer Familie entfremden.

Ich lese eine Mail von meiner Managerin. Im September werde ich endgültig dem Promotionteam der Fluglinie zugeteilt, was bedeutet, dass ich mir nicht allzu viel Zeit lassen kann, bis Nate und ich uns wieder vereinen. Mein Hauptvorteil ist das Überraschungsmoment, das darf ich auf keinen Fall gefährden.

Ich checke meine Spionage-App. Was Katie betrifft, ist bisher alles ruhig. Laut Dienstplan fliegt Nate in drei Wochen nach Las Vegas. Das könnte die perfekte Gelegenheit sein, mich auf seinen Flug zu schmuggeln, denn Las Vegas ist bei Crews ein unbeliebtes Ziel: ausgebuchte Flüge und aufgekratzte, schwer alkoholisierte Junggesellen- und Junggesellinnen-Abschiede. Ich gehe die Tauschangebote durch. *Verdammt.* Bisher hat noch niemand einen Tauschantrag für genau diesen Flug gestellt. Ich werde die kommende Woche über regelmäßig nachsehen, notfalls muss ich eben selbst einen Antrag stellen. Aber im Idealfall will ich keine Spuren online hinterlassen, die darauf hindeuten, dass wir nicht rein zufällig auf demselben Flug eingesetzt wurden.

Damit habe ich alles erledigt, was ich tun kann, darum schalte ich den Fernseher ein und schaue mir ein Match in Wimbledon an. Das gibt mir etwas, worüber ich mit Barbara plaudern kann. Ich stelle mir vor, dass auch sie in diesem Moment vor dem Fernseher sitzt, einen Pimm's in der einen Hand, ein Schälchen mit Erdbeeren und Sahne in der anderen. Das ist ihr alljährliches Ritual. Aber ich kann mich kaum konzentrieren, weil ich alle paar Minuten die Spionage-App auf Nachrichten von Katie an Nate oder umgekehrt checke, bis sie irgendwann einfriert und ich sie nicht mehr zum Laufen bringe. Das ist ärgerlich, so als hätte man mich meiner hellseherischen Fähigkeiten beraubt. Ich muss vorsichtiger sein, immerhin habe ich gelesen, dass die App Nates Akku leer saugen kann; und wenn das zu oft vorkommt, könnte er womöglich nach der Ursache forschen oder sein Handy gegen ein neueres tauschen.

Nach einiger Zeit läuft sie wieder, vielleicht hat Nate sein Handy neu gebootet. Ich zwinge mich, nur noch alle paar Stunden nachzuschauen. Dabei stelle ich fest, dass er eine Putzfrau eingestellt hat, die zweimal pro Woche kommen soll. Das sind vermutlich gute Neuigkeiten; falls ich mal irgendetwas vergessen sollte, wird er es auf die Putzfrau schieben.

Genauso erfreulich ist, dass es bis zu meinem nächsten Flug nach Delhi einige Tage später kaum Kontakt zwischen Katie und Nate gibt.

Während der Crew-Bus dahinrumpelt, streifen die schlecht zurückgebundenen Vorhänge bei jedem Schlagloch über mein Gesicht. Ich versuche, den fadenscheinigen Stoff mit einem Haargummi zu bündeln, um freien Blick nach draußen zu haben. Ich bin zum ersten Mal in Delhi, und ich finde die Stadt atemberaubend. Rikschas, Fahrräder und Kühe kämpfen um einen Platz auf der Straße, ohne dass sich irgendwer um das Hupen und Dröhnen der grellbunt dekorierten Lastwagen und Busse scheren würde, die gnadenlos auf alle anderen Verkehrsteilnehmer zuhalten. Die heiße, von der altersschwachen Klimaanlage kaum gekühlte Luft im Bus mischt sich mit dem durchdringenden Geruch nach Früchten und Kanalisation, gegen den wiederum der stechende Duft aus den weißen Plastik-Lufterfrischern vorn am Armaturenbrett anzukämpfen versucht.

Ich bin gespannt. Ich habe von einem Passagier erfahren, dass in unserem Hotel ein angesehener Wahrsager arbeitet, und da ich Geburtstag habe, werde ich mir eine Sitzung bei ihm schenken. Vor allem, weil ich immer wieder nachsehen muss, ob Nate mir einen Glückwunsch geschickt hat, auch wenn ich weiß, dass ich es mir sparen könnte – er würde nie ohne eine sanfte Erinnerung an so was denken. Aber wie so oft, kann ich einfach nicht aus meiner Haut.

Gleich beim Einchecken bitte ich die Frau am Empfang, einen Termin für mich zu vereinbaren.

»Ich werde sehen, was ich tun kann«, verspricht sie mir.

Keine Stunde später läutet das Telefon auf meinem Zimmer.

»Madam. Hier ist Reyansh. Ich habe gehört, Sie möchten mich sehen?«

Im ersten Moment bin ich verwirrt, dann habe ich die Verbindung gezogen und finde die Sprache wieder. »Ja, bitte.«

»Sie haben heute großes Glück. Wenn Sie gleich nach unten kommen können, hätte ich einen Termin frei.«

Die Zynikerin in mir vermutet, dass das große Glück wahrscheinlich nur ein Trick ist, dennoch bin ich neugierig und gespannt, darum stimme ich zu. Im Untergeschoss führt mich mein Weg zwischen Teppichläden und Schmuckgeschäften voller Gelbgold, Saphire und Smaragde hindurch, wobei ich höflich den von mehreren Ladeninhabern angebotenen Tee – *chai* – ablehne und unbeirrt auf einen kleinen alten Mann zusteuere, der mich zu einer mit einem Vorhang abgeteilten Nische am Ende des breiten Ganges winkt. Hinter dem Vorhang wird mir ein Stuhl angeboten, auf dem ich mich niederlasse, während Reyansh mir gegenüber hinter einem großen hölzernen Schreibtisch Platz nimmt.

»Bitte. Können Sie mir kurz ein Schmuckstück überlassen oder etwas anderes, das Ihnen viel bedeutet?«

Ich reiche ihm einen Eternityring. Er hat nicht viel gekostet, aber ich mag ihn, weil er eine Replik jener Art von Ring ist, die ich eines Tages von Nate geschenkt bekommen möchte. Reyansh studiert ihn ausgiebig in seiner Handfläche und beginnt dann, so rasant zu sprechen, dass ich mich anstrengen muss, wenn ich alles verstehen will.

Doch als ich – eine Stunde später – wieder gehe, sickert die Essenz dessen, was er mir eröffnet hat, langsam in mein Bewusstsein. Ich warte schon viele Jahre auf jemanden, dabei liebt mich der fragliche Mann wirklich. Einem Teil von mir ist es gleichgültig, ob Reyansh das wahrhaftig »gesehen« oder »empfunden« hat, es stimmt mich auf jeden Fall hoffnungsvoll und optimistisch. Jeder braucht ab und zu frischen Antrieb, ich bin da nicht anders, und darum bereue ich die 5000 Rupien auch nicht, die ich dafür bezahlt habe.

Später treffe ich mich mit dem Rest der Crew in einem vegetarischen Restaurant in der Nähe und probiere ein Blumenkohlcurry. Nach dem Essen lädt uns der Kapitän auf ein paar Drinks in sein Zimmer ein, denn im Restaurant wurde kein Alkohol ausgeschenkt.

Mehrere Biere später bricht ein Streit zwischen zwei Stewards aus, die Bilder ihrer jeweiligen Lover ausgetauscht haben und entdecken mussten, dass sie denselben Typen daten. Beide kauern in einer Ecke der Suite und rufen wutentbrannt den Betreffenden an – Sebastian –, der aber gerade in Dubai weilt und sein Handy ausgeschaltet hat. Ich kann mir vorstellen, dass er es eine ganze Weile so halten wird, wenn er erst die giftspritzenden Nachrichten auf seiner Mailbox abgehört hat.

Die Frau neben mir zieht ein Gesicht. »Wir glauben doch alle, unser Sebastian, Tim, Dave, Jane, wie auch immer, wäre was *Besonderes*«, sagt sie.

Das Übelkeitsgefühl, das fast permanent in meiner Magengrube liegt wie ein giftgespickter Ball, rumort in meinem Inneren. Mir war immer klar, dass Nate bei jedem Flug den verschiedensten Versuchungen ausgesetzt ist, doch ich hatte mich immer bemüht, diesen Gedanken in meinem Kopf keinen Raum zu lassen.

»Es muss doch auch anständige Männer geben, oder?«, frage ich. »Sind nicht viele von uns verheiratet und haben Kinder?«

Sie sieht mich an, als würde sie nicht recht schlau aus mir. »Erzähl mir nicht, dass du Flugbegleiterin geworden bist, weil du einen Piloten heiraten willst!«

Ich schüttele den Kopf, als wäre ich noch gar nicht auf diesen Gedanken gekommen.

»Natürlich gibt es Erfolgsgeschichten. Aber es ist schwer. Lass dir einen Rat geben und geh nur mit jemandem aus, der einen Job am Boden hat. Wobei da wohlgemerkt ganz andere Probleme auftauchen, denn nicht jeder hat Verständnis dafür, wenn du das dritte Weihnachten hintereinander arbeiten musst.«

Ich blende mich aus und konzentriere mich auf die positiven Neuigkeiten, die Reyansh mir vorhin eröffnet hat.

Rund um mich werden Pläne geschmiedet, am nächsten Tag das Taj Mahal zu besichtigen. Ich will nicht mit. Nicht genug, dass man ewig lang fahren muss, auch der Gedanke, vor einem Gebäude zu stehen, das als Zeugnis der Liebe dienen sollte und dessen Bau über zwanzig Jahre dauerte, ist mehr, als ich ertragen kann. Denn genau das will ich: dass Nate mich so liebt.

Auf dem Rückflug herrscht Hochbetrieb.

Als die erste Mahlzeit serviert wird, verschluckt sich ein kleines Mädchen auf einem Gangplatz. Ich schlage ihr automatisch auf den Rücken, und Gott sei Dank löst sich daraufhin ein Brotstück, trotzdem setzt mir ihr Heulen zu. Ihre Mutter reagiert trotz meiner Beruhigungsversuche so panisch, dass ich irgendwann weg muss. Ich verschwinde in die Galley, um ein paar Flaschen Wasser zu holen, und versuche, den Aufruhr und Lärm aus der Kabine auszublenden. Hoffnungsvoll schaue ich auf die Uhr, aber bis Heathrow sind es noch mehrere Stunden.

Schließlich endet der Service ohne weitere Störungen. Nachdem die Galley endlich aufgeräumt ist, lasse ich mich in meinen Sitz fallen und trinke einen schwarzen Kaffee.

Ich starre aus dem Fenster in die weite Leere und denke nicht länger darüber nach, was ich verloren habe, sondern darüber, wie viel ich erreicht habe.

Meine Sitzung bei Reyansh hat mir zumindest wieder vor Augen geführt, dass ich mich nicht ablenken lassen darf. Und dass ich meinen Glauben an ein Happy End bewahren muss.

Wir landen am Nachmittag in brütender Hitze.

Nates Flug aus Lusaka soll in zwei Stunden eintreffen. Ich checke die Ankunftszeit, er hat neunzig Minuten Verspätung. Noch besser.

Auf der Flughafentoilette schlüpfe ich aus meiner Uniform, dann fahre ich nach Richmond. Ich schaffe es, nur zwei Straßen weiter einen freien Parkplatz zu finden. Trotz der Hitze trabe ich langsam zu seinem Haus. Mein Jogging-Outfit ist die beste Sommerverkleidung, denn so kann ich mit gutem Grund etwas mit einer Kapuze tragen – die ich notfalls hochschlagen kann. Als ich zum Hauseingang gehe, stoße ich mit jemandem zusammen. Es ist eine ältere, mir unbekannte Frau.

»Tut mir leid«, beteuert sie.

»Mir auch! Muss in Zukunft besser aufpassen, wohin ich gehe«, murmele ich, während ich weitergehe, ohne mich umzudrehen.

Hoffentlich hat sie nur irgendeinen von Nates Nachbarn besucht.

Nachdenklich setze ich mich auf sein Sofa. Katie und Nate haben gestern miteinander telefoniert und ich daher keine Ahnung, was sie besprochen haben. Erst haben sie dreiundzwanzig Minuten gesprochen, dann noch mal siebzehn. Darauf folgte eine Textnachricht von ihr an ihn, in der sie bekräftigte, dass sie morgen Abend bei ihm übernachten will. Das kann wahrscheinlich nur bedeuten, dass er ihr Misstrauen ausräumen konnte und sie jetzt einen neuerlichen Schubs braucht.

Nach längerem Überlegen habe ich mich auf vier mögliche Objekte beschränkt: einen Haargummi, eine violette Kerze mit Rosenduft, ein altes Foto und eine rosa

Zahnbürste. Was davon und wohin damit? Zu viele Hinweise wären auffällig, gleichzeitig müssen es Dinge sein, die glaubhaft irgendwann irgendwer zurückgelassen haben kann, und zwar an einem Fleck, wo sie Katie auffallen müssen.

Wie sich herausstellt, ist das schwieriger, als ich dachte, doch zuletzt beschließe ich, die Kerze auf den Kamin zu stellen – falls sie Nate überhaupt auffällt, wird er hoffentlich annehmen, dass seine neue Putzfrau die Kerze in irgendeinem Schrank gefunden und beschlossen hat, sie herauszuholen. Ich werfe kurz einen Blick aus dem Fenster; keine Anzeichen von Nate. Den Haargummi lasse ich halb unter dem Bett auf dem Boden liegen, auf der Seite, auf der Nate nicht schläft, und dann nehme ich die Zahnbürste aus ihrer Verpackung und verstecke sie im Medizinschrank.

Nate hat ein paar Fotos an seiner Kühlschranktür hängen, und jetzt platziere ich eines, das ich vor Ewigkeiten abgehängt habe, versteckt unter all den anderen. Darauf steht er vor einem japanischen Tempel und hat seine Arme um zwei Frauen gelegt. Er sieht glücklich aus, darum hatte ich das Foto auch mitgenommen. Als wir zusammen waren, hasste ich es, weil es mich an seine Kolleginnen erinnerte. Auf die Rückseite hat jemand geschrieben:

Geile Zeit XXX

Es ist nicht Nates Handschrift.

Ich schaue im Weinregal nach. Seinen Geburtstagswein hat er noch nicht angerührt.

Zu Hause beschließe ich, das Risiko einzugehen und meine Anfrage für Las Vegas im Austausch für einen Flug nach San Diego online zu stellen. Nach nicht einmal einer Stunde ist der Tausch abgewickelt. Jetzt, wo das Datum für unsere Wiedervereinigung feststeht, muss ich alles dafür vorbereiten und fange online damit an. Doch sobald ich zu suchen anfange, spüre ich ein nervöses Kribbeln. Bei bestimmten Sucharten besteht immer ein Risiko, und ich will nicht, dass irgendwas davon später zu mir zurückverfolgt werden kann. Darum bremse ich mich. Vielleicht sollte ich einen öffentlichen Computer verwenden, wie in einer Bibliothek, aber dennoch … Wenn ich online bestelle, was ich brauche, muss es auch geliefert werden, und das stellt mich vor ganz eigene Probleme.

Darüber denke ich nach, während ich durch meine Accounts scrolle und mehrmals bei beliebigen Posts »Gefällt mir« drücke, ohne dass ich auch nur einen davon richtig wahrnehmen würde, bis ich an einem Post meines Freundes Michele Bianchi aus längst vergangenen Statistenzeiten hängen bleibe. Er spielt nicht mehr den Tierarzt-Assistenten in einer Fernsehserie, sondern hat eine Rolle in einer bekannten Show im Westend ergattert. Michele hatte wenig Angst, gegen Gesetze zu verstoßen, wenn es um Drogenkonsum oder den Kauf von elektronischen Geräten ging, die aus dubiosen Quellen stammten. Er könnte mir jetzt ganz nützlich sein.

Ich schicke ihm eine private Nachricht und frage ihn, ob er Lust auf einen Kaffee mit mir hätte.

Er ist online und antwortet schon wenige Sekunden später.

Perfektes Timing – langweile mich sowieso zwischen den Proben. Bin gespannt, was es bei dir Neues gibt. Morgen? PS: Bin pleite, zwinker-zwinker, darum möglichst was Billiges und Fröhliches.

Ich antworte mit einem Smiley, dem Versprechen, ihm einen Kuchen zu seinem Kaffee zu spendieren, und einem gut gelaunten **Ciao Bello! X**

Es ist schön, Michele wiederzusehen. Ich entdecke ihn, bevor er mich sieht. Er sitzt auf einem Hocker am Fenster des Cafés. Ich winke ihm durch die Scheibe zu, und er grinst mit seinen perfekten weißen Zähnen zurück. Wir geben uns Begrüßungsküsschen auf beide Wangen, dann drückt er mich fest an sich.

In seiner Nähe bin ich gelöst und entspannt wie bei einem großen Bruder. Ein schönes Gefühl. Zwischen uns gab es nie irgendwelche romantischen Gefühle, bei ihm fühlte ich mich einfach immer … sicher.

Es ist so schön, sich auszutauschen, dass ich warte, bis wir unseren Kaffee ausgetrunken haben, bevor ich meine Bitte ausspreche.

»Es gibt also nichts umsonst im Leben, nicht mal Kuchen?«, fragt er und verschränkt die Arme. »Wozu sollte eine gutaussehende Frau wie du eine Vergewaltigungsdroge brauchen?«

»Nenn sie nicht so. Ich hab's dir doch erklärt; sie hat meiner Freundin durch eine schwierige Zeit geholfen. Beim Schlafen. Ich bin total am Ende. *Am Ende.* Ich dachte, dass Nick und ich …« Ich verstumme, als würde ich gleich weinen müssen.

»Kannst du dir nicht einfach Schlaftabletten besorgen, von einem Arzt oder so? Ich weiß nicht recht.«

»Ich zahle auch, und zwar gut. Es ist nur dieses eine Mal, Ehrenwort. Meine Freundin hat darauf geschworen. Und … ich bin verzweifelt.«

»Woher weiß ich, dass du damit nichts Dummes anstellst?«

»Ich will nur schlafen können. Dieser neue Job ist ganz schön aufreibend. Wirklich.«

Er verspricht mir nichts, aber wir vereinbaren, uns in zwei Tagen am selben Ort wiederzutreffen.

Noch am gleichen Abend rufe ich, während Katie bei Nate ist, nach Mitternacht dreimal mit unterdrückter Nummer auf seinem Handy an.

Bei den ersten beiden Anrufen geht Nate ans Telefon.

Beim dritten Versuch lande ich direkt auf der Mailbox.

Mein nächstes Treffen mit Michele verläuft erfolgreich, wenn auch nicht ohne weitere Ermahnungen – und in den nächsten Tagen scheint es zwischen Katie und Nate nicht allzu gut zu laufen.

Ihre Nachrichten an ihn deuten auf Bedürftigkeit hin, ihr Vertrauen in Nate hat mindestens einen Kratzer abbekommen:

Was soll das werden? Hört sich an, als würdest du dich anderswo umtun.

Keine Küsse mehr.

Er hingegen klingt abwehrend, braucht länger, ist zurückhaltend:

Ich war nicht besonders lang aus. Nur was trinken mit den Jungs.

Dann wird es still zwischen beiden. Nate ist kein Mann, der sich lang mit Problemen herumschlägt.

Am Abend vor meinem Flug nach Vegas herrscht Funkstille zwischen den beiden. Ich gestatte mir die leise Hoffnung, dass es zu Ende ist.

Zwei Stunden vor dem Abflug trete ich in den Besprechungsraum und nehme mir einen Ausdruck des Crew-Briefings; ich habe ganz vergessen, es auf mein Handy zu laden.

»Hallo miteinander. Wir fangen direkt mit der Vorstellung und den Arbeitspositionen an«, sagt der verantwortliche Kabinenchef. »Ein paar von euch sind vielleicht schon mit mir geflogen, aber noch mal für alle: Nennt mich Stuart – nicht David, wie auf der Crew-Liste steht.«

Ich werfe ein, dass ich meinen mittleren Namen verwende.

»Wir besprechen heute ein Feuerszenario. Juliette, was tun Sie zuerst, wenn Sie ein Feuer entdecken?«

Wir werden unterbrochen, weil der Kapitän die Tür öffnet.

»Morgen, alle zusammen. Ich bin Barry Fitzgerald. Auf dem Atlantik könnte es ein bisschen holprig werden. Bitte seien Sie besonders aufmerksam, wenn Sie die Safety-Checks durchführen, die Terrorwarnstufe wurde von ›erheblich‹ auf ›ernst‹ angehoben. Irgendwelche Fragen?«

Ich hebe die Hand. »Könnte ich während der Landung im Cockpit sitzen, bitte?«

Er sieht Stuart/David an, der völlig desinteressiert wirkt; wie man hört, arbeitet er nur noch auf seine Pensionierung hin. Er nickt knapp.

Der Kapitän verschwindet, und das Briefing wird fortgesetzt. Ich bin so aufgekratzt, dass ich mich nur mit Mühe auf die Fragen zu medizinischen Notfällen und Sicherheitsproblemen konzentrieren kann, aber ich zwinge mich, immer mitzudenken und korrekt zu reagieren.

Was für ein Desaster, wenn ich aus dem Team für diesen Flug geworfen würde, nur weil ich eine Routinefrage falsch beantworte.

Das Flugzeug setzt zurück. Die Außenwelt schrumpft auf die Größe der Flugzeugkabine zusammen. Eine Miniwelt, in der wir eingepfercht und für die nächsten zehn Stunden und fünfundvierzig Minuten völlig von der Außenwelt abgeschottet sind.

Wir stellen uns in die Warteschlange vor der Rollbahn und rücken langsam vor. Ich sitze fest angeschnallt auf meinem Jumpseat und schaue aus dem Fenster in den verhangenen Sommertag. Es fängt an zu nieseln, kleine Tropfen benetzen die Fenster. Das Flugzeug biegt auf die Startbahn, kurz wird es still. Dann dröhnen die Turbinen, und ich spüre den kraftvollen Schub. Die Gurte liegen straff an meinem Körper. Mein Magen hebt sich mit dem Flugzeug. Wir werden kurz gerüttelt und geschüttelt, als wir durch die Wolken brechen, dann wird es ruhig.

Ich atme tief ein und beschwöre mein Stewardessen-Ich herauf.

Während ich die Trolleys befülle, gehe ich noch einmal meinen Plan durch. Es ist so weit. Dies ist der Tag, an dem mein Leben neu beginnt. Ich schiebe mich durch den Vorhang vor der Galley.

»Möchten Sie roten oder weißen Wein zum Essen?« Ich lächle.

Schon nach den ersten sechs Reihen ist das Hühnchen-Gericht aus. Mehrere Gäste behaupten, Vegetarier zu sein, als sie erfahren müssen, dass es nur noch Lasagne gibt – mit verschränkten Armen und verkniffenem Mund.

Nur mit größtem Widerwillen leiere ich meinen Spruch herunter: »Vegetarische Mahlzeiten können Sie vorab online bestellen«, aber die Beschwerden nehmen kein Ende.

»Warum gibt es nie genug Auswahl?«

»Das war schon auf dem letzten Flug so und auf dem vorletzten genauso.«

»Bei anderen Fluggesellschaften passiert so was nie.«

Ich versuche, etwas von begrenztem Platz zu erzählen, begreife aber, dass ich damit nur Zeit vergeude. Ich gehe neben einem besonders mürrischen Paar in die Hocke – der Optik nach Schnäppchenjäger, die den ganzen Urlaub mit Meckern verbringen werden – und flüstere verschwörerisch: »Nehmen Sie auf dem Rückflug keinen Mittelplatz. Wir servieren immer von den jeweiligen Enden der Kabine aus, von vorn nach hinten, und die in der Mitte sitzen, haben oft keine Wahlmöglichkeit mehr.«

Beide strahlen. »Danke«, flüstern sie zurück.

Der Mann nimmt seine Lasagne ohne weitere Beschwerden entgegen. Die Frau will nicht so schnell nachgeben und nimmt mir das Tablett nur unter der Bedingung ab, dass ich ihr noch ein Brötchen und einen »anständigen Wein aus der

First Class« bringe. Ich schenke ein Fläschchen Roten für die Economy in ein Glas aus der Business und bringe es ihr. Sie nimmt einen Schluck und nickt wohlwollend, obwohl sie den Wein vorhin noch abgelehnt hat.

Als der Service endlich erledigt ist, sinke ich auf einen harten Crew-Sitz und picke in einem Hummersalat aus der Galley für die First Class herum, doch ich bringe kaum einen Bissen hinunter.

Während des Services für den Nachmittagstee fühle ich mich schwach und wie in Watte gepackt. Ich bin so dicht davor. Ich darf es einfach nicht verpatzen. Alles, was mich von Nate trennt, ist die stählerne Tür zum Cockpit.

Ich zucke zusammen, als seine Stimme die Kabine erfüllt. »Meine Damen und Herren, hier spricht Ihr Kopilot Nathan Goldsmith. Wir haben noch etwa eine Stunde bis zur Landung im sonnigen Las Vegas bei glühenden achtunddreißig Grad Celsius. Trotzdem könnte aufgrund starker Winde die Landung ein bisschen holprig werden.«

Ich bleibe reglos stehen, versuche, mich innerlich von dem Chaos in der Galley zu lösen, schließe die Augen und verliere mich kurz in der Erinnerung an seine Umarmung, an sein Lächeln. Doch eine unerbetene Erinnerung drängt sich dazwischen – an seinen Wutausbruch, als ich nicht ausziehen wollte. Und noch eine, als ich seinen Pass versteckte, damit er nicht arbeiten gehen konnte und gezwungen war, mit mir zu reden.

Das war Vergangenheit, dies ist Gegenwart.

Damals war ich ein anderer Mensch, seine Zurückweisung machte mich unzurechnungsfähig. Inzwischen habe ich ihm seinen Wunsch erfüllt und ihm Freiraum gelassen. Das wird er mir doch – garantiert – hoch anrechnen. Wir hatten auch viele glückliche Momente. Er liebte meinen Humor.

Dann kommt die Standarddurchsage vor der Landung. Ich sichere die Kabine und muss immer wieder Passagiere ermahnen, ihre Gurte anzulegen. Sobald wir unter die Wolken tauchen, beginnt das Flugzeug zu wackeln und zu schaukeln. »Cabin crew, seats for landing.«

Es ist so weit.

Der Kollege, der den Posten an meiner Tür übernimmt, erscheint. Ich danke ihm, gehe nach vorn und steige die Treppe hoch. Plötzlich sackt das Flugzeug so stark ab, dass ich mich am Handlauf festhalten muss. Die Turbinen heulen auf. Auf dem Oberdeck gehe ich langsam und nervös wie eine Braut an allen Businessclass-Passagieren vorbei nach vorn. Um ein Haar schreie ich auf, als ich an einer alten Dame vorbeikomme und sie mich unversehens am Arm packt.

»Verzeihen Sie«, sagt sie und lässt mich wieder los. »Aber wissen Sie, ob diese Turbulenzen noch schlimmer werden? Ich hab ein wenig Flugangst.«

»Das ist gleich vorbei«, beruhige ich und gehe weiter, wobei ich ein paar Haarsträhnen zurechtzupfe, um mein Gesicht wenigstens teilweise zu verbergen.

Ich stehe vor der Cockpittür und gebe den Code ins Tastenfeld ein. Ich winke in die Kamera. Der Summer ertönt, und das grüne Licht leuchtet auf. Ich drücke die Tür auf, schiebe mich durch den Spalt und schließe sie hinter mir. Dann gleite ich auf den Sitz hinter Nate. Er ist zu beschäftigt, um sich umzudrehen, wir sind schon fast im Endanflug. Der Kapitän deutet auf einen Kopfhörer. Ich setze ihn auf und lausche dem Funkverkehr mit dem Tower, während ich Nates Nacken studiere. Ich kann die Härchen an seinem Hals sehen.

Draußen wächst die Skyline von Vegas empor und begrüßt uns. Über dem ständigen Strom von Worten aus dem Tower ist ein konstantes Warnsignal zu hören. Die Automatenstimme zählt die Flughöhe herunter.

»One thousand feet. Five hundred.«

Im Cockpit ist das Schaukeln und Wackeln des Flugzeugs weniger zu spüren.

»One hundred feet. Fifty, forty, thirty, twenty, ten.«

Touchdown.

Mir wird die Brust weit, so stolz bin ich auf Nate.

Als wir abbremsen, setze ich die Kopfhörer wieder ab, während draußen die Turbinen leiser werden. Ich schaue zu, wie Kapitän Barry und Nate ihre Routineaufgaben und Checklisten abarbeiten.

Als wir von der Landebahn abbiegen, dreht sich Nate mit einem Lächeln auf dem Gesicht um.

Ich lächle ebenfalls.

Er erstarrt, als hätte er eine Tote gesehen, und wendet sich dann wieder seinen Instrumenten zu. Der Terminal kommt in Sicht. *Welcome to McCarran International Airport.*

14

Neulich bin ich auf ein Zitat gestoßen: *Die Menschen werden vergessen, was du gesagt hast, sie werden vergessen, was du getan hast, aber sie werden nie vergessen, was für ein Gefühl du ihnen gegeben hast.* Ich möchte daher unbedingt vermeiden, dass Nate sich *bedroht* fühlt, während er diese Situation zu verarbeiten versucht, darum trete ich den Rückzug an.

»Danke.« Ich verschwinde und ziehe leise die Tür hinter mir zu.

Nach der Abgeschiedenheit im Cockpit empfängt mich Hektik in der Kabine. Ich zwänge mich zwischen den Passagieren hindurch, die Taschen aus den Gepäckfächern zerren oder sich vorbeugen, um ihre Habseligkeiten zusammenzusammeln, und drängele mich auf der Treppe vor.

»Verzeihung. Verzeihung, bitte«, wiederhole ich, während ich mich durch die Abfälle vorarbeite: Kopfhörer, weggeworfene Ohrstöpsel, Schlafbrillen und Zeitungen.

Ich bin wie betäubt. Ich dachte, ich würde kalte Angst, Euphorie, ein Hochgefühl, irgendeine starke Emotion empfinden. Stattdessen sind meine Gefühle wie eingefroren; meine Sinne sind betäubt. Nur gedämpft dringt der Lärm an mein Ohr, bis auf die laute Stimme in meinem Kopf.

Konzentrier dich. Du darfst auf keinen Fall versagen.

Wie auf Autopilot packe ich meine Flugschürze und die

flachen Schuhe in die Reisetasche. Auf einem Sitz stehend kontrolliere ich, ob die Deckenfächer leer sind, und halte nach den grell orangefarbenen Kindergurten in den Sitzreihen Ausschau. Ich sammle zwei davon ein und verstaue sie in den Schubfächern hinter der letzten Reihe.

Den Blick stur geradeaus gerichtet, verlasse ich zusammen mit meinen Kolleginnen aus der Economy das Flugzeug. Wir passieren ein paar Geldspielautomaten unter einem Bombardement von Werbetafeln – für Hotels, Autovermietungen, Clubs, Bars, Restaurants, Hochzeiten. Die Passagiere warten in langen, dicht stehenden Schlangen. Eine erschöpft aussehende und kunterbunte Ansammlung von Menschen, die resigniert langsam vorwärtstrippelt, teils in Sommerkleidern, dreiviertellangen Leggings, Baseballcaps und T-Shirts, teils sorgfältiger gekleidet in Stoffhosen, mit Jacken oder Pullovern über den Armen.

Das Crew-Gepäck wurde schon ausgeladen und steht, ordentlich aufgereiht, neben dem Kofferband. Ich nehme meine Sachen und gehe durch den Zoll, ohne auch nur einem Beamten in die Augen zu sehen, so als hätte ich nichts zu verbergen. Endlich öffnen sich die Automatiktüren. Meine beiden Koffer hinter mir herziehend, finde ich mich in der Ankunftshalle wieder. Angestrengt halte ich über den Ballons, Blumen, Schildern und dem anderen Krimskrams, den die Wartenden mitgebracht haben, nach den Schildern für den Ausgang Ausschau.

Ich entkomme.

Die Spätnachmittagshitze, die mir draußen entgegenschlägt, wirkt eigenartig ernüchternd, und mein Kopf klart sich auf. Tief durchatmen. Eine leise Beklemmung bohrt ein Loch in meine Magengrube.

Mit gesenktem Kopf nähere ich mich dem Crew-Bus. Ich warte, bis ich an die Reihe komme und der Fahrer meine beiden Koffer in den Anhänger hinter dem Bus lädt. Ich kann sehen, dass die drei Koffer der Piloten bereits eingeladen wurden. Wie festgewachsen stehe ich da und überlege angestrengt, wann ich am besten in den Bus steigen soll.

Im Allgemeinen sitzen die Piloten gemeinsam vorn, denn höflichkeitshalber wird der erste Platz für den Kapitän freigehalten. Aller Wahrscheinlichkeit nach lässt es sich nicht vermeiden, dass ich an Nate vorbeigehe. Ich warte, bis die letzten Kollegen aus dem Flughafengebäude kommen, und steige dann ein.

Sofort fange ich Nates Blick auf. Ich lächle und sage: »Hi«, so als hätten wir uns erst neulich gesehen, und gehe dann weiter nach hinten, ohne abzuwarten, ob er meinen Gruß erwidert. Ich setze mich neben Alex, einen der Jungs, mit denen ich in der Economy gearbeitet habe. Er hat eine Lesebrille aufgesetzt und ist gerade in sein Smartphone vertieft, trotzdem verwickle ich ihn in eine Unterhaltung. Ich brauche ihn als Statisten.

»Was hast du so vor?«

Alex blickt auf, sieht mich durch die Brille an und zuckt mit den Achseln. »Weiß noch nicht. Fitnessraum. Pool. Bar. Das Übliche.«

»Ich bin das erste Mal hier. Irgendwelche Tipps?«

Er lächelt. »Jede Menge. Wenn du später in der Bar dabei bist, gehe ich hinterher mit dir in einen wirklich irren Club. Wir können ja fragen, ob sonst noch jemand mit möchte, weil wir Tickets besorgen müssten. Oder du könntest dir eine Show anschauen, aber die können richtig teuer sein.«

»Danke.«

Er sieht wieder in sein Handy.

Ich hole meines ebenfalls heraus, aber zuvor wage ich noch einen verstohlenen Blick auf Nate. Er schaut nach vorn und unterhält sich mit niemandem.

Die Fahrt ist kurz – zu kurz –, und ich schlucke schwer, als ich aus dem Bus klettere. Trotzdem bleibe ich konzentriert und schnappe mir meinen kleinen Rollkoffer, während die Träger eilig die schwereren Koffer auf ihre Wagen laden, um die Auffahrt möglichst schnell wieder freizubekommen. Während die Crew und der Bordmanager sich ihre Zimmerschlüssel aushändigen lassen, bleibe ich etwas abseits am Rand der Lobby stehen und tue so, als würde ich eine Nachricht in mein Handy tippen. Touristen in Ferienuniform – T-Shirts mit irgendwelchen Slogans darauf – flanieren zwischen förmlich gekleideten Geschäftsleuten und uniformierten Hotelangestellten durch die Lobby. Ich habe das Gefühl, dass Nate mich beobachtet, halte es aber für keine gute Idee, es nachzuprüfen.

Alex kommt zu mir und gibt mir seine Zimmernummer, dann stoßen ein paar Kollegen zu uns, und wir vereinbaren, uns am nächsten Tag um sechs in der Bar zu treffen.

»Ich muss die Tickets für den Club im Voraus buchen. Ich habe gerade nachgesehen, der DJ wird als *das nächste Riesending* vermarktet«, wobei er Zitathäkchen mit den Fingern macht. »Es wird also richtig voll werden.«

»Ich nehme zwei«, sage ich. »Eine Freundin von mir arbeitet auf dem Flug morgen.«

Auf diese Weise habe ich ein Ticket für Nate übrig, falls ich ihn überreden kann, mit uns zu kommen. Als ich an die Theke trete, um einzuchecken, sehe ich mich kurz um. Mein

Magen sackt enttäuscht nach unten – ich bin die Letzte aus unserer Crew, die noch in der Lobby ist.

Nate ist verduftet.

»Könnte ich bitte zweihundert Dollar von meinem Crew-Konto abheben?«, frage ich die Frau hinter der Theke.

Ich war so damit beschäftigt, alles für diese Reise vorzubereiten, dass ich die einfachsten Dinge vergessen habe, wie zum Beispiel Geld zu einem vernünftigen Umtauschkurs zu wechseln.

»Natürlich.«

Sie zählt die zweihundert Dollar ab und schiebt sie dann in einen Umschlag, den sie mir mit einem freundlichen Lächeln überreicht.

Ich gehe zum Lift, drücke auf den Aufwärts-Pfeil und erwarte dabei immer noch halb, dass Nate neben mir auftaucht.

Sekunden, nachdem ich mein Zimmer betreten habe, klopft jemand energisch an die Tür. Ich reiße sie auf.

»Koffer für Ms. Price«, sagt ein Gepäckträger und geht an mir vorbei. Mit einer Hand hebt er den tragbaren Kofferständer an und klappt ihn auf, dann legt er meinen Reisekoffer darauf ab.

Ich hole meinen Geldbeutel heraus und drücke ihm ein paar Dollarscheine in die Hand. »Danke.«

»Gern geschehen. Schönen Aufenthalt.«

Ich gehe ans Fenster, ziehe die Gardinen zurück und lasse die Stirn gegen das Glas sinken. Das Hotel steht vom Strip ein Stück zurückgesetzt, und mein Zimmer geht nach hinten. Unter mir sehe ich Gebäude, Straßen, Schilder – eine ganz gewöhnliche Stadt. Ich unterdrücke ein Gähnen, obwohl ich zu aufgedreht bin, um mich meiner Müdigkeit wirklich hinzugeben. Stattdessen fühle ich mich losgelöst und wie in Trance. Ich drehe mich um und beginne halbherzig auszupacken.

Mein Koffer ist ungewöhnlich voll, denn für gewöhnlich reise ich mit leerem Koffer los und komme voll bepackt zurück. Sorgfältig hänge ich meine Outfits auf, vor allem die Kleider. Ich halte eines davon gegen meine Brust und betrachte mich im Spiegel, in der Hoffnung, dass ich es immer noch genauso mag wie früher und es hier nicht anders wirkt. Ich lächle. Es ist immer noch perfekt. Das kornblumenblaue Unterkleid ist aus Seide, mit schlichter Spitze überzogen und endet knapp über dem Knie. Ich habe mehr dafür bezahlt als für irgendein anderes Outfit. Ich liebe es. Es hat einen runden, tiefen Ausschnitt, der gut mit einer schlichten Halskette harmoniert.

Ich beschließe zu duschen, um wieder wach zu werden. Wenn ich mich erst wieder frischer fühle, muss ich mir überlegen, wie ich mich Nate am besten nähern kann. Wahrscheinlich wird er heute Abend länger aufbleiben, denn er legt größten Wert darauf, »sich der Ortszeit anzupassen«. Aus Gesprächen mit Kollegen weiß ich, dass viele es ähnlich halten. Ich persönlich verstehe nicht, was das bringen soll. Es stört mich nicht, wenn ich nachts oder frühmorgens wach bin, ich finde immer etwas, womit ich mich beschäftigen kann.

Ich trete ins Bad, ziehe den Vorhang vor und hantiere an den Duscharmaturen herum. Zu meinen kürzlich erworbenen Überlebensfähigkeiten zählt auch das Wissen, wie man in den verschiedenen Hotels die richtige Wassertemperatur einstellt, die von brühendheiß bis eiskalt schwanken kann. Während ich meine Haare shampooniere und damit das Haarspray und den Gestank der Bordküche auswasche, versuche ich, Nates vorige Nicht-Reaktion positiv umzudeuten. Das laute, altmodische Schrillen des Hoteltelefons reißt mich aus meinen Gedanken. Ich greife durch die Lücke zwischen Wand und Duschvorhang, ziehe den Hörer aus der Halterung und halte Arm und Kopf aus dem Wasserstrahl. Das Shampoo brennt in meinen zugekniffenen Augen.

»Hallo?«

Schweigen.

»Hallo?«

Ich taste mit der freien Hand nach der Armatur, drehe das Wasser ab und tatsche dann die Wand ab, bis ich eine Metallstange spüre. Im nächsten Moment bekomme ich ein weiches Handtuch zu fassen, reiße es vom Halter und tupfe mir die Augen ab.

»Elizabeth? Lily?«

Ein Freudenschub. »Nate?«

»Was ist da los? Ich hätte fast einen Herzanfall bekommen.«

Ich lächle. Er klingt nicht sauer.

»Entschuldige. Das wollte ich nicht. Ich hatte den Piloten schon beim Briefing gefragt, ob ich zur Landung nach vorn kommen dürfte. Dass du mitfliegst, habe ich erst mitbekommen, als ich deine Stimme über die Bordsprechanlage gehört habe.« Ich zittere. »Warte kurz. Ich muss schnell aus der Dusche steigen.« Ich klettere aus der Wanne, setze mich auf den Rand und wickle mich notdürftig in mein Handtuch, während ich in der freien Hand immer noch den altmodischen Hörer halte. Das Brennen in meinen Augen lässt langsam nach. »Ich habe nach unserer Trennung deinen Rat befolgt und beschlossen, ganz neu anzufangen. Was Neues auszuprobieren. Aber weißt du was?«

»Was?«

»Die anderen Fluggesellschaften – insgesamt drei – haben mich alle abblitzen lassen.«

»Im Ernst?«

»Im Ernst. Bei der letzten bekam ich gesagt, ich wäre zu enthusiastisch. Wie kann eine Flugbegleiterin zu enthusiastisch sein?«

Er lacht.

Blanke Erleichterung durchflutet meine Adern, frische Hoffnung keimt. »Aber mal Spaß beiseite«, fahre ich fort, »ich habe natürlich an dich gedacht. Ich habe überlegt, ob ich dir Bescheid sagen soll, aber gleichzeitig wollte ich dir auch deinen Freiraum lassen. Du solltest dich nicht verpflichtet fühlen, mit mir in der Kantine Kaffee zu trinken oder so, bloß weil wir jetzt Kollegen sind.«

»Okaaay.« Er klingt, als würde er seine Emotionen filtern und verarbeiten. »Wie lange bist du schon dabei?«

Ich lächle. Meine Antwort beweist, dass ich durchaus in der Lage bin, ihm seinen kostbaren *Freiraum* zu lassen.

»Sieben Monate.«

»Oh.« Es wird kurz still. »Gehst du heute noch an die Bar?«

»Nein, heute Abend nicht. Vielleicht morgen. Entschuldige nochmals, wenn ich dir einen Schreck eingejagt habe, aber vielleicht können wir uns ja irgendwann zusammensetzen und plaudern. Ich muss jetzt Schluss machen, mein Freund will gleich mit mir skypen.«

»Ach so. Klar. Natürlich. Ich will dich nicht aufhalten.«

Sobald ich den Hörer in die Halterung zurückgehängt

habe, boxe ich in die Luft. Ich wette, das hat er nicht erwartet. Nein – wahrscheinlich hat er sich ausgemalt, ich würde vor seiner Tür knien und schluchzend um Aufmerksamkeit betteln. Gut gelaunt steige ich wieder unter die Dusche und spüle das Shampoo aus.

Zweiundsiebzig Stunden; mehr Zeit habe ich nicht.

Hinterher wickle ich mich in einen Hotelbademantel. Er ist eher durchgestärkt als flauschig, aber er genügt den Anforderungen. Erst drehe ich die Klimaanlage herunter, dann setze ich mich an den Schreibtisch. Ich schlage den Hotelinformationsordner auf, nehme hinten zwei Blatt Briefpapier heraus und fange an zu kritzeln.

Elizabeth Goldsmith, Juliette Goldsmith, Elizabeth Juliette Goldsmith, Mrs. E.J. Goldsmith.
Miss Price, Miss Elizabeth Juliette Price.

Bis ich beschließe, im Spa anzurufen und für morgen Nachmittag mehrere Anwendungen zu buchen – darunter eine Pediküre und Maniküre –, ist mein Haar fast wieder trocken. Der Fön erledigt schnell den Rest, dann gestatte ich mir den Luxus zu schlafen.

Während ich langsam abdrifte, kann ich spüren, wie mich das ersehnte Vergessen umfängt, und lasse mich tief entspannt hineinsinken.

Ein Geräusch dringt in mein ungestörtes Glücksgefühl. Es ist Amelia. Ihre Sätze ergeben keinen Sinn, doch hin und wieder kann ich ein Wort aufschnappen, so wie »Verantwortungsgefühl«. Als würde ich von einer Wolke zur nächsten hüpfen, wechseln die Szenerien. Will und ich sind im Dorf, auf dem alten Kinderspielplatz mit der einen kleinen Rutsche, den beiden Babyschaukeln und dem Klettergerüst, das dringend einen frischen Anstrich bräuchte, vielleicht in einer leuchtenden Primärfarbe wie Sonnengelb. Ich schubse ihn an, und mal fürchtet er sich, mal ruft er fordernd: »Höher!«

Weiter hinten, über dem Zaun um den Spielplatz, kann ich die Hügel sehen, die das Dorf umgeben. Ich weiß, dass nicht weit dahinter die Küste liegt. Ein Schrei holt mich abrupt zurück auf den Spielplatz. Will ist von der Schaukel gefallen. Keine Ahnung warum, aber irgendwas hat mich abgelenkt. Er hat sich beide Knie aufgeschürft. Amelia wird toben.

Bella kommt in einer Krankenschwesteruniform und mit einer Schachtel voller Pflaster auf den Spielplatz gelaufen. Ich merke, wie ungerecht ich mich behandelt fühle. Sie schimpft mit mir, weil ich ihn nicht beschützt habe. Hinter ihr nehme ich auf einmal einen Fluss wahr. Ich schubse Bella ins Wasser und schaue zu, wie eine Gruppe verdatterter Schwäne ihren dahintreibenden Leichnam umkreist.

Ich schrecke aus dem Schlaf. Im Zimmer ist es dunkel. Ich taste nach meinem Handy, um etwas Licht zu haben, während William, Amelia und Bella im Nichts ausbleichen. Ich schaue auf die Uhrzeit. Vier Uhr dreißig.

Vier Uhr dreißig wo? In welcher Zeitzone? Welchem Land?

Ich schließe die Augen. Der Spielplatz fühlte sich so real an. Ich schalte das Nachtlicht an und greife nach der Wasserflasche. Ich trinke in großen, tiefen Schlucken, etwas Wasser läuft an meinem Kinn herunter, Tropfen klatschen auf mein Pyjama-Oberteil. Meine Glieder sind schwer, doch ich zwinge mich aus dem Bett, widerstehe dem Drang, mich in den Park meines Traumes zurücksacken zu lassen, wo keine – realen – Probleme existieren.

Ich bestelle Frühstück beim Zimmerservice – ein Omelett und eine Stempelkanne mit starkem Kaffee –, bevor ich beschließe, schwimmen zu gehen.

Der Pool ist leer bis auf ein älteres Paar, das langsam seine Bahnen zieht. Ich tauche ein und spüre, wie mich der stechende Chlorgeruch in der Nase juckt, während ich meine Arme bewege und damit meinen Körper voranbringe. Kurz hole ich Luft, dann tauche ich wieder unter. Ich fordere mich richtig, mehr, als ich mir seit Langem zugemutet habe. Irgendwann ziehe ich mich am Beckenrand hoch. Die Füße im Wasser, schließe ich die Augen und schaudere leicht, während ich im Kopf die nächsten Tage durchgehe.

Es ist ganz entscheidend, dass ich mein Blatt richtig ausspiele.

Wieder auf meinem Zimmer, zwinge ich mich zur Ruhe – ich werde meine ganze Energie brauchen – und liege auf dem Bett, während im Hintergrund der Fernseher läuft. Über dem Geräusch von Polizeisirenen, Gelächter und Reklame treibe ich im Halbschlaf dahin. Worte und Geräusche vermischen sich in meinem Bewusstsein, vermengen Realität und Fiktion.

Als der Wecker klingelt, setze ich mich benommen und desorientiert auf.

Selbst nach der Dusche fühle ich mich wie erschlagen, trotzdem zwinge ich mich, den Laptop aufzuklappen und mich an die Arbeit zu machen, meine Pläne anzupassen und ein weiteres Mal zu überprüfen, dass ich nichts vergessen habe. Ich will das Schicksal nicht auf die Probe stellen, aber ich kann einfach nicht ignorieren, dass manche Dinge Vorbereitung brauchen, dass sich nicht alles spontan und organisch ergeben kann.

Zufrieden, dass ich alles in meiner Macht getan habe, verkrieche ich mich im Spa. Ich nehme den angebotenen Kräutertee an, und der warme Duft nach Zimt und Ingwer beruhigt mich tatsächlich. Nach der Maniküre und Gesichtsmassage sitze ich im Friseursalon und gebe mir alle Mühe, nicht zu zappeln, während mein Make-up aufgetragen und mein Haar geföhnt wird. Ich bitte die Stylistin, die Spitzen zu wellen, so wie es Nate gefällt.

Als ich die Keycard ins Schloss schiebe und mein Zimmer betrete, beginnt mein Herz voller Vorfreude zu klopfen, weil das rote Nachrichtenlicht am Hoteltelefon blinkt. Ich nehme den Hörer ab und drücke die Sieben – wie es die Automatenstimme verlangt –, um die Nachricht abzuhören, doch meine Freude versiegt sofort wieder, als ich nicht Nates Stimme höre.

Es ist Alex. »Hi, wollte dir nur Bescheid sagen, dass wir uns ein bisschen später treffen. Es wird eher sieben werden.«

Damit muss ich eine zusätzliche Stunde ausfüllen.

Ich ziehe mich an. Ich entscheide mich nicht für mein Lieblingskleid, sondern ein schlichtes schwarzes Etuikleid. Es endet ebenfalls über dem Knie, sitzt aber lockerer. Es ist die Art von Kleid, das zu jedem Anlass passt, ob elegant oder eher casual. Ich lege einen silbernen, herzförmigen Anhänger an, der genau kurz oberhalb meines Dekolletés zu liegen kommt. Zuletzt steige ich in blassviolette, an den Fersen offene Pumps. Ich trete zurück und schaue in den Spiegel. Die Stylistinnen haben ganze Arbeit geleistet. Nachdem ich eine schlichte schwarze Jacke übergestreift habe, greife ich zum Hoteltelefon.

»Können Sie mir bitte die Zimmernummer von Nathan Goldsmith sagen?«

»Lassen Sie mich kurz in der Crew-Liste nachsehen«, antwortet die Männerstimme. »Möchten Sie gleich verbunden werden?«

»Nein, danke. Nur die Zimmernummer, bitte.«

»Siebenhundertzweiundachtzig.«

Ich lege den Hörer auf und prüfe ein letztes Mal mein Spiegelbild, bevor ich meine Clutch nehme und aus dem Zimmer gehe.

Die Tür fällt mit einem leisen Klicken hinter mir ins Schloss, während der mit Teppich ausgelegte Korridor meine Schritte verschluckt. Die Liftglocke schlägt an, die Türen öffnen sich schaudernd. Ich trete ein und drücke auf die Sieben. Mein Mund ist trocken, doch ich widerstehe dem Drang, auf dem Absatz kehrtzumachen.

Vor Zimmer 782 bleibe ich stehen und lausche. Der Fernseher läuft, ich höre Gelächter aus der Konserve.

Nach einem letzten tiefen Atemzug klopfe ich an.

15

Ich höre, wie etwas auf einer harten Oberfläche abgestellt wird. Die Tür geht auf, und Nate starrt mich an.

»Hi.«

»Hi. Kann ich kurz reinkommen?«

Er tritt zur Seite, um mich hereinzulassen. »Ja. Ja, natürlich.«

»In der Arbeit kennen mich alle als Juliette«, erkläre ich ihm im Vorbeigehen. »Ich verwende jetzt meinen zweiten Vornamen.«

»Juliette?« Er verstummt, als müsste er darüber nachdenken.

Ich drehe den Schreibtischstuhl zum Zimmer und setze mich. Das Bett wäre zu vertraulich, zu intim. Er muss sich sicher fühlen; er muss hundertprozentig überzeugt sein, dass er mir vertrauen kann, jetzt, wo ich ihm gerade erst bewiesen habe, dass meine Gefühle für ihn verpufft sind.

»Alex aus der Economy hat eben angerufen und mir ausgerichtet, dass wir uns ein bisschen später treffen, darum hatte ich noch Zeit totzuschlagen. Und ich dachte, es wäre vielleicht ganz gut, wenn wir uns kurz vorher unterhalten – persönlich –, bevor wir die anderen treffen.«

»Richtig, gut«, sagt er und sinkt mir gegenüber aufs Bett. »Möchtest du was trinken? Ich habe Wein hier.«

»Ach ja, danke.«

Ich schaue zu, wie er zwei Miniflaschen Rotwein herausholt. Ich drehe mich um und strecke die Hand nach den Gläsern neben dem Wasserkocher aus. Erst entferne ich die Plastikfolien, dann stelle ich sie richtig herum auf. Nate schenkt ein. Seine Hand zittert leicht dabei.

»Prost!«, wünschen wir uns und heben gleichzeitig das Glas, während er sich wieder mir gegenübersetzt.

Ich nehme einen Schluck. Plötzlich weiß ich nicht mehr weiter.

»Ich hätte wirklich niemals damit gerechnet, dich hier in Vegas zu treffen.«

»Ich weiß«, stimme ich ihm lachend zu. »Das ist alles ein bisschen surreal. Was hast du die ganze Zeit über getrieben?«

»Das Übliche. Ich war unterwegs. Zu Hause. Wieder unterwegs.«

Ich lächle. »Du hattest übrigens ganz recht, was Reading angeht. Meine Nachbarn sind toll, wir unternehmen viel zusammen. Im Grunde habe ich es dir zu verdanken, dass ich meinem Neuen begegnet bin, er wohnt nur zwei Türen weiter. Ich habe das WLAN nicht zum Laufen bekommen, und er hat angeboten, mir zu helfen. Wir stehen natürlich noch ganz am Anfang …« Ich breche ab. »Entschuldige, ich plappere. Ich bin nervös.« Ich nehme einen Schluck Wein; er schmeckt bitter.

»Nein, gar nicht. Ich bin froh, dass du glücklich bist. Schön für dich.«

»Danke.« Ich schaue auf die Uhr. »Ich gehe gleich runter in die Bar. Alex kennt einen tollen Club für später.«

»Hast du sonst noch Pläne, während du hier bist?«

»Na ja, ich war ja noch nie in Vegas, da gäbe es natürlich eine Menge. Den heutigen Tag habe ich abgeschrieben, ich war so müde. Inzwischen verstehe ich viel besser, wie das für dich gewesen sein muss. Vor allem, wenn du von einem Flug zurückkamst und *ich* da war. Kein Wunder, dass du mich nach Reading abgeschoben hast – wahrscheinlich brauchtest du einfach etwas Ruhe und Frieden.«

Er rutscht verlegen auf dem Bett herum. »So war es nicht.«

Ich lächle immer noch. »War nur Spaß. Jedenfalls kannst du mir jetzt, wo wir das geklärt haben, einen Kaffee spendieren, falls wir uns irgendwann noch mal über den Weg laufen.«

»Sicher.«

»Es tut mir leid«, sage ich. »Was damals gelaufen ist. Ich wollte wirklich zu viel zu früh. Du hattest recht. Es lief einfach so gut zwischen uns, dass ich jedes Maß verloren hatte.«

»Es war gut«, gibt er zu. »Größtenteils.«

Was bleibt ihm auch übrig, er kann kaum etwas anderes sagen. Die Wahrheit lässt sich nicht leugnen, und *ich* war es, die damals alles vermasselt hat. Ich habe bei unserer Beziehung allzu sehr aufs Tempo gedrückt und nicht begriffen, dass man ab und zu vom Gas gehen muss. Inzwischen ist mir das sonnenklar.

»Es war ganz richtig, einen Gang zurückzuschalten. Danke für den Drink.« Ich stelle mein Glas ab. Es ist noch fast voll, aber ich bringe keinen Schluck mehr herunter. »Ich muss los, die anderen treffen. Habt ihr auch irgendwelche Pläne?«

»Barry hat hier Verwandte, also nein, und der dritte Pilot will morgen ganz früh los auf eine Tour zum Grand Canyon.«

»Du kannst ja mit uns kommen, wenn du willst«, schlage ich ihm vor.

»Ich hatte überlegt, später in die Bar zu gehen.«

»Dann sehen wir uns vielleicht später.« Ich stehe auf. »Falls nicht, dann spätestens beim Pick-up.«

»Weißt du was?«, meint er. »Vielleicht komme ich tatsächlich mit, ich müsste mich nur schnell umziehen. Vor allem, wenn wir noch ausgehen wollen. Du hast dich ja schon in Schale geworfen.«

Ich zucke mit den Achseln. »Nicht wirklich. Ich weiß beim besten Willen nicht, was ich hier anziehen soll. Draußen ist es glühend heiß und drinnen eisig, weil die Klimaanlagen so hochgefahren werden.«

»Du hast eine neue Frisur«, stellt er fest. »Steht dir.«

Mein Herz schlägt schneller. Kaum erscheine ich unerreichbar, zeigt sich wieder der alte Nate. Er zerrt sein legeres T-Shirt über den Kopf und holt ein eleganteres aus dem Koffer. Ich tue so, als würde ich wegsehen, aber ich kann ihn im Spiegel beobachten.

Draußen gehen wir nebeneinander zum Lift. Ich könnte ohne Weiteres meine Hand in seine schieben oder den Arm um ihn legen, aber ich schaue voraus. Als der Aufzug kommt, ist er fast voll, darum müssen wir uns getrennt voneinander zwischen mehrere holländische Touristen und eine Familie mit drei Jungen quetschen. Wir warten stumm ab, treten dann in die Lobby und gehen rüber in die Bar.

In der Bar angekommen, verschlagen mir Licht und Lärm für eine Sekunde den Atem. Nirgendwo entkommt man hier den Geldautomaten. Ich kneife die Augen zusammen und erspähe Alex zusammen mit ein paar anderen, was nicht immer leicht ist, schließlich sehen viele Männer ohne ihre Uniform ganz anders aus. Ich entdecke einen freien Hocker an seiner Seite und bestelle bei der Kellnerin ein Soda.

Dann wende ich mich Alex zu. Ich bekomme mit, dass Nate mit Joanna plaudert, einer Kollegin vom Oberdeck. Alex und ich werden in ein Gespräch über den Job verwickelt, es geht um die unpopuläre Umstellung der Service-Abläufe an Bord, Kopfgeburt einiger Bürohengste, die nie das Vergnügen hatten, in einem engen Flugzeuggang Menschen zu bedienen. Ich beteilige mich zum Schein, nicke und stimme hin und wieder zu, doch währenddessen versuche ich, Nate zu belauschen.

»Was ist jetzt mit diesem Club?«, frage ich Alex irgendwann. »Ich will nicht mehr über die Arbeit quatschen.«

»Hast du Lust, vorher noch was zu essen? Es gibt im selben Hotel wie dem Club noch einen Vietnamesen mit fantastischen Nudelgerichten.«

»Perfekt. Ach übrigens, ich hätte noch ein Ticket übrig. Meine Freundin ist doch nicht gekommen, sie hatte sich verspätet und wurde jetzt nach Hongkong geschickt.«

Ich verschwinde auf die Damentoilette, während Alex mit den übrigen aus der Gruppe den weiteren Ablauf klärt. Nate soll auf keinen Fall irgendwelche unterbewussten Signale auffangen, wie sehr ich mir wünsche, dass er mitkommt – und hoffentlich wird Alex ihm mein »überzähliges« Ticket anbieten, sodass mir das erspart bleibt.

Bei meiner Rückkehr ist die Gruppe schon auf dem Weg in die Lobby, und Alex organisiert bei den Portiers Taxis für alle. Nachdem wir die Drehtüren passiert haben, halte ich mich dezent im Hintergrund, während vier von uns ins erste Taxi klettern, sodass ich mit Alex, Nate und Joanna zurückbleibe. Ein zweites Taxi fährt vor.

»Stört es euch, wenn ich vorne sitze?«, fragt Joanna. »Mir wird im Auto leicht schlecht.«

Niemand hat was dagegen. Nate geht hinter dem Taxi herum, zieht die Hecktür hinter dem Fahrersitz auf und steigt ein. Ich rutsche in die Mitte, Alex sitzt rechts von mir. Ich klemme zwischen den beiden und spüre Nates Oberschenkel an meinem.

Ich kann kaum atmen.

Wir biegen auf den Strip, und sofort bin ich wieder erschlagen vom Verkehr, den Neonlichtern und vielen Schildern. Als wir am hell erleuchteten Bellagio Fountains vorbeifahren, würde ich zu gern Nates Hand nehmen. Vielleicht würde er das sogar zulassen; er schaut aus dem Fenster, und seine Körperhaltung und Miene wirken völlig entspannt. Stattdessen wende ich mich an Alex, während unser Fahrer einen riesigen schwarzen Pick-up überholt, der mit einem erbosten Hupen protestiert.

»Offenbar gibt es auch hier kein Vergnügen umsonst.« Ich deute auf die Werbetafeln für Strafrechtsanwälte und Kautionsbüros und ignoriere dabei die leise Gänsehaut, die mich überläuft, wenn ich an die von Michele Bianchi besorgten Pillen denke, die ich in einem Fläschchen für Vitamintabletten aufbewahre.

»Ja, kann ich mir vorstellen.«

Wir halten vor einem weiteren Hotel, das genauso aussieht wie unseres. Der Rest der Gruppe ist bereits aus dem ersten Taxi gestiegen und wartet unten an der Treppe. Nate, ich, Alex und Joanna wühlen in den Taschen nach Dollarscheinen, doch Alex bezahlt das Taxi.

»Spendiert mir später was zu trinken«, wehrt er unsere angebotenen Scheine ab.

Als wir an unseren Tisch geführt werden, setze ich mich neben Alex und lasse mich von ihm bei der Auswahl der Gerichte beraten. Nate sitzt uns gegenüber. Wir ordern Bier, während alle anderen zuhören, wie der Kellner die Sonderangebote herunterrasselt. Als Vorspeise bestellen wir Sommerrollen für alle, danach entscheide ich mich für ein Kokoscurry mit Tofu, Nate für eine scharfe Nudelsuppe. Alex gibt eine Anekdote über seinen letzten Besuch in diesem Club zum Besten. Eines der Mädchen aus seiner Crew war so blau, dass sie überall im Club Fremde anbettelte, sie zu heiraten, bevor sie von ihrem Kabinenchef ins Hotel gebracht werden musste – die Security drohte damit, die ganze Gruppe rauszuwerfen.

Das setzt einen lebhaften Austausch über ähnliche Erlebnisse in Gang, eines schlimmer als das andere. Niemand gibt zu, die Hauptperson gewesen zu sein, doch allen Geschichten ist gemeinsam, dass sie hauptsächlich von Alkohol und Jetlag beflügelt wurden, oder auch dem Bedürfnis, nach der Enge zu Hause einmal richtig die Sau rauszulassen.

Inzwischen ist mir klar geworden, dass dieser Job – für viele ein Kindheitstraum – etwas sehr Einsames hat, auch wenn ihn die meisten von uns lieben und die damit einhergehende Unbeständigkeit schätzen. Zu meiner Überraschung habe ich erfahren, dass Suizide zwar nicht gerade häufig sind, aber durchaus vorkommen. Und meist unterwegs, wo alle Probleme, weit entfernt von allen Freunden und Verwandten, wie unter einer Lupe ziemlich groß erscheinen können. Ich lasse den Blick um den Tisch wandern – alle wirken entspannt, lachen, trinken, essen, schwatzen. Für einen unbeteiligten Beobachter könnten wir wie eine Feriengruppe aussehen. Dabei *kenne* ich keinen einzigen dieser Menschen, abgesehen von Nate, versteht sich. Den anderen bin ich erst vor sechsunddreißig Stunden begegnet, und viele von ihnen – wenn nicht alle – werde ich nie wiedersehen. Geheimnisse werden offenbart, Erfahrungen geteilt, doch die meisten dieser zarten Bande werden sich in Luft auflösen, sobald das Flugzeug in Heathrow aufsetzt.

Die strengen Mails und Newsletter aus dem »Office« erwecken den allgemeinen Eindruck, dass das fliegende Personal »ein lockeres Leben« führt. Rio in der einen Woche; Sydney in der nächsten. Dem Anschein nach ein Traum. Doch obwohl es auf den ersten Blick ein Leichtes zu sein scheint, sich wie eine Spielfigur quer über den Globus verschieben zu lassen, höre ich auf jedem Flug neue Leidensgeschichten. Das fliegende Personal hat die gleichen Probleme wie alle Menschen und muss zu allem anderen noch mit der unterschwelligen Bedrohung durch den wachsenden Terrorismus leben. Außerdem habe ich erfahren, dass unter den Frauen Unfruchtbarkeit ein weit verbreitetes Problem ist. Und es existiert ein Mythos, dass Piloten hauptsächlich Mädchen zeugen.

Ich sehe zu Nate hinüber.

Er fängt meinen Blick auf und lächelt. Das Lächeln erreicht seine Augen; es bilden sich Fältchen in den Winkeln.

Ich lege meine Gabel ab; ich bringe keinen Bissen mehr herunter. Stattdessen hole ich mein Handy aus der Tasche, schaue darauf und lächle über eine angebliche Nachricht. »Entschuldigt mich«, sage ich zum ganzen Tisch und verschwinde nach draußen.

Draußen ist es zwar glühend heiß, aber ich muss mich von meiner eigenen Gefühlswelt erholen. Ich lasse mir ein paar Minuten Zeit, um mich wieder zu sammeln, bevor ich wieder hineingehe.

Der Club ist nicht von dieser Welt. Wirklich. Mir fällt keine bessere Beschreibung dafür ein. Es ist, als würde alles außerhalb dieses Raumes aufhören zu existieren. Der extrem angesagte DJ ist kaum zu sehen – ein dunkler, Kopfhörer tragender Schatten, hoch über der Menge thronend, zum Halbgott erhoben. Seine Verehrer tanzen mit erhobenen Händen unter den LED-Lichtern. Musik pulsiert durch meinen Körper.

»Ich hole dir was zu trinken«, schreie ich in Alex' Ohr. »Was willst du?«

»Wodka, pur bitte«, brüllt er zurück.

Wir drängen uns um die Bar, umgeben von mehreren Podesten, auf denen sich Tänzerinnen winden. Die flatternden, hüpfenden Kostüme schimmern golden, silbern, schwarz. Ich bestelle eine Runde Wodka, und während wir alle bis drei zählen, um ihn gleichzeitig zu kippen, blitzen in meinem Kopf Alans Worte während meines ersten Flugs nach Los Angeles auf – dass ich mich schon bald an den Alkohol gewöhnen würde. Alkoholismus ist ein weiteres Problem unter dem fliegenden Personal, das ziemlich verbreitet ist.

Ich muss an eine Geschichte denken, die vorhin am Tisch erzählt wurde – von einem Kollegen, der entlassen wurde, weil er das Spendengeld, das am Ende eines jeden Fluges gesammelt wird, nicht abgegeben hatte. Er wurde wegen Diebstahls angeklagt – er hatte mehrere tausend Pfund unterschlagen, auch durch den Verkauf von zollfreien Waren –, und anfangs kursierten Gerüchte, dass er ein starker Trinker wäre. Doch während der Verhandlung stellte sich heraus, dass sein leicht autistischer Sohn in der Schule gemobbt wurde und er ihn um jeden Preis in eine Privatschule stecken wollte. Ich war dem Mann zwar nie begegnet, trotzdem tat er mir leid. Wenigstens versuchte er, seinem Sohn zu helfen. Ich bezweifle, dass er bei solchen Ausflügen mitgemacht hätte. Ich wette, bei ihm war Schmalhans der Küchenmeister – wahrscheinlich brachte er sich was von zu Hause mit und aß es auf seinem Zimmer.

»Komm, wir tanzen.« Alex nimmt mich bei der Hand, und wir mischen uns unter die Menge auf der großen Tanzfläche.

Ich nehme die anderen um uns herum wahr – darunter auch Nate –, doch zum ersten Mal seit langer, langer Zeit bin ich so ausgelassen, so abgelenkt, dass ich nicht fortwährend mein Verhalten und meine Gedanken kontrolliere, nur weil ich einen guten Eindruck auf Nate machen will.

Als ich auf die Uhr sehe, begreife ich erschrocken, dass es schon nach ein Uhr ist, also neun Uhr zu Hause. Ich schleiche mich davon, raus auf den Balkon. Die Hitze hat nachgelassen, einen Hauch wenigstens. Ich schaue auf das hell erleuchtete Panorama und frage mich, wie viele Menschen sich in diesem Moment wohl amüsieren und wie viele mit gebrochenem Herzen oder tiefer Enttäuschung fertigwerden müssen. Ich schaudere. Offenbar setzt die Müdigkeit ein.

»Fantastisch, nicht wahr?« Nates Stimme.

Er erscheint neben mir.

»Warst du schon mal hier?«, frage ich.

»Hier nicht, nein. Was hat dein Freund dir vorhin geschrieben?«

Ich richte den Blick auf ein rosa angestrahltes Hochhaus direkt vor uns. »Dass er mich vermisst.« Ich drehe mich zu ihm. »Hast du zurzeit jemanden?«

»Eigentlich nicht. Bis vor Kurzem war da jemand. Sie ist auch Pilotin, aber irgendwie hat es nicht hingehauen.«

»Das tut mir leid.« Ich nehme seine Hand, denn in diesem Moment schallt ein Lied, das ich kenne, durch die Türen. »Ich liebe den Song. Komm, wir gehen wieder rein.«

Wir tanzen das gesamte Stück durch. Nate wirkt entspannt. Ich bin glücklich, aber gefasst. Ich frage mich, ob dies einer *der* Momente in meinem Leben ist. Einer jener Momente, bei denen man erst rückblickend erkennt, wie schön sie wirklich waren. Würden mir diese besonderen Augenblicke im Leben doch irgendwie im Voraus angezeigt, damit ich Bescheid weiß. Immer wenn ich an die gemeinsamen Monate mit Nate zurückdenke, wünsche ich mir, ich hätte die Zeit genossen und mir weniger den Kopf über alltägliche Dinge zerbrochen – was ich abends kochen sollte oder ob sein Flugzeug abstürzen und mich zur Freundinnen-Witwe machen könnte, bevor wir überhaupt die Gelegenheit bekommen hätten zu heiraten. Ich sehnte mich so nach Stabilität, dass ich kaum je entspannen konnte.

Inzwischen kenne ich die Antwort, ich weiß genau, dass sich unsere Beziehung schnell enorm vertiefen wird, wenn ich nur mehr Sicherheit und Bestätigung aus seiner Nähe ziehen kann. All diese rationalen Überlegungen machen mir klar, dass es der perfekte Augenblick ist, mich zu verabschieden. Ich muss wie Aschenputtel gehen, solange er noch mehr von mir möchte.

»Mir reicht es für heute«, rufe ich ihm ins Ohr. »Entschuldige mich bei den anderen. Ich erwarte noch einen Anruf von Matt.«

»Ich komme mit raus und besorge dir ein Taxi.«

»Nein, nicht nötig, danke. Bleib nur und amüsier dich!«, beharre ich.

Genau das habe ich gemeint. Er glaubt, dass er mich nicht will, doch seine Reaktion beweist, dass er es sehr wohl tut. Jetzt liegt es allein an mir, ihm zu helfen, dass er sich seinen Gefühlen öffnet, damit diese endlosen widersprüchlichen Botschaften aufhören. Ihn abzuweisen wird schwerer als alles, was ich bisher bewerkstelligt habe, aber ich habe keine Wahl.

Dieses Mal ist mir bewusst, dass eine Langstrecke vor uns liegt.

16

Ich schlafe nur ein paar Stunden, ich bin zu aufgekratzt. Danach liege ich auf dem Bett und durchlebe noch einmal den vergangenen Abend. Jede einzelne Geste, jeder einzelne Satz, jedes Wort geht mir durch den Kopf. Und jedes Mal gelange ich zu demselben Schluss: Nate ist formbar und reif, wieder zu dem Mann zurechtgebogen zu werden, den ich von früher kenne.

Noch gestern Abend, zwanzig Minuten, nachdem ich gegangen war, hat er mehrere Panoramabilder vom Balkon des Clubs gepostet. Die Internetverbindung in meinem Hotelzimmer ist unendlich langsam, was ziemlich frustriert, vor allem weil ich so meine Spionage-App nicht öffnen kann. Die Gruppe hat zwar vereinbart, dass wir uns heute Abend wieder in der Bar treffen, aber ich muss Nate vorher sehen. Allein. Und weil ich keine Möglichkeit habe, konkret herauszufinden, was er vorhat, ist der Fitnessraum die beste Option. Es ist entschieden zu heiß, um joggen zu gehen.

Nach dem Frühstück mache ich mich auf den Weg zum Gym. In der Ecke gibt es ein winziges Café, in dem ich Beobachtungsposten beziehen kann, ohne dass ich stundenlang vorgeben muss zu trainieren. Zwei Tassen Kaffee später sitze ich immer noch wie festgewachsen da. Ich habe die hiesige Zeitung gelesen und bin es allmählich leid, immer wieder nachzusehen, ob meine Spionage-App funktioniert (tut sie nicht). Schließlich greife ich zu dem Telefonapparat und wähle Nates Zimmernummer, allerdings habe ich fest vor aufzulegen, sobald er ans Telefon geht. Wenigstens wecke ich ihn so auf.

Es läutet. Und läutet. *Verflucht.* Er ist weggegangen.

Ich warte weitere zehn Minuten ab, falls er zufällig auf dem Weg hierher ist, und frage mich, ob er vielleicht so tief schläft, dass er nicht mal das Telefon hört. Oder aber – bei dem Gedanken sinkt mir das Herz in die Hose – er hat gar nicht in seinem Zimmer geschlafen. Er könnte jetzt, just in diesem Augenblick, in einem anderen Bett liegen. Dem von Joanna? Ich stehe auf, vielleicht etwas zu abrupt, denn der Mann, der am Tisch nebenan einen Smoothie trinkt, wirft mir einen schrägen Blick zu.

In meinem Zimmer gehe ich auf seine Facebook-Seite. Nichts. Meine Spionage-App verweigert immer noch den Dienst. Es besteht noch die Möglichkeit, dass Nate schwimmen gegangen ist. Es ist zwar nicht sein Lieblingssport, aber vielleicht hält er es mit einem Kater immer noch für besser, als überhaupt keinen Sport zu treiben.

Ich steige in meinen Badeanzug, tausche meine Sportsachen gegen ein Kleid, schnappe mir eine Tasche und mache mich auf den Weg ins Untergeschoss.

Durch die Scheibe spähe ich in den Poolbereich. Mehrere Gäste ziehen ihre Bahnen, und am flachen Ende spielen ein paar Kinder, aber keiner davon könnte Nate sein. Gerade als ich mich abwenden will, entdecke ich ihn. Er trägt eine schwarze Badehose und geht zu dem Whirlpool am anderen Ende.

Ich husche in den Umkleidebereich und ziehe mich eilig

aus, bevor ich meine Sachen in ein Schließfach stopfe und dann den Schlüssel abziehe. Als ich in den Poolbereich trete, schlägt mir der Geruch nach Chlor und Putzmittel ins Gesicht. Verdutzt bleibe ich stehen, als mir aufgeht, dass der Whirlpool leer ist. Im Becken ist Nate auch nicht. Verflucht noch mal, ich muss mich getäuscht haben. Kurz bleibe ich verunsichert stehen, bis mir zwei Türen auffallen: *Sauna* und *Dampfbad*.

Ich tappe hinüber und ziehe die erste Tür auf.

Leer.

Ich schließe sie wieder und probiere es an der zweiten. Ein überwältigender Mentholgeruch wabert heraus, als ich eintrete.

Im Dampf sehe ich Nate vornübergebeugt, den Kopf in die Hände gestützt, auf einer Holzbank sitzen. Er schaut nicht auf.

Ich lege mein Handtuch auf die Bank gegenüber, setze mich still hin und spüre, wie die Hitze von den Beinen langsam durch meinen Körper höher steigt. Ich atme tief ein. Zurückgelehnt schließe ich die Augen und bin dankbar für die zusätzlichen Sekunden, um mich wieder zu fassen. Die Tür geht auf. Ich reiße die Augen auf und will Nate schon hinterhereilen, doch stattdessen tritt eine Frau ein. Nate setzt sich auf. Ich kann erkennen, wie sich seine Augen dem dampfigen Halbdunkel anpassen und dann groß werden, als er mich sieht.

»Lily?«

»Mein Gott, Nate. Hast du mich erschreckt!«

Die Frau sieht mich böse an.

»Verzeihung«, flüstere ich.

Ich lächle Nate zu, und er grinst zurück. Ich schlage

»Gehen wir?« vor, indem ich mit einem fragenden Blick zur Tür hin nicke. Er steht auf, und ich folge ihm hinaus in die vergleichsweise kühle Luft des Poolbereichs.

Nachdem ich das Handtuch an einen nahen Haken gehängt habe, stelle ich mich kurz unter die Dusche, wo ich das Wasser zum Abkühlen auf Lauwarm drehe. Nate wartet geduldig, und während er duscht, klettere ich in den Whirlpool, in dem Gott sei Dank sonst niemand liegt. Ich lege mich zurück und schließe die Augen, als wäre ich so gechillt, dass es für mich überhaupt keinen Unterschied macht, ob er sich zu mir setzt oder nicht.

Er tut es. Er setzt sich direkt neben mich. Nicht zu dicht, aber auch nicht zu weit weg.

»Ich dachte, das Fitnessstudio wäre eher dein Fall?«, sage ich.

»Ist es auch. Aber heute bin ich mit so einem Höllenschädel aufgewacht – dem schlimmsten seit Ewigkeiten –, dass mir Training zu anstrengend war. Ich dachte, das hier«, er deutet auf den Poolbereich, »würde helfen.«

»Und hat es?«

»Ein wenig.«

»Du brauchst einen Katerdrink. Nichts anderes hilft bei einem richtig schlimmen Kater. Komm später mit mir ins Venetian. Ich will einen Ausflug machen.«

»Ich weiß nicht. Ich glaube, ich sollte es heute lieber vorsichtig angehen, schließlich müssen wir morgen fliegen.«

»Sei kein Langweiler.« Ich stupse ihn mit dem Ellbogen. »Komm schon. In deinem Zimmer kannst du überall auf der Welt hocken. Wenn du nicht mitkommst, muss ich Alex oder einen der anderen fragen, aber mit dir wäre es bestimmt am lustigsten. Warst du schon mal dort?«

Er schüttelt den Kopf.

»Damit steht es fest. Ich habe für dich entschieden. Gegen fünf komme ich zu dir. Mir reicht es hier drin, ich verschwinde ins Spa.« Ich stehe auf. »Bis später.«

»Alles klar.«

Eine Hand fest um die Minileiter, steige ich die Stufen hoch. »Und zieh was Ordentliches an«, ermahne ich ihn über meine Schulter.

Das Handtuch über meinem Arm – es ist zu nass, um es mir umzulegen –, balanciere ich am Rand des Pools entlang und stoße dann die schwere Tür zur Damenumkleide auf, ohne einen Blick zurückzuwerfen. Ich dusche – noch mal – und trage eine dünne Schicht Lotion auf. Es ist eine von Nates Lieblingsmarken, er hat immer betont, wie gut sie riecht, wenn ich sie aufgelegt hatte.

Ich gehe durch zum Spa-Empfang und sitze gleich darauf mit einem Becher Kräutertee in einem bequemen Lehnsessel im kühlen, ruhigen Wartebereich. Ich fühle mich, als könnte ich sofort einnicken und stundenlang schlafen. Dann werde ich aufgerufen. Dieselbe Stylistin wie gestern wäscht und fönt mir die Haare, was mir nur entgegenkommt, weil ich so nicht noch mal erklären muss, was mir vorschwebt. Ich bitte die Visagistin, die mein Make-up auflegt, um etwas mehr Dramatik rund um meine Augen, um wesentlich dunklere Farben und einen wimpernverlängernden Mascara. Als sie fertig ist, kann ich kaum den Blick vom Spiegel wenden. Ich sehe völlig verändert aus. Glücklich, selbstbewusst und energisch.

Wie jemand, der Nates andere Hälfte sein könnte. Yin und Yang.

Ich bin so begeistert, dass ich, während ich die Behandlungen auf meine Zimmerrechnung schreiben lasse, ein überaus großzügiges Trinkgeld gebe.

Um vier bin ich wieder auf meinem Zimmer, womit mir noch genau eine Stunde bleibt. Ich überzeuge mich doppelt, dass die von mir bestellte Limousine wirklich um Viertel nach fünf kommt, und schicke Alex eine Nachricht, dass ich es heute Abend nicht in die Bar schaffe.

Ich ziehe mich aus, lege dann eine neue schwarze Dessous-Kombi an, bevor ich mein blaues Kleid aus dem Schrank nehme. Ich reiße die Kunststoff-Schutzhülle auf und streife es behutsam vom Bügel, um es dann über meinen Kopf zu ziehen. Der Reißverschluss will nicht so recht, aber ich setze mich durch.

Ich klappe meine Schmuckschatulle auf und wähle schlichte silberne Ohrringe, die Babs mir letzte Weihnachten geschenkt hat. Über mein Handgelenk schiebe ich einen einfachen silbernen Armreif, den ich mir vor Ewigkeiten von Amy geliehen habe. Ich tupfe Parfüm hinter meine Ohren und sprühe dann eine kleine Wolke in die Luft, durch die ich hindurchgehe. Schließlich probiere ich zwei Paar Schuhe an, eines mit hohen, das andere mit nicht ganz so hohen Absätzen. Nach langem Überlegen entscheide ich mich für das niedrigere Paar. Es sind schwarze, hinten offene Pumps, die elegant wirken, ohne dass gleich ins Auge springt, wie viel Mühe ich mir gegeben habe.

Nach einem letzten prüfenden Blick in den Spiegel hole ich tief Luft.

Es ist so weit.

Ich nehme meine Handtasche, eine schlichte schwarze mit meinem Pass, einer Kreditkarte, etwas Geld und einem

Lippenstift sowie ein paar anderen Sachen, die ganz nützlich werden könnten, und mache mich auf den Weg zu den Aufzügen. Während ich warte und beobachte, wie die roten Anzeigelichter Stockwerk für Stockwerk aufleuchten und erlöschen, senkt sich eine tiefe Ruhe über mich.

Der Lift pingt. Ich trete ein.

Nate ist noch nicht fertig. Er macht mir im Hotelbademantel auf, und sein Haar ist nass.

»Entschuldige. Bin eingeschlafen.«

»Soll ich dir was zum Anziehen aussuchen?« Sowie die Worte aus meinem Mund sind, bedauere ich sie.

»Nein, es geht schon. Ich hab's gleich.« Er verschwindet ins Bad und zieht die Tür hinter sich zu.

Ich setze mich aufs Bett und schiebe die Hände unter die Schenkel, weil ich auf keinen Fall in seinen Sachen herumstöbern will, und das ist nur gut so, denn Nate braucht nur wenige Minuten. Als er wieder auftaucht, hat er das blaue Hemd an, das er immer trägt, wenn er nicht direkt von Heathrow startet, sondern erst als Passagier zu einem Einsatzort geflogen wird.

Ich schaue zu, wie er sich vorbeugt, eine Schublade aufzieht und ein Paar schwarze Socken herausholt. Mir will nicht in den Kopf, warum ich auf meinen Flügen meinen Koffer auspacken soll. Schließlich bin ich nicht wochenlang in Ferien, und ich muss alles nur wieder einpacken – manchmal schon vierundzwanzig Stunden später. Außerdem riskiere ich dadurch, irgendwas zu vergessen. Er setzt sich neben mich; ich spüre, wie die Matratze unter seinem Gewicht einsinkt. Als er die Socken übergestreift hat, steht er wieder auf, geht vor dem Spiegel über dem Schreibtisch in die Hocke, fährt sich mit der Hand durchs Haar, schiebt die Brieftasche in die hintere Hosentasche und dreht sich zuletzt zu mir um.

»Wie sehe ich aus?«

»Gut.« Ich schaue auf die Uhr. »Ich habe einen Wagen bestellt.« Damit stehe ich auf.

Er starrt mich an, als würde er mich erst jetzt richtig sehen. »Wow. Du siehst … unglaublich aus.«

»Danke.« Ich deute auf den Ausweis, der auf dem Schreibtisch liegt. »Vergiss den da nicht, sonst könntest du den Abend als Abstinenzler verbringen müssen.« Ich bin schon auf dem Weg zur Tür.

»Ist das für ihn okay? Du weißt schon. Ähm. Ich hab vergessen, wie dein Freund heißt …«

Ich bleibe stehen und drehe mich zu ihm um. »Matt. Ich habe ihm noch nichts von dir erzählt. Warum auch? Wir stehen noch ganz am Anfang, wir sehen uns erst seit Kurzem. Bestimmt hat er damit kein Problem.«

»Solange du sicher bist?«

Ich zucke mit den Schultern. »Er ist ein toller Typ. Ich glaube, ihr beide würdet euch gut verstehen. Mach dir keine Sorgen.«

Im Lift hoffe ich, dass uns unten niemand über den Weg läuft. Ich will nicht, dass in letzter Sekunde irgendwelche unerbetenen Mitläufer zu uns stoßen. Ich lenke mich ab, indem ich zum Schein mein Handy kontrolliere. Während wir auf den Ausgang zusteuern, handle ich aus einem Impuls heraus, weil es sich einfach richtig anfühlt: Ich hake mich bei Nate ein. Wir gehen einfach weiter, als wäre es die natürlichste Sache der Welt. Er protestiert nicht – im Gegenteil, er lächelt mich sogar kurz an.

Ein Portier hält uns die Tür auf und wünscht uns einen »wunderschönen Abend«.

»Den werden wir haben«, antworte ich, während wir die Stufen hinunter zu einer wartenden schwarzen Limo gehen.

»Was ist das denn?« Nate sieht mich fragend an.

»Die kostet kaum mehr als ein Taxi, darum dachte ich, wir könnten genauso gut stilvoll beim Venetian vorfahren. Sie hatten ein Sonderangebot. Wenn wir wollen, kann uns der Fahrer später durch die Stadt fahren. Ich weiß nicht, wie du dazu stehst, aber ich würde gern mehr von Vegas sehen.«

»Guten Abend, mein Name ist Jackson«, begrüßt uns der uniformierte Chauffeur und hält uns den Schlag auf.

»Danke«, sage ich und steige als Erste ein.

Wie bestellt, warten eine Flasche Champagner und zwei Gläser auf uns. Ich schenke ein Glas voll, reiche es Nate, und gieße dann auch mir etwas ein.

»Ich glaube nicht, dass der Champagner im Angebot eingeschlossen war«, kommentiert er und nimmt einen Schluck.

»Natürlich nicht.« Ich lache. »Aber ich konnte nicht widerstehen, als sie ihn als Zusatzleistung angeboten haben. Du musst allerdings schnell trinken, es ist nicht weit zum Venetian. Prost!«

Ich lasse mich in die Polster sinken, und Nate tut es mir nach, woraufhin Jackson sich umdreht und meint, wir sollten uns »besser anschnallen.«

Als wir von dem 08/15-Hotel wegfahren, in dem unsere Crew untergebracht ist, und in den Lärm und die gleißenden Lichter des frühen Abends eintauchen, bin ich einen Moment unkonzentriert und rutsche in Nates Richtung. Sofort setze ich mich wieder zurecht. In meiner Brust erglüht eine kaum zu zügelnde Begeisterung, als wir auf unser Ziel zusteuern, das ich sorgfältig ausgewählt habe. Es wird unter den zehn romantischsten Hotels in Vegas gelistet.

Nate steht die Nacht seines Lebens bevor.

17

Nachdem Nate und ich Arm in Arm über die Piazza San Marco geschlendert sind, sitzen wir uns jetzt in einem Restaurant am Rand eines Kanals gegenüber und essen marinierte Shrimps. Eine Gondel gleitet vorbei. Ich greife nach meinem Glas und nehme einen Schluck Weißwein. Als der Kellner am Tisch hinter uns die Vorspeise serviert, schnappe ich über dem schwachen Chlorgeruch eine Knoblauchschwade auf. Ich gestatte mir ein leises Glücksgefühl. Ich fühle mich, als wäre ich kurz davor, endlich das Leben zu führen, das ich verdiene.

Das Gespräch plätschert dahin, wie von selbst. Auch er ist glücklich. Das hat er mehr oder weniger zugegeben, als er vor ein paar Minuten gestand, wie froh er ist, dass ich ihn zu diesem Ausflug überredet habe.

Unsere Vorspeisen werden abgeräumt, und das Eis im Kübel knirscht, als der Kellner die Flasche herauszieht, um unsere Gläser nachzufüllen.

»Ich mag gar nicht daran denken, was uns das alles kostet«, sorgt sich Nate.

»Dann lass es. Der ganze Abend geht auf mich. Als Dankeschön.«

»Dankeschön?«

»Ja. Du warst wirklich anständig, als wir uns trennten,

schließlich hast du die Miete übernommen und mich nicht einfach hängen lassen. Entschuldige noch mal, dass ich das damals so schlecht aufgenommen habe. Ich war völlig durcheinander. Jetzt, wo mein Leben wieder im Gleis ist, ist mir natürlich klar, wie ich damals hätte reagieren sollen.«

»Na ja. Dito. Schnee von gestern.«

Wie der Umgebung angemessen, tun wir das Thema mit einem Lachen ab.

»Wie fandest du den Club gestern Abend?«

»Unglaublich«, antwortet er. »Wenn ich bisher in Vegas war, habe ich immer nur Tagesausflüge unternommen. Zum Grand Canyon oder so. Ich war zwar in ein paar bekannten Restaurants und hiesigen Sehenswürdigkeiten, aber gestern Abend war wirklich lustig.«

Wir verstummen beide.

Mir geht durch den Sinn, wie abgeschnitten von der ganzen Welt wir hier sind und dass uns die Realität schon bald wieder auseinanderreißen wird. Auch darum ist dieser Abend so wichtig. Der Verlauf dieses Abends wird enorme Auswirkungen auf meine Zukunft haben.

Nein, auf *unsere* Zukunft.

»Ich weiß nicht, wie wir den gestrigen Abend noch schlagen könnten«, sage ich in die Stille zwischen uns, »ich war so wahnsinnig gut drauf. Ich habe tatsächlich nach Tickets für eine Show heute Abend Ausschau gehalten, aber alles, was sich gut anhörte, war entweder ausverkauft oder unverschämt teuer.«

»Es ist doch schön hier. Soll es hier nicht Straßenkünstler geben? Und ich kann mich an einen Dokumentarfilm über Michael Jackson erinnern. Er kam zum Shoppen hierher, und die Shops hier waren wie Aladins Schatztruhe.«

Ich muss lachen. »Shoppen? Du?«

Er lacht ebenfalls. »Auch wahr. Wohl eher nicht.«

»Wenn du mich fragst, sollten wir später hoch in eine der Bars gehen und den Ausblick auf dieses Venedig hier genießen, so als Vorgeschmack. Ich würde zu gern mal in das echte reisen.«

Ich beuge mich vor und schenke uns Wein nach.

Mir einen Schluck, Nate ein halbes Glas.

Ich lenke ihn ab, indem ich ihn auf einen unsicher aussehenden Gondoliere aufmerksam mache, der sich wacklig einer weißen Brücke nähert, während über uns die Oberlichter langsam dunkler werden und die heranrückende Nacht draußen erahnen lassen.

In der Bar bestehe ich auf Kir Royal mit extra viel Cassis, obwohl Nate halbherzig etwas von »morgen fliegen« brummelt. Zwar sitzen wir mitten im Raum, haben also nicht viel Ausblick, doch die Bar selbst mit ihren hohen Decken und opulenten Verzierungen in Schwarz-, Gold- und Silberschattierungen ist durchaus sehenswert. An der Theke vor den dunklen, verspiegelten Regalen, in denen Hunderte Weingläser, Champagnerflöten und grellbunte Flaschen stehen, mixen die Barkeeper ihre Drinks, wobei sie sich trotz der Enge geschickt aus dem Weg gehen.

»Es wird bei dem einen Glas bleiben«, versichere ich ihm lächelnd. »Außerdem fangen wir erst abends an zu arbeiten, also entspann dich.«

Als Nate aufsteht, um auf die Toilette zu gehen, sehe ich mich kurz um. In der Bar ist es relativ dunkel, und niemand nimmt Notiz von mir. Ich beuge mich zu meiner Tasche hinunter, hole eine Tablette heraus, halte mein Glas unter den Tisch und lasse die Pille hineinfallen. Mit einem Cocktailstäbchen rühre ich um. Danach nehme ich Nates Kir Royal und vertausche unsere Gläser. Als er zurückkehrt und an unseren Tisch tritt, hole ich tief Luft.

»Ich muss dir was gestehen«, sage ich und nehme einen Schluck, ohne ihm dabei in die Augen zu sehen.

»Nur zu«, sagt er.

Ich sehe auf. Seit der Erfahrung mit Katie habe ich mich über Drogen schlaugemacht und weiß jetzt, dass die Dosis das Gift macht. Es kann eine halbe Stunde dauern, bis das Rohypnol zu wirken beginnt, aber ab sofort muss ich seinen Alkoholkonsum überwachen, sonst könnte alles schrecklich aus dem Ruder laufen.

»Jackson kommt in Kürze zurück. Ich habe ihn gebeten, uns auf eine Tour mitzunehmen. Ich dachte, es wäre schön, so ganz gemütlich Sightseeing zu machen. Ich amüsiere mich so gut, ich will nicht, dass dieser Abend schon zu Ende geht. Als Nächstes stehen mir vier Tage Riad bevor, das heißt kein Fitnessraum, kein Pool, wahrscheinlich keine Treffen mit der Crew – höchstens irgendwo in einem Café mit einem abgeteilten Familienbereich, soweit ich gehört habe – *und* ich stecke in meinem Zimmer fest, wo mir nur der BBC World Service Gesellschaft leistet.«

»So schlimm ist es auch wieder nicht; es gibt auch andere Kanäle.« Er grinst. »Aber du hast recht, was diesen Abend angeht, ich finde ihn auch ausgesprochen nett«, sagt er. »Lass uns das machen.«

Ich nehme seine Antwort als Zeichen dafür, dass er für alles offen ist, und schaue stumm zu, wie er sein Glas leert. Ich trinke nur noch einen kleinen Schluck, denn ich muss alles unter Kontrolle behalten.

»Können wir die längste Route fahren, bitte?«, frage ich Jackson, als wir die golden strahlenden Lichter des Venetian hinter uns lassen.

»Sicher doch.«

Unsere Champagnervorräte wurden aufgefrischt, eine neue Flasche steckt im Kübel, was Nate nicht einmal zu bemerken scheint. Die Surrealität des Abends wirkt hypnotisch; ich spüre Vorfreude und extreme Spannung. Ich rutsche neben ihn und deute auf einen Wolkenkratzer.

»Der Stratosphere Tower«, erklärt er.

Unsere Schenkel berühren sich.

Nate dreht sich zu mir.

Ich stelle mein Glas ab, nehme ihm seines aus der Hand und stelle es in den Halter auf der Seite, dann beuge ich mich vor.

Wir küssen uns.

Es ist wie beim ersten Mal, nur besser und noch traumhafter, denn diesmal habe ich mich so lange danach verzehrt, dass jede einzelne qualvolle Sekunde des Wartens augenblicklich wie ausgelöscht ist. Der atemberaubende Duft seines Aftershaves berauscht mich, ich werde übermütig.

Die Limo hält an. Ich setze mich wieder auf. Ich muss die richtigen Worte finden, doch was ich sagen will, fliegt mir wild durcheinander durch den Kopf. Ich schaue aus dem Fenster. Erleichterung überflutet mich. Wir stehen nur an einer Ampel, wir sind noch nicht *dort*. Der Wagen fährt wieder an. Ich habe die Orientierung verloren, ich habe keine Ahnung, wie viel Zeit mir bleibt, bis wir unser erstes Ziel erreichen. Ich hoffe, dass ich mich nicht versehentlich selbst unter Drogen gesetzt habe. Ich denke nach. Nein, ich habe hundertprozentig unsere Gläser vertauscht.

Ich wende mich wieder Nate zu. »Ich habe eine Idee. Sie klingt ein bisschen verrückt, aber hör sie dir trotzdem erst einmal an.«

»Du hast einen Bungeesprung von einem Wolkenkratzer arrangiert.«

»Nicht ganz.«

Sein Atem geht schwer, sein Gesicht ist gerötet. Seine Augen strahlen. Ich habe Nate nur wenige Male richtig betrunken gesehen, und das war gewöhnlich, wenn er mit seinen Freunden von der Uni loszog. Er starrt mich an, als würde er mir aufmerksam zuhören. Er wirkt ein bisschen neben der Spur, sein Lächeln erscheint ein bisschen leer. Angenehm gefügig. Im Moment könnte ich ihm vermutlich alles erzählen und alles mit ihm machen, ohne dass er etwas davon mitbekommen würde.

»Zur Tour gehört auch die Little White Chapel. Da gibt es einen ›Tunnel of Love‹, durch den man fahren kann. Komm, wir treiben das Vegas-Erlebnis auf die Spitze.«

»Und heiraten?«

»Warum denn nicht? Bestimmt lassen sich hier dauernd Menschen dazu hinreißen, es muss also *irgendwelche* Annullierungsfristen oder …«, ich suche nach dem richtigen Wort, »Absicherungen geben«, platzt es aus mir heraus. »Was in Vegas passiert, bleibt in Vegas. Sagen das deine Kollegen nicht immer? Das hast du mir selbst mal erzählt.«

»Das ist bloß Gequatsche.« Er wird still.

Ich schenke ihm ein möglichst verständnisvolles Lächeln, bevor ich mich vorbeuge und Jackson durch die Sprechanlage frage: »Könnten wir bitte etwas Musik haben?«

»Sicher? Was hätten Sie denn gern?«

»Suchen Sie was aus. Was Fröhliches. Und Lautes.«

Er leistet meinem Wunsch Folge, nicht nur mit Musik, sondern auch mit blinkenden Discolichtern. Wir müssen beide loslachen und stoßen noch mal an.

»Wir sollten lieber ein bisschen vom Gas gehen«, sage ich, während er einen Schluck nimmt. »Wir haben heute Abend ganz schön was getrunken.«

Nate grinst, als könnte ihm nichts je wieder Sorgen machen. Der nächtliche Verkehr kriecht dahin. Nates Grinsen verrutscht zusehends. Er versucht, mich zu küssen, doch sein Mund landet auf meiner Wange. Dann verlangt er von Jackson »was anderes«. Ich hätte gedacht, er wünscht sich was Romantisches, aber er schlägt Guns N' Roses vor. Während er stumm »Paradise City« mitsingt – Gott sei Dank ohne Luftgitarren-Einlage –, versuche ich, meine Aufregung so gut wie möglich zu verbergen. Ich weiß, er ist nicht er selbst, darum geht es auch gar nicht. Aber er muss das hier etwas ernster nehmen.

Wir halten an. Jackson öffnet die Tür. Ich steige aus, so als wollte ich mit ihm reden. Nate folgt mir nach draußen.

Im nächsten Moment stehen wir alle unten an einer breiten Treppe zu einem Gebäude.

»Danke für Ihre Hilfe«, sage ich zu Jackson. »Ich hoffe, es wird nicht lang dauern.«

»Lassen Sie sich Zeit«, sagt er.

»Was ist das hier?« Nate sieht Jackson an.

Jackson sieht ihn verdattert, aber auch mit Sorge an. »Das Büro für Eheschließungen.«

»Du wirst deinen Pass brauchen«, versuche ich Nate abzulenken, während ich mich gleichzeitig zur Seite beuge und den Pass hinten aus seiner Hosentasche ziehe.

»Wieso?«

»Wir brauchen Ausweise, um alles zu arrangieren. Den Rest hat Jackson schon geklärt, keine Sorge.«

Ich hake meinen rechten Arm in seinen linken und führe ihn die Stufen hinauf. Er hängt schwer an meiner Seite und geht so langsam und bedächtig, als erforderte jeder Schritt höchste Konzentration.

»Gibt's drinnen auch Musik?«, fragt er.

Scheiße. Eigentlich sollte er entspannt und glücklich sein, nicht total hinüber.

»Später vielleicht.« Ich versuche, mir den Namen mindestens eines Mitglieds von Guns N' Roses ins Gedächtnis zu rufen, damit ich behaupten kann, er hätte hier geheiratet, aber mir will kein einziger einfallen. »Das hier ist Rock 'n' Roll, Musik hin oder her.« Innerlich winde ich mich unter meinen Worten, aber etwas Besseres fällt mir nicht ein. »Komm schon.« Ich hake mich fester ein und schleife ihn mehr oder weniger die letzten Stufen hoch.

Oben zögert Nate, darum beuge ich mich vor und gebe ihm einen Kuss. Ein jüngeres Paar tritt aus der Tür. Als sie an uns vorbeikommen, hebt der Mann eine Hand und klatscht Nate ab.

»Alles Gute«, wünsche ich ihnen. »Siehst du?«, wende ich mich an Nate. »Das wird richtig super.«

Seine Hand in meiner, treten wir in das hell erleuchtete Gebäude. Wahrscheinlich ist das nur gut so, denn Nate blinzelt mehrmals und sieht danach wieder normal aus. Meine Augen sichten das Schild für den *Expressschalter.* Vor uns wartet noch ein Paar. Ich möchte sie anschreien, uns Platz zu machen. Stattdessen hake ich mich weiter bei Nate ein und lenke ihn ab, indem ich ihn daran erinnere, wie wir damals eine Ewigkeit anstanden, um ins London Aquarium zu kommen, und genau, als wir vor dem Schalter standen, der Feueralarm ausgelöst wurde.

Insgeheim bete ich, dass niemand das Online-Formular anspricht, das ich schon vorab ausgefüllt habe. Als wir aufgerufen werden, atme ich auf. Gott sei Dank.

»Guten Abend«, sage ich und schiebe meine Antragsnummer, die Papiere und unsere beiden Pässe über die Theke.

»Danke«, erwidert die bebrillte Angestellte und tippt auf ihrer Tastatur herum.

Nate macht den Eindruck, als würde er sich nicht wohlfühlen, darum drücke ich seine Hand. Ich versuche, mich zu entspannen, ruhig zu wirken, so als wäre es mir völlig egal, wie lang es hier dauert. Trotzdem werde ich immer unruhiger, denn Nate sieht aus, als könnte er jeden Augenblick aufwachen. Und dann öffnet er zu meinem Schrecken den Mund, als wollte er etwas sagen. Ich lächle ihn stumm an und schüttle den Kopf. Es fällt mir schwer, mich zu konzentrieren, nur mit größter Mühe schaffe ich es, mich so zu verhalten, wie es meiner Vorstellung nach jemand in meiner Lage tun würde.

»Viel Glück Ihnen beiden«, sagt die Frau, als wir fertig sind.

»Vergiss nicht, was ich gesagt habe«, erkläre ich ihm, während wir zur Tür gehen, obwohl ich am liebsten losrennen würde. »Der ganze Abend geht auf mich. Komm, wir kehren wieder in unsere Fantasiewelt zurück.«

Jackson hält uns wieder den Schlag auf.

»Danke«, sage ich und reiche ihm die Papiere.

»Danke, Jackson. Bist ein Superfahrer«, sagt Nate und klatscht Jackson ab. »Wohin geht's als Nächstes?«

»Zur Kapelle«, erwidert Jackson.

Ich steige zuerst in den Wagen. Sobald Nate sich gesetzt hat, reiche ich ihm sein Glas und küsse ihn, dann lasse ich mich auf meinen Platz sinken.

Ich hebe mein Glas. »Prost! Auf eine wilde Nacht. Ist das aufregend! Mir kommt das alles so unwirklich vor.«

Wir stoßen an. Es ist so gut wie geschafft. Jetzt dauert es nicht mehr lang.

Als wir uns der Kapelle nähern, pocht mein Herz so laut, dass ich es hören kann. Jackson parkt neben einem weißen Cadillac. Ein Ford Mustang rollt aus der Kapellen-Durchfahrt. Während wir aus der Limo steigen und Jackson uns zu dem Cadillac führt, winkt uns das Pärchen im Mustang zu und ruft: »Viel Glück!«

Ich winke zurück. Nate lässt sich ebenfalls nicht lumpen und hebt kurz die Hand.

Auf dem Rücksitz des Cabrios liegt ein Strauß mit roten Rosen und daneben eine passende Ansteckblume.

»Was ist das?« Nate starrt fragend auf die Blume.

Jackson steht auf der Fahrerseite und schiebt sich eine zweite passende Ansteckblume ins Knopfloch.

»Das gehört alles mit zum Paket«, flüstere ich.

Nate steht still da und wirkt verdattert.

Aus dem Nichts kocht Wut in mir auf. Am liebsten würde ich Nate in den Wagen stoßen; wenn er sich nicht zusammenreißt, wird er mit seiner Trödelei noch alles verderben. Ich bin meinem Ziel so nahe. So unendlich nahe. Dies ist die letzte Hürde. »Das bist du mir *schuldig*«, würde ich ihm am liebsten erklären. Weil es so ist.

»Alles bereit?«, fragt Jackson und klappt die Rückenlehne des Beifahrersitzes für uns vor.

»Ja«, sage ich fröhlich. »Komm schon«, sage ich zu Nate.

Er steigt ein. Ich könnte heulen vor Erleichterung.

»Wird der Wagen oft mitten in der Tour gewechselt?«, fragt Nate Jackson.

Jackson reagiert mit dem nervösen Lachen, typisch für Menschen, die sich nicht sicher sind, ob ihr Gegenüber witzig sein wollte.

Ich beuge mich zur Seite und fädele die Blume in Nates Hemdknopf, dann lehne ich mich zurück und lege meine rechte Hand auf seinen Schenkel. Er deckt sie nicht mit seiner Hand zu, er tut überhaupt nichts, was uns mit diesem Moment verbinden würde. Auch egal. Uns bleibt noch unser ganzes Leben für kleine Gesten. Ich lege die Rosen in meinen Schoß und streichle mit der freien Hand die Blütenblätter. Doch als ich wieder Nate ansehe, stelle ich entsetzt fest, dass die Hitze hier draußen – in Verbindung mit dem Alkohol und einer einzigen kleinen Pille – extrem einschläfernd auf ihn wirkt. Ihm fallen immer wieder die Augen zu. Er braucht dringend eine Klimaanlage.

Ich beuge mich zu ihm. »Nate! Schatz, wir haben es gleich geschafft.«

Er lächelt schief und öffnet die Augen, doch er starrt nur stur geradeaus.

Als wir uns dem Tunnel of Love nähern, halte ich die Spannung kaum noch aus. Dieser Abend muss so perfekt wie möglich sein.

»Ist das nicht der Wahnsinn?«, sage ich zu Nate. »Ich fühle mich wie beim Film, so als würde gleich jemand ›Action‹ rufen.«

Nate grinst.

Erleichterung überläuft mich. Mein ganzer Körper fühlt sich schwach an.

»Noch besser als gestern Abend«, sagt er.

»Ich werde jede Sekunde genießen«, sage ich. »Ich bin sicher, dass ich so was nie wieder erleben werde.«

»Ich auch nicht«, stimmt Nate mir zu.

Wir rollen an die Einfahrt. Jackson hält vor dem Fenster, und ein Geistlicher kommt durch eine Seitentür heraus. Er hat Dreadlocks, die er zu einem Pferdeschwanz gebündelt hat. Und er hat ein freundliches Lächeln aufgesetzt.

»Alles bereit?«

»Aye-aye«, höre ich mich mit aufgesetztem Akzent sagen.

Ich muss nervöser sein, als ich dachte. Aber nachdem ich so viel auf mich genommen habe, um so weit zu kommen, habe ich auch jedes Recht dazu. Jede Braut ist an ihrem Hochzeitstag nervös, es wäre nicht normal, wenn ich nicht unruhig wäre. Der Geistliche stellt uns »die Offiziantin« vor, eine große Frau mit langen dunklen Locken. Sie sieht aus wie ein Engel und ähnelt jenen, die über uns an der mitternachtsblauen Decke zwischen Sternen und silbernen Mondsicheln schweben.

Jackson steigt aus dem Wagen und nimmt höflich Haltung an.

Die Zeremonie beginnt. Ich habe die kürzest mögliche Version gebucht, die angeboten wird – trotzdem bleibt eine Viertelstunde eine Viertelstunde.

»Willkommen, Elizabeth Juliette Price und Nathan Edward Goldsmith. Werden sich heute Abend noch Gäste aus dem Vereinigten Königreich zu uns gesellen?«

Ich schüttele den Kopf und schöpfe aus meinem Innersten alles, was ich an Glauben an mich selbst aufbieten kann.

Ich stelle mir vor, ich sei eine Schauspielerin, die einen wichtigen, alles entscheidenden Auftritt absolviert.

»Wir sind heute hier versammelt …«

Lächelnd nehme ich Nates Hand.

»Können wir nicht einfach wieder in die Bar gehen?«, flüstert er.

Ich drücke seine Hand und erwidere ebenfalls flüsternd: »Gleich.«

»Wollen Sie, Nathan Edward Goldsmith, die hier anwesende Elizabeth Juliette Price zu Ihrer gesetzlich angetrauten Ehefrau nehmen?«

Ich halte den Atem an.

Er sieht mich an.

»Ja, ich will«, soufflier ich ihm leise.

»Ich will«, wiederholt er.

Als ich an die Reihe komme, mein Ehegelübde zu sprechen, klingt meine Stimme fremd in meinen Ohren. Ich wünschte, William wäre hier und würde Blumen streuen, aber dafür wäre er inzwischen natürlich zu alt. Er könnte Trauzeuge sein oder mich anstelle des Brautvaters dem Bräutigam übergeben. Kurz bekomme ich Gewissensbisse, weil ich Barbara nicht eingeladen habe.

Wir haben keine Ringe, die wir tauschen könnten, was ausgesprochen schade ist, aber das hielt ich für zu gewagt. Nate muss später schließlich glauben, dass dieser ganze Abend auf spontanem, gegenseitigem Einverständnis beruht. Ich versuche, nicht auf die Uhr zu sehen, denn so nett unser Prediger auch ist, er ist bedauerlicherweise ein Schwafler.

»Ich bin jetzt seit siebzehn Jahren verheiratet, und der beste Rat, den ich Ihnen geben kann, ist, niemals, ich wiederhole, *niemals* im Streit schlafen zu gehen. Fangen Sie jeden Tag ganz neu an.«

Ich wage es nicht, Nate anzusehen, denn ich spüre, wie er langsam unruhig wird.

Endlich höre ich die Worte: »Kraft des mir vom Staat Nevada verliehenen Amtes erkläre ich Sie hiermit zu Ehemann und Ehefrau.«

Eine Kamera blitzt. Ich beuge mich zur Seite und küsse Nate auf den Mund. Ich höre die Worte »Lächeln« und »Glückwunsch«. Während wir unterschreiben, werden wir mit Konfetti überschüttet. Wie durch einen Schleier bekomme ich mit, wie ich Trinkgelder übergebe und mich immer wieder bedanke.

Ein absoluter, fantastischer, überwältigender Lebenstraum ist wahr geworden. Meine Hände zittern spürbar.

Am liebsten würde ich die Hochzeit sofort auf allen sozialen Medien verkünden und dann auf all die Gratulationen und guten Wünsche warten. Ich male mir aus, wie sich alle für uns freuen, Bella eingeschlossen, und uns jeder nur das Beste wünscht.

Als wir aus dem Tunnel of Love herausfahren, hält Nate meine Hand, so als wären wir in einem Märchenfilm. Endlich darf ich einmal die Hauptrolle spielen.

18

Ich bestehe darauf, dass wir auf mein Zimmer gehen. Ich will zur Abwechslung mal auf meinem Territorium sein.

Unsere Hochzeitsnacht verbringen wir allein; die Nacht, von der ich seit Jahren träume.

Noch bevor die Tür hinter uns ins Schloss fällt, küssen wir uns, so als hätte er mich ebenso sehr vermisst wie ich ihn. Unbeholfen lotse ich unter weiteren ungeschickten Küssen und Umarmungen den rückwärts stolpernden Nate zum Bett. Er legt sich sofort hin. Doch bevor ich mich zu ihm legen kann, sind ihm die Augen zugefallen.

»Nate! Nate!« Ich rüttele ihn an den Schultern.

Er *muss* aufwachen. Wir müssen alles richtig machen, sonst wird es nicht funktionieren. Ich rüttele noch mal an ihm und kneife ihn dann brutal in den Oberarm, aber er schläft wie ein Stein.

Nur dass er leise schnarcht.

Nach ein paar weiteren vergeblichen Versuchen lasse ich es sein und beschließe, stattdessen meinen Erfolg zu feiern. Ich rufe beim Zimmerservice an und bestelle Champagner sowie eine Auswahl luxuriöser Naschereien. Danach wähle ich die Nummer des Empfangs und frage nach, ob unsere DVD, die ausgedruckten Fotos und der USB-Stick von der Kapelle geschickt wurden, denn immerhin habe ich für eine

Expresslieferung bezahlt. Ich liebe Vegas, hier wird einem alles so wunderbar einfach gemacht. Dann dimme ich die Lichter neben dem Bett, ziehe Nate die Schuhe aus, fische den Geldbeutel aus seiner hinteren Hosentasche und decke Nate so gut ich kann zu. Es ist Schwerarbeit, ihn auf seine Seite zu schieben, er ist verflucht träge.

Ich warte ab.

Er bleibt bewusstlos.

Mehrere Schlaftabletten und vier Antidepressiva, die ich noch von Amy habe, bleiben ungenutzt in meiner Handtasche. Ich brauchte nicht nachzulegen. Nate war sanft wie ein Lamm. Ich habe es geschafft, ihn gerade so fügsam zu machen, dass er seine Hemmungen verlor, aber noch lenkbar war. Bis jetzt.

Jemand klopft scharf an die Tür. Ich mache auf. Ein Kellner schiebt einen Servierwagen mit einem Eiskühler und mehreren Silberhauben herein.

»Hi. Könnten Sie das einfach hier stehen lassen?« Ich versperre ihm den Weg ins Zimmer.

Ich nehme an, dass man beim Zimmerservice eine Menge zu sehen bekommt, trotzdem soll er nicht glauben, dass ich das alles allein trinken und verputzen werde, während Nate friedlich schlummert. Der Kellner lässt sich Zeit, nimmt jede Silberhaube einzeln ab und ergießt sich in überflüssigen Beschreibungen der Speisen, bevor er zuletzt den Champagner entkorkt.

»Sie brauchen nicht einzuschenken«, sage ich. »Das machen *wir*.«

Er reicht mir die Rechnung zum Unterzeichnen. Ich nehme ein paar Dollar aus Nates Brieftasche, es wird Zeit, dass er auch was beiträgt. Als der Kellner die Tür öffnet und gehen will, steht ein Portier mit dem Hochzeitspaket davor. Ich greife noch mal in Nates Brieftasche.

Während im Hintergrund unsere Hochzeitszeremonie auf dem Laptop läuft, gieße ich den Champagner ins Waschbecken und stelle die leere Flasche anschließend kopfüber in den Eiskühler. Ich reiße ein paar von den Kanapees mit Lachs und Kapern in zwei Hälften, kratze die Austern aus ihren Schalen und presse alles in eine Serviette. Ich muss würgen. Was für eine riesige Verschwendung, das ist mir klar. Aber je mehr Erinnerungslücken Nate hat, desto stärker wird er sich darauf verlassen müssen, dass ich sie fülle. Und falls er auch nur den leisesten Zweifel hat, dass er nicht absolut freiwillig mitgemacht hat, dann werden ihm diese Spuren beweisen, dass er sich genauso hat hinreißen lassen wie ich.

Wir sind beide gleichermaßen schuld.

Ich putze mir die Zähne, lasse aber das Make-up drauf. Ich versuche, auch Nate die Zähne zu putzen, aber das macht nur Sauerei und bringt nichts. Auf dem Schreibtisch drapiere ich unsere Eheurkunde und ein großes Foto von uns beiden. Falls wir morgen früh genug aufwachen, könnten wir noch Ringe kaufen gehen.

Er könnte auch seine Familie anrufen und allen die gute Nachricht überbringen. Ich bin dabei, ich bin endlich dabei! Zwar spüre ich trotz allem ein nervöses Zucken, wenn ich mir Bellas Reaktion vorstelle, aber selbst wenn sie irgendwas einzuwenden hat, kommt das zu spät und wird nichts mehr ändern.

Ich ziehe mich aus, schlüpfe ins Bett und falle neben meinem Ehemann in einen wohlverdienten Schlaf.

Ich hatte die Vorhänge absichtlich offen gelassen. Ich wollte, dass die Sonne hereinfällt. Sie enttäuscht mich nicht, sondern begrüßt strahlend den ersten Tag unserer Flitterwochen.

Nate schläft noch.

Ich stehe aus dem Bett auf. Die Klimaanlage bläst mit voller Kraft. Schaudernd drehe ich sie zurück. Ich putze mir die Zähne, lege mich wieder ins Bett und durchlebe noch einmal den gestrigen Abend.

Nate rührt sich. Ich schreie fast auf, als er unvermittelt die Augen aufschlägt und mich anstarrt.

Schweigen.

»Morgen, Schlafmütze. Es ist schon früher Nachmittag. Kaffee?«

Er starrt mich weiter an, doch seine Augen sehen noch nicht wirklich wach aus.

Ich küsse ihn. »Ich mache dir welchen. So wie du ihn magst. Ich will dieses neue Leben genauso anfangen, wie es von nun an ablaufen soll.«

Er setzt sich auf, und im Spiegel sehe ich, dass er mich immer noch anstarrt. Er scheint weder unser Hochzeitsfoto noch irgendeinen der Hinweise wahrzunehmen, die belegen, dass unsere Liebe wieder aufgeflammt ist. Ich drücke den Filterknopf auf der Kaffeemaschine und schaue zu, wie die Flüssigkeit in die Glaskanne blubbert und schwarze Tropfen die Seiten bekleckern. Zwischendurch sehe ich auf und schicke Nate über den Spiegel ein Lächeln zu. Er erwidert es schwach. Ich fülle zwei Tassen, gebe in Nates reichlich Kaffeeweißer, gehe dann zum Bett zurück und reiche ihm seine Tasse. Er stemmt sich mit der linken Hand hoch und nimmt die Tasse mit der rechten entgegen. Ich setze mich neben ihn und nehme einen Schluck. Der Kaffee schmeckt ausgezeichnet, nicht zu schwach und nicht zu stark.

»Das war ein wilder Abend, wie?«, bemerkt er schließlich heiser.

Ich lache. »Du bist so witzig, Babe. Wild ist die Untertreibung des Jahres. Ich war absolut überwältigt, ich hatte ja keine Ahnung, dass du noch so viel für mich empfindest. Ich mache mir nur Sorgen, wie ich das Matt beibringen soll. Das wird ihm das Herz brechen.«

»Ich fühle mich schrecklich. Du hast mein Wort, dass ich dir keine Probleme machen werde. Wozu sollen wir grundlos jemanden verletzen? Ich schätze, wir haben beide ein bisschen zu viel getrunken?« Er lächelt.

Der Dreckskerl lächelt mich tatsächlich an. So als wäre seine Reaktion vollkommen vernünftig.

Ich beuge mich zur Seite und stelle meine Tasse ab. Dann nehme ich ihm seine Tasse ab, strecke mich über ihn und stelle seine ebenfalls ab. Ich streiche mit der Hand über seine Brust und küsse ihn. Trotz meiner Versuche gestern, ihm die Zähne zu putzen, schmeckt er nach abgestandenem Alkohol. Anfangs zögert er, doch ich gebe nicht nach. Ich kenne ihn. Ich kenne ihn zu gut, und mein Wissen ist seine Schwäche.

Schon ein paar Minuten später ist alles vorbei, doch das ist mir gleich. Ich habe die letzte Hürde genommen. Ich schmiege mich an ihn.

Nach ein paar Sekunden schiebt er meinen Arm weg und setzt sich auf. »Lily. Das war super. Aber …«

»Aber was?«

»Aber …« Er starrt ins Leere.

Ich weiß, was er gleich sagen möchte. Aber das kann er nicht.

Er wird Zeit brauchen, um diese Umwälzung in seinem Leben zu verarbeiten. Das begreife ich. Ich habe jüngst eine kleine Theorie entwickelt, die ich als »Olivenkerntheorie« bezeichne. Immer wenn ich in eine Olive beiße, rechne ich mit einem Stein. Ich bin vorbereitet. Ich bin nicht wie Nate – oder andere verwöhnte Menschen wie er, die immer erwarten, in eine entkernte, weiche, perfekte Olive zu beißen. Ich erahne mögliche Probleme und löse sie schon im Voraus.

Mein Ehemann zieht die Stirn in Falten. Er hebt die linke Hand, dann erforschen seine Augen den Raum und kommen auf unserem Hochzeitsbild zu liegen. Er springt auf und sieht sich hektisch um.

Ich beobachte ihn.

»Lily? Was in aller Welt?«

»Du meinst doch bestimmt *Mrs. Goldsmith?* Lass uns unsere Flitterwochen feiern, Schatz. Komm wieder ins Bett. In ein paar Stunden müssen wir zum Dienst antreten. Dann fliegen wir heim. Du weißt doch. Ich ziehe wieder bei dir ein, bis wir zusammen was gefunden haben.«

»Lily, ich meine es ernst: Ich kann mich an nichts erinnern. Nur an Fragmente.« Er starrt auf die Essensreste. »Wir haben was zu essen bestellt? Nachdem wir essen waren?«

Diese Information scheint auf Nate kurzfristig noch unglaublicher zu wirken als die Tatsache, dass wir verheiratet sind. Ich glaube, er ist noch nicht wieder nüchtern. Er wird aufpassen müssen, dass er sich unauffällig benimmt – obwohl sein Alkoholpegel bestimmt wieder unter dem Limit ist, bis wir uns zu unserem Flug zurückmelden müssen, und Rohypnol kaum vierundzwanzig Stunden nachweisbar ist. Eigentlich dürfte also nichts passieren.

»Komm her und leg dich wieder hin. Du siehst aus, als würde es dir nicht gut gehen.«

Er gehorcht. Nachdem er sich wieder hingelegt hat, schließt er stöhnend die Augen.

»Willst du was gegen die Schmerzen?«

Er nickt. Ich hole zwei Pillen aus meiner Tasche. Er öffnet die Augen und hebt den Kopf an, ich helfe ihm schlucken, indem ich vorsichtig Wasser aus einer Plastikflasche in seinen Mund gieße. Sein Kopf sinkt zurück, und er schließt die Augen wieder. Gleich darauf geht sein Atem tiefer.

Ich lasse ihn eine gute Stunde in Frieden, bevor ich ihn wachrüttele. »Nate! Geh duschen. Danach fühlst du dich bestimmt besser. Ich rufe beim Zimmerservice an, damit sie das hier wegräumen und uns Frühstück bringen. Du siehst aus, als bräuchtest du was Festes im Magen, was den Alkohol aufsaugt.«

Auf dem Weg zum Bad greift er nach dem Hochzeitsfoto und starrt es an. Danach verbringt er noch mehr Zeit damit, die Heiratsurkunde zu studieren. Sie bestätigt, dass wir definitiv gestern, am achtzehnten Juli, geheiratet haben.

Ich halte den Atem an.

Er dreht sich um und sieht mich an. »Lily. Wir müssen reden.«

Ich wähle die Nummer des Zimmerservice. »Hallo. Ich möchte etwas bestellen …« Dabei deute ich in Richtung Bad.

Nate nimmt sein Handy, steigt über den Müll hinweg und zieht die Tür hinter sich zu. Ich lege den Hörer auf und streife einen Bademantel über. Dann klemme ich die Zimmertür auf und schiebe den Servierwagen nach draußen. Ich höre die Dusche laufen und drehe den Knauf. Er hat abgeschlossen!

Die Sache ist die: Er wird das Beste aus der Situation machen müssen. Er braucht sich gar nicht erst gegen das hier – gegen *uns* – zu wehren.

Das Wasser rauscht nicht mehr. Stille. Er telefoniert mit jemandem. Er spricht leise, trotzdem verstehe ich jedes Wort.

»Nicht die verfluchteste Ahnung, Kumpel. Du musst mir helfen, das zu klären.«

Es klopft an der Tür. Ich öffne sie und trete beiseite, um das Zimmermädchen einzulassen.

»Wo soll ich das Tablett abstellen?«

»Auf dem Bett, bitte.«

Ich unterschreibe, gebe ein Trinkgeld und begleite sie zur Tür. Nate flüstert immer noch im Bad.

Ich klopfe an die Tür zum Badezimmer. »Frühstück, Schatz.«

»Komme gleich!«

»Okay.«

Ich ziehe meinen Bademantel aus, schenke mir aus der Kanne Kaffee ein und nehme einen Schluck, während ich aus dem Fenster schaue. Ich kann auf dem Glas die Hitze draußen spüren. Unten ist überall der Teufel los. Ich stelle mir andere Pärchen vor, so wie das von gestern Abend im Ford Mustang. Ich wette, sie sind glücklich und planen ganz normal ihre Zukunft. Das hier darf auf keinen Fall zu einem Pyrrhussieg ausarten. Ich wusste, dass meine Strategie extrem riskant ist, aber Liebe kann wachsen. Und ich liebe Nate aus tiefstem Herzen, deshalb bin ich auch perfekt für ihn. Ich werde ihm eine gute Frau sein, und mit keiner anderen wird er je wirklich glücklich werden. Er muss das nur erst *verstehen.* Ich wünschte, er hätte uns eine Chance gegeben, als wir letztes Jahr zusammen waren, denn nun hat er all das sich selbst zuzuschreiben.

Die Tür zum Bad geht auf. Ich schaue weiter aus dem Fenster, so als würde auch ich über die Situation nachdenken. Wenn ich jetzt allzu bedürftig wirke, wird er erst recht bocken. Er schenkt sich einen Kaffee ein und stellt sich neben mich. Er trägt einen Bademantel. Das irritiert mich, denn es ist fast so, als hätte er Angst, irgendwie nackt dazustehen, falls er sich nur ein Handtuch um die Taille schlingt – wie er es sonst immer tut. Er benimmt sich, als wären wir Fremde nach einem One-Night-Stand.

»Lass uns ganz am Anfang beginnen. Erzähl mir genau, was gestern alles passiert ist.«

Ich sehe ihm in die Augen. »Die Sache ist die, Babe, das gestern Abend war auch nicht meine Traumhochzeit. Aber … wir haben die Gunst des Augenblicks genutzt. *Carpe diem* und so weiter. Unsere verschütteten Gefühle haben sich wieder offenbart. Was passiert ist, ist passiert. Und … wir lieben einander wirklich.«

Schweigen.

Nate atmet laut aus. »Lily. Ich weiß wirklich nicht, wie das gestern Abend passieren konnte. Ich schätze, wir hatten jede Menge Spaß und es dann zu weit getrieben. Aber dir muss klar sein, dass ich dich nicht *so* liebe. Wir haben uns nicht getrennt, weil ich dich nicht mag, sondern weil ich noch nicht bereit bin, mich zu binden. Falls ich das je sein werde.«

»Und gestern Abend? Also hast du gelogen, als du mir

beteuert hast, wie sehr du mich liebst und wie sehr du mich vermisst hast?«

»Ich kann mich an kaum was davon erinnern, Lily. Ich habe einen totalen Filmriss. Ich fühle mich ziemlich scheiße.« Er setzt sich aufs Bett.

Ich drehe mich wütend zu ihm um. »Ach ja? Dann habe ich Matt also grundlos betrogen? Weil wir Frauen so was tun, ohne dass man uns dazu drängen würde?«

Er legt die Hand an die Stirn und massiert sie mit Zeigefinger und Daumen. »Ich weiß nicht, wie du das interpretiert hast, Lily …«

»Ich liebe dich. Das hast du gestern Abend gesagt. Wir haben *geheiratet.* Wie soll ich das deiner Meinung nach interpretieren?« Ich äffe seine Stimme nach. *»Komm, wir tun's. Wir tun es wirklich. Wir heiraten.«*

»Lily …«

»Juliette! Ich habe dir gesagt, dass ich mittlerweile Juliette heiße. Es verheißt keinen guten Anfang, wenn du dir nicht mal meinen Scheißnamen merken kannst.«

Jetzt bin ich an der Reihe, mich im Bad einzuschließen. Er hämmert gegen die Tür.

»Lily! Lily!«

Ich drehe die Hähne auf und presse die Hände auf die Ohren. Mein Mascara ist ein bisschen verschmiert, aber ich sehe nicht schlecht aus, wenn man bedenkt, unter welchem Stress ich stehe. Ich studiere mein Spiegelbild, suche nach Veränderungen, jetzt, wo ich eine verheiratete Frau bin.

Sehe ich älter aus? Weiser? Oder einfach nur *verheiratet?*

Das Klopfen an der Tür verstummt. Ich nehme die Hände von den Ohren, drehe das Wasser ab. Sofort hämmert er wieder gegen die Tür.

»Lass mich in Ruhe!«, rufe ich. »Ich brauche Freiraum!«

Ich lasse ihn noch mal zehn Minuten schmoren, bevor ich aus dem Bad komme. Er sitzt auf der Bettkante und hält sich den Kopf. Ich krabbele hinter ihm aufs Bett und massiere seine Schultern. Er versteift sich und setzt sich auf.

»Wie geht es deinem Kopf?«, frage ich, ganz die besorgte Ehefrau.

»Wird langsam besser, aber du musst mir zuhören.« Er rutscht von mir weg.

Ich lasse die Hände sinken.

»Das geht alles viel zu schnell.« Dann wird er sanfter. »Gestern um diese Zeit war alles noch in bester Ordnung.« Er seufzt. »Ich habe ein paar Leute angerufen, wir werden das alles in London regeln müssen, hier reicht die Zeit nicht mehr. Nach der Landung kommst du mit zu mir. Ein befreundeter Anwalt wird sich dort mit uns treffen, dann können wir alles klären.«

Ich setze mich auf die Bettkante, so dicht neben ihn wie möglich. »Was ist mit mir? Und mit dem, was ich will?«

»Bitte, Lily. Du musst doch begreifen, dass das völlig übertrieben und total verrückt ist.«

»Für mich nicht.«

Er wirft mir einen Blick zu, den ich nicht recht deuten kann, der aber nichts Gutes verspricht.

»Wir werden gemeinsam herausfinden, was das Beste für uns ist. Für uns beide. Jesus. Was für ein Mist. Ich habe schon viele Geschichten über Vegas gehört, aber bisher waren das immer nur Geschichten. Ich hätte nie gedacht …«

»Es gibt Schlimmeres, als mit einer Ex verheiratet zu sein, für die du immer noch was empfindest, auch wenn dir das nicht klar war.«

»Tut mir leid«, sagt er.

Ihm tut immer alles leid. Das bedeutet mir nichts mehr.

Der Kloß in meiner Kehle ist echt. Ich fühle mich zerbrechlich, aber auch entschlossen. Ich nehme ihn in die Arme, und er schafft es, die Geste zu erwidern. Eine ganze Minute sitzen wir in einer stummen Umarmung da.

Er löst sich zuerst. Natürlich.

Unser Hochzeitsbrunch mit Räucherlachs-Bagels und Rührei liegt noch unberührt auf dem Bett.

»Wir sollten das für uns behalten«, sagt er. »Erst müssen wir den Heimflug hinter uns bringen, danach werden wir die ganze Sache so schnell wie möglich regeln.«

Wenn er sich da mal nicht täuscht.

19

Ich hantiere in Nates – nein, unserer – Küche herum, während James Harrington, Nates »Anwaltsfreund«, im Wohnzimmer sitzt und auf Nate einredet.

Ich fange Gesprächsfetzen auf. »*Anfechtbarkeit … Trunkenheit … Unaufrichtigkeit … Nicht-Vollzug.*« Tja, was die letzte Möglichkeit betrifft, ist Nate im wahrsten Sinn des Wortes gefickt.

Wie die perfekte kleine Hausfrau bringe ich den beiden ein Tablett mit Kaffee. Espresso für mich, Cappuccino für Nate und eine Latte für »den Anwalt«. Auf einem kleinen Teller daneben liegt ein Trio von Muffins – von mir gespendet und in der Mikrowelle aufgetaut. Weil es keine Servietten gibt, habe ich Küchenpapier zu adretten Dreiecken gefaltet. Ich setze mich neben Nate aufs Sofa, James Harrington gegenüber. Zwei gegen einen.

Sie danken mir für den Kaffee.

»Gut, also, Elizabeth, Nate hat mir erklärt, dass wir nicht auf Nicht-Vollzug plädieren können, darum würde ich vorschlagen, wir fechten die Hochzeit an, weil Sie beide betrunken waren …«

»Ich nicht.«

Nate sieht mich böse an.

James wirkt verwirrt. »Ich dachte …«

»Ich will, dass unsere Ehe funktioniert. Nate war vielleicht ein bisschen beschwipst, und wahrscheinlich wurde es durch den Jetlag verstärkt.« Ich sehe Nate an. »Ich habe dich in gutem Glauben geheiratet. Du hast mir erklärt, dass du mich liebst. Wir waren schon einmal ein Paar, *und* ich habe einen anständigen Mann verlassen, nur weil du mich mit deinem Charme eingewickelt hast. Matt ist am Boden zerstört. Ich musste über Handy mit ihm Schluss machen! Was glaubst du, wie ich mich dabei gefühlt habe?«

Stille. Rainbow schwimmt auf und ab.

Es ist ein wunderbar vertrautes Gefühl, hier neben Nate zu sitzen. Jetzt, wo ich mich – ganz legal – durch die Tür gezwängt habe, werde ich mich auf keinen Fall kampflos zurückziehen.

»Gut. Das kompliziert es natürlich.« Er wirft Nate einen Blick zu und schaut dann auf seine Uhr. »Ich muss ein paar Anrufe machen und gehe dafür kurz nach nebenan, während ihr beide das hier klärt.«

Ich verschränke die Arme und lehne mich zurück.

»Lily …«

Ich ziehe die Stirn in Falten.

»Juliette – nein, Lily, das ist doch verrückt, für mich bleibst du Lily. Bitte. Nimm doch Vernunft an. Ich liebe dich nicht so, wie du es dir wünschst. Das *weißt* du. Du kannst das doch auch nicht wollen. Du hast etwas Besseres verdient.«

Sein beschwörender Tonfall ärgert mich. »Tja, Pech für dich, ich bin so fest entschlossen, das hier hinzubekommen, dass meine Entschlusskraft für uns beide reicht.«

»Wir haben ein ernstes Problem.« Nate steht auf. »Es

tut mir leid, dass du mehr von mir willst, als ich dir geben kann. Was an diesem Abend auch passiert ist, wofür ich nur *deine* Worte habe –, es war nicht real. Es war *absolut überzogen.*«

»Nennst du mich eine Lügnerin?«

»Nein. Aber ich wette, du musstest nicht lange überredet werden, um mich vor den Altar zu zerren.«

»Es gab keinen Altar, wir saßen in einem Cadillac. Das weißt du genau. Und niemand hat dich *gezerrt.* Ruf in der verfluchten Kapelle an, frag sie, ob du irgendwie *gezwungen* wurdest!«

»Entschuldige. Ich weiß, ich bin genauso schuld wie du. Aber das ist kein Spiel! Das ist unser Leben.«

»Genau. Meines und deines.«

Wir fahren herum, weil sich hinter uns James geradezu dramatisch räuspert.

»Auf ein Wort, Nate«, bittet er.

Nate folgt ihm nach nebenan. *Selbstverständlich* hat Nate einen Anwaltsfreund. Er hat einen Arztfreund, einen Bankerfreund, einen Finanzberaterfreund, die Liste ließe sich noch lange fortsetzen. Ich bin stinksauer. Wenn James uns nur allein lassen würde, ungestört, könnte ich mir etwas einfallen lassen.

Ich warte ab. Ich höre keine Stimmen.

Mehrere Minuten verstreichen, dann kommt James wieder heraus, gefolgt von Nate.

»Also, wir sehen uns, Elizabeth. Ich lasse euch beide allein.«

»Ja, danke. Ich rufe dich an«, sagt Nate.

James hebt den Arm zu einem kurzen Winken und geht allein zur Tür.

Stille, als die Tür hinter ihm zufällt. Nate sieht fröhlicher aus, auch wenn er mir kaum in die Augen sehen kann.

»Sollen wir irgendwo einen Kaffee trinken gehen und uns in aller Ruhe unterhalten?«, schlägt er vor.

»Nein, danke. Ich bleibe lieber hier, ich bin zu erschöpft. Ich habe auf dem Flug nicht schlafen können. Ich muss mich erst ausruhen, dann können wir uns so lange unterhalten, wie du willst.«

»Ausruhen? Wo denn? Hier?«

Ich zucke mit den Achseln, als wollte ich »Wo sonst?« sagen.

»Nein. Du kannst nicht hierbleiben. Du musst gehen. Ich bringe dich zu deiner Wohnung, und während der Fahrt können wir uns unterhalten.«

»Ich kann nicht geradeaus denken. Du kannst mir schlecht ein Nickerchen verwehren, nachdem du mich wachgehalten hast, nur um mit deinem Freund zu quatschen. Oder? Es kann nicht immer nur nach deinem Willen gehen.«

»Nach meinem Willen? Das ist Wahnsinn. Das ist alles … völlig irre. Ich hoffe immer noch, dass ich irgendwann aufwache und zutiefst erleichtert feststelle, dass nichts davon je passiert ist. Ich hätte es besser wissen müssen. Ich hätte wissen müssen, dass du es zu weit treiben wirst. Schon deswegen kann es niemals mit uns klappen. Bei dir gibt es immer nur alles oder nichts. Du weißt nicht, wann Schluss ist. Du kannst nie abschalten!«

»Ich lasse dich jetzt allein, damit du dich beruhigen kannst«, erkläre ich ihm in genau dem Tonfall, den er immer einsetzte, wenn ich nach unserer Trennung »vernünftig« sein sollte.

Er bleibt im Wohnzimmer, während ich meine Tasche und den Koffer ins Schlafzimmer rolle; dann hole ich meinen Kulturbeutel heraus und dusche im angeschlossenen Badezimmer. Zwar stecke ich meine Haare hoch, damit sie nicht nass werden, dennoch stelle ich mein Shampoo neben seines in den Duschkorb. Außerdem platziere ich meine Zahnbürste neben seiner. Ich packe aus und stopfe meine sauberen Sachen dabei in Schubladen, die schon einmal ihr Zuhause waren. Nate hat eine davon mit Krempel vollgestopft, der nach unerbetenen Geschenken aussieht – eine Schachtel mit Manschettenknöpfen, zwei Krawatten und ein noch ungeöffnetes Pack Kaufhaus-Unterwäsche. Ich nehme alles heraus und lege es in »seine« Schublade.

Ich habe Nate nicht erzählt, dass ich inzwischen ein Auto habe, darum sind wir gemeinsam in seinem schwarzen Jaguar zu ihm nach Hause gefahren, wie es sich für ein richtiges Paar gehört. Es fühlte sich einfach richtig an. Tatsächlich fühlt sich alles so richtig an, dass ich nicht verstehe, wie er sich so verbissen dagegen wehren kann. Er empfindet etwas für mich, das weiß ich genau.

»Ich stelle mir den Wecker in einer Stunde«, rufe ich nach draußen. »Dann können wir was zu essen bestellen.«

Wenn er glaubt, dass ich für ihn koche, solange er sich so aufführt, hat er sich getäuscht.

Nate antwortet nicht.

Ich bin *tatsächlich* müde, das stimmt. Durch das Adrenalin und die Anspannung habe ich die zehneinhalb Flugstunden wie unter Hochspannung verbracht.

Es ist noch hell. Offenbar bin ich nur ein paar Minuten eingenickt.

Mein Mund ist ausgetrocknet. Ich schaue nach links. Kein Nate. Ich sacke zurück ins Bett. Meine Glieder schmerzen. Ich spüre, wie mich der Schlaf wieder einfangen will, doch Bewusstsein und Realität bahnen sich ihren Weg. Ich höre vertraute Geräusche: ein morgendliches Knarren und das Pfeifen der Pumpe in der Dusche. Ich war eine ganze Nacht zu Hause. Ich zwinge mich aus dem Bett, ziehe Nates Bademantel über und gehe hinüber ins Wohnzimmer.

Draußen strahlt die Sonne. Sofort beginne ich Pläne zu schmieden. Ich könnte ein Picknick vorbereiten, dann könnten wir zusammen am Fluss sitzen. Ich höre, wie die Dusche ausgeht. In meiner Magengrube breitet sich ein Gefühl der Leere aus, während ich abwarte, wie Nate wohl heute reagieren wird.

Ich gehe in die Küche und schalte die Kaffeemaschine ein. Dann öffne ich den Kühlschrank und begutachte den Inhalt, ehe ich begreife, dass ich überhaupt keinen Hunger habe. Ich belasse es daher bei zwei Kaffee. Nate erscheint in seinen Laufsachen.

»Morgen! Ich habe dir Kaffee gemacht.« Ich lächle.

»Danke.«

Er nimmt ihn entgegen und geht weiter zum Sofa. Ich setze mich neben ihn. Ein paar Sekunden trinken wir schweigend.

»Wieso bist du nicht ins Bett gekommen?«

»Was glaubst du denn?«

Ich antworte nicht.

»Ich habe im kleinen Zimmer geschlafen.«

»Ach.«

»Ich werde die Annullierung beantragen, weil ich betrunken war.«

»Ich verstehe.«

»Ich möchte, dass du zustimmst. Ich möchte nicht, dass das eklig wird. Wenn wir an einem Strang ziehen, ist die Sache relativ schnell geklärt. Ich möchte wirklich, dass wir Freunde bleiben.«

»Du lügst. Das hast du auch gesagt, als du mich letztes Mal abserviert hast. Und dann hast du mich sogar bei Facebook entfreundet. Du hast keinerlei Versuche unternommen, mein *Freund* zu bleiben.«

»Herrgott noch mal, du doch auch nicht, soweit ich mich erinnere. Ich sagte, wir könnten in Verbindung bleiben, wir müssten nicht gleich alle Kontakte kappen. Aber das wolltest du auf keinen Fall. Entweder ganz so, wie du dir es in den Kopf gesetzt hattest, oder gar nichts.«

Nur weil ich verflucht noch mal keine Wahl hatte.

Ich bin nicht blöd. Damals stimmte etwas mit seinen Gefühlen nicht, sonst hätte er sehr wohl gewollt, dass wir zusammenleben. Also musste ich langfristiger planen. Hätte ich mich mit den Krumen seiner angeblichen Freundschaft begnügt (und mutmaßlich mit sporadischem Sex, wenn er lang genug Single war), dann hätte ich null Chancen gehabt. Null Chancen, unsere Beziehung wieder in die Spur zu bringen. Wer sich mit weniger zufriedengibt, als er verdient, erntet nie Respekt. Genau deswegen war Bella damals überzeugt, so mit mir umspringen zu können. Ich musste fast ein Jahr opfern, nur um sicherzustellen, dass er mich irgendwann wieder in sein Leben lassen würde.

Und jetzt ist dieser Moment gekommen.

»Gib uns eine Chance, Nate. Gib mir eine Woche – hier bei dir –, und wenn du dann noch genauso empfindest, dann bin ich mit allem einverstanden, was du vorschlägst.«

»Was soll das bringen? Im Ernst, was soll das bringen? Die Situation ist so, wie sie ist, und ich werde meine Meinung bestimmt nicht ändern.«

Ich sehe ihn wütend an.

»Es ist am besten so.«

Ich kann nicht aufstehen. Meine Kräfte haben mich verlassen. Das hätte nicht passieren dürfen. Ich dachte, wenn ich mein Lasso erst ausgeworfen habe, wenn er erst vor dem Gesetz mit mir verbunden ist und wieder Zeit mit mir verbringt, würde er sich mit der Situation anfreunden. Und seine Gefühle würden zurückkehren. Was sie ja auch taten. Er war *wirklich* eifersüchtig auf den imaginären Matt, sein Stolz war angeknackst. Aber ich kenne ihn eben auch. Als wir uns damals trennten und ich nicht gehen wollte, reagierte er umso bockiger.

»Lily. Es tut mir leid. Vielleicht wäre ein klarer Bruch das Beste. Was ist mit anderen Airlines? Du kannst dich jedes Jahr woanders bewerben. Du hast dein ganzes Leben noch vor dir.«

»Hast du auch nur eine Vorstellung, wie herablassend das klingt? Wie wär's, wenn *du* zu einer anderen Airline wechselst?«

Er klammert sich weiter eisern an seinem Strohhalm fest, ohne mich einer Antwort zu würdigen. »Oder … du könntest sogar das mit Matt wieder hinkriegen. Gib einfach mir die Schuld an allem.«

Es läutet an der Tür.

»Das ist die Putzfrau«, erklärt er im Aufstehen.

Ich hole tief Luft, stehe wortlos auf und verschwinde ins Schlafzimmer. »Ich gebe dir die Schuld an allem«, erkläre ich ihm über die Schulter.

»Eines Tages wirst du mir dafür dankbar sein«, ruft er zurück und öffnet die Wohnungstür.

Bevor ich die Schlafzimmertür schließe, werfe ich noch einen kurzen Blick durch den Türspalt. Erst begrüßt er kurz die Putzfrau, und im nächsten Moment telefoniert er wieder mit James. Die Selbstgefälligkeit, mit der er behauptet, es sei »alles geklärt«, gibt mir das Gefühl, ich wäre nur ein billiger Wegwerfartikel.

Ich schließe mich im Bad ein und muss mich beherrschen, um nicht den Badezimmerspiegel einzuschlagen.

Tiefe Atemzüge.

Nach kurzer Überlegung geht mir auf, dass nicht alles schlecht ist. Denn in diesem Augenblick kippt ein Schalter in meinem Kopf und meinem Herzen.

Ich hasse Nathan Goldsmith aus tiefstem Herzen.

20

Ich stecke fest.

Zum einen bin ich in einem Job gefangen, der meine innere Uhr verrücktspielen lässt. Das ist noch okay, wenn ich an zivilisierte Orte mit funktionierendem WLAN, anständigen Fitnessräumen und nicht allzu extremen Wetterausschlägen fliege, aber nicht, wenn ich auf einen wildfremden Kontinent verschleppt werde und geplagt von Jetlag die halbe Nacht wach liege. Trotzdem sehe ich nicht ein, warum ich kündigen sollte, nur um Nate das Leben einfacher zu machen.

Und zum anderen bin ich an einen Halb-Ehemann gefesselt.

Inzwischen sind sechs Wochen seit unserer Hochzeit vergangen, und wir sind immer noch verheiratet, wenigstens vor dem Gesetz. Zum Glück für mich liegen die Dinge nicht so einfach, wie Nate es sich vorgestellt hat, aber er arbeitet gemeinsam mit James verbissen daran, mich in die Wüste zu schicken. James Harrington schickt mir regelmäßig Mails mit Begriffen wie *Anfechtbarkeit, Unzurechnungsfähigkeit, mangelnde Beurkundungsfähigkeit* – womit offenbar nicht ich, sondern Nate während unserer Hochzeit gemeint sein soll –, *Erklärung des Nicht-Vollzugs.* Wie bitte? Ich soll für ihn *lügen?* Ich schreibe Nate eine Nachricht, ob er möchte, dass ich auf einem amtlichen Dokument lüge, doch er antwortet nicht.

Es kann bis zu drei Wochen dauern, die Ehe in Nevada annullieren zu lassen, falls wir gemeinsam dorthin reisen, und bis zu einem Jahr hier in England. Wie man sich denken kann, würde ich England den Vorzug geben. Mails über Mails werden verfasst. Ich fühle mich wie ein Kind in einem Sorgerechtsstreit.

Mein Leben beschränkt sich auf einen endlosen Kreislauf: Arbeiten und Nates Nachrichten ignorieren, so gut es nur irgendwie geht.

Mein Rückflug von Washington landet mit vierzig Minuten Verspätung an einem diesigen Morgen. Wir müssen über Heathrow kreisen, bis sich der Frühnebel halbwegs verzogen hat.

Diese Jahreszeit wird für mich immer mit dem Grauen vor einem neuen Schuljahr verbunden sein. Spürbar kühlere Luft – das letzte Ende des Sommers, in das sich schon herbstliche Frische mischt – weht mir zusammen mit einem intensiven Kerosingeruch entgegen, als meine Schuhe über die Metallstufen der Flugzeugtreppe weit draußen auf dem Rollfeld klappern. Die gesamte Crew versammelt sich vor den Turbinen am linken Flügel und wartet auf den Bus.

Die startenden Flugzeuge röhren über uns hinweg, kaum dass sie von der Startbahn abgehoben haben. In zwei Stunden treffe ich mich mit meiner Vorgesetzten, und wir sprechen über meine neue Rolle als Sicherheitsbotschafterin. Ich hätte den Termin auch auf morgen verschieben können, doch dann hätte ich dafür eigens nach Heathrow fahren müssen. Bald werde ich nur noch in Teilzeit fliegen, weil meine neue Aufgabe zum Teil ein Bürojob ist. Und ich feile inzwischen an einem brandneuen Aktionsplan. Allerdings kann ich, solange die Planungen noch in den Kinderschuhen stecken, nicht so viel dafür tun, dass meine Zeit damit ausgefüllt wäre. Die beste Nachricht ist, dass mein Wohnungskauf vorankommt und dass ich mit etwas Glück in wenigen Wochen in mein neues Zuhause ziehen werde.

Nachdem ich durch die Passkontrolle bin, meine Einnahmen aus den Duty-free-Verkäufen abgegeben und unkontrolliert den Zoll passiert habe, mache ich mich auf den Weg in Richtung Kantine, wo ich auf Amy warte. Gestern hat sie mich angerufen, ganz plötzlich nach Wochen ohne ein Lebenszeichen. Sie hat einen neuen Freund, zählt also eindeutig zu den Frauen, die glauben, dass sie keine Freundin brauchen, solange sie einen Mann haben. Sie wird es schon noch lernen.

»Hi«, sage ich lächelnd, als sie auf mich zukommt. Ich küsse sie einmal auf jede Wange und freue mich aufrichtig, sie zu sehen. Ich habe den Frischvermähltenblues.

»Hi«, sagt sie. »Holst du dir etwas zu essen?«

Ich schüttle den Kopf. Während sie zur Theke geht, um ein Panino zu bestellen, bleibt mir das Herz stehen, als ein blonder Pilot vorbeikommt. Allerdings ist es nicht Nate, er kann es nicht sein, denn ich habe mich vergewissert: Er ist in Antigua. Ich schaue mich verunsichert um. Ich fühle mich irgendwie unwohl. Ich richte meinen Blick auf das Rot und Blau eines Flugzeugs der Air France hinter den bodentiefen Fenstern.

Atme. Irgendwas stimmt nicht. Amy hat mich zwar ganz normal begrüßt, aber sie wirkt angespannt, sogar nervös. Irgendwas liegt in der Luft.

»Also, erzähl mir mehr über diesen mysteriösen neuen Mann«, sage ich, als sie mir gegenüber Platz nimmt.

»Da gibt es nicht viel zu erzählen. Ich habe ihn auf einem Lagos-Flug kennengelernt.« Sie beißt in ihr Panino.

»Also auch einer von uns?«

Sie sieht mich an. »Ja. Ein Pilot.«

»Und wie heißt er?«

»Rupert. Rupert Palmer.«

»Ach.« Ich schlucke. »Und ist er nett?«

»Sag du es mir.«

»Das verstehe ich nicht.«

»Doch, das tust du. Du kennst einen seiner engsten Freunde. Und zwar sehr gut.«

Dieser verfluchte Nate mit seinem riesigen Gefolge an Freunden. »Wirklich?«

»Du hast uns in die Wohnung von seinem Freund mitgenommen. Stell dir vor, wie überrascht ich war, als wir ihn neulich Abend besuchten und mir aufging, dass ich schon mal in seiner Wohnung war.« Pause. »Mit dir.«

Ich erstarre.

»Ich habe dich nicht verraten, falls du dir deswegen Sorgen machst«, sagt sie, als müsste ich ihr dafür dankbar sein.

Wenn du nicht weißt, was du sagen sollst, sag nichts. Ich sehe Amy an.

»Ich schätze, demnach verbirgt sich hinter Nick Nate? Warum hast du gelogen?«

»Es war nicht direkt gelogen. Es ist kompliziert.«

»Das ist es ganz bestimmt. Also erzähl.«

»Es ist eine lange Geschichte, und eigentlich geht sie niemanden außer uns etwas an.«

»Hör zu, ich mag Rupert. Ich mag ihn wirklich sehr. Und ich will keine Geheimnisse vor ihm haben. Wenn es einen guten Grund gab, weshalb du uns damals zu Nate mitgenommen hast, dann gut. Aber du hast irgendwas in seinem Zimmer gesucht.«

Ich starre sie an, diese selbstgerechte Kuh. Warte nur ab, bis Rupert dich sitzenlässt und du dich an meiner Stelle wiederfindest.

»Du hattest einen Schlüssel, Juliette.«

»Inzwischen nicht mehr. Wenn du es genau wissen willst, wir waren erst vor Kurzem wieder für ein paar Wochen zusammen. Nate ist ein komplizierter Mensch.«

»Ach. Inwiefern kompliziert?«

Ich beuge mich vor und nehme ihre Hand. »Bitte erzähl keinem von diesem Abend. Du brauchst ihm überhaupt nichts zu sagen. Mit Nate und mir ist es endgültig vorbei, und so soll es auch bleiben. Falls du ihn je wieder siehst oder besuchst, dann erwähne mich einfach gar nicht.« Ich versuche, so zu klingen, als wäre ich den Tränen nahe.

»Okay. Entschuldige. Es war nur komisch, in eine Wohnung zu kommen, in der ich schon mal war, und dabei das Gefühl zu haben, dass ich es keinem erzählen darf. Ich fragte Nate, ob seine Fische gefüttert werden müssten, wenn er unterwegs ist, und er meinte, sie könnten wochenlang ohne Pflege auskommen.«

»Danke. Ich bin dir so dankbar für deinen Beistand.« Ich lächle schwach. Dennoch … ich traue ihr nicht. Eine echte Freundin hätte sofort für mich Partei ergriffen und mir schon von der Wohnung aus eine Nachricht geschickt, um sich meine Version der Geschichte anzuhören.

Amy ist keine Freundin.

»Ich muss los«, sage ich. »Ich habe einen wichtigen Termin bei meiner Managerin.«

Wir verabschieden uns, ich gehe zu Lorraines Büro und nehme davor Platz. In meinem Kopf wüten Zorn und Hass. Bella. Nate. Amy. Die Welt ist voller Verräter, jeder denkt nur an sich selbst. Es gibt keine Loyalität. Wenn sich überhaupt jemand für mich interessiert, dann nur, um kurzfristig die Leere in seinem Leben auszufüllen. Amy ist genauso ein Judas wie Bella.

Ich hasse es, vor Büros warten zu müssen. Das weckt Erinnerungen an damals, als ich zwei Tage nach der Feier vor dem Büro der Rektorin warten musste.

Es war ein Albtraum.

Als wäre es nicht schlimm genug, völlig ignoriert zu werden, nachdem ich das erste Mal mit einem Mann geschlafen hatte, ging ich während der Freistunde am Nachmittag zur Apotheke, um mir die Pille danach zu besorgen. Ich hatte mir – anfangs – einzureden versucht, dass schon nichts passiert war. Aber als mir der Gedanke, dass in mir ein echtes Baby wachsen könnte, immer mehr zusetzte, wurde mir klar, dass ich etwas unternehmen musste. Ich konnte nicht riskieren, zur Schulschwester zu gehen; ich hätte die Fragen, das Verhör, die Bloßstellung einfach nicht ertragen. Doch ich machte einen Fehler, einen ausgesprochen dummen Fehler. Offenbar war ich so aufgeregt, so verletzt, dass ich nicht mehr klar denken konnte, denn anders kann ich mir nicht erklären, wie ich die Schachtel in den Abfallkorb unseres Schlafsaals werfen konnte. Natürlich hat sie dort jemand entdeckt – und wie nicht anders zu erwarten, war es Bella. Sie hatte schnell alle »Verdächtigen« eliminiert, bis nur noch ich übrig war.

Vor der Rektorin stritt ich alles ab. Ich stritt es gegenüber jedem ab. Aber das nutzte nichts. Und danach begriff ich, wie sehr ich mich geirrt hatte, wenn ich bis dahin geglaubt hatte, dass es mir schlecht ging. Nichts verbreitet sich so schnell und gut wie schlechte Neuigkeiten. Nichts außer grausamen Gerüchten. Ich versuchte, alles auszublenden, alles zu ignorieren. Die Beleidigungen, das Kichern, die widerwärtigen Zettel in meinem Pult, die Fotos von Frauen, deren Körper in Magazinen verunglimpft worden waren und die sie ausgeschnitten hatten, nur um deren Gesichter mit einem Foto von mir zu überkleben. Ich rief mir immer wieder ins Gedächtnis, dass ich schon so lange durchgehalten, die Einsamkeit schon so lange ertragen hatte und bald erlöst wäre. Aber es war schwer. Eines Tages hielt ich es nicht mehr aus und schrie meine Mitschülerinnen an, mich in Ruhe zu lassen.

Hinterher war ich stolz, weil ich endlich für mich eingestanden war. Doch meine Genugtuung war von kurzer Dauer, denn gegen jemanden wie Bella konnte ich unmöglich gewinnen. Mädchen wie sie können über Mädchen wie mich bestimmen. Wer mit uns befreundet sein darf, wer mit uns spricht oder nicht, sogar wie die Lehrer uns sehen. Und das setzte mir mehr und mehr zu. Aber eines konnte ich mir noch schwerer eingestehen: Nur ein Wort von Bella, trotz alledem, und ich wäre ihr, natürlich, auf ewig dankbar gewesen.

Ich hätte Bella alles verziehen, um ein Teil ihrer Welt zu werden. Einfach alles.

Doch vorerst waren meine Möglichkeiten beschränkt. Ich

hätte gern mit der Hausmutter über alles gesprochen, doch so oft ich auch vor ihrer Tür wartete, nie brachte ich den Mut auf anzuklopfen. Ich hatte Angst, dass sie für Bella Partei ergreifen oder meine Sorgen mit ihrer Standardphrase abtun würde: »Schlaf dich richtig aus, morgen früh sieht die Welt schon wieder ganz anders aus.«

Stattdessen überlegte ich mir, wie ich ihnen allen das Maul stopfen und Bella für alles bezahlen lassen könnte.

»Juliette?« Lorraine steht in der Tür zu ihrem Büro. Sie winkt mich herein. »Danke, dass Sie gekommen sind«, sagt sie zwischen zwei Bissen von ihrem Sandwich. »Entschuldigung, ich hatte keine Zeit zum Mittagessen.«

»Bitte beachten Sie mich gar nicht«, sage ich. Tut sonst auch niemand.

»Ich möchte mit Ihnen den Trainingsplan durchgehen.« Sie tippt mit dem Zeigefinger ihrer freien Hand auf der Tastatur herum. »Wobei …« Sie zögert. »Es gab in jüngster Zeit ein paar Beschwerden über Ihr Verhalten an Bord. *Ungeduldig. Wenig motiviert.* Gibt es etwas in Ihrem Privatleben, das sich nachteilig auf Ihre Arbeit auswirkt?« Lorraine legt das Sandwich beiseite und sieht mich an.

»Mein Freund hat mir einen Antrag gemacht. Doch als es ernst wurde, ging alles den Bach runter. Kalte Füße.«

»Das tut mir leid. Danke, dass Sie so ehrlich waren. In diesem Fall will ich diese Kommentare übersehen, vorausgesetzt, wir bekommen keine weiteren …«

Lorraines Stimme verschwindet im Hintergrund, nur einzelne Wörter dringen bis zu mir durch. »Probezeit … Verantwortung … Vertraulichkeit …«

Meine neue Aufgabe kommt gerade rechtzeitig. Wenn ich

erst in einer Vertrauensposition bin, habe ich Zugriff auf mehr Informationen.

Und Wissen bringt Macht.

Vierzehn Tage später müssen Amy und ich wieder ins Trainingszentrum. Sie lässt sich auf andere Flugzeuge umschulen, weil sie auf Kurzstrecken- und Inlandsflüge wechselt. Wahrscheinlich hat es damit zu tun, dass sie dann im selben Bereich arbeitet wie Rupert.

Wenn sich unsere Pausen überschneiden, treffen wir uns in der Kantine und plaudern etwas, doch Amy wirkt reserviert. Sie verschweigt mir etwas. Das merke ich daran, wie sie zögert, bevor sie meine Fragen beantwortet.

Am dritten Tag endet mein Vormittagsprogramm früher als geplant. Obwohl ich keinen Hunger habe, gehe ich in die Kantine. Ich sitze hier in der Falle, denn das Trainingszentrum liegt mitten im Nirgendwo, direkt neben einer Zufahrtsstraße. Ich entdecke Amy, doch sie ist nicht allein. Neben ihr sitzt Rupert. Er hat die Hand auf ihrem Knie.

Ich beobachte sie aus der Ferne, während ich meinen Kaffee bezahle, dann gehe ich direkt auf sie zu.

Amy schreckt zusammen, als ich an ihren Tisch trete. »Hi! Juliette!« Sie wird rot.

»Hi«, begrüßt mich auch Rupert. »Ich habe gehört, du nennst dich jetzt Juliette, nicht mehr Lily?«

Ich setze mich ihnen gegenüber. »Mir war nach einer Veränderung. Viele Kollegen verwenden einen anderen Namen.«

»Ja, aber die meisten tun es, weil ihr echter Name schwer auszusprechen ist und sie es satt haben, falsch angesprochen zu werden«, bemerkt Amy spitz.

Ich ignoriere sie und lächle Rupert an. »Was machst du hier?«

»Ich bin im Simulator«, sagt er. Routinetraining für Piloten. Rupert sieht kurz auf sein Handy. »Tja, ich muss wieder in die Tretmühle. War nett, dich wieder mal zu sehen … Juliette.«

»Gleichfalls«, antworte ich lächelnd.

Ich sehe nicht weg, als Rupert Amy auf die Wange küsst. Sie schaut ihm nach, bis er verschwunden ist, und kann mir, als sie sich mir wieder zuwendet, kaum in die Augen sehen. Schlampe. Sie hat mit ihm über mich geredet. Ich weiß gar nicht, warum ich überhaupt mit ihr befreundet sein wollte. Ihre Augen stehen zu weit auseinander, und ihr Lächeln hat etwas Feixendes. Wie konnte ich sie nur so falsch einschätzen? Wie konnte ich mir eine weitere Bella zur Freundin nehmen?

»Wann bist du heute fertig?«, frage ich.

»Um fünf. Aber wir machen heute nur noch Tür-Übungen, da ist hoffentlich früher Schluss.«

»Ach, schade, ich bin frühestens um sechs fertig. Sonst hätten wir was trinken gehen können.«

»Ja. Wirklich schade«, lügt sie, ohne dass sie sich auch nur die Mühe machen würde, Bedauern zu heucheln.

Sie schaut auf ihre Uhr. Ich öffne meine Tasche und hole mein Handy heraus. Es hat sich in der kleinen Reißverschlusstasche verhakt, in der ich meine Schlüssel, die Tabletten und meinen Pass verstaue. Ich reiße fester daran, und dabei fällt etwas klappernd auf den Tisch. Es blitzt gelb auf. Homer-Simpson-gelb. *Scheiße.* Ich knalle die Hand darauf, aber Amy sieht mich schon fassungslos an.

»Ist das meiner?«, fragt sie.

»Der da?« Ich strecke ihr die Hand mit dem Schlüssel hin. »Glaube ich nicht. Aber ehrlich gesagt, weiß ich gar nicht, wofür er ist.«

»Das *ist* meiner. Unser Ersatzschlüssel ist verschwunden. Hannah dachte, ich hätte ihn eingesteckt und umgekehrt.«

»Glaubst du wirklich? Du kannst ihn gern mitnehmen und ausprobieren. Falls er nicht passt, gibst du ihn mir wieder, wahrscheinlich ist mir nur gerade entfallen, wofür er ist.«

»Das ist mein Schlüssel.«

»Meinetwegen. Wenn du meinst.«

»Wie kommt er in deine Tasche?«

Ich sehe ihr in die Augen. »Keine Ahnung.«

»Du warst das«, haucht sie. »Du warst in unserer Wohnung. Wenn ich nicht da war.«

»Mach dich nicht lächerlich«, sage ich. »Das ist nur ein Schlüssel!«

»Ja, aber du steckst gern fremde Schlüssel ein, richtig? Und gehst heimlich in anderer Leute Wohnungen.«

»Dein Tonfall gefällt mir nicht.«

»Ich könnte zur Polizei gehen.«

Ich begreife nicht, wieso die Menschen immer glauben, sie müssten nur »zur Polizei gehen«, und sofort würde sich jedes Problem wie durch Zauberhand lösen. Und zwar ausschließlich in ihrem Sinn.

»Und ihnen was erzählen? Dass ich einen Schlüssel für die Wohnung meines Ehemannes hatte und dass dein Schlüssel – wie du behauptest – in meiner Tasche lag? Wir sind *Freundinnen,* Amy. Freundinnen.«

»Ehemann?«

»Ja. Nate und ich haben geheiratet. Nachdem in deinem

Kopf nur noch für dich und deinen Rupert Platz ist und sonst für gar nichts mehr, hast du deine Freundinnen völlig vernachlässigt. Also lauf doch zur Polizei.« Ich stehe auf. »Mach dich nur lächerlich. Nate hat mir vor ein paar Monaten einen Antrag gemacht, und ich habe ja gesagt. Und jetzt versuche ich wiedergutzumachen, was ich damit angerichtet habe. Früh gefreit, ausgiebig gereut. Wie ich schon gesagt habe, ist Nate ein komplizierter Mensch. Du kennst ihn kein bisschen.«

Für wen hält sie sich eigentlich?

Die ganze Heimfahrt über koche ich vor Wut. Ich muss mich anstrengen, vernünftig zu fahren, am liebsten würde ich einfach das Gaspedal durchdrücken. Zweimal werde ich angehupt, einmal muss ich scharf bremsen, weil ich vergessen habe, vor einem Kreisverkehr das Tempo zu drosseln.

Zu Hause hole ich meine Listen heraus. Zu blöd, dass ich nicht einen ganzen Satz Voodoo-Puppen gekauft habe, als ich Gelegenheit dazu hatte, aber wahrscheinlich könnte ich auch online Nachschub bestellen.

Bis zum Morgengrauen bin ich damit beschäftigt, die Aktionspläne für meine drei Erzfeinde anzupassen.

Am nächsten Morgen zwinge ich mich ins Trainingszentrum zurück, mein Kurs geht noch einen Tag. Amy hat noch zwei vor sich. Ich nehme mir vor, ihr den ganzen Vormittag aus dem Weg zu gehen, aber als sie in der Kantine so tut, als würde sie mich nicht sehen, flammt mein Zorn wieder auf.

Ich kann es auf den Tod nicht ausstehen, wenn man mich ignoriert. Glaubt sie vielleicht, ich würde sie am Pferdeschwanz ziehen? Das ist doch lächerlich.

Nach meinem Kurs werfe ich am Empfang einen Blick auf die Teilnehmerlisten. Amy hat heute erst eine Stunde nach mir Schluss. Ich gehe in Richtung Trainingsbereich und bete, dass der Code, den ich Brian und Dawn endlose Male eingeben sah, nicht geändert wurde.

Er ist noch gültig! Ich drehe mich kurz um.

Ich trete in den Trainingsbereich, als hätte ich jedes Recht, dort zu sein, und passiere dabei das Kurzstreckenmodell. Rufe erschallen, Amys Gruppe macht gerade Evakuierungsübungen.

Ich linse durch die Zugangstür am Heck einer Boeing 777. Sie wird mit einem Keil offen gehalten. Die Sitze in der Economy sind verlassen bis auf ein paar verstreute Habseligkeiten. Bestimmt drängen sich alle an den vorderen Ausgängen. Mit angehaltenem Atem trete ich ein. Ein Notalarm heult auf, im nächsten Moment wird er ausgeschaltet, und ich höre, wie eine Flugzeugtür aufgezerrt wird und die Crew Anweisungen brüllt.

Ich suche nach Amys Tasche; in der fünften, die ich aufmache, werde ich fündig. Ich schalte ihr Handy aus und stecke es ein.

Dann verschwinde ich wieder durch die Zugangstür und verstecke mich in einem Lagerraum zwischen Babywiegen, Sauerstoffflaschen, Rettungswesten und Notfallpacks.

Ich warte ab.

Zwanzig Minuten später kommt Amys Gruppe, angeführt von zwei Ausbildern, aus der Trainingsmaschine. Amy ist eine der letzten. Sie öffnet ihre Tasche, wühlt darin herum und stutzt. Ich wette, sie kann es kaum erwarten nachzuschauen, wie viele Nachrichten ihr wunderbarer

Rupert heute geschickt hat. Sie dreht wieder um und geht noch mal ins Übungsmodell.

Ich zähle bis dreißig und gehe dann zur Zugangstür. Ich schaue mich um. Dann ziehe ich den Keil heraus, schließe die Tür und verschwinde, sobald die Tür mit einem Klicken ins Schloss gefallen ist. Auf dem Weg zwischen Kantine und Empfang lasse ich Amys Handy in einem toten Winkel der Überwachungskameras auf den Boden fallen. Ich melde mich am Eingang ab und spaziere über die Straße zum Parkplatz.

Während der Heimfahrt stelle ich mir vor, wie Amy allein in der Dunkelheit hockt. Alle Flugzeugtüren sind verriegelt. Ganz gleich, wann die Security sie finden wird – sobald man feststellt, dass sie sich nicht abgemeldet hat –, es wird auf jeden Fall viel zu früh sein, jedenfalls für meinen Geschmack. Aber hoffentlich wird Amy, während sie in dem gespenstischen Friedhof der Economy hockt, gefangen in dem Übungsflugzeug, in der es zum Zeitvertreib nur die Sicherheitsmappen für die Fluggäste gibt, endlich Zeit finden, sich Gedanken darüber zu machen, wie schäbig sie sich verhalten hat.

Ich finde einen Parkplatz direkt vor der Schuhschachtel.

Auf meinem Handy sind zwei verpasste Anrufe. Einer von meinem Makler, der andere vom Notar.

Es sind gute Nachrichten; ab Halloween werde ich Nates Nachbarin sein.

21

Als Bella sich mit ihrer Clique trifft, um zu einer weiteren vorehelichen Exkursion aufzubrechen – heute geht es in ein Luxus-Spa –, fahre ich nach Bournemouth. Ich parke, trage noch einmal Parfüm auf – ein kräftiges mit Moschusnote, das ich im Duty-free gekauft habe –, und gehe einen Hügel hinunter ins Zentrum, bis ich die richtige Adresse gefunden habe. Ich nenne dem Mädchen am Empfang meinen Namen und lasse mich dann in einen der weichen Sessel im Wartebereich sinken. Die cremefarbenen Wände sind mit Bildern von Jachten, Gutshäusern und exotischen Stränden dekoriert. Der Teppichboden riecht neu.

»Miss Price?« Aus einer Tür links von mir tritt ein Mann.

Ich erhebe mich lächelnd, und wir geben uns die Hand. Ich halte seine einen Sekundenbruchteil länger fest als unbedingt nötig. Er sieht genauso aus wie auf den Fotos, die ich von ihm gesehen habe: eher durchschnittlich, kleiner als Nate und braunhaarig. In ein paar Jahren wird mit Sicherheit sein Haaransatz zurückgehen und sein Bauch aufquellen. Miles muss gute zehn Jahre älter sein als Bella und ich. Er hat gütige Augen, in deren Winkel sich Fältchen bilden, wenn er lächelt. Seine Fingernägel sind manikürt.

»Bitte kommen Sie doch herein und nehmen Sie Platz«, sagt er. »Entschuldigen Sie, dass Sie warten mussten.«

»Nicht weiter schlimm«, sage ich. »Ich kann mir vorstellen, dass Sie ein sehr gefragter Mann sind.«

Als ich in meine Tasche greife, um ein paar Unterlagen herauszuholen, drehe ich die linke Hand so, dass mein Verlobungsring aufblitzt. Es ist ein in Gold gefasster Diamant – aus dem Duty-free in Abu Dhabi.

Ich habe Miles ein paarmal wegen einer »Beratung« kontaktiert und ihn dann – langsam, vorsichtig – an den Haken genommen. Ich kenne Bella. Ich kenne ihre Einstellung zum männlichen Geschlecht: kaum verhohlene Verachtung. Eine Eiskönigin, die alle entscheidenden Qualitäten kultiviert hat, um für einen bestimmten Männertypus die perfekte Ehefrau darzustellen. Allerdings kommt mir Miles nicht wie der Typ Mann vor, der die Gefahr liebt. Wenn er glaubt, dass ich Single bin, lässt er sich bestimmt umso schwerer in die Falle locken. Er wird nicht riskieren wollen, in einen Rosenkrieg hineingezogen zu werden.

»Also, Miss Price …«

»Juliette, bitte.«

»Natürlich. Dann müssen Sie mich aber Miles nennen.« Er zögert kurz und lächelt dann.

Ich erwidere sein Lächeln. »Miles.«

Er räuspert sich und dreht den Bildschirm auf seinem Schreibtisch zu mir, um meine Erinnerung an unsere Mails und Telefonate aufzufrischen.

Ich beuge mich vor und lausche aufmerksam. »Danke, dass Sie mir alles so geduldig erklären.«

»Wie schon gesagt, manche Menschen halten Vermögensverwaltung für kompliziert, dabei ist sie das gar nicht. Ich löse dieses Mysterium gern für meine Mandanten auf.«

»Und zwar sehr überzeugend.«

Mein Handy läutet, ein arrangierter Anruf zum Schein. Unter einem entschuldigenden Lächeln drücke ich ihn weg, doch dann höre ich eine nicht existente Nachricht ab.

»Ich werde unser Meeting abkürzen müssen«, sage ich. »Aber nachdem ich Sie jetzt kennengelernt habe, weiß ich, dass Sie wie geschaffen für den Job sind. Trotzdem bräuchte ich etwas, um alles durchzulesen, was Sie mir geschickt haben.«

»Natürlich.«

Ich tue so, als würde ich nachdenken. »Nächste Woche um diese Zeit bin ich wieder hier. Ich nehme nicht an, dass Sie dann noch einen Termin frei haben, um mögliche Fragen zu beantworten?«

Er schaut in seinen Terminkalender. »Kein Problem, Miss Pr …« Er bremst sich und lächelt. »Juliette.«

Ich lächle.

Ich gebe ihm die Hand und verlasse das Büro, wobei ich hoffentlich den Duft meines neuen Parfüms hinterlasse, damit er sich besser an mich erinnert.

Ich fange an, die Schuhschachtel auszuräumen. Zwei Stunden später hat sich meine Wohnung in eine kubistische Ministadt aus Umzugskartons verwandelt.

Mein Handy läutet. Nate. Ich drücke ihn weg, wie immer seit Neuestem. Ich will nicht mehr hören, wie er mir hochnäsig erklärt, dass wir »ganz vernünftig über unsere prekäre Situation sprechen« sollten. Er will sowieso nur, dass ich irgendwas unterschreibe oder billige, was garantiert nicht in meinem Sinn ist.

Ich muss mich ablenken, darum gehe ich auf Facebook. Amy wurde wegen Stress krankgeschrieben. Stress! Das

Wort allein regt mich auf. Sie hat endlose, todlangweilige Tiraden über ihre »Tortur« gepostet, im Trainingszentrum eingesperrt zu sein. Sie ist »geschockt« und »traumatisiert«. Geschockt und traumatisiert, wer's glaubt. Menschen, die aus Kriegsgebieten fliehen, leiden unter Schock und Trauma. Ich kann Geschichten von Schock und Trauma erzählen. Amy nicht. Rupert hat sie zur Erholung nach Mauritius entführt, sie hat also richtiggehend Glück gehabt. Mit Rupert, ihren Freunden und ihrer Familie hat sie ein ganzes Netz von Menschen, das sie auffängt, wenn sie in Schwierigkeiten gerät. Sie sollte zur Abwechslung mal ich sein, dann wüsste sie, was *Stress* ist.

Nate ruft wieder an. Ich reiße mein Handy ans Ohr.

»Was willst du jetzt schon wieder?«, fahre ich ihn an.

Es stimmt, es gibt nur eine dünne Linie zwischen Liebe und Hass, und die habe ich überschritten. Jetzt werde ich Nate aus Hass, nicht aus Liebe an mich ketten.

»Bitte, ich muss etwas Wichtiges mit dir besprechen.«

»Mag sein. Dummerweise bin ich beschäftigt.«

»Schade«, sagt Nate. »Denn ich habe allmählich das Gefühl, dass du die Sache verschleppen willst, und das wird nicht funktionieren.«

Schon sein Tonfall macht mich so wütend, dass ich keinen Ton mehr herausbringe. Ich packe das Handy fester und widerstehe dem Drang, es gegen die Wand zu schleudern. Er ist wie der sprichwörtliche Hund mit seinem Knochen: *Gnagnagna.*

»Lily? Bist du noch dran?«

»Ich sag dir was, Nate. Ich komme bei dir vorbei, wenn ich von meinem nächsten Flug zurück bin. Ich habe was, das dich alles in einem ganz anderen Licht sehen lassen wird.«

Er seufzt hörbar. »Kannst du nicht gleich jetzt vorbeikommen?«

»Nein, kann ich leider nicht. Ich habe morgen einen Frühflug nach Dschidda, auf den ich mich vorbereiten muss.«

Es bleibt still. Ich sehe vor mir, wie er mühsam Geduld zu bewahren versucht.

»Lily. Wir haben uns einmal etwas bedeutet. Es muss nicht so zwischen uns laufen. Es tut mir leid, dass ich nicht mit allem einverstanden sein kann, was du möchtest, aber versetz dich doch bitte mal an meine Stelle.«

»Das versuche ich ja«, lüge ich. »Und es wäre toll, wenn du das Gleiche umgekehrt machen würdest. Versetz dich mal in meine Lage.«

Er wird ruhig. »Das habe ich. Und wie ich – schon so oft – gesagt habe, es tut mir leid.«

Ich verabschiede mich und packe weiter meine Sachen.

Der Flug nach Dschidda verläuft ruhig. Die Maschine ist nur halbvoll, und es darf kein Alkohol verkauft werden, das erspart uns auch den Papierkram für den Zoll. Als wir uns dem Flughafen nähern, erkenne ich das ausladende, geschwungene weiße Zeltdach des nahen Hadsch-Terminals.

Direkt nach der Landung kommen ein paar Kollegen vom Bodenpersonal auf uns zu und bieten den Frauen unter uns leihweise Abayas – schwarze Überkleider – an, falls wir uns bedecken möchten. Zum Glück bin ich besser vorbereitet als bei meinem ersten Saudi-Flug nach Riad im letzten Monat, darum habe ich mir selbst eine Abaya gekauft und mein neues Kopftuch eingepackt, auch wenn die Kleidungsvorschriften hier liberaler sind als in Riad. Ich spüre die Blicke der Männer in der Ankunftshalle, als wir zu unserem Minibus eskortiert werden. Die Septemberhitze erschlägt uns. Draußen sind es 33°C, obwohl es fast Mitternacht ist.

Wir fahren durch ein hell erleuchtetes, modernes Viertel voller Flachbauten. Ich spüre eher, dass die Wüste nicht weit weg ist, als dass ich greifbare Zeichen dafür sehe. Die meisten Gebäude sind weiß, bisweilen auch muschelrosa oder sandfarben. Weil auf den grünen Straßenschildern unter den arabischen Schriftzeichen englische Übersetzungen stehen, kann ich den Weg zum Stadtzentrum verfolgen. Der Verkehr ist dicht für diese Uhrzeit, und an den mit Palmen bestandenen Straßen stehen endlose Schlangen von weißen Taxis. An vielen Stellen wird gebaut, leicht zu erkennen an den Gerüsten, grellen Scheinwerfern und Kränen.

Wir halten vor einem Hotel, über dessen Eingang der in Gold geschriebene Namen einer bekannten Kette prangt. Als ich aussteige, spüre ich beinahe die kühle Ausstrahlung eines kleinen, sanft plätschernden Brunnens vor dem Hotel. Er verleiht unserer Ankunft das Flair einer Fernreise. Unsere Taschen werden eilig entladen, und wir selbst werden von den wartenden Portiers in die Lobby gescheucht.

Schon jetzt fühle ich mich hier weniger eingeschränkt, als ich nach den Gesprächen in der Galley – unserer persönlichen Gerüchteküche – befürchtet hatte, denn ein Angestellter vom Empfang versammelt uns in einer kleinen Sitzgruppe und geht mit uns eine Liste von Sightseeing-Optionen durch. Während wir ihm zuhören, bekommen wir frischen Mango- oder Orangensaft serviert.

Am nächsten Morgen versammeln sich ein paar von uns in einem Privatclub am Roten Meer, wo wir am Ende eines langen Anlegestegs darauf warten, Flossen und Schnorchel zugeteilt zu bekommen. Ich rekele mich und genieße die Wärme auf der Haut, obwohl es erst zehn Uhr morgens ist.

Nachdem der Tauchlehrer mir die Ausrüstung überreicht und die Riemen richtig eingestellt hat, klettere ich unbeholfen auf meinen Riesenfüßen die Leiter hinunter und lasse mich in das badewannenwarme, türkisblaue Wasser sinken. Ich kann nicht anders, die Farbexplosion haut mich um, als ich unter Wasser die Augen öffne. Dagegen verblasst jeder Regenbogen. Zebrafische flitzen durch die Korallen, während größere, knallgelbe Fische mit blauen Augen mich aufmerksam beobachten. In der Ferne treiben transparente, neon-lila Quallen mit ballonförmigen Leibern dahin. Kleinere, silbern blinkende Fische reisen in Schulen dicht an dicht.

Beim Lunch, einem Lamm-Biryani mit frischer Limetten-Limonade im Restaurant des Clubs – ein kühler Zufluchtsort vor der Mittagshitze –, vermisse ich Nate, obwohl ich so wütend auf ihn bin. Ich merke, wie ich nostalgisch werde, auch weil ich hier, an diesem atemberaubenden Ort und ohne einen Menschen, mit dem ich so ein fantastisches Erlebnis teilen kann, meine Einsamkeit umso intensiver spüre. Ich würde ihm so gern ein paar Bilder schicken, die ich heute Morgen am Strand gemacht habe.

Am Spätnachmittag verfasse ich in meinem angenehm gekühlten Hotelzimmer eine Mail an Miles. Ich frage ihn, ob wir uns in der folgenden Woche nicht in seinem Büro, sondern zum Lunch treffen wollen. Die enthusiastische Zusage kommt nur Minuten später. Ich habe Miles erzählt, dass ich trotz meines ansehnlichen Erbes in der Touristikbranche arbeite, weil ich »meinen Beruf liebe«. Was ich genau tue, habe ich ihm nicht erklärt, nur dass ich sehr oft reisen muss.

Auf dem ruhigen, sechseinhalbstündigen Heimflug arbeite ich in meiner Pause ein paar Drehbücher in meinem Kopf aus: eines für meinen bevorstehenden Besuch bei Nate, das andere für mein Treffen mit Miles.

In Heathrow regnet es bei unserer Ankunft in Strömen. Bei schlechtem Wetter gehe ich besonders gern morgens ins Bett; ich stelle mir dann immer vor, wie die »normalen« Menschen zur Arbeit fahren müssen.

In dem frisch renovierten Gastropub fällt meine Wahl auf einen Ecktisch mit Sofa. Ich nehme Platz und streiche mein neues Kleid glatt.

Miles erscheint pünktlich.

Lächelnd stehe ich auf. »Miles! Wirklich lieb von Ihnen, dass Sie extra für unser Treffen hierherkommen. Ich hoffe, Sie nehmen es mir nicht übel …« Ich deute auf die bestellte Flasche Prosecco.

»Warum sollte ich? Vielen Dank.«

Ich mache ihm auf dem Sofa neben mir Platz. Er zögert nur eine knappe Sekunde, dann lässt er sich neben mich fallen. Ich stelle ihm eine Frage über Renten, und er ergießt sich in einer viel zu detaillierten Antwort. Ich habe längst nicht so viel Geld übrig, wie ich ihm gegenüber angedeutet habe, und irgendwann später werde ich ihm bedauernd mitteilen, dass mein Verlobter darauf bestanden hat, einen Vermögensverwalter zu beauftragen, der mit ihm befreundet ist.

Er bestellt ein Steaksandwich, und ich tue es ihm gleich. Es ist zäh und kaum elegant zu essen, aber ich gebe nicht auf, sondern schneide das Fleisch in kleine Häppchen vor.

»So, nachdem das Geschäftliche geklärt wäre«, sage ich, als wir damit durch sind, »würde ich gern etwas mehr über den Mann erfahren, dem ich hier vielleicht meine Zukunft anvertraue. Mein Verlobter Nick hat leider absolut keinen Geschäftssinn. Wir passen in vielerlei Hinsicht gut zueinander, und auch unsere Familien sind begeistert, dass wir heiraten, denn immerhin sind wir seit Generationen befreundet. Wir tun beide unsere Pflicht als vernünftige, freundliche Menschen. Trotzdem habe ich von Anfang an klargestellt, dass ich für die Finanzen verantwortlich sein werde.«

»Sehr weise«, sagt er. »Was arbeitet Nick?«

»Er ist ebenfalls in der Reisebranche, aber eher im Geschäftsreisensektor als in der Freizeitindustrie. Prost«, sage ich. »Auf den Beginn unserer Beziehung.«

Wir stoßen an.

Er gewährt mir etwas Einblick in sein Privatleben. Er wollte eigentlich kein Finanzberater werden, sondern ist in den Beruf hineingerutscht. Was ihn aber nicht stört, wie er sofort betont.

»Ist Ihre Frau auch in der Branche?«, frage ich.

»Nein. Ich bin nicht verheiratet. Sondern verlobt, genau wie Sie.«

»Und wie haben Sie sich kennengelernt?«

Er zögert, als wüsste er nicht recht, wie er darauf antworten soll.

»Entschuldigung. Das geht mich nichts an«, sage ich schnell. »Ich fange immer an zu plappern, wenn ich nervös werde.« Ich versuche nach bestem Vermögen, verlegen auszusehen, und wechsele dann das Thema. »Spielen Sie Golf?«

Ich weiß natürlich, dass er Golfer ist. Ich schenke ihm weitere fünfzehn Minuten meine uneingeschränkte Aufmerksamkeit, dann schaue ich auf die Uhr.

»Ach je! Ich muss los. Wie schade. Ich fand unser Gespräch so nett.«

Er steht mit mir auf. »Ebenfalls.«

»Ich melde mich bald wieder«, sage ich. Nach einem Händeschütteln verschwinde ich, ohne mich noch einmal umzudrehen.

Dass er offenbar bereit ist, Bella zu betrügen, genügt mir nicht. Ich will, dass er sich in mich verliebt. Bella soll spüren, wie es ist, wenn einem das Herz gebrochen wird. Ich will sie entwürdigen, sie bloßstellen, und dazu werde ich Miles mit meiner Aufmerksamkeit überschütten. *Bleib deinen Freunden nahe, aber deinen Feinden noch näher.*

Und in diesem Sinne rufe ich gleich danach bei Nate an, um ihm mitzuteilen, dass ich auf dem Weg zu seiner Wohnung bin und meine »Beweise« mitbringe.

Wir sitzen auf Nates Sofa, durch ein Polster getrennt.

Als es vorbei ist, steht Nate vom Sofa auf und füttert die Fische. Rainbow schnappt gierig nach den Flocken. Ich stehe ebenfalls auf, werfe die DVD aus dem Player aus und stecke sie zurück in die Hülle.

»Hättest du gern eine Kopie?«, frage ich. »Vielleicht holst du ein paar Bier und Chips, dann kannst du sie dir heute Abend gemeinsam mit James Harrington anschauen.«

Nate ignoriert mich.

Ich verkneife mir ein Lächeln.

Auf der DVD wirkt Nate vollkommen normal. Glücklich. Er lächelt, und er lallt nicht. Als wir das Eheversprechen geben, sehen wir aus wie ein ganz normales verliebtes Paar. Obwohl ich die DVD schon unzählige Male angeschaut habe, bin ich jedes Mal erstaunt.

»Pass auf, dass du mich nicht betrügst«, ermahne ich ihn. »Das würde dich teuer zu stehen kommen bei einer Scheidung – die wir übrigens frühestens ein Jahr nach der Hochzeit einreichen können.« Ich hebe meine Tasche vom Boden auf. »Ach ja, außerdem wirst du mich in Zukunft wesentlich öfter zu Gesicht bekommen. Ich habe vor ein paar Monaten bei einer Notevakuierung so vorbildlich reagiert, dass mein Foto auf das Cover unserer Mitarbeiterzeitschrift kommt.«

Ich schlage die Tür hinter mir zu.

Dass wir bald Nachbarn sind, werde ich ihm ein andermal eröffnen.

Zwischen mehreren Flügen nach Athen, Singapur und Vancouver vertieft sich der Kontakt zwischen Miles und mir.

Stundenlang feile ich an meinen Mails und Nachrichten, denn es soll unbedingt so aussehen, als würde ich verzweifelt zu verbergen versuchen, wie sehr ich mich zu ihm hingezogen fühle (und als wüsste ich längst, dass ich irgendwann nachgeben werde).

Unsere Nachrichten werden immer offener, weniger förmlich und dafür intimer. Bis irgendwann klar ist, dass es bei unserem nächsten Treffen nur noch ein einziges Thema geben wird.

In der darauffolgenden Woche parke ich an einem trüben Oktobermittwoch mittags auf einem mir unbekannten Parkplatz in Poole. Der Ort ist nicht allzu weit von Bournemouth entfernt, aber weit genug, um diskret zu sein. Ich gehe über den Kai zu einem Hotelrestaurant, in dem Bellas Verlobter auf mich wartet. Möwen schießen auf Essensreste nieder, die neben den Mülltonnen gelandet sind. Schilder schaukeln im Wind, und der Meeresgeruch wird von Fischgestank überlagert. Der kalte Wind brennt auf meinen Wangen.

Miles sitzt an einem Ecktisch. Er steht auf und küsst mich auf beide Wangen, dann zieht er den Stuhl für mich heraus. Er trägt ein elegantes, maßgeschneidertes Sakko mit lachsrosa Hemd, das ihm ausgesprochen gut steht. Ich ahne Bellas hilfreiche Hand. Wenn ich etwas über die Liebe gelernt habe, dann, dass man einen Mann nie, wirklich niemals dabei helfen sollte, sich zu stylen. Damit verschafft man ihm ein Selbstbewusstsein, das nicht dir zugutekommt, sondern von dem immer nur eine andere Frau profitiert.

Sobald wir uns gesetzt haben, greift er nach der Weinkarte.

»Wie wär's mit einer Flasche Pouilly-Fumé?«

»Perfekt«, lächle ich. »Ich bin ein bisschen nervös.«

»Ich auch.«

»Bedenken?«

»Nein. Du?«

»Nein. Seit unserer ersten Begegnung kann ich nicht aufhören, an dich zu denken. Ich hatte Angst, ich könnte die Signale falsch gedeutet haben. Wie ein Idiot.«

»Dito. Ich wusste einfach, dass ich diesen Schritt irgendwann gehen muss, weil mir das sonst bis an mein Lebensende keine Ruhe gelassen hätte. Ich hatte sofort das Gefühl, dass da eine starke Verbindung ist.«

Wir bestellen. Ich lasse ihn für mich auswählen. Ich überlasse ihm die Kontrolle, was ihm bei einer dominanten Verlobten wie Bella vermutlich nie vergönnt ist. Nachdem die Weinflasche geleert und der Hauptgang abgeräumt ist, komme ich zum Punkt.

»Ich habe das Gefühl, wir haben jetzt lang genug um den heißen Brei herumgeredet«, eröffne ich ihm. »Lass uns die Sache ansprechen, damit es hinterher keine Missverständnisse gibt.«

Er nickt.

»Also, wir wollen weder Bella noch Nick verletzen. Wir sind durch unser Pflichtgefühl gebunden. Wir werden diskret sein. Das – mit uns – wird nur neu und fantastisch bleiben, wenn wir uns klar darüber sind, dass es nirgendwohin führen wird. Einverstanden?«

Er fasst über den Tisch und nimmt meine Hand. »Ich hätte es nicht besser ausdrücken können.« Er beugt sich vor. »Ich habe mir erlaubt, uns ein Zimmer zu reservieren.«

Mein Magen macht einen Satz. Miles ist ganz okay, aber er ist nicht Nate. Trotzdem kann ich jetzt keinen Rückzieher machen. Und es ist nicht meine Schuld, dass ich mein Eheversprechen brechen muss. Könnte ich frei wählen, wäre ich lieber eine Frau für nur einen Mann. Aber ich habe keine Wahl, ich muss etwas unternehmen.

Ich lächle. »Ziemlich vermessen. Aber ich mag es, wenn ein Mann Initiative zeigt. Sollen wir Nachtisch und Kaffee ausfallen lassen?«

Nate ruft an, während Miles noch neben mir liegt.

Ich gehe ans Handy.

»Hallo, Schatz.« Ich verziehe Miles gegenüber bedauernd das Gesicht.

Er formt mit den Lippen stumm »Schon okay« und verschwindet im Bad.

Nate kommt sofort zum Punkt. »Okay, Lily. Was willst du? Was kann ich tun, damit du Vernunft annimmst?«

Alle Vorbehalte, die ich vorhin noch hatte, lösen sich in Luft auf. »Das werde ich dir später erklären, *Schatz*«, sage ich. »Im Moment bin ich beschäftigt.«

Ich rekele mich gähnend. Zum Glück nimmt Nate endlich Vernunft an. Ich hatte gehofft, dass es dazu kommen würde. Denn ich habe mir schon überlegt, wie er Wiedergutmachung leisten kann.

22

Wie vereinbart treffe ich Nate am nächsten Tag vor seinem Haus.

»Du überraschst mich immer wieder aufs Neue«, sagt er, während er sich auf den Beifahrersitz meines Wagens sinken lässt. »Wann hast du Auto fahren gelernt?«

»Vor Kurzem.«

»Wird das für mich eine Fahrt ins Blaue, oder wärst du so gütig, mir einen Hinweis zu geben?«

»Das ist zu kompliziert zu erklären. Du musst mir schon vertrauen.«

Nate verschränkt die Arme wie ein trotziges Kind und schaut aus dem Fenster.

Ich folge den Schildern zur M3 und fahre Richtung Süden. Jeder meiner Gesprächsversuche wird mit einem Grunzen oder Schulterzucken abgewehrt, darum wähle ich Guns N'Roses als Musik. Als Erstes läuft »Paradise City«, der Song, der auf dem Weg zu unserer Trauung lief.

Wir kommen an der Autobahnraststätte vorbei und brauchen dann noch mal anderthalb Stunden durch den New Forest bis zu meinem alten Dorf. Ich passiere die alte rote Telefonzelle, die eisern an ihrem Platz auf der kleinen Rasenfläche steht. Gleich gegenüber halte ich an, direkt vor Sweet Pea Cottage. Die Fenster zieren keine Vorhänge, was umso mehr auffällt, als der Efeu fehlt. Er wurde gnadenlos abgehackt, nackt und entblößt steht das Haus nun da. Die Hecken wurden gestutzt und sind niedriger, als ich sie je gesehen habe. Ganz eindeutig haben die neuen Eigentümer nichts zu verbergen, wahrscheinlich wollen sie sich ins Dorfleben einbringen. Viel Glück dabei.

Ich zeige auf das Haus. »Hier habe ich früher gewohnt.«

Er wirft einen kurzen Blick auf das Grundstück und dreht sich dann wieder mir zu. »Bitte sag jetzt nicht, dass du mich hierhergeschleppt hast, um in alten Erinnerungen zu schwelgen. Wenn du denkst, dass ich meine Meinung ändern werde, wenn ich dich erst besser kennengelernt habe, dann vergiss es. Ich war mit diesem Treffen nur einverstanden, weil du versprochen hast, dass du kooperieren würdest, wenn ich dich anhöre.«

»Ich will dir was zeigen. Komm mit.«

Ich öffne die Autotür, steige aus und strecke mich. Nate steigt ebenfalls aus und bleibt mit dem Gesicht zum Cottage stehen. Ich frage mich, was er wohl denkt und ob er sich vorzustellen versucht, wie ich damals hier gewohnt habe. In dem vergeblichen Versuch, mich gegen den bitterkalten Wind abzuschirmen, lege ich einen Schal um und knöpfe die Jacke zu.

»Hier entlang«, sage ich und überquere die Straße.

Nate folgt mir den schmalen Weg entlang, der am Cottage vorbei nach hinten führt. Sprödes braunes Laub, winzige Zweige und Abfall – ein Schokoladepapier und ein Pizza-Flyer – umtanzen unsere Knöchel, als der Wind auffrischt. Durch ein paar Lücken im Holzzaun kann ich immer wieder einen Blick in den Garten werfen. Der Dschungel wurde teilweise gerodet; die Mitte des Grundstücks sieht aus, als hätten Riesenmaulwürfe eine Party veranstaltet.

Das alte Grundstück hinter Sweet Pea Cottage gibt es nicht mehr. Nach dem Verkauf wurde es gedrittelt, und um eine kleine Sackgasse herum wurden drei Neubauten errichtet. Die Gärten liegen offen da, es gibt keine Zäune oder andere Grundstücksbegrenzungen. Ich bleibe vor dem mittleren Haus stehen. In der Einfahrt steht ein Kombi mit einem gelben Baby-an-Bord-Sticker auf der Heckscheibe, aber zu sehen ist niemand.

»Ich hatte einen Bruder.«

Nate sieht mich an, dann wieder geradeaus. »Was hat dieses Haus damit zu tun?«

»Nichts. Dieses Haus stand damals noch nicht. Aber genau hier hatte er einen Unfall. Früher war hier ein verfallenes altes Bauernhaus, das einem Pärchen gehörte. Sie hatten davon geträumt, Ferienwohnungen daraus zu machen, aber bei der Renovierung ging ihnen das Geld aus. Ein paar Jahre hangelten sie sich noch durch, aber offenbar war das Grundstück im Unterhalt zu teuer, und der Pool wurde nie fertiggestellt. Es war nur eine Betonschüssel, aber wir Kinder wurden magnetisch davon angezogen, auch wenn sich am tiefen Ende schleimiges, trübes Regenwasser sammelte und an den Seitenwänden Moos wuchs.« Ich muss lächeln, weil plötzlich eine Erinnerung aufsteigt. »Wir dachten uns Geschichten über eine ›Teichwelt‹ mit lauter Fröschen und Libellen in den Hauptrollen aus.«

»Ist er ertrunken?«

Ich nicke.

»Wie alt war er?«

»Es war kurz nach seinem vierten Geburtstag.«

»Das tut mir leid. Wie ist es passiert?«

Ich schaudere. »Es ist eisigkalt hier. Ganz anders als damals, an dem Tag, als es passiert ist. Es war Sommer …«

Offenbar versinke ich länger in *jener Zeit*, als mir bewusst ist, denn irgendwann bohrt Nate nach.

»Und?«

»Meine Mum litt unter … Stimmungsschwankungen. Und wenn sie wieder mal in Trauer versank, musste ich William nach draußen bringen. Bis es vorbei war. Bis sie sich wieder im Griff hatte.«

»Du warst bestimmt nicht besonders alt?«

»Zehn.«

»Dann war das, was passiert ist, nicht deine Schuld.«

Es *war* meine Schuld.

»Er konnte so lächeln«, fahre ich statt einer Antwort fort, »dass ich mich manchmal richtig gern um ihn gekümmert habe. Er konnte mich glücklich machen, selbst wenn ich sauer war, weil ich auf ihn aufpassen musste. William Florian Jasmin.« Ich lächle. »Aber er war auch verwöhnt. Meine Mutter hat ihn verhätschelt, in dem durchsichtigen Versuch, ihr Versagen als Mutter zu kompensieren. Er konnte richtig eklig werden, wenn er seinen Kopf durchsetzen wollte – manchmal war das nicht auszuhalten.«

»Sieht aus, als hätte eure Mutter ein Faible für Blumennamen gehabt.« Er verstummt kurz. »Aber wie traurig. Was für eine Tragödie für euch alle.«

»Sie hat mir mal erzählt, in ihrer frühesten Erinnerung wäre sie mit ihrer Mutter beim Blumenpflücken gewesen. Offenbar war sie auch ziemlich kapriziös.« Wieder schaudere ich.

»Warum hast du mir erzählt, du wärst ein Einzelkind?«

»Was hätte ich denn sonst erzählen sollen?« Ich halte kurz inne. »Mir reicht es. Lass uns fahren.«

Auf dem Weg zurück zum Auto schildere ich ihm das traurige Ende in der Kurzfassung, die ich bisher allen erzählt habe. »Er rutschte aus und fiel in den Pool. Es ging alles ganz schnell. Ich hatte gar keine Zeit, irgendwas zu unternehmen.«

Nate beugt sich zu mir und drückt meine Hand, als ich den Sicherheitsgurt einklicke. Wie gut, dass ich auf meinen Instinkt gehört und ihn hierhergebracht habe.

Über schmale Nebenstraßen fahre ich zum sechs Meilen entfernten Friedhof. Ab und zu kommen wir an zurückgesetzten Farmen vorbei, und mir dringt der unverkennbare Gestank von Dung in die Nase. Mehrere Minuten hängen wir hinter einem Traktor fest, der eine Heuballenpresse angehängt hat und uns bei jedem Schlagloch mit Strohhalmen besprenkelt. Ich bin ziemlich frustriert, denn immer wenn ich ihn überholen will, taucht ein Auto auf der Gegenspur auf.

Nate schweigt die gesamte Fahrt über.

Der Friedhof ist von einer hohen Steinmauer umgeben. Das schwarze, schmiedeeiserne Tor steht offen, ich fahre hindurch, werde aber plötzlich unschlüssig. Vielleicht war das doch keine so gute Idee, denn es ist mein erster Besuch seit der Beerdigung. Ich parke, rühre mich aber nicht vom Fleck, bis Nate seine Tür öffnet. Das Klicken der entriegelten Tür holt mich abrupt in die Gegenwart zurück.

Ich weiß die genaue Stelle nicht mehr. Zu viele Jahre habe ich mich bemüht, die Erinnerungen auszublenden. Wir gehen zwischen schiefen Grabsteinen, Bäumen und einer Mischung aus frischen und verwelkten Blumen die

Wege ab, bis sich unsere Hartnäckigkeit auszahlt und uns an sein Grab führt. Es liegt am Rand des Friedhofs neben einer Eibenhecke.

William Florian Jasmin 1996–2000.

Schweigend stehen wir vor dem Stein.

Ich liebe dich bis zum Mond und zurück.

Die Inschrift habe ich ausgesucht.

Der Wind weht durch die Äste über uns, und Laub fegt über meine Stiefel. Ich höre Geflüster. Wenn ich an Geister glauben würde, würde ich ihm Hallo sagen.

»Warum hast du mir das nie erzählt?«

»Dafür waren wir nicht lang genug zusammen.«

Schweigend fahren wir beide vom Dorf weg und folgen den Hauptstraßen in Richtung London.

Nate schaut aus dem Fenster, scheinbar in Gedanken versunken.

»Denkst du manchmal an deine Schulzeit zurück?«, frage ich.

»Inwiefern?«

»Warst du gern in der Schule?«

»Alles in allem schon.«

»Ich nicht.«

»Na ja, in deinem Leben ist damals eine Menge passiert. Das ist verständlich, schätze ich.«

»Hast du dich zum Rauchen rausgeschlichen? Oder heimlich Alkohol reingeschmuggelt? Partys gefeiert?«

Er sieht mich an. »Nur die offiziellen Sachen – bei Abschlussfeiern, so was. Und ich war natürlich auf den Sommer- und Winterbällen. Irgendwann hat jeder angefangen zu rauchen und zu trinken. Warum?«

»Hat mich einfach interessiert.« Ich mache eine kurze Pause. »Wenn ich hier bin, werden bei mir immer alte Erinnerungen wach. Hattest du viele Freundinnen?«

»Nicht besonders viele.«

Ich sehe ihn an – warte ab, ob er noch mehr sagt –, doch er schaut wieder aus dem Fenster und zieht sich in seine Gedanken zurück.

So wie ich mich in meine.

An einer Raststätte halte ich zum Mittagessen.

Wir stehen in einer langen Schlange, und ich starre durch die Thekenscheibe auf Sandwichs, Muffins und Kuchen mit Kürbisglasur und Spinnen- oder Hexendekoration. Mir wird übel, wenn ich nur an Essen denke, trotzdem nehme ich ein Tütchen Chips zu meinem Kaffee. Weil das Restaurant gesteckt voll ist, müssen wir uns einen Tisch mit einem älteren Paar teilen.

Als sie ihren Kaffee ausgetrunken haben und gehen, isst Nate erst einmal sein Schinkensandwich mit Senf auf, bevor er einen Vorstoß wagt. »Das muss furchtbar für dich und deine Familie gewesen sein.«

»Es war *wirklich* schwer.« Ich suche nach den richtigen Worten. »Verheerend.«

Er beugt sich über den Tisch und nimmt meine beiden Hände. »Haben sich deine Eltern deswegen getrennt?«

»Wahrscheinlich wäre das irgendwann sowieso passiert – mein Vater war viel unterwegs –, aber vielleicht hat die Trauer es beschleunigt. Meine Mutter hat immer gern getrunken, schon davor.« Ich stocke kurz, weil mir aufgeht, dass ich dadurch weniger attraktiv wirken könnte. »Es ist nicht vererblich«, ergänze ich, obwohl er sicher kaum etwas darüber weiß. »Ich habe viel über das Thema gelesen.«

Ich ziehe meine Hand unter seiner heraus. Seine Bemühungen, Mitgefühl zu zeigen, sind mir merkwürdig unangenehm. Ich weiß, dass Nate *Schwierigkeiten* mit seinen Eltern hat. Seine Mutter kann recht kühl sein, sein Vater ist ungeduldig; er hat Nate und Bella immer wieder erklärt, dass es »keine Option ist, Zweitbester zu sein«. Allerdings vergleicht Nate wahrscheinlich in diesem Moment seine Schwierigkeiten mit meinen und kommt zu dem Schluss, dass er im Grunde keine hatte oder hat.

Absolut keine.

»Tut mir leid, dass dir das alles widerfahren ist. Hattest du Beistand? Betreuung? Irgendwas in der Art?«

Ich schüttle den Kopf.

»Die Sache ist nur, mir will immer noch nicht einleuchten, was das mit unserem Dilemma zu tun haben soll.«

Sein Tonfall wird weicher. Jetzt geht es los, und sein nächster Satz bestätigt meine Befürchtungen.

»Auch wenn ich das mit deinem Bruder weiß …«, er hält kurz inne und sammelt zweifellos alles an Takt, was er aufbringen kann, »… also, ändert es nichts daran, was getan werden muss.«

»Wir haben uns so gut verstanden. Warum bist du in Vegas mit mir losgezogen, wenn du mich nicht mehr in deiner Nähe erträgst?«

»Lily, ich *mag* dich. Du bist attraktiv und kannst ausgesprochen witzig sein. Aber mit jemandem einen Abend zu verbringen ist was anderes, als einen Bund fürs Leben zu schließen. Darum fühlt sich das, was sich zwischen uns abgespielt hat, so falsch an.« Er legt eine Pause ein, als würde er genau überlegen, wie er das Folgende am besten ausdrückt.

»Ich weiß, was du sagen willst«, komme ich ihm zuvor, »aber *warum* willst du uns keine Chance geben?«

Er öffnet den Mund zu einer Antwort, aber ich gebiete ihm mit erhobener Hand Einhalt.

»Ich bin noch nicht fertig. Ich habe eine Wohnung in der Nähe von deiner gekauft und werde bald einziehen. Ich bitte dich nur um sechs Wochen. Sechs Wochen mit dir zusammen – meinetwegen nur als Freunde. Lass uns alles ganz langsam angehen. Wenn du danach noch genauso empfindest, werde ich dich endgültig freigeben, und du wirst gar nicht merken, dass wir Nachbarn sind, darauf gebe ich dir mein Wort.«

Er antwortet nicht.

»Und?«

»Du machst Witze, richtig?«

»Nein.«

»Warum in meiner Nähe? Du könntest überall leben. *Überall.* Wieso nicht in Nizza, Barcelona, Amsterdam, Dublin? Das tun viele Kollegen. Du solltest ausnutzen, dass du einen Job hast, der dir so tolle Möglichkeiten eröffnet.«

»Warum lebst *du* nicht im Ausland?«

»Weil ich mich entschieden habe, in Richmond zu leben. Ich. Allein. Das hat nichts mit dir oder sonst jemandem zu tun. Du hättest wirklich nicht ausgerechnet in meine Nachbarschaft ziehen müssen.«

»Sechs Wochen, mehr will ich gar nicht.«

»Und was dann? Dann ziehst du einfach wieder weg?«

»Also, das weiß ich nicht, ich könnte dabei viel Geld verlieren. Mal sehen. Aber ich kann dir versprechen, dass ich dich dann in Frieden lasse.«

»Kann ich das schriftlich haben?« Er klingt nicht so, als würde er das ironisch meinen.

»Wenn du mir nicht vertraust …«

Als würde ich das tun.

Nate hilft beim Umzug in meine neue Wohnung. Auch wenn ich das Gefühl habe, dass er dabei vor allem mich und mein neues Heim im Auge behalten will – ein merkwürdiger Rollentausch –, nutze ich sein Angebot. Immerhin hat er mir auch nur zu gern geholfen, damals nach Reading zu ziehen.

Nachdem ich die Schuhschachtel ausgeräumt habe und die Agentur die Wohnung abgenommen hat, überreiche ich mit einem tief empfundenen Lächeln die Schlüssel. Wir beladen unsere beiden Autos, und ich verlasse ohne einen Blick zurück den Ort, an dem ich nie leben wollte.

Nate folgt mir zu meiner neuen Wohnung. Sie liegt schräg links von seiner, nicht mal eine Minute zu Fuß entfernt. Ich halte mit dem Wagen direkt davor und schalte die Warnblinkanlage ein, während Nate meine Habseligkeiten aus dem kleinen Kofferraum und vom Rücksitz wuchtet. Obwohl es zwei Stockwerke bis unters Dach sind, arbeitet er klaglos und ist überhaupt ausgesprochen hilfsbereit.

Der Job ist in nicht einmal zwei Stunden erledigt. Vielleicht hasse ich Nate doch nicht so sehr, wie ich dachte.

Auch wenn das Apartment winzig ist, muss ich Möbel kaufen. Ein Bett – zurzeit schlafe ich auf einer Luftmatratze –, einen Tisch, ein paar Stühle und ein Sofa. Außerdem brauche ich noch diverse Küchenutensilien. Dafür ist die Wohnung bereits geschmackvoll mit einem cremefarbenen, weichen Teppichboden ausgelegt, und die Küche ist mit Waschmaschine und Geschirrspüler ausgestattet.

Wir bestellen Sushi, setzen uns auf den Boden und essen mit unseren Stäbchen aus dem Karton. Es ist, als wäre nie irgendwas Schlimmes zwischen uns vorgefallen. Unser Zusammensein wirkt vollkommen natürlich, und ich bin optimistischer als je zuvor. Dennoch gibt es noch einen Punkt, den ich ansprechen sollte. Er soll schließlich zuerst meine Version hören.

»Dein Freund Rupert ist mit einer Kollegin zusammen, mit der ich damals im Training war. Offenbar war sie neulich mit ihm bei dir.«

»Wie heißt sie?«

»Amy.«

»Ach ja, ich erinnere mich.«

»Sie ist ein bisschen labil. Sie hat ganz merkwürdig reagiert, als ich dich erwähnte. Meinte, sie würde es eigenartig finden, dass ich nie zuvor von dir gesprochen hätte – obwohl wir zu der Zeit gar nicht zusammen waren. Wieso hätte ich das also tun sollen?«

Er zuckt mit den Achseln. »Mir kam sie ganz normal vor.«

»Kein Wunder. Wer gibt schon zu, dass er ein bisschen durchgedreht ist? Niemand, den ich kenne. Jedenfalls hoffe ich, dass Rupert bald merkt, wie sie wirklich ist.«

»Rupert kann auf sich selbst aufpassen, da bin ich sicher.«

Ich gebe etwas Wasabi in die Sojasoße und rühre um, bevor ich ein Lachssushi hineinstippe.

Schweigen breitet sich aus.

Nate kommt mir nun doch ein wenig angespannt vor, so als würde er mir hier nur etwas vorspielen. Ich stelle ihn auf die Probe. »Hast du deiner Familie erzählt, dass du verheiratet bist?«

Er sieht mich an, als wäre ich wahnsinnig. »Nein. Meine Mum wäre außer sich.«

»Und wenn sie mich kennenlernen würde?«

»Nein.«

Ich lasse das Thema fallen.

Als Nate etwas von Gehen sagt, versuche ich nicht, ihn zu halten und stelle auch keine neuen Forderungen. Stattdessen danke ich ihm, verabschiede ihn gut gelaunt und lasse ihn ziehen. Ich weiß, dass er nur Zeit schindet, bis er sein »Es tut mir so leid, Lily, ich habe wirklich mein Bestes versucht« vorbringen kann. Darum werde ich ganz neu ansetzen.

Ich weiß, dass Nates Vater einen hohen Posten bei einer Bank hatte, inzwischen aber in den Vorruhestand gegangen ist und sich seither ausschließlich für Golf interessiert, während seine Mutter durch die feine Gesellschaft flattert, Tennis spielt oder schwimmt oder anderen Hobbys nachgeht. Daneben sitzt sie auch im Vorstand eines Vereins für Kunst und Kultur, der Fotografen stellt, die umsonst ihre Dienste anbieten, wie ich bei Google erfahre. Ich grabe ein bisschen tiefer. Anscheinend ist die Mutter von Nate und Bella – Margaret – ebenfalls eine passionierte Fotografin. Sie hat ein kleines Studio nahe ihrem Haus in Canford Cliff, einem exklusiven Teil von Poole, in den sie vor zehn Jahren gezogen sind. Geöffnet ist Montag- und Donnerstagvormittag.

Ich schaue ihr Haus auf Google Earth an. Ein Prachtbau

mit atemberaubendem Blick auf die Bucht, das ist auf den ersten Blick zu erkennen. Ich zoome näher und entdecke eine weite Terrasse mit großem Gartentisch. Ich stelle mir vor, dass dort viele Familientreffen stattfinden. Ich meine vor mir zu sehen, wie Nate dort sitzt, den Ausblick genießt und Anekdoten von seinen jüngsten Reisen erzählt.

Ich schreibe Miles eine Nachricht.

Kann es nicht erwarten, dich wiederzusehen. X

Keine fünf Minuten später schreibt er zurück.

Nächsten Donnerstag? Gleicher Ort?

Wenn ich ohnehin in der Gegend sein werde, kann ich auch zwei Fliegen mit einer Klappe schlagen und einen Abstecher machen, um Margarets Arbeiten zu bewundern. Und da ich offenbar gerade zum Planen aufgelegt bin, bestelle ich Möbel: ein Bett, ein kleines Sofa und mehrere Überwürfe und Kissen.

Ich werde mich hier richtig häuslich einrichten, zum ersten Mal in meinem Leben wirklich Wurzeln schlagen.

Am nächsten Morgen stehe ich früh auf und lege meine Uniform mit besonderer Sorgfalt an. Heute ist mein erster Arbeitstag in meiner neuen Teilzeitposition. Ich werde für das Mitarbeitermagazin fotografiert und muss blendend aussehen. Hoffentlich wird Nate durch dieses Foto bei jedem Arbeitsantritt daran erinnert, dass ich immer noch da bin.

Ich komme pünktlich und wende mich gleich an den

Chef des Promotionteams, einen ernsten Mann, der auch als Flugbegleiter arbeitet, aber offensichtlich mit Machthunger gesegnet ist. Er hat seine lächerlich hohen Erwartungen nach Dringlichkeit sortiert, und man spürt sofort seinen verzweifelten Wunsch, seinen Job als Steward an den Nagel zu hängen, um vermeintlich größere und wichtigere Aufgaben zu übernehmen.

Abgesehen von mir – der Sicherheitsbotschafterin – sind noch drei weitere Angestellte hier, denen diverse Auszeichnungen verliehen wurden – für Spendenaktionen, Gesundheit und Teambildung.

Der Tag ist wenig lustig, sondern anstrengender als damals während der Ausbildung. Mit einer Neonjacke und Sicherheitsbrille ausstaffiert, werden der Fotograf und ich aufs Flugfeld geschickt und mit einem Bus in einen Hangar gekarrt. Ich muss über eine wacklige Eisentreppe in das Flugzeug klettern, wo wir ständig den Wartungstechnikern aus dem Weg gehen müssen. Im Flugzeug soll ich neben diversen Gefahrenquellen posieren, die sich auftun können: ein Stück Teppich, das aus dem Boden ragt, ein Schild mit der Aufschrift »Kein Glas« an der Abfallpresse. Und ich muss den Handlauf an der Treppe zum Oberdeck *korrekt* umfassen.

Im Center wird dann ein Teamfoto aufgenommen; lächelnd stehen wir Seite an Seite. Soweit ich feststellen kann, liegt der entscheidende Vorzug meiner neuen Rolle darin, dass wir einen Büroarbeitsplatz gestellt bekommen – auch wenn wir ihn teilen müssen. Von nun an kann ich auf möglicherweise vertrauliche Informationen über meine Kollegen zugreifen, denn mit meinem neuen Passwort stehen mir nun wesentlich mehr Bereiche unserer IT offen. Abgesehen von regelmäßigen Treffen sollen wir eigenverantwortlich die Mitarbeiterzeitschrift ebenfalls regelmäßig mit positiven Meldungen versorgen, unsere Kollegen zu größerem Sicherheitsbewusstsein anhalten, ihr Gesundheitsbewusstsein und die gegenseitige Achtsamkeit fördern.

Der aufstiegsgeile Manager eröffnet uns, dass das Teamfoto aufs Cover kommt und das schlechteste – von mir – auf der dritten Seite landet. Es ist grauenvoll. Ich stehe im Cockpit, neben dem Sockel in der Mitte, und halte mit besorgter Miene eine leere Tasse hoch. Darunter kommt später die Bildunterschrift, besonders vorsichtig zu sein, wenn im Cockpit Getränke serviert werden. Der Artikel selbst wird sich um Technik und Statistiken drehen – irgendwas Ödes wie Defekte und neue Komponenten oder etwas in der Art.

Es ist so schön, in mein neues Heim zurückzukommen. Ich streife die Schuhe ab, schalte das Radio ein, suche einen Kanal, der nonstop Hits spielt, und hole vorübergehend meine Pinnwand aus ihrem Versteck, um sie innen in einem Küchenschrank aufzustellen. Solange Nate mich ab und zu besuchen kommt, kann ich sie schlecht irgendwo sichtbar aufhängen. Auch wenn er nicht so regelmäßig auftaucht, wie ich es gern hätte, beweist er zumindest guten Willen. Das muss ich ihm lassen.

Daneben habe ich noch einen Karton, der nicht ins Blickfeld geraten darf; der mit meinen privatesten Besitztümern. Manche davon werde ich Nate irgendwann zeigen, wenn ich zu dem Schluss komme, dass er in der richtigen Verfassung ist.

Mein Handy vibriert. Miles.

Können wir unser Treffen verschieben? Arbeit ☹ Muss einen Kunden in Tokio besuchen, bin eine Woche unterwegs.

Frustrierend. Man kann sich nett mit ihm unterhalten, ich habe die Stunden mit ihm genossen. Auch wenn Bella noch nichts ahnt, befriedigt mich die Affäre ungemein. Ich soll in drei Tagen nach Singapur fliegen. Ich checke die Tauschlisten. In meiner Position sind zwei Tokioflüge verfügbar, aber einer davon wird nur gegen einen Flug in die Staaten getauscht. Ich schreibe die andere Kollegin an.

Während ich auf ihre Antwort warte, schreibe ich Miles zurück.

Wahnsinn! So ein Zufall! Heute habe ich erfahren, dass ich auch nach Tokio muss. Ich soll ein neues Hotel prüfen. Ich melde mich, wenn alles klappt ☺ Das muss Schicksal sein.

Im selben Moment, in dem ich Miles' begeisterte Antwort bekomme, trifft eine Mail ein, dass mein Tauschangebot akzeptiert wurde. Genau wie ich ihm geschrieben habe – das ist Schicksal. Ich freue mich darauf, länger mit ihm zusammen zu sein; sodass ich ihn – ganz unschuldig und behutsam – ausforschen kann, wo Bellas Wunden und Ängste liegen.

Mit Geduld und Spucke fängt frau alles, was sie will.

23

Im achtundzwanzigsten Stock eines Hotelhochhauses mit berühmtem Ausblick auf die Rainbow Bridge warte ich auf Miles. Die Bar ist schummrig beleuchtet. Kleine Kerzen flackern auf den schiefergrauen Tischen und akzentuieren die Großstadtlichter vor den riesigen, bodentiefen Panoramafenstern. Das Rot, Weiß und Blau der Brückenbeleuchtung spiegelt sich auf den tanzenden Wellen. Das Geklimper eines Flügels liefert die diskrete Begleitmusik zu den Unterhaltungen der schick gekleideten Einheimischen, zwischen denen vereinzelte Grüppchen von Westlern sitzen.

Ich langweile mich.

Der Rest meiner Crew ist in eine Karaoke-Bar abgezogen, die ausgesprochen nett klang, und eine Kollegin, mit der man wahrscheinlich viel Spaß haben kann, ist mitgegangen. Wenn ich Zeit gehabt hätte, hätte ich mich gern angeschlossen. Ich brauche nach dem Bruch mit Amy eine Ersatzfreundin.

»Tut mir so, so leid«, sagt Miles, als er neben mir auftaucht. »Mein Termin hat länger gedauert.«

Es folgt eine peinliche Pause, in der er augenscheinlich überlegt, wie er mich begrüßen soll. Wir sind zwar weit weg von zu Hause, doch Miles wirkt für seine Verhältnisse extrem sensibel dafür, dass wir unter Menschen sind. Wir küssen uns hastig auf die Wangen, dann setzt er sich neben mich.

»Was möchtest du trinken?«, fragt er.

Ich greife nach der Cocktailkarte und studiere die englischen Bezeichnungen, die praktischerweise neben den japanischen Schriftzeichen abgedruckt sind. Ich entscheide mich für einen Green Destiny: eine Mischung aus Wodka, Gurke, Kiwi und Apfelsaft. Miles nimmt eine Margarita.

»Mein Hotel ist ziemlich weit von hier«, eröffne ich ihm. »Es stört dich doch hoffentlich nicht, dass ich mir erlaubt habe, eine kleine Übernachtungstasche mitzubringen.«

Er rutscht kurz auf seinem Sitz herum. »Wahrscheinlich ist das nur vernünftig. Glaubst du, dass Nick sich melden wird?«

»Wohl kaum.« Ich lege meine Hand auf seine. »Keine Angst, wenn Bella anruft, verziehe ich mich. Ich schließe mich im Bad ein und halte mir die Ohren zu.«

Er lacht. »Wahrscheinlich wird sie nicht anrufen.«

»Hat sie sich viel vorgenommen, während du unterwegs bist?«

»Bella hat immer viel vor.«

Ich bleibe still, warte auf eine Ausführung, doch er beißt nicht an.

Miles lockert seine Krawatte und sinkt in die Polster.

Nach dem zweiten Drink nimmt er mich mit auf sein Zimmer. Sobald die Tür hinter uns zufällt, gehen wir uns an die Wäsche.

Ich genieße jede einzelne Sekunde, in der ich Bella mit ihm betrüge.

Miles ist eingeschlafen.

Das Zimmer riecht nach kaltem Rauch – ein extrem ungewohnter Geruch, seit das Rauchen in den meisten Hotels weltweit verboten wurde. Ich zwinge mich, mindestens zwanzig Minuten zu warten, ehe ich mich umsehe. Sein Tablet und Handy sind mit einem Passwort geschützt. Ich wage ein paar Versuche – mit Bellas Geburtstag und dann Miles' Geburtstag, den ich aus seinem Pass habe –, aber ohne Erfolg. Dafür ist sein Aktenkoffer offen. Ich blättere in ein paar Geschäftsunterlagen, aber die sind öde. Seine Brieftasche enthält nichts von Interesse, außer einem Foto mit Eselsohr von *ihr.*

Ihr Lächeln hat sich nie verändert. Jedes Mal, wenn ich es sehe, muss ich an eine lächelnde Psychopathin denken.

Außerdem stoße ich auf eine Liste in Bellas unverkennbarer Handschrift; schon bei dem Anblick wird mir flau. Bella kringelt und schwingt ihre Großbuchstaben in barocken Schnörkeln. Unter ihren Wünschen (oder Befehlen) – zum Beispiel, dass Miles die Flitterwochen zu organisieren hat – hat Bella mehrere mögliche Locations für ihre Hochzeitsfeier aufgelistet. Momentan favorisiert sie eine Villa im italienischen Stil in einem privaten Park nahe dem Haus ihrer Eltern, dazu hat sie nach Präferenz geordnet mehrere Hotels benannt.

Ich hole mein Handy heraus und mache Fotos von allem, dann setze ich mich aufs Bett und starre die Wand an. Ich kann einfach nicht abschalten. Wenn Bella hier wäre, würde sie wahrscheinlich tief und fest schlafen – ohne eine Sorge in der Welt, von ihren dämlichen Hochzeitsplänen mal abgesehen. Ich überlege, wie ich ihre kostbaren Arrangements durcheinanderbringen könnte. Dieses Glück steht ihr einfach nicht zu. Karma ist definitiv ein Mythos, wenn jemand, der es so wenig verdient hat wie Bella, auf dem Silbertablett ein glückliches Eheleben beschert bekommt, während Menschen wie ich sich Tag für Tag abstrampeln müssen.

Manchmal frage ich mich, was passieren wird, wenn Bella und ich uns wiederbegegnen. Ich male mir aus, was sie dann sagen wird und was ich sage. Die Situationen wechseln zwar, doch jedes Mal gehe ich als Siegerin daraus hervor. Ich bin diejenige, die endlich Gehör bekommt. Ich habe Skifahren, Tennis und Reiten gelernt. Ich habe all die Orte besucht, die sie gern aufsucht, ich habe dafür gesorgt, dass ich die meisten Menschen kenne, mit denen sie sich vernetzt – wenn nicht persönlich, so doch wenigstens über die sozialen Medien. Ich bin bereit, ein Teil ihrer Welt zu werden, sodass *sie* mit *mir* befreundet sein will und nicht andersherum.

Miles wälzt sich im Schlaf. Ich sollte etwas für Bella in seinem Koffer hinterlassen, ein kleines Andenken, das ihr etwas zum Grübeln gibt, wenn er das nächste Mal auf Dienstreise geht. Etwas, das sie neurotisch reagieren lässt, weniger selbstsicher und ein bisschen demütiger, sodass Miles den Respekt vor ihr verliert. Es muss subtil sein – Miles darf nicht ahnen, dass ich etwas damit zu tun habe. Ich sprühe etwas Parfüm in die Innenverkleidung seines Koffers und hoffe, als ich den Deckel schließe, dass der Duft seine Sachen durchdringt. Ideal wäre es, wenn Bella seinen Koffer auspackt, aber das bezweifle ich.

Ich gehe ins Bad. Ich werfe einen kurzen Blick in seinen ledernen Kulturbeutel. Es liegt kaum etwas darin: Deo, Lippenbalsam, Haargel, Nagelschere. Ich setze mich auf den Badewannenrand, studiere die japanische Toilettenarmatur und versuche zu ergründen, was die Bilder auf den verschiedenen Knöpfen bedeuten sollen. Nach weiterem Abwägen schleiche ich zurück ins Zimmer und öffne den Schrank. Ich taste seine Jackentaschen ab. Leer. Ich durchsuche meine Handtasche, finde aber nichts, was ich zurücklassen könnte, ohne dass Miles mich verdächtigen würde. Das Parfüm wird genügen müssen.

Vorerst.

Dafür mache ich ein Foto von Miles und erstarre, als der Blitz losgeht, aber er rührt sich nicht mal.

Ich lege mich ins Bett, ganz an den Rand, und verfolge, wie die rot beleuchteten Ziffern auf der Nachttischuhr wechseln.

Ich male mir aus, dass Nate seine Haltung mir gegenüber ändert, was mir wiederum erlauben würde, ihn wieder zu lieben statt zu hassen. Wir könnten ganz von vorn beginnen und diesmal alles richtigmachen: daten, uns verlieben, ein kompletter Neuanfang. Meine Träume werden komplexer, verästeln sich immer weiter, bis ich merke, wie ich wegdrifte.

Ein Wecker reißt mich aus dem Schlaf. Ich beuge mich über die Bettkante und schaue auf mein Handy; es ist sieben Uhr morgens Tokioter Zeit.

Miles setzt sich auf, streckt sich und verschwindet im Bad. Als ich höre, wie die Dusche angeht, folge ich ihm und stelle mich zu ihm. Er hat nichts dagegen. Nate könnte sich in Sachen Enthusiasmus einiges von ihm abschauen.

Nachdem wir beide angezogen und fertig sind, gehen wir durch den Korridor zur Executive Lounge, wo es Frühstück gibt.

Die meiste Zeit ist Miles damit beschäftigt, auf seinem Handy herumzutippen.

»Und was sollen wir heute unternehmen?«, frage ich und spieße mit der Gabel ein Melonenstückchen auf.

»Wie meinst du das?«

»Na ja, ich dachte, wir könnten in den Kaiserpalast gehen oder …«

»Ich muss arbeiten«, unterbricht er mich. »Du doch bestimmt auch?«

»Ja, natürlich, aber ich habe ein paar Stunden Zeit. Also, was meinst du?«

Er sieht mich an. »Ich bin nicht zum Sightseeing hier, außerdem war ich hier schon mal mit …« Er verstummt.

»Schon okay, du kannst ihren Namen ruhig aussprechen«, ermutige ich ihn.

»Juliette, bitte entschuldige, aber ich bin beschäftigt. Ich habe heute einen Termin nach dem anderen.«

»Na gut. Und wie sieht es mit Abendessen aus?«

»Da habe ich leider auch keine Zeit. Ich bin mit meinem Kunden zum Essen verabredet.«

»Könnte ich dir nicht Gesellschaft leisten? Als Kollegin?«

»Das wäre keine gute Idee.«

»Aber morgen fliege ich schon zurück.«

»Dann müssen wir uns ein andermal – zu Hause – treffen. Sag nur Ort und Zeit, und keine zehn Pferde werden mich abhalten können.« Sein Lächeln wirkt gezwungen.

»Dann mache ich mich jetzt auf den Weg.«

Er schaut auf sein Handy.

Ich fühle mich abgewiesen und stehe auf.

»Entschuldige, Juliette. Aber das hier duldet keinen Aufschub.«

»Natürlich, ich verstehe.«

Er steht auf und küsst mich auf die Wange.

Bevor ich aus dem Raum gehe, drehe ich mich noch einmal um, doch er sieht mir nicht nach. Er starrt schon wieder auf sein Handy.

Auf dem zwölfstündigen Flug nach Hause, der scheinbar endlos dauert, koche ich vor mich hin. Ich liege in einer der unteren Kojen, verstecke mich vor der Welt und liste im Schein meiner Taschenlampe auf, inwiefern Nate und Miles sich gleichen.

Als ich die Haustür aufschließe, muss ich einen Haufen von Post, Pizzaflyern und Werbesendungen zur Seite schieben. Ich bücke mich und hebe alles auf. Offenbar sind die Nachbarn von unten nicht da, denn sonst legen sie alles, was an mich adressiert ist, in einem ordentlichen Stapel auf der untersten Treppenstufe ab. Auch nachdem ich meine Koffer nach oben geschleppt habe, kann ich mich nicht ausruhen, denn ich muss noch warten, bis mein Bett geliefert wird.

Es wird am Spätvormittag gebracht, und die Möbelpacker helfen mir sogar, den kleinen Doppelbettrahmen aufzubauen. Als sie gegangen sind, kämpfe ich mit einem flaschengrünen Bettbezug, den ich neulich von Nate mitgenommen habe – nicht sein Lieblingsset –, ziehe zwei identische Kissenbezüge auf und schüttele sie, bevor ich sie auf meine neue Schlafstatt fallen lasse.

Allmählich sieht das Apartment mehr nach mir aus. Die kahlen Wände brauchen Bilder, und so suche ich unter meinen Lieblingsbildern jene von Nate aus, die ich rahmen lassen möchte.

Der folgende Tag ist ein Donnerstag, einer der Tage, an denen Nates Mutter in ihrem Studio ist.

Es ist leicht zu finden. Ich parke in einer nahen Allee und trete durch die Glastür ein.

Sie ist da, allein, und sitzt hinter einem schlichten Schreibtisch. Sie sieht älter aus als auf den Fotos, aber sie strahlt eine Eleganz und Unnahbarkeit aus, die ich noch von früher kenne, als ich sie ab und zu an unserer Schule sah. Den Rücken durchgestreckt, sitzt sie auf einem kleinen Hocker und liest in einer Zeitschrift. Ihre Brille ist farblich auf das dunkelblaue Oberteil abgestimmt. Einen kurzen Moment habe ich das Gefühl, dass sie wenig Ähnlichkeit mit ihrer Tochter hat – und viel mehr mit ihrem Sohn –, doch dann öffnet sie den Mund. Und selbst mit geschlossenen Augen würde ich sofort erkennen, dass die beiden verwandt sind.

Mein Puls beschleunigt sich.

»Guten Morgen.« Sie sieht von ihrer Zeitschrift auf, einer Kunstbroschüre, wie ich feststelle. »Ich stehe zu Ihrer Verfügung, falls Sie Fragen haben.«

»Danke«, antworte ich lächelnd. »Ich bin schon mehrmals hier vorbeigefahren, und jedes Mal ist mir dabei Ihr Schaufenster aufgefallen. Ich wollte schon längst mal hereingeschaut haben. Und heute habe ich mir vorgenommen, mir die Zeit dafür zu nehmen.«

Ich schlendere durch den Raum. Ich verstehe nicht viel von Kunst oder Fotografie, aber ich habe mir aus dem Internet ein paar nützliche Tipps geholt, bevor ich losgefahren bin. Offenbar hören es Fotografen gern, wenn man anerkennt, wie viel Arbeit in den Bildern steckt, oder ganz allgemein das Motiv lobt.

Ich bekunde mein Interesse an einem der teureren Bilder – einem Schwarz-Weiß-Foto von einer Regatta.

»Das hier gefällt mir besonders gut. Die verstreuten dreieckigen weißen Segel sind mir gleich ins Auge gestochen. Wo wurde es aufgenommen?«

Sie strahlt. »Letztes Jahr in der Bucht. Das ist der Ausblick von unserem Wohnzimmerfenster.«

Das hatte ich fast vermutet. »Ich möchte meinen Ehemann damit überraschen.«

»Ich hoffe, es gefällt ihm genauso gut. Segelt er?«, fragt sie, während sie das Bild einpackt.

»Nicht oft. Aber er hatte auch kaum Zeit dafür. Wir sind erst ein paar Monate verheiratet. Er hat es so eilig, dass wir in Vegas geheiratet haben, nur weil er nicht warten wollte.«

»Wie spannend.«

»Es war ganz eindeutig der schönste Tag in meinem Leben. Das einzige Problem dabei ist, dass er nicht weiß, wie er es seiner Familie erzählen soll.«

Sie sieht aus, als wäre sie es nicht gewohnt, dass Fremde ihr so intime Dinge beichten.

Ich könnte es ihr erzählen. Ich könnte ihr hier und jetzt erzählen, wer ich bin. Mit einem einzigen Satz könnte ich Nate zwingen, sich zu mir zu bekennen. Ich könnte ihr schildern, wie brutal ihr Sohn mir das Herz gebrochen hat, und ihr den Beweis zeigen, dass ich nicht fantasiere; dass ihr Sohn mich geheiratet und dann rücksichtslos seine Meinung geändert hat. Ich könnte ihr berichten, was er mir alles über sie erzählt hat, etwa, dass sie seinen Namen ausgesucht hat, weil er ihr so gut gefiel, obwohl Nate Julian geheißen hätte, wäre es nach ihrem Mann gegangen.

»Das ist sicher nicht einfach für Sie«, sagt Margaret. »Und was ist mit Ihren Eltern?«

»Die leben leider nicht mehr.«

»Oh«, sagt sie und überreicht mir das verpackte Bild. Zweifellos sonnt sie sich insgeheim in dem Wissen, dass ihr eigenes Leben frei von derart geschmacklosen Problemen ist.

»Er sollte es ihnen unbedingt sagen«, ergänzt sie, während ich schon auf dem Weg zur Tür bin. »Viel Glück!«

Sie hat recht; das sollte er.

Draußen schreibe ich ihm eine Nachricht.

Ich glaube, deine Mutter wäre begeistert, das von uns zu hören. Ich habe sie eben kennengelernt. Sie ist bezaubernd. Ich habe richtige Gewissensbisse, weil ich ihr nicht sagen konnte, dass ihre Schwiegertochter vor ihr steht.

Sekunden später läutet mein Telefon. Erstaunlich, wie schnell Nate auf eine Nachricht reagieren kann, wenn es ihm wichtig ist.

Ich schalte mein Handy aus.

24

Ich fahre zu Bellas bevorzugter Hochzeitslocation, die nur eine Meile vom Studio entfernt liegt.

Ich bezahle Eintritt in den Park und spaziere, geleitet von dem mir ausgehändigten Lageplan, vom Eingang aus geradewegs in den italienischen Garten. Außer mir ist niemand hier. Ich setze mich auf eine Bank, spüre, wie die Kälte meine Hose durchdringt, und starre in einen großen, von Sträuchern umstandenen Teich. Unter den Lilienblättern neben dem ziselierten Steinbrunnen in der Mitte des Teiches schwimmen Koikarpfen. Ich schaue mich um und versuche, mir den Garten im Sommer vorzustellen, denn der Anlage ist anzusehen, dass sie dann in allen Farben leuchtet. Hinter einem kleinen englischen Rasen steht eine Reihe von Rhododendrenbüschen. Ich schalte mein Handy wieder ein und mache ein paar Bilder, damit ich später meine Erinnerung auffrischen kann.

Ich habe sieben verpasste Anrufe von Nate und einen von James. Das grenzt fast an Belästigung.

Ich stehe auf, spaziere um den Teich und komme an einer Bacchusstatue vorbei, bevor ich die Steintreppe zur Villa erreiche. Im Obergeschoss gibt es einen Balkon; ideal für Bella zum Posieren. Ich weiß genau, wie alles ablaufen wird; das königliche Winken, die »Oohs« und »Aahs« der Gäste, die an den gestutzten, immergrünen Hecken Spalier stehen werden, Fotos von der Braut machen und in der eleganten Szenerie für Selfies posieren.

Die Filmszenen in meinem Kopf werden vom Läuten meines Handys unterbrochen.

Es ist Nate. Schon wieder. Er spart sich jede Begrüßung.

»Was soll das heißen, du hast meine Mutter getroffen?«

»Beruhige dich. Ich war mit einer Freundin unterwegs, die sich für Fotografie interessiert, und wir landeten schließlich in einem Studio in der Nähe von Poole. Wir haben mit der Besitzerin geplaudert, und dabei hat sich herausgestellt, dass sie deine Mutter ist. Erst als sie erwähnt hat, dass ihr Sohn Pilot ist, wurde mir bewusst, dass ihr denselben Nachnamen habt.«

»Bitte verschone meine Familie mit unserem privaten Fiasko.«

»Unserer *Ehe,* Nate. Ich bin deine *Ehefrau,* kein Fiasko.«

Mit bebenden Fingern steche ich auf den roten Hörer zum Auflegen ein. Ich schalte das Handy wieder aus und spaziere weiter über einen gewundenen Pfad durch einen Heidegarten, über eine kleine Brücke und an mehreren Wasseranlagen vorbei, doch die ganze Zeit schießen mörderische Gedanken durch meinen Kopf.

Als ich eine Stunde später wieder abfahre, habe ich mich immer noch nicht wieder beruhigt. Wenn ich es realistisch betrachte, bleibt mir nichts anderes übrig, als einige Korrekturen an meinem Aktionsplan vorzunehmen.

Am Abend rufe ich von zu Hause bei Nate an. »Komm vorbei. Ich habe nachgedacht. Wir können so lange reden, wie du willst.«

Keine fünfzehn Minuten später trifft er ein und klingelt dabei länger als nötig.

Ich öffne die Tür, und er marschiert in meine Wohnung ein.

»Was zu trinken?« Ich warte die Antwort gar nicht erst ab, sondern schenke ihm Rotwein ein und reiche ihm das Glas.

Er lehnt ab. »Nein, danke.«

Stattdessen zückt er einen Spiralblock und Stift, so als wollte er ganz deutlich machen, dass es diesmal *zur Sache gehen* soll.

»Was willst du machen? Eine Liste von Pros und Kontras aufstellen?«

»Das ist kein Witz. Ich will mein Leben zurück.«

»Ich habe dir dein Leben nicht *genommen.*«

»Ich will, dass du endlich damit aufhörst. Dieser Plan – dass wir wie beste Freunde miteinander ausgehen, dass du heimlich bei meiner Mutter auftauchst – wird nichts *ändern.* Bitte erklär dich einfach mit der Annullierung einverstanden, dann brauche ich dich nicht mehr zu behelligen. Wenn du mitspielst, wird alles hoffentlich glatt über die Bühne gehen, und es ist gut möglich, dass uns ein Prozess vor Gericht erspart bleibt. Andernfalls wird alles viel komplizierter. Und schlimmer, für dich wie für mich. Ich werde beweisen müssen, dass ich das Eheversprechen nicht im Vollbesitz meiner geistigen Kräfte abgegeben habe.«

Höchste Zeit für eine neue Taktik. »Okay.«

»Okay was?«

»Okay, ich kooperiere. Ich liebe dich, und wenn du anders nicht glücklich werden kannst, dann bin ich dazu bereit.«

»Danke. Eines Tages …«

»Bitte sag jetzt nicht, dass ich dir eines Tages dafür dankbar sein werde. Denn das werde ich nicht.«

Er dreht sich zur Tür. »Na gut, aber könntest du bitte endlich auf die Mails antworten, die James dir schickt?«

Ich fülle das erforderliche Formular aus – so langsam, wie es überhaupt geht, zugegeben, weil ich nicht die Absicht habe, die Angelegenheit tatsächlich zu Ende zu bringen –, und damit nimmt der Prozess zur Beendigung unserer Ehe seinen Lauf.

Wenn alles so glatt läuft, wie es im Moment aussieht, wird Nate im Frühjahr nicht mehr mit mir verheiratet sein. Also muss ich jetzt, da ich ihn in falscher Sicherheit wiege, einen neuen, todsicheren Plan ausarbeiten, wie ich ihn behalten kann. Und ich muss schnell sein. Er hat mich gebeten, keinen Kontakt mit ihm aufzunehmen, wenn es nicht unbedingt sein muss.

Mit gebrochenem Herzen – ich begreife, dass ich ihn noch genauso liebe wie früher – wende ich meine Aufmerksamkeit Miles zu. Vor unserem nächsten Treffen vereinbare ich mit ihm, dass ich ihn gleich um die Ecke von seinem Büro abholen werde.

»Ich hab was Neues gebucht«, sage ich ihm, als er sich in den Beifahrersitz fallen lässt. »Lass dich überraschen.«

»Wie weit ist es?«, fragt er. »Ich muss bis fünf zurück sein.«

»Bis dahin sind wir wieder hier. Schau«, ich deute auf eine Geschenktüte auf dem Wagenboden, »ich habe dir ein Geschenk gekauft.«

Er zieht es heraus. Es ist ein Buch, das gleiche, dass ich

auch Nate geschenkt habe – *Fünfhundert Orte, die du vor deinem Tod gesehen haben musst*. Ich habe ein Gedicht verfasst und es im Kapitel über Japan versteckt. Mir ist klar, dass er es nicht mit nach Hause nehmen kann, sondern es wohl in seinem Büro verstecken wird. Doch ich wollte ihm *irgendwas* kaufen, das ihm deutlich macht, wie viel mir an ihm liegt.

»Vielen Dank, Juliette. Wie aufmerksam.«

Die Tüte raschelt, als er das Buch wieder zurücksteckt.

Als ich auf den Parkplatz des Hotels biege, spüre ich, wie sich Miles neben mir versteift. »Hier?«

»Ja. In Tokio ist mir klar geworden, dass wir uns nicht in irgendwelchen Absteigen verstecken müssen, wenn wir uns mal treffen. Deswegen auch das Geschenk. Ich dachte, wir könnten in Zukunft vielleicht öfter zusammen reisen.«

»Juliette, das ist ein wunderbarer Gedanke, aber hier, in diesem Hotel, fühle ich mich einfach nicht wohl. Es ist …« Er verstummt, weil er mir nicht die Wahrheit sagen will.

Es ist eines der Hotels auf Bellas Liste möglicher Hochzeitslocations.

Ich tue mein Bestes, verletzt und enttäuscht auszusehen. »Ich habe mich so auf unser Wiedersehen gefreut.«

»Ich mich auch. Aber nicht hier.«

Stattdessen dirigiert er mich zu einem abgeschiedenen Parkplatz am Strand. Bei mir geht es unaufhaltsam bergab, während Bella immer neue Gipfel erstürmt.

Ich muss endlich in die Gänge kommen.

Rastlos fahre ich am folgenden Vormittag rüber nach Kingston und spaziere durch ein Einkaufszentrum. Die Geschäfte sind voller Farben und Lichter, alle Werbetafeln stimmen auf die nahenden Feiertage ein. Es sind nur noch sechs Wochen bis Weihnachten. Weihnachtsmänner grinsen, Rentiere springen, Schneemänner glotzen und Wichtel umklammern Geschenke. Neben einem mit Geschenken überhäuften Christbaum spielt eine Band Weihnachtslieder.

Ich fühle mich noch elender als vergangenes Weihnachten. Letztes Jahr um diese Zeit hatte man mir zwar das Herz gebrochen, aber ich hatte noch Hoffnung. Jetzt, ohne irgendeine Aussicht, dass sich bald alles zum Besseren wendet, kann ich nur mühsam Haltung bewahren.

In einem Café trinke ich schnell hintereinander zwei Espressos. Ich tippe den WLAN-Code ein, um nach geeigneten Weihnachtsgeschenken für Barbara zu suchen, weil ich auf diese Weise nur in ein einziges Geschäft gehen und mich nicht durch zahllose überfüllte Läden drängeln muss. Aber natürlich werde ich abgelenkt.

Nate ist in Miami, aber er und James haben sich je zwei Nachrichten geschickt. Für die beiden bin ich ein Witz – sie nennen mich WiNiVer, »Will nicht verschwinden« –, und James bezeichnet mich als notorische Lügnerin. Ich lese weiter, so schmerzhaft es auch ist: Nate will mich so schnell und elegant wie nur möglich »loswerden«. Er will »nach vorn schauen«, ohne dass ich über seinem Leben hänge »wie eine finstere schwarze Wolke«. James hat sogar den Nerv vorzuschlagen, dass Nate seine Wohnung zum Verkauf anbieten soll, »um so viel Abstand wie möglich von ihr zu schaffen«. Laut James, dem Allwissenden, wäre Barnes (wo er zufällig selbst wohnt) »eine bessere Option. Schließlich brauchst du weder auf Schulen noch auf den Pendlerverkehr Rücksicht zu nehmen«.

Nachdem ich alles gelesen habe, was Nate und James an Gehässigkeiten über mich zu sagen haben, werfe ich einen Blick in Bellas Blog, in dem sie sich endlos über die Anproben ihres Hochzeitskleids auslässt und damit prahlt, dass sie und Miles heute Abend zu einer Restauranteröffnung eingeladen sind. Ich lese einen Kommentar auf Facebook, in dem Amy auf eine Frage ihrer Freundin nach ihren Plänen für Weihnachten antwortet – sie und Rupert wollen die Feiertage in Paris verbringen.

Alle sind glücklich. Außer mir.

Ich stehe auf und ziehe meinen Mantel an, um geradewegs nach Hause zu fahren, doch in diesem Moment sticht mir ein Fenster voller roter und schwarzer Dessous ins Auge. Da kommt mir eine Idee. Ich gehe in den Laden.

Auf der Heimfahrt halte ich noch kurz an einem Baumarkt an. Jetzt, wo ich Wohneigentum besitze, ist es nur klug, sich einen Grundstock an Werkzeugen anzuschaffen.

Nach Einbruch der Dunkelheit schleiche ich mich in Nates Wohnung. So gern ich auch etwas Gemeines und Gehässiges tun würde, halte ich mich strikt an meinen Plan.

Während ich beschäftigt bin, blitzen immer wieder Worte in meinem Kopf auf.

Notorisch verlogen. Will nicht verschwinden.

Er entgleitet mir – und bald kann ich nichts mehr dagegen unternehmen. Vor dem Gesetz gehört er – einstweilen – noch zu mir. Ich habe immer noch eine Chance, obwohl ich allmählich befürchte, dass meine neue Taktik nach hinten losgehen könnte, wenn ich nicht wesentlich energischer vorgehe.

Ich gehe zu Fuß nach Hause, aber auf einer längeren Route

als nötig, indem ich das Green in der entgegengesetzten Richtung umrunde.

In der Wohnung mache ich es mir auf meinem neuen Bett gemütlich und schaue mir meine Fotos an. Ich schüttle sie aus den Alben und breite sie um mich herum aus, bis ich von Erinnerungen umgeben bin.

Ich brauche Ablenkung.

Vielleicht ist es eine gute Idee, wenn ich Miles während der Restauranteröffnung, von der Bella geschrieben hat, einen Besuch abstatte. Bestimmt langweilt es ihn, immer nur in ihrem Schatten zu stehen. Bestimmt wird er sich gern weglocken lassen und jede Chance zu einer kleinen Flucht nutzen.

Bevor ich es mir anders überlegen kann, schnappe ich mir Tasche sowie Mantel, laufe nach unten zu meinem Auto und gebe die Adresse des Asian Fusion Restaurants ins Navi ein. Ich schreibe Miles nicht vorab, ich möchte ihn mit meinem spontanen Einfall überraschen.

Sobald ich auf dem Motorway bin, drücke ich das Gaspedal bis über das Tempolimit durch. Der Geschwindigkeitsrausch hat etwas Therapeutisches, während ich über alles nachsinne.

Zum Glück genieße ich Miles' Teilzeit-Aufmerksamkeit. Ich wüsste nicht, wie ich ohne ihn Haltung bewahren könnte.

25

Ich spähe durch das Restaurantfenster. Im ersten Moment kann ich weder Miles noch Bella im Gedränge ausmachen, doch gleich darauf entdecke ich Bella, die in einer Gruppe von Frauen Hof hält. Miles steht ein kleines Stück abseits und unterhält sich mit einem großgewachsenen Mann.

Am liebsten würde ich in das Restaurant spazieren, mich besitzergreifend neben ihn stellen, mich bei ihm einhaken oder ganz offen mit ihm flirten. Stattdessen schreibe ich ihm.

Bin gerade bei dir in der Gegend, wie wär's mit einem spontanen Treffen? X

Ich sehe, wie er sein Handy herausholt, einen Blick darauf wirft und es wieder in die Tasche steckt. Dann setzt er sein Gespräch fort. Ich setze mich gegenüber dem Restaurant auf eine eisige Bank.

Fünf Minuten später schreibe ich noch mal.

?? X

Er reagiert exakt wie beim ersten Mal. Ich rufe an. Er holt sein Handy heraus, und im nächsten Moment ist die Verbindung getrennt.

Zorn durchschießt meinen Körper. Wenige Sekunden später drücke ich die Tür zum Restaurant auf und trete in den warmen Duft nach Gewürzen und Weihrauch. Ich bleibe am Rand des Geschehens und lehne mich an eine Wand, immer schön in Miles' Blickfeld. Er starrt mich eine Sekunde an, bevor er mich erkennt, doch er lächelt nicht und kommt auch nicht her, um mich zu begrüßen.

Ich verschwinde auf die Damentoilette und rufe ihn an. Keine Antwort. Gerade als ich seine Nummer ein zweites Mal wählen will, kommt eine Nachricht.

Was tust du hier? Bella ist auch da!

Ich schreibe zurück.

Und wenn?! Du hättest nur mit mir reden müssen wie mit einem ganz normalen Gast, hier sind jede Menge Menschen, ich könnte weiß Gott wer sein. Hab wenigstens den Anstand, mir zu antworten.

Noch während ich die Nachricht abschicke, geht die Tür auf, und Bella tritt ein.

Ich lasse das Handy in meine Tasche fallen und beginne eilig, mit gesenktem Blick meine zitternden Hände zu waschen. Sie verschwindet in der mittleren Kabine. Ich will schon zur Tür, doch dann überlege ich es mir anders und bleibe stehen. Ich war zuerst hier. Also bleibe ich vor dem Spiegel stehen und hole einen Lippenstift aus dem Reißverschlussfach in meiner Handtasche. Mein Handy vibriert. *Miles.* Mal sehen, wie es ihm gefällt, ignoriert zu werden. Ich wette, jetzt ist er richtig in Panik, und das geschieht ihm ganz recht. Ich atme tief durch, um Ruhe zu bewahren. Trotzdem schrecke ich zusammen, als die Kabinentür aufgeht und Bella heraustritt. Sie stellt sich neben mich und wäscht sich die Hände. Ich starre sie im Spiegel an, während ich stoisch meinen Lippenstift nachziehe. Sie erwidert meinen Blick. Ganz langsam hellt die Erkenntnis ihr Gesicht auf, und mir weht eine Mischung von Moschus und Vanille entgegen. Sie riecht immer noch teuer.

»Elizabeth? Aus der Schule?«

Meine Beine schlottern. In einer meiner vielen Fantasien über unser Wiedersehen entschuldigt sie sich ausgiebig und bettelt mich an, ihre Freundin zu werden.

Doch schon ihr Tonfall macht mir klar, wie verblendet ich war.

»Hallo, Bella.« Ich klinge ganz ruhig.

»Hi. Was machst du denn hier?« Sie zieht ein Papierhandtuch aus dem Spender.

»Das Gleiche wie du, nehme ich an.«

»Ja, richtig. Wohnst du hier in der Gegend?«

»Ein guter Freund von mir.«

Ich setze den Deckel auf den Lippenstift und reibe die Lippen übereinander. Nach einem letzten Blick auf mein Spiegelbild drehe ich mich zur Tür, und sie folgt mir. Ein besorgt blickender Miles steht wartend an einer Säule. Ich drehe mich zu Bella um.

»Mach's gut«, sage ich so laut ich kann, wobei mir hoffentlich nicht anzuhören ist, dass ich mich ausschließlich für Miles von Bella verabschiedet habe, dann gehe ich weiter zum Ausgang und lasse beide stehen.

Die Kälte schlägt mir ins Gesicht. Ich gehe zum Auto und warte. Nach drei Minuten läutet mein Handy.

»Ich wette, du rufst aus dem Männerklo an, stimmt's?«, frage ich ihn.

»Was zum Teufel sollte das eben?«, fährt er mich an. »Was tust du hier?«

»Ich war in der Gegend. Ich wollte dich warnen, aber du hast mich ignoriert.«

»Bella war eben mit dir auf der Toilette.«

»Ich weiß. Wir waren zusammen in der Schule.«

»Du *kennst* sie? Was …« Ich höre ein gedämpftes Geräusch, so als hätte jemand anderes die Toilette betreten. Und tatsächlich ändert sich Miles' Tonfall. »Ich bin gerade auf einer Feier. Ich rufe später zurück.«

»Komm sofort nach draußen und rede mit mir. Ich bin auf dem Parkplatz gegenüber.«

»Das ist im Moment leider nicht möglich.«

»Miles, alles ist möglich, wenn du nur willst. Wenn du nicht rauskommst, komme ich wieder rein. Du hast fünf Minuten.«

Ich lege auf. Er ruft noch zweimal an, doch ich nehme das Gespräch nicht an. Dann folgt eine Nachricht, die ich ungelesen lösche.

Nicht einmal zwei Minuten später steht Miles vor der Beifahrertür.

Er rutscht neben mich. »Was soll das?«, fragt er. »Ich kann nicht lang bleiben. Wie hast du das gemeint, dass du mit Bella auf der Schule warst?«

»Ich habe sie wiedererkannt. Als sie zu mir auf die Damentoilette kam.«

»Und du wusstest nicht, dass sie *meine* Bella ist?«

»Woher hätte ich das wissen sollen? Wir waren damals nicht befreundet. Ich bin überrascht, dass du mit jemandem wie ihr zusammen bist. Sie hat in der Schule alle anderen tyrannisiert.«

Er sieht mich eigenartig an. »Bella könnte keiner Fliege was zuleide tun. Sie hat immer nur Gutes im Sinn.«

Ich lache. Ich kann nicht anders. Und irgendwie kann ich nicht wieder aufhören.

Miles starrt mich an. »Soll ich jemanden für dich anrufen? Eine Freundin?«

»Bella hätte meine Freundin sein sollen.«

»Wenn sie es wäre, würde es alles wirklich verkomplizieren. Aber das ändert alles. Ich hatte ja keine Ahnung. Und natürlich versteht es sich von selbst, dass …«

»Sollen wir ein bisschen durch die Gegend fahren?«, unterbreche ich ihn. »Ihr kommt mir nicht wie eins der Pärchen vor, die sich keine Minute aus den Augen lassen. Eine halbe Stunde wird dich Bella bestimmt nicht vermissen.«

Ich beuge mich zu ihm, doch bevor meine Hand auch nur seinen Schenkel berührt, reißt Miles die Tür auf. Kalte Luft bläst mir ins Gesicht, und das Auto wird mit Licht überflutet.

»Ich muss wieder reingehen. Entschuldige, aber es war ein Fehler. Adieu, Juliette.«

Ich starte den Motor und setze zurück, ohne mich auch nur umzudrehen. Doch als ich wieder vorwärtsfahren will, springt Miles aus dem Auto und knallt die Tür zu. Er rennt, er rennt tatsächlich zum Restaurant zurück.

Von mir weg.

Eine Ewigkeit sitze ich da und schalte die Zündung ein und aus. Sie klickt und klickt. Mehrmals fahre ich am Restaurant vorbei, doch ich kann keinen von beiden mehr entdecken.

Ich gebe auf. Doch wie sich herausstellt, war der Ausflug nicht völlig vergebens. Denn auf der Heimfahrt habe ich endlich den Kopf frei, um an den Details zu arbeiten. Für meinen nächsten Plan.

Zwei Tage später checke ich direkt nach dem Aufwachen Nates Flug. Er sollte um drei Uhr dreißig landen; und das Flugzeug war pünktlich.

Nach dem heutigen Tag hat er zehn Tage frei, in denen er, wie er in einer seiner Nachrichten an James Harrington geschrieben hat, »chillen« will. Die beiden treffen sich heute Abend in einem Pub in der Nähe, wo sie zweifellos fröhlich besprechen werden, wie Nate sein *notorisch verlogenes* Weib loswerden kann.

Ich bringe den Tag damit zu, alles zu besorgen, was ich brauche, um Nate zur Einsicht zu bringen. Abends knie ich, wieder zu Hause, auf dem Wohnzimmerboden und stopfe alle notwendigen Utensilien in einen Rucksack.

Dann warte ich.

Ich liege auf dem Sofa, während im Hintergrund der Fernseher läuft, aber ich kann mich nicht konzentrieren. Ich merke, wie ich ab und zu einnicke, wie Bewusstsein und Realität aufblitzen und sich wieder verflüchtigen.

Um fünf Uhr morgens läutet mein Wecker. Ich ziehe mich an, schultere den Rucksack und verlasse die Wohnung. Das Green liegt friedlich und ungewohnt still da. Ich schalte die Taschenlampe ein und erkenne warum – es ist, als wäre ich durch den Schrank in das Winterwunderland von Narnia getreten. Gras und Zweige ragen aus dem Schnee. In ein, zwei Häusern brennt schon Licht, und ich fühle mich so verdächtig, dass ich die Taschenlampe wieder ausschalte –

als würde ich heimlich beobachtet. Nates Wohnung liegt im Dunkeln.

Ein paar Augenblicke bleibe ich auf dem Gehweg stehen und inhaliere die eisige Luft. Mein Atem ist zu sehen und gleich wieder verschwunden. Zu sehen und gleich wieder verschwunden.

Ich schließe die Haustür auf und gehe die Treppe hoch. Vor seiner Tür halte ich inne: Drinnen ist nichts zu hören. Ich schleiche mich in seine Wohnung.

Erst ziehe ich die Handschuhe aus, dann schalte ich die Taschenlampe ein und ziehe den Stecker vom WLAN-Router, bevor ich mich ins Schlafzimmer wage und nach Nates Handy Ausschau halte. Es liegt wie immer auf dem Nachttisch. Er schnarcht zwar nicht, doch der ganze Raum ist von Alkoholdunst durchdrungen. Ich nehme sein Handy, schalte es aus und lasse es in meiner Manteltasche verschwinden. Anschließend schleiche ich weiter ins Bad und hole alles aus meinem Rucksack, was ich brauchen werde. Ich schiebe die Tür bis auf einen schmalen Spalt zu und lasse den Rucksack auf den Boden plumpsen. Der Rums ist nicht laut genug. Ich schiele durch den Türspalt. Wie vermutet, hat Nate sich nicht gerührt. Ich probiere es noch mal, indem ich mit aller Kraft gegen die Badezimmertür trete.

»Hallo?« Nates Stimme klingt belegt. »Hallo?«, wiederholt er etwas deutlicher.

Ich lege mich mit dem Gesicht nach unten auf den Boden und strecke meine Hand aus, in der ich ein Päckchen Paracetamol umklammert halte. Der Teppichboden muffelt so modrig, dass ich den Kopf zur Seite drehe; als ich Nates Schritte höre, schließe ich die Augen. Das Bad wird mit Licht überschwemmt.

»Was zum? Oh Gott, Lily, was hast du jetzt wieder angestellt?«

Ich spüre, wie er neben mir in die Hocke geht, bevor er versucht, mich auf den Rücken zu drehen. Im selben Moment richte ich mich auf, schubse ihn um und werfe ihm ein Handtuch über den Kopf. Er fällt nach hinten, hebt aber instinktiv eine Hand hoch, um sich das Tuch vom Kopf zu ziehen. Ich nutze das Überraschungsmoment, greife das Handgelenk des anderen Arms und drücke es in eine Handschelle, dessen anderes Ende ich zuvor an dem Rohr der Badheizung befestigt habe. Dann trete ich schnell zurück, raus aus seiner Reichweite.

Er zieht mit der freien Hand das Handtuch von seinem Gesicht und starrt mich an. Die Haare stehen ihm wild vom Kopf ab.

»Lily? Was? Mach mich los! Ich rufe die Polizei.« Er tastet mit der Linken seine Taschen nach dem Handy ab, als hätte er vergessen, dass er einen Pyjama trägt.

Ich schalte meine Taschenlampe und das Licht aus. Sofort ist es stockdunkel. Die Lüftung im Bad beginnt zu surren. Metall scheppert, als er an den Handschellen zerrt.

»Das ist nicht witzig! Wie zum Teufel bist du in die Wohnung gekommen?«

»Lange Geschichte.« Ich warte ab, bis das Geschepper verstummt. »Ich will, dass du mir endlich einmal wirklich zuhörst …«

Er fällt mir ins Wort. »Kannst du das Licht anmachen?«

»Bitte.«

»Bitte.«

Ich schalte das Licht wieder ein. Nate blinzelt. Ich setze mich auf den Badewannenrand. Er hechtet vor, will nach mir greifen und schreit auf, als die Handschelle ihn zurückreißt.

»Mach mich los!«

»Erst wenn du dir alles angehört hast, was ich zu sagen habe.«

Er reißt noch mal an seiner gefesselten Hand und flucht mehrmals. Barfuß tritt er gegen die Wandverkleidung. Nates Wohnung ist alt, massive Bauweise, mit dicken Wänden und schwerem Teppichboden, er wird also Ausdauer beweisen müssen, wenn ihn jemand hören soll. Trotzdem ist es wahrscheinlich sicherer, wenn ich ihn beruhige.

»Wenn du nicht aufhörst, Krach zu machen, lasse ich dich allein hier sitzen. Die Entscheidung liegt bei dir, ob du es glaubst oder nicht. Wenn du mitmachst, bist du schon bald wieder frei. Wenn nicht …«

Ich trete aus dem Bad und lasse ihn mehrere Minuten allein. Schließlich hört er auf zu hämmern und zu brüllen. Erst dann gehe ich meinen Rucksack holen. Ich schalte das Licht im Schlafzimmer ein und lasse den Rucksack aufs Bett fallen. Er sieht mir vom Bad aus zu. Dann setze ich mich aufs Fußende des Bettes.

»Können wir jetzt reden?«, frage ich.

»Ich bin schon jetzt ganz gefesselt.«

»Spar dir diesen Tonfall. Ich meine es ernst.«

»Daran habe ich nicht den geringsten Zweifel.«

»Ich will nicht, dass wir uns trennen.«

»Das haben wir bereits getan.«

»Ganz genau. Und ich will, dass du unserer Ehe eine letzte Chance gibst.«

»Oh Mann, Lily. Mach mich los! Du kannst nicht mitten in der Nacht in meine Wohnung einbrechen, mich im Bad festketten und dann erwarten, dass ich weiter mit dir verheiratet bleiben will. Sei vernünftig! Du glaubst doch nicht im Ernst, dass du damit durchkommst?«

»Das hier kann länger oder kürzer dauern. Es liegt allein an dir.«

»Was schlägst du mir jetzt wieder vor?«

Ich ziehe den Reißverschluss des Rucksacks auf und hole zwei Fotoalben heraus, dann gehe ich zu ihm und reiche sie ihm. »Sieh dir die hier an.«

Ich habe jedes einzelne Foto ausdrucken lassen, das ich von ihm oder uns gemacht habe, von den Orten, an denen wir waren, von unseren gemeinsamen Unternehmungen. Ich will ihm unsere schönen Zeiten ins Gedächtnis rufen.

Ich sehe zu, wie er die Seiten durchblättert. »Langsamer. Du sollst sie dir richtig ansehen.«

Das tut er, wenn auch jetzt übertrieben langsam. »Ich hatte keine Ahnung, dass du so viele Fotos aufgenommen hast«, bekennt er. »Das war mir ganz entfallen.«

Es ist nicht das Einzige, was ihm entfallen ist. Auch egal. Bald wird es ihm wieder einfallen. Während er beschäftigt ist, ziehe ich ein Hochzeitskleid aus meinem Rucksack. Ich habe es vor Jahren gekauft, als mir erstmals klar wurde, dass es mir bestimmt war, Nate zu heiraten. Ich halte den Bügel in die Höhe und schaue zu, wie es sich entrollt. Es ist ein klassisches Modell in Weiß und Silber. Kristalltropfen und Perlen schmücken das Mieder. Ich gehe ins Schlafzimmer, hänge es in den Schrank und streiche die Falten aus.

»Wozu ist das?«, höre ich seine leicht bebende Stimme aus dem Bad.

»Ich finde, wir sollten uns ganz offiziell trauen lassen«, rufe ich zurück. »Ich habe dir immer wieder erklärt, dass die Hochzeit in Vegas keineswegs so war, wie ich sie mir erträumt habe, auch wenn du mir gern das Gegenteil unterstellst. Ich habe für dich einen Anzug bestellt, aber leider ist er noch nicht gekommen. Und wir müssen Ringe kaufen.«

Ich kehre ins Bad zurück. Nate schlägt sich immer wieder mit der freien Hand gegen die Stirn. Dann hält er inne und sieht zu mir auf.

»Machst du mich los, wenn ich die Alben durchgeschaut habe?«

Ich ignoriere seine Frage und packe weiter aus. Auf *meine* Bettseite lege ich ein paar Brautmagazine, eine Tube Handcreme und zwei Bücher. Dann setze ich mich ans Fußende und beobachte Nate durch die offene Tür. Er schaut kurz auf und beugt sich dann wieder über die Fotos. Als er zum letzten Bild kommt, ruht sein Blick sekundenlang darauf, bevor er zu mir aufsieht. In seinen Augen steht nackte Angst – und definitiv keine Liebe.

Das letzte Bild ist ein Familienbild. Nate und ich hatten vorletzten Sommer an der Themse gepicknickt, und auf unserer Decke, zu beiden Seiten des Korbes, sitzen jetzt zwei ins Bild montierte Kinder. Der Junge und das Mädchen, aus einem Kinderkleidungskatalog ausgeschnitten, sehen ungefähr so aus, wie ich mir unsere gemeinsamen Kinder vorstelle.

Über das Bild habe ich ganz schlicht geschrieben:

Unsere Zukunft

26

»Oh mein Gott«, sagt er. Dann sieht er wieder auf das Bild.

»So hätte es mit uns weitergehen sollen. Du kannst deine Mitmenschen nicht nach Lust und Laune mies behandeln. So was gehört sich nicht. Das sagt selbst deine Mutter.«

»Du hast versprochen, meine Familie da herauszulassen.«

»Ich habe dir ein Geschenk aus ihrem Studio gekauft.«

Ich nehme den Rahmen mit dem Regattabild heraus und halte ihn hoch: Beweisstück A, damit er es in Ruhe ansehen kann. Danach gehe ich in die Hocke und lehne das Bild gegen die Wand.

»Was hast du ihr erzählt?«

»Ich habe ihr die Wahrheit erzählt, nämlich dass ich in Vegas den Mann geheiratet habe, den ich liebe, dass er aber gleich darauf kalte Füße bekam und seinen Eid ungeschehen machen wollte. Und damit nicht genug, er hat auch seiner Familie nichts von mir erzählt. Sie ist der Meinung, dass du das unbedingt tun solltest.«

»Lily. Es tut mir leid. Ich verstehe dich, wirklich. Ich habe dich verletzt. Du dachtest, wir würden heiraten und Kinder bekommen. Mach mich los. Dann können wir reden. Ganz in Ruhe. Versprochen.«

Zorn explodiert in meinem Körper, durchfährt meinen

Geist. Wenn es etwas gibt, was ich an Nate schon immer gehasst habe, dann ist es sein selbstgefälliger Tonfall – als wäre *er* absolut rational und vernünftig und ich eine Irre, ein verwirrtes Wesen. Das treibt mich unweigerlich zur Raserei. Ich bewahre nur mit größter Anstrengung die Fassung.

»Deine Bilanz an gehaltenen Versprechen ist nicht so toll, als dass ich dir glauben würde.«

»Ich muss auf die Toilette, und ich bin sicher, dass wir beide einen Kaffee vertragen könnten. Ich verspreche dir, Lily, dass dir nichts passieren wird, wenn du mich losmachst.«

Das aber kann ich nicht, so wie die Dinge liegen. Er wird mich hochkant aus der Wohnung werfen – bestenfalls. Was schlimmstenfalls passieren wird, will ich mir gar nicht ausmalen.

»Ich kann dich nicht sofort losmachen, aber mach dir bitte keine Sorgen. Ich habe einen Plan.«

Ich kann an seinen angespannten Gesichtsmuskeln ablesen, dass er extrem wütend ist, aber er schafft es ganz gut, seinen Zorn zu zügeln, während er garantiert insgeheim überlegt, wie er mich manipulieren könnte. Er wird so mit mir reden, wie man bewährtermaßen mit Flugzeugentführern redet – besänftigen und sich zum Schein verständnisvoll geben.

Ich hole einen Schraubenzieher und mein iPad heraus. Ich starte das heruntergeladene Video, lehne das Pad gegen die Wand und beginne an der Türklinke im Bad zu schrauben. Ich brauche mehrere Minuten, bis ich den goldenen Knauf mit dem Sperrriegel abgeschraubt und losgemacht habe.

»Was willst du denn damit?« Nates Stimme klingt gefasst.

»Ich treffe Vorbereitungen, damit ich dich losmachen kann.«

»Was? Willst du mich stattdessen hier drin einsperren? Du kannst dich nicht darauf verlassen, was irgendwelche Youtube-Amateure posten. Ich könnte hier drin wirklich festsitzen!«

Ich falle ihm ins Wort. »Das wirst du nicht. Aber du musst dafür kooperieren. Du wirst dir deine Freiheit verdienen müssen.«

»Lily! Das ist lachhaft, völlig absurd!«

Ich drehe mich lächelnd zu ihm um. »Genau: absurd! Geradezu grotesk! Willst du dich jetzt frei bewegen können oder nicht?«

Er antwortet nicht.

»Dachte ich mir. Unterbrich mich nicht, während ich arbeite. Jetzt muss ich das Video noch mal neu starten.«

Er tritt gegen die Wandverkleidung. Ich sehe ihn böse an.

Den Sperrriegel auf die andere Seite der Tür umzusetzen ist gar nicht so einfach, wie es aussieht, doch nach zwei Anläufen habe ich es geschafft. Als letzten Schritt muss ich nun noch den Mechanismus blockieren. Ich schiebe einen fetten Pellet Fischfutter ins Schloss. Erledigt. Ich teste mein Werk. Es funktioniert! Jetzt kann ich ihn einsperren.

Nate reißt immer wieder an dem Heizungsrohr – als würde das Metall aus der Wand brechen, wenn er nur fest genug daran zieht.

Das Fenster im Bad geht zur Hausseite, nicht in Richtung Green. Ich sichere die Fensterschlösser und stecke die Schlüssel ein. In dem – hoffentlich – unwahrscheinlichen

Fall, dass es ihm gelingt, jemanden durch das Milchglas hindurch auf sich aufmerksam zu machen, wird es nicht meine Schuld sein, dass das Schloss kaputtgegangen ist. Und was die Handschellen angeht – die kommen aus einem Sexshop. Da sollen die Leute ihre Fantasie spielen lassen.

Ich gehe in die Küche und dann zurück ins Bad, um ihm etwas zu essen zu bringen. Nichts, was er besonders gern mag, aber im Moment hat er keine liebevolle Zuwendung verdient. Während ich großzügig ein Päckchen Käsecracker und mehrere Äpfel auspacke, überrumpelt Nate mich und greift mit seinem freien Arm zu. Er bekommt mich am Bein zu fassen und reißt mich zu Boden. Ich klammere mich mit aller Kraft an der Badewanne fest, während er meine linke Wade festhält und versucht, mich zu sich heranzuziehen. Als ich mein Bein aus dem eisernen Griff losreißen will, krallt er sich noch fester. Ich trete rücksichtslos mit dem rechten Fuß nach ihm, aber Nate lässt nicht locker, also trete ich wie wild nach. Diesmal lässt er los und sackt schwer keuchend zurück.

Ich keuche ebenfalls, während ich meine Gedanken zu ordnen versuche. Mit größtmöglichem Abstand zu ihm beuge ich mich vor und reiche ihm ein billiges Tablet, das ich kürzlich gekauft habe. Es enthält eine sehr persönliche Botschaft an ihn. Ich habe Stunden damit zugebracht, einen kleinen Film aufzunehmen, zu schneiden und zuletzt den passenden Titel zu finden: *Der Anfang.*

»Ich möchte, dass du dir das ansiehst, bitte.«

»Was ist das?« Er schaut auf den Bildschirm.

»Etwas sehr Wichtiges. Eine Botschaft von mir. An dich. Sie kommt aus tiefstem Herzen.«

Er zeigt keine Regung. Es ist genau diese Art von Verhalten, die mich zu solchen Maßnahmen gezwungen hat – seine absolute Null-Reaktion, wenn ich meine Gefühle auszudrücken versuche. Darum habe ich durchaus Hoffnung, dass meine Idee funktionieren könnte. Ich gehöre nicht zu den Menschen, die glauben, dass es genügt, ein Diätbuch zu *kaufen,* um automatisch weniger zu essen und mehr Sport zu treiben, aber ich glaube sehr wohl, dass es hilft, offen zu sein und nach neuen Lösungswegen zu suchen.

Sehen wir den Tatsachen ins Auge, bis jetzt hat gar nichts funktioniert. Und mein alles überschattendes Problem ist, dass Nate *glaubt,* er würde mich nicht lieben. Sobald er begreift, dass er es doch tut, sollte sich alles Weitere von selbst ergeben. Zum Beispiel werde ich Miles nicht länger in meinem Leben brauchen. Ich kann ihn – als beschädigte Ware – an Bella zurückgeben.

»Schatz. Ich wurde hierzu gezwungen. Das verstehst du doch, nicht wahr?«

Er starrt mich an.

»Nicht wahr?«

Er nickt.

»Dann drück auf ›Play‹.«

Er zögert. »Wirst du mich dabei beobachten? Wie lang dauert es?«

Ich setze mich auf den Badewannenrand. »Lang genug. Ich warte ab, bis ich sicher bin, dass du wirklich zuschaust. Anders geht es leider nicht. Ich habe es so oft probiert, aber du *willst* mir einfach nicht zuhören.«

Er drückt auf »Play«, und meine Stimme erfüllt das Bad. Sie klingt hier viel lauter als vorhin in meiner Wohnung. Nate stellt sie leiser, trotzdem kann ich jedes Wort verstehen. Ich schalte das Licht im Bad aus, um so etwas wie Kino-Atmosphäre zu schaffen. Ich beobachte, wie Nate mich beobachtet. Ich weiß, dass ich kurz winke, als ich »Hallo, Nate« in die Kamera sage. Fast hätte ich die Stelle herausgeschnitten, doch im Rückblick finde ich, dass ich dadurch freundlicher wirke. Ich wollte nicht mit einem strengen Tadel anfangen und ihn dadurch womöglich vor den Kopf stoßen. Schon vom ersten Moment der Planung an war mir klar, dass ich ganz langsam auf das zusteuern muss, was ich ihm sagen will. Über zwei Minuten und siebenundvierzig Sekunden hinweg erkläre ich ihm, was ich hier tue. Ich merke, wie ich in meine eigenen Worte hineingesogen werde, wie ich meinen eigenen Gefühlen zustimme. Seitlich an Nates Hals pulsiert eine Ader. Es gibt eine kurze Pause, bevor ich mit der Geschichte beginne.

»Es war einmal ein Mädchen, gerade fünfzehn Jahre alt, das sehr einsam war.«

Nate haut auf den »Pause«-Knopf. »Bitte sag mir nicht, dass ich mir hier ein Teenager-Märchen anhören muss. Scheiße noch mal, das kannst du mir nicht antun!« Er zerrt an der Handschelle. »Sag mir einfach, was dir im Kopf herumgeistert, und wir können das auch ohne dieses ganze Theater klären. Langsam werde ich ernsthaft sauer.«

Ich stehe auf. »Wie du willst.«

Als ich nach dem Tablet greifen will, drückt er eilig wieder auf »Play«. Offenbar geht er davon aus, dass das WLAN funktioniert und er irgendwann Gelegenheit haben wird, einen Hilferuf abzuschicken.

»Sehr, sehr einsam. Sie hatte keine einzige Freundin, doch das war nicht ihre Schuld. Daran war ein anderes Mädchen schuld. Ein gemeines, verwöhntes Mädchen, das sich am Unglück anderer freute. Das einsame Mädchen verbrachte Stunden allein mit seinen Gedanken und träumte dabei von einem anderen Leben. Einem Leben, in dem eines Tages irgendetwas – sie wusste nicht genau was, denn zu diesem Zeitpunkt waren ihre Vorstellungen noch schwammig, noch nicht geformt –, aber trotzdem irgendetwas Umwerfendes passieren würde, wodurch sich ihr Leben auf einen Schlag von Grund auf ändern würde, und zwar selbstverständlich zum Besseren. Dann, eines Tages, passierte wirklich etwas Umwerfendes. Und es veränderte ihr Leben, nur leider nicht zum Besseren. Und das Mädchen musste sehr schnell lernen, dass manche Dinge ganz anders ausgehen als erwartet.«

Nate seufzt theatralisch. »Wie lange geht das noch?«

»Es dauert mit jeder Minute länger. Hör gut zu, sonst fangen wir noch mal von vorn an.«

Meine Stimme setzt wieder ein. »Eines Tages traf sie auf ihren Märchenprinzen. Nicht gerade an einem Ort wie in ihren Träumen, einem exotischen Urlaubsort oder bei einer Galaveranstaltung in einem Luxushotel. Sondern auf einem einfachen Schulball. Und das Mädchen trug ein Kleid; das schönste, das sie je getragen hatte. Zum ersten Mal in ihrem Leben fühlte sie sich wirklich begehrenswert. Sie hatte das Gefühl, endlich einmal leuchten zu können. Doch der Zauber dieses Kleides verflog schnell, denn das Mädchen wurde trotzdem übersehen. Von den Jungen auf dem Ball. Von den gemeinen Mädchen. Willst du wissen, welche Farbe ihr Kleid hatte?«

Hier folgt eine bewusste Pause von zwei Minuten, in der er Gelegenheit hat, sich zu erinnern. Seine Chance, sich reinzuwaschen. Nicht völlig, das wird er natürlich niemals können – doch immerhin wäre es ein winziger Schritt in die richtige Richtung.

Schließlich muss ich selbst das Schweigen brechen. »Beantworte die Frage!«, befehle ich ihm.

»Gelb? Pink? Lila? Scheiße, woher soll ich das wissen, und was interessiert mich das?«

»Es sollte dich interessieren«, antworte ich leise. »Selbst wenn es dunkel war, das muss ich dir zugestehen.«

Ich sehe ihm tief in die Augen, als könnte ich ihn so zwingen, sich an alles zu erinnern. Zu dem zu stehen, was er getan hat.

Ich versuche es nicht zum ersten Mal. Ab und zu, wenn wir miteinander im Bett waren, starrte ich ihm in die Augen und stellte mir vor, ich könnte mich in seine Seele bohren und die Erinnerung gewaltsam herausreißen. Ich versuchte stumm, sie seinem Geist erneut einzuimpfen. Doch genau wie jetzt flackerte sein Blick nicht einmal. Kein einziges Mal.

Seine verständnislose Miene beweist, dass er mich verraten hat. Ein weiteres Mal.

»Das Kleid war rot. Seither hat sie nie wieder Rot getragen.«

Seine Augen werden größer, und er fasst das Tablet fester. Ich nehme an, ganz langsam, wie in Zeitlupe, fällt der Groschen.

»Das Mädchen schlich sich von der Feier, hin zu ihrem liebsten Fleck. Eine Stelle am Bach. Es war eine versteckte Ecke, wohin die ›angesagten‹ Mädchen ab und zu zum Rauchen gingen, aber meist war dort kein Mensch. Sie wusste, dass sie dort sicher wäre, denn alle waren viel zu sehr damit beschäftigt, sich auf der Party in Szene zu setzen. Selbst als es dunkel wurde, kehrte sie nicht zurück. Denn es war zwar nicht Vollmond, doch es war hell genug, um etwas zu sehen. Zum ersten Mal in ihrem Leben hatte sie Alkohol getrunken und fühlte sich nun ein bisschen losgelöst und abgehoben. Dann setzte sich jemand zu ihr. Er kannte sich an der Schule nicht aus, also musste eines der beliebten Mädchen ihm den Weg verraten haben. Wahrscheinlich seine Schwester. Er zündete sich eine Zigarette an, und hinter der Flamme leuchtete sein Gesicht bernsteingelb auf. Er sah gut aus. Sie hatte zwar schon Bilder von ihm gesehen, doch in Fleisch und Blut war er noch schöner. Er zog mit der freien Hand seine Schuhe und Strümpfe aus und tauchte die Zehen ins Wasser. Dann bot er ihr die Zigarette an, und weil sie ihm nicht gestehen wollte, dass sie noch nie geraucht hatte, nahm sie in einem kindischen Versuch, weltgewandt zu wirken, einen winzigen Zug. Heute ist die Vorstellung, dass er einmal geraucht hat, geradezu befremdlich, denn inzwischen ist er militanter Nichtraucher; einer der Menschen, die mit der Hand den Rauch wegwedeln, wenn in ihrer Nähe eine Zigarette angezündet wird.«

Ich merke, dass ich die Luft anhalte, während Nate aufsieht und mich anstarrt. Auf seinem Gesicht steht nacktes Entsetzen.

Endlich.

Meine Stimme fährt fort. Nates Blick senkt sich wieder auf den Bildschirm.

»Sie unterhielten sich eine Weile, und allmählich bekam sie trotz ihrer Nervosität das Gefühl, dass sie vielleicht doch nicht so fett und hässlich war. Als er fertig geraucht hatte, bohrte er den Zigarettenstummel in den Boden, und das Licht erlosch. Der Junge küsste das Mädchen, vielleicht küssten sie sich auch beide gleichzeitig. Für sie war es der erste Kuss ihres Lebens. Sie glaubte, damit würde sie augenblicklich in den innersten Kreis aufsteigen. Die anderen Mädchen erzählten ständig von irgendwelchen Wochenendpartys; von den Jungen, die sie geküsst hatten und mehr. Doch dann wurden seine Küsse immer heftiger, und die Dinge überstürzten sich. Sie wollte nicht, dass er aufhörte, denn es war schön, ausnahmsweise nicht einsam zu sein. Und bald gelangte sie an einen Punkt, an dem sie das Gefühl hatte, nicht mehr Nein sagen zu können und zu wollen. Aber sie wusste auch nicht, wie sie die Sache verlangsamen könnte – oder sie hatte nicht das Selbstbewusstsein dazu. Sie trug immer noch ihr Kleid, was sie leicht verwirrend fand – selbst als er ihr half, den Rock hochzuschieben und seine Hand unter ihren rechten Schenkel glitt und ihr Höschen nach unten zerrte. Sie hatte immer angenommen, dass man aus irgendeinem Grund nackt dafür sein sollte. Sie schaute zu, wie er seine Hose nach unten zog, und dann legte er sich auf sie. Es tat nicht besonders weh, aber es fühlte sich falsch an, denn es war überhaupt nicht romantisch, so wie es in den Filmen und Büchern beschrieben wurde; stattdessen war es eher so, wie man ›es‹ ihnen im Biologieunterricht beigebracht hatte.«

Nate stoppt den Film. »Scheiße, Lily! Warum hast du nie was gesagt? Das ist doch Irrsinn.«

Ich antworte nicht. Alle Antworten liegen vor ihm, ich habe zahllose Stunden Arbeit darauf verwandt, uns *dorthin* zu versetzen, meine Gedanken und Gefühle in jenem Augenblick wach werden zu lassen. Ich deute auf den Bildschirm. Er senkt den Blick und startet den Film wieder. Der

Bildschirm strahlt in der Dunkelheit. Ich strecke die Beine aus. Allmählich tut mir der Rücken weh, und auch wenn ich selbst diese Worte gesprochen habe – auch wenn ich diese Aufnahme endlos bearbeitet habe –, ist mir die Situation peinlich. Mein Gefühlsgemisch setzt mir selbst zu, denn einerseits erinnere ich mich noch an die naive Hoffnung, an die ich mich damals klammerte, andererseits empfinde ich jetzt das genaue Gegenteil. Und die folgende Passage ist besonders schmerzhaft.

»Damals, genau dort, schenkte das Mädchen diesem Jungen ihr Herz. Es war einfach so. Ihr Schicksal war besiegelt. Er war ein Teil von ihr und umgekehrt. Er hatte keine Zigaretten mehr. Er fragte sie, ob sie eine hätte. Sie hatte keine, aber sie wünschte sich so sehr, sie hätte welche. Sie wünscht es sich bis heute – denn in diesem Fall wäre er länger geblieben. Sie hätten miteinander gesprochen, und alles wäre anders gekommen. Sie wären in Verbindung geblieben, und irgendwann hätte er begriffen, dass er sie ebenfalls liebte. Aber es kam anders, nicht wahr, Nate?«

Ich habe eine bewusste Pause eingefügt, als »Gesprächszeit«.

»Und?«, bohre ich nach.

»Lily. Das ist echt ernst. Okay. Ich hab's begriffen. Deine Schocktaktik hat gewirkt. Du willst eine richtige Entschuldigung, und die sollst du auch bekommen. Es tut mir leid. Wirklich, wirklich leid. Mach mich los, und ich verspreche dir – du hast mein Wort, das schwöre ich –, dass wir reden können und du mir alles erzählen oder alles mit mir besprechen kannst, was du willst.« Er klingt, als wäre er den Tränen nahe.

»Du hast es immer noch nicht begriffen. Ich will nicht

nur eine Entschuldigung. Ich will, dass du *verstehst.* Du musst wirklich begreifen, was du damals getan hast.«

»Oh doch, ich habe es begriffen. Ich hab's kapiert. Wir waren jung. Ich dachte … also, ganz ehrlich, ich weiß nicht, was ich damals dachte, aber ganz bestimmt habe ich nicht allzu weit in die Zukunft gedacht.« Er hält inne. »Ich hatte das nicht geplant. Du weißt selbst, dass es einfach passiert ist. Du warst so hübsch und …«

»War ich das wirklich? Woher weißt du das? Es war dunkel.«

»Ich wusste nicht, wer du warst.«

»Und das macht alles gut?«

»Nein, aber Herrgott noch mal, du interpretierst zu viel in die Sache hinein und machst jetzt ein Riesending daraus.«

»Ein Riesending?« Ich bin überrascht über die eisige Ruhe in meiner Stimme, denn innerlich stehe ich kurz vor der Explosion. Ich klammere mich am Badewannenrand fest. »Ein Riesending?«

Meine Stimme vom Tablet lässt uns beide zusammenfahren.

»Wie gesagt, dazu kam es nicht, oder? Du bist geflüchtet. Du hast mich allein in der Dunkelheit zurückgelassen. Ich kam dir nach, aber du warst viel, viel zu beschäftigt, um auch nur Notiz von mir zu nehmen. Du hast mich dort liegen lassen und dich einen Scheiß für mich interessiert. Und das tat weh. Es tut immer noch weh. Weil dich andere Menschen nicht interessieren. Du glaubst, du kannst sie nach Lust und Laune benutzen und danach wegwerfen. Als wäre ich ein Nichts. Als wäre ich bedeutungslos. Als wäre das mit uns bedeutungslos. Und du hast dich kein bisschen geändert. Selbst nachdem wir geheiratet hatten, glaubtest du, du müsstest zu deinem Freund James laufen, um mich loszuwerden. Schon wieder.«

Nate drückt »Stop« und lässt das Tablet auf den Boden fallen.

»Ich kann das nicht mehr anhören. Warum hast du nichts gesagt, als wir letztes Jahr zusammen waren?«

Mir wurde damals klar, dass er nie die entscheidenden Verbindungen gezogen hatte, aber das will ich nicht zugeben. »Ich dachte, das Thema sei für dich, na ja, vielleicht nicht direkt tabu, aber extrem unangenehm. Ich nahm an, dein Schweigen würde bedeuten, dass du dich für dein Verhalten schämst und es wettmachen wolltest, indem du mir der beste Freund und später Ehemann sein würdest, den es überhaupt geben kann.«

»Hör zu, Lily, ich hab's *kapiert.*«

»Nein, Nate, das hast du nicht. Das hast du absolut überhaupt nicht. Nicht alles dreht sich um dich, es ist an der Zeit, dass du das lernst. Als du letztes Jahr in das Hotel kamst, in dem ich arbeitete, als wir damals wieder ein Paar wurden, da war es so, als wäre es uns so bestimmt. Schicksal. Das habe ich – nein, haben wir – damals selbst gesagt. Erinnerst du dich nicht?«

Er schüttelt den Kopf.

Ich hatte Nate *sehr wohl* gesagt, dass uns das Schicksal zusammengeführt hatte, aber für mich behalten, dass ich dem Schicksal einen kräftigen Schubs gegeben hatte.

Es hatte keinen Sinn, ein »zufälliges Treffen« zu organisieren, solange Nate abgelenkt und damit beschäftigt war, seine Traumkarriere zu verfolgen und seinen Pilotenschein zu machen. Damals ließ ich ihn in Ruhe. Ließ ihm Zeit, sich mit den falschen Frauen zu treffen. Mir war klar, dass er keinesfalls vor Ende zwanzig zur Ruhe kommen würde. Das tun Männer wie Nate nie. Sie wollen sich austoben.

Er hätte sich mit seinen Posts in den sozialen Medien zurückhalten sollen. Mit seinen fröhlichen Angeberfotos, mit seinen unzähligen Schnappschüssen aus seinem ekelhaft perfekten Leben lieferte er mir alle möglichen wertvollen Informationen.

Wenn sich fliegendes Personal nur kurzfristig in London aufhält, wird es immer in demselben Flughafenhotel untergebracht. Ich musste mich also nur für den Job bewerben, abwarten und so viele Schichten wie möglich freiwillig übernehmen. Die Arbeitsbedingungen waren miserabel, trotzdem hatte sich der Einsatz gelohnt. Nach langen acht Monaten machte er sich mehr als bezahlt.

Unsere Welten prallten zusammen, und wir verliebten uns. Darum ist es so verflucht ärgerlich, dass so kurz vor dem Happy End alles den Bach runterging. Es ist, als würde man bei *Mensch ärgere dich nicht!* genau vor dem Ziel rausgeschmissen.

Ich würde ihn dazu bringen, mich zu vergöttern, das hatte ich fest vor.

Mir war klar, dass er seine Taten bereuen würde, sobald er erst begriffen hatte, wer ich war. Er würde seinen Fehler wiedergutmachen. Erklären, dass alles ein Fehler gewesen war, dass ihn irgendwelche widrigen Umstände abgehalten hatten, Kontakt mit mir aufzunehmen. Darum hatte ich ihm, trotz Bella, ganz ehrlich erzählt, auf welche Schule ich gegangen war.

»Also, Schatz«, sage ich lächelnd zu Nate. »Was ich von dir will, ist ganz einfach. Du sollst dir diese Aufnahme mindestens dreimal ansehen.«

Er muss wirklich begreifen und akzeptieren, wie ich damals litt. Er muss von der E-Mail hören, die ich ihm später schickte und auf die er nie reagierte. Von der Pille danach. Von meiner Angst vor einer Geschlechtskrankheit, als ich in den Sommerferien schließlich meinen ganzen Mut zusammennahm und in eine Klinik ging. Ganz allein. Und wie tief er mich verletzt hatte.

»Ich habe schon kapiert, worum es dir geht. Lässt du mich wirklich frei, wenn ich mich auf deine Forderungen einlasse?«

»Vielleicht. Wenn du dich ganz und gar darauf einlässt. Aber wenn du weiterhin so einen Zirkus machst oder hier Krach schlägst, wird alles viel länger dauern. Du hast die Wahl.«

»Ich will kein Vielleicht. Hör zu, lass uns das bitte klären. Ich … es ist mitten in der Nacht.«

Ich ignoriere ihn, genau wie er mich so oft ignoriert hat. »Außerdem möchte ich, dass du noch mal die Fotos durchschaust und dir jedes einzelne davon ganz genau ansiehst, damit du dich erinnerst, wie glücklich wir waren. Ich werde dich später abfragen, um zu prüfen, wie gründlich du warst.«

»Ich habe doch gesagt, dass ich bereit bin, das alles zu klären.«

Ich lächle. »Und wie fühlt es sich an, ignoriert zu werden, Schatz?«

Er schweigt.

»Nicht besonders schön, oder?«, bohre ich nach.

Er antwortet nicht.

»Oder?«

»Nein, es ist nicht schön«, muss er zustimmen. »Ich schaue sie an, ich schaue alles an, also kannst du mich jetzt bitte losmachen?«

Ich hebe meinen Rucksack hoch, hole mein letztes Mitbringsel heraus – unser gerahmtes Hochzeitsbild – und stelle es aufs Fensterbrett. Dann werfe ich mir den Rucksack über eine Schulter und drehe mich um. Noch in der Tür hole ich den Schlüssel für die Handschellen heraus.

»Vergiss nicht, Nate. Es liegt ganz an dir. Du kannst früher oder später hier rauskommen.«

Ich werfe ihm die Schlüssel zu und ziehe die Tür hinter mir ins Schloss.

Zwei Minuten später hämmert er gegen die Tür. Es hallt durchs ganze Haus. Ich halte die Luft an. Er tritt mehrmals gegen das Holz, dann wird es still.

»Nate, wenn du nicht aufhörst, gegen die Tür zu treten, machst du alles nur schlimmer. Von jetzt an lasse ich dich für jeden Versuch, aus dem Bad zu kommen, eine Stunde länger schmoren. Und wenn du den Film fertiggeschaut hast, gibt es noch eine Webseite, die ich mit einem Lesezeichen versehen habe. Da kannst du ganz genau nachlesen, welche Konsequenzen es hat, wenn man mit einem Mädchen unter sechzehn Sex hat. Vor allem, wenn man über achtzehn ist. Dein Führungszeugnis hätte für alle Zeiten einen sehr negativen Eintrag, wenn ich das der Polizei melde. Also, wenn du nicht gerade scharf darauf bist, dir einen neuen Beruf zu suchen, und zwar einen, den auch ein aktenkundiger Sexualstraftäter ausüben kann, dann würde ich vorschlagen, dass du jetzt Ruhe gibst und meine doch recht einfache Bitte erfüllst.«

Stille. Das hat ihn zum Schweigen gebracht.

Hoffentlich wird er sich nach dem ersten Anlauf, bei dem er etwas lustlos war, am Riemen reißen und die Sache etwas ernster nehmen. Ich lege mich mit einem Kissen aufs Sofa, um ein bisschen zu dösen. Obwohl ich immer wieder einnicke, verstören mich meine Träume, und ich schrecke immer wieder hoch. Als das erste Licht durch die Fenster fällt, stehe ich auf, weil mir der Rücken wehtut. Ich mache mir Kaffee, trinke ihn langsam, lasse die Wärme durch meine Finger dringen und den aufsteigenden Dampf über mein Gesicht streichen. Ich gähne. Dann gehe ich zum Bad und lausche an Nates Tür.

Wunderbare Stille.

Ich muss heute als zusätzliches Crew-Mitglied nach Rom fliegen, um zu überprüfen, ob in den Galleys die neuesten Sicherheitsbestimmungen umgesetzt werden. Erst wollte ich mich krankmelden, aber wenn ich es recht überlege, könnte ich genauso gut fliegen. Bis zum Spätnachmittag bin ich wieder zurück, bis dahin hat Nate reichlich Zeit zum Nachdenken. Gefängniswärterin ist ein reichlich öder Job, dazu gehört wirklich nicht viel.

Ich klopfe an die Tür. »Wie kommst du voran?«, rufe ich.

»Bin fast fertig«, brüllt er zurück.

»Lügner! Der ganze Film dauert fast zwei Stunden. Vergiss nicht, du musst ihn dreimal anschauen. Sonst verschwendest du nur deine Zeit, weil du den Test nicht bestehst.«

Er murmelt etwas Unverständliches.

Ich beschließe, ihm nichts von meinem Ausflug zu sagen; wozu soll ich ihn beunruhigen. Sein Handy lasse ich – ausgeschaltet – auf dem Couchtisch im Wohnzimmer liegen.

Überraschend munter mache ich mich auf den Heimweg. Es hat nicht stark geschneit; nur ein paar verstreute weiße Flecken sind geblieben. Ich lege meine Uniform an und zerreiße beim Anziehen das erste Paar Strumpfhosen, sodass ich ein neues Paar aus der Packung holen muss. Ich gebe ein Vermögen für Strumpfhosen aus. Nachdem ich meine ID unter dem Namensschild an die Jacke geklemmt habe, packe ich meine flachen Schuhe in die Rolltasche.

Bevor ich losfahre, schaue ich noch einmal hoch zu Nates Wohnung. Von außen deutet nichts darauf hin, dass sich drinnen gerade etwas sehr Ungewöhnliches abspielt.

27

Am Flughafen, im Büro des Safety Ambassadors, tue ich so, als würde ich alles für meinen heutigen Einsatz vorbereiten, während ich tatsächlich aus purer Neugier heimlich Amys Einsatzplan checke. Sie wurde zum Bodenpersonal versetzt, weil sie ein Kind erwartet! Ich schaue noch mal nach, aber es ist wirklich so. Ihr wurde eine Stelle im Reisebüro für die Angestellten zugewiesen. Ich schaue auf ihrer Facebook-Seite nach. Nichts. Offenbar ist sie noch nicht lange schwanger.

Mir bleiben noch zwanzig Minuten, bevor ich zum Gate muss, und so nehme ich den Aufzug zum Reisebüro. Amy sitzt hinter einer Theke und tippt auf einem Bildschirm herum. Als ich auf sie zugehe, schaut sie auf, ein dienstfertiges Lächeln auf den Lippen, das sofort in sich zusammenfällt, sobald ich in ihr Blickfeld trete.

»Hi«, sage ich. »Lange nicht gesehen. Was tust du denn hier?«

An ihrer Linken trägt sie einen dünnen goldenen Verlobungsring mit einem einzelnen Diamanten. Sie bemerkt meinen Blick.

»Herzlichen Glückwunsch. Rupert, nehme ich an?«

Sie errötet. »Ja.«

»Und wann ist der glückliche Tag?«

»Ach, wir haben noch kein Datum festgelegt.«

»Ich meinte deinen Entbindungstermin. Ich nehme an, deswegen fliegst du nicht mehr?«

Sie rutscht verlegen auf ihrem Stuhl herum. »Ich bin noch ganz am Anfang. Wir haben es noch niemandem erzählt. Wie geht es dir?«

»Sehr gut. Ich bin als Sicherheitsbotschafterin auf dem Romflug.«

»Viel Spaß dann!« Sichtlich froh, mich wegschicken zu können, sieht sie an mir vorbei auf jemanden, der hinter mir wartet.

Auf meinem Weg durchs Terminal beobachte ich die Menschen um mich herum. Familien, Urlauber, sogar Geschäftsleute gehen scheinbar völlig zufrieden ihrem Leben nach. Hoch über uns strahlen Neonreklamen, die ausnahmslos lächelnde, glückliche, erfolgreiche Menschen zeigen. Mein Magen fühlt sich verkrampft und leer an. Ich hoffe wirklich, dass ich mit dem Video Nates Herz öffnen kann; ich ertrage es nicht länger, mich ausgestoßen zu fühlen.

Der Flug nach Rom verspätet sich wegen starker Böen um zwanzig Minuten. Kurz gerate ich in Panik, als ich an Nate denke, der verlassen und allein im Bad sitzt, aber als wir dann starten, schließe ich die Augen und stelle mir vor, wie er meine Worte in sich aufnimmt und mir gegenüber versöhnlicher gestimmt wird.

Als der Steigflug beendet ist, schnalle ich mich los. Ich mache mir nicht wirklich die Mühe, die Crew zu beobachten, um sicherzustellen, dass sie sich nicht unnatürlich verrenken oder verdrehen, während sie den kurzen Service durchführen. Ich werde mir etwas für meinen Bericht ausdenken. Aber nichtsdestoweniger stehe ich mit meinem Arbeitstablet herum und tue beschäftigt, während ich gleichzeitig effizient und wichtig auszusehen versuche.

Während des Zwischenaufenthalts steige ich aus und wandere durch den Flughafen Fiumicino. Ich kaufe Geschenke für Männer: die Herrenversion meines Lieblingsparfüms. Als ich an einem Herrenausstatter vorbeikomme, kann ich der Versuchung nicht widerstehen und kaufe Nate und Miles identische Krawatten, beide in Hellgrün mit silbernem Zickzackmuster. Ich schaue hoch zum Abflugmonitor, das Boarding ist bereits im Gange. Die Einkaufstasche schlägt mir gegen den Schenkel, als ich im Stechschritt zum Flugsteig eile.

Das Boarding hat schon begonnen. Ich schiebe mich durch das hektische Gedränge vor der Tür. Ein Vater kämpft mit einem Kinderwagen, während die Mutter mit dem zappelnden Baby im Arm ihm Anweisungen zu geben versucht. Eine elegant gekleidete Frau lässt am Handy alle Umstehenden an den letzten Neuigkeiten aus ihrem Arbeitsleben teilhaben. Andere warten geduldig, die ausgedruckten Boardingpässe oder ihr Handy in der Hand, als würden sie das Chaos als festen Bestandteil des Reisens akzeptieren.

Kurz vor dem Start gibt es einen Delay wegen schlechten Wetters in London. Ich bemühe mich, nicht allzu oft auf die Uhr zu schauen. Aber inzwischen hockt Nate seit siebeneinhalb Stunden allein zu Hause. Ich zwinge mich, positiv zu denken, denn sobald ich meiner Fantasie freien Lauf lasse, wird mir richtig übel bei dem Gedanken, was alles schieflaufen könnte. Nicht einmal meine Mantras können mich ablenken. Sie spenden mir keinen Trost. Die einzigen

Sätze, die sich in meinem Kopf halten, sind »In guten wie in schlechten Zeiten« und »Bis dass der Tod uns scheidet.« Diese Worte beschwören Bilder von Nate herauf, der allein und hilflos in seinem Bad sitzt. Oder der an einer für ihn praktisch angebrachten Regenrinne hinunterzuklettern versucht, dabei stürzt und unten im Garten sein Ende findet, wodurch er mich zu einer sehr jungen Witwe macht.

Aus dem Cockpit kommt eine weitere Durchsage.

»Meine Damen und Herren, es gibt gute Nachrichten. Wir haben eben die Bestätigung bekommen, dass wir in einer knappen Viertelstunde starten können. Wir entschuldigen uns noch einmal für die Verzögerung.«

Gott sei Dank. Einatmen. Ausatmen.

Allerdings ist es nicht die letzte Durchsage. Zwei Stunden nach dem Start erfolgt die nächste Katastrophenmeldung.

»Hier ist noch einmal Ihr Captain Rob Jones. Die Windböen in Heathrow waren stärker als vorhergesagt, was zu weiteren Verzögerungen geführt hat. Es darf dort zwar schon wieder gelandet werden, aber wegen des Rückstaus werden wir nach London-Stansted umgeleitet. Wir bitten die Unannehmlichkeiten zu entschuldigen. Ich bin sicher, dass das Bodenpersonal schon alle Hebel in Bewegung gesetzt hat, um den Transport nach Heathrow sicherzustellen und alle Weiterflüge umzubuchen …«

Seine Worte verblassen. *Mistkacke!* Ich hoffe, dass Nate noch genug zu essen hat, inzwischen ist er schon seit zehn Stunden allein. Es wird gegen zehn Uhr abends werden, bis ich zurück bin, wenn ich erst von Stansted nach Hause zockeln muss – vorausgesetzt, es ist ein Transport für die Crew organisiert, denn die Züge werden überfüllt sein.

»Verzeihung?« Eine Frau kommt mit einem Baby auf der linken Hüfte auf mich zu. »Unser Flug nach Dubai geht zwei Stunden nach unserer Landung, und wir *müssen* ihn noch erreichen.«

»Die Kollegen vom Bodenpersonal sind über alle Transfers informiert und bestimmt schon dabei, Sie auf den nächsten verfügbaren Flug umzubuchen, also machen Sie sich bitte keine Sorgen«, erkläre ich ihr. »So was kommt öfter vor, und sie sind sehr effizient.« Ich habe keine Ahnung, ob sie effizient sind oder nicht, aber das müssen sie wohl sein.

Andere Passagiere sind allerdings nicht so einfach zu besänftigen. Ein Mann kommt in die Galley und baut sich viel zu dicht vor mir auf. Ich rieche Bier in seinem Atem, während er schwadroniert, dass er seine Bonuskarte zurückschicken wird, weil er nie irgendwo pünktlich ankommt und nun das Geburtstagsessen für seine Tochter verpasst. Ich sprudele meine üblichen Plattitüden hervor, aber er will einfach nicht verschwinden.

»Und?«, fragt er schließlich. »Was werden Sie jetzt unternehmen?«

Gute Frage. Was soll ich denn unternehmen?

»Möchten Sie vielleicht etwas Schokolade?« Ich halte ihm ein Körbchen mit Schokoriegeln hin.

Er feixt, wobei sich sein Gesicht hässlich verzerrt. »Tut mir leid, Süße, aber ich habe schon als Sechsjähriger aufgehört, mich für Smarties zu begeistern.«

Ich stelle das Körbchen wieder beiseite. »Dann vielleicht etwas zu trinken?«

Ohne zu antworten, greift er an mir vorbei, zieht die Tür des Barschranks auf, als hätte er jedes Recht dazu, und beginnt, darin herumzuwühlen. Wenn ich etwas absolut nicht ausstehen kann, dann Leute, die glauben, dass sie sich in der Galley nach Herzenslust bedienen können. Man würde mir nicht glauben, wie oft ich kurz meine Mahlzeit oder ein Sandwich beiseitegestellt habe, weil ich irgendwo in der Kabine ein Problem lösen musste, und bei der Rückkehr jemanden mit meinem Essen im Mund erwischt habe. Schlagartig spüre ich den Druck – den Stress, den ich heute hatte – mit voller Wucht, und dieser Mann, dieser grauenvolle, rotgesichtige, aufdringliche Kerl ist eine Belastungsprobe zu viel. Ich greife über ihn, ziehe einen Metallbehälter heraus und lasse ihn auf seinen Hinterkopf krachen.

Er schreit auf, kippt nach hinten auf den Boden und bedeckt mit der rechten Hand seinen Scheitel. Offenkundig zu benommen, um weiter zu randalieren, starrt er mich an. Er kann von Glück reden, dass ich mich für den Behälter mit Servietten und Plastikgläsern entschieden habe, ich war kurz versucht, den mit den vollen Getränkedosen herauszuziehen.

»Das tut mir aber leid«, sage ich, bemüht, so zu klingen, als würde ich es ernst meinen.

Ich nehme ein Geschirrtuch und kippe Eis in die Mitte, schlinge es zusammen und reiche es ihm. Er hält es sich gehorsam an den Kopf. Ich will, dass er aus der Galley und meinem Blickfeld verschwindet, solange ich noch dem unbändigen Drang widerstehen kann, ihn zu treten.

Die Kabinenchefin kommt herein und besieht sich die Szene. »Alles in Ordnung, Sir?«, fragt sie.

»Nein!«, widerspricht er und beginnt gleich wieder zu toben.

Ich gehe weg. Scheiße noch mal, warum kümmern sich die Leute nicht um ihren eigenen Kram? Nur weil sie sich eingemischt hat, werde ich jetzt auch noch einen Bericht schreiben müssen.

Ich weiß nicht, wie lange ich das noch aushalte.

Noch vor Beginn des Sinkflugs sichern wir die Kabine und nehmen unsere Plätze ein, denn die Piloten sagen schwere Turbulenzen voraus. Mit Recht. Das Flugzeug wackelt und schwankt, während sich die Turbinen laut jaulend abmühen. Draußen ist alles schwarz. Es wird immer ganz still, wenn die Passagiere Angst bekommen, verstärkt durch die ohnehin gespenstische Atmosphäre.

Wir knallen auf die Landebahn, und das ersehnte Aufröhren des abbremsenden Flugzeugs ist das wohl angenehmste Geräusch des ganzen Tages. Ich fühle mich, als wäre ich eine ganze Woche weg gewesen.

Das Aussteigen dauert über eine Stunde, weil auch andere Flüge nach Stansted umgeleitet wurden und wir auf eine Treppe und Busse warten müssen. Der Crew werden Taxis nach Heathrow angeboten, aber die Warteschlange ist – natürlich – lang. Und während wir in der eisigen Kälte warten müssen, erschweren gedankenlose Kollegen die Rückfahrt, weil sie mit Koffern oder riesigen Reisetaschen auf diesem Tageseinsatz unterwegs waren, die nun teilweise die Sitzplätze blockieren.

Infolgedessen fahren die ersten beiden Taxis mit jeweils nur zwei Kollegen ab.

Als wir losfahren und die hellen Flughafenlichter hinter uns lassen, überkommt mich eine düstere Vorahnung. Nate war inzwischen seit über dreizehn Stunden unbeaufsichtigt.

Aus einer plötzlichen Eingebung heraus wähle ich seine

Nummer – obwohl sein Handy ausgeschaltet auf dem Tisch im Wohnzimmer liegt.

Das war keine gute Idee, denn ich bekomme den Schock meines Lebens. Es läutet.

Kaum hat mich das Taxi am Angestelltenparkplatz in Heathrow abgesetzt, da renne ich zu meinem Auto. Ich kann mich nur mit Mühe konzentrieren, während ich durch die Schranke fahre und der Regen zwischen den hektisch zuckenden Scheibenwischern auf die Windschutzscheibe prasselt. Ich will weder zu Nates oder zu meiner Wohnung fahren, weil ich den Verdacht habe, dass mich dort die Polizei erwartet. Aber ich habe keine andere Wahl. Genau betrachtet.

Falls es zum Schlimmsten kommt, habe ich am ehesten eine Chance, wenn ich Nates Lügen und Beschuldigungen zu widerlegen versuche. Unsere gemeinsame Vergangenheit beweist, dass es sich, so merkwürdig die Situation auch wirken mag, um einen bizarren häuslichen Streit handelte.

Kurz vor Richmond biege ich in eine Seitenstraße und wähle erneut Nates Nummer. Vorhin schaltete sich nach mehrfachem Läuten die Mailbox ein. Diesmal läutet es nicht, sondern Nates Stimme meldet sich sofort.

»Hallo, hier spricht Nate. Bitte hinterlassen Sie eine Nachricht.«

Ich lege auf. Vielleicht habe ich mir vorhin nur eingebildet, dass es geläutet hat. Ich versuche, über meine Spionage-App auf das Handy zuzugreifen, aber ich kann mich nicht einloggen. Die App ist eingefroren. Ein eisiger Schauer überläuft mich, als ich mir ausmale, dass zusätzlich zu allem, was ich sonst getan habe, auch noch meine Spionage-App entdeckt wurde. Unter äußerster Selbstbeherrschung atme ich tief durch, während ich alles konzentriert und ganz rational durchdenke. Sicherheitshalber lösche ich auf meinem Tablet die Browser-History mit dem Video, wie man ein Türschloss manipuliert. Ich versuche, mir einzureden, dass nichts Schlimmes vorgefallen ist. Ich male mir aus, wie Nate, ruhig und demütig, sich bemitleidenswert dankbar zeigt, dass ich ihn freilasse.

Ich parke ein Stück von meiner Wohnung entfernt, am anderen Ende der Straße, und schalte den Motor aus. Ich suche die Straße nach Polizeifahrzeugen ab, kann aber keinen erkennen, es sei denn, die Polizei ist in Zivil angerückt. Die Handtasche über der Schulter, sortiere ich den Inhalt meiner Tüten aus dem Duty-free, sodass die Geschenke gleichmäßig verteilt sind. Miles' Sachen können vorerst im Auto bleiben.

Der Regen hat aufgehört. Als ich über das Green spaziere, sinken meine Absätze alle paar Schritte im Boden ein. Ich will nicht zu Nates Wohnung hochsehen, aber ich muss. Mein Herzschlag beschleunigt sich, als ich Licht in der Küche sehe.

Habe ich es angelassen? Ich bin sicher, dass ich es ausgeschaltet habe.

Nates Zimmer ist dunkel. Ist das gut? Schlecht?

Scheiße. Ich wünschte, ich wäre dortgeblieben und hätte diesen dämlichen Flug ausfallen lassen.

Ich schließe die Haustür auf, die hinter mir mit einem Knall ins Schloss fällt. Ich bleibe reglos stehen. Ich könnte nach Hause gehen, duschen und mich unter meiner Bettdecke verkriechen, und mich erst morgen früh allem stellen. Vielleicht täte es Nate gut, noch länger allein zu bleiben.

Aber dann stelle ich mir vor, wie er allein im Bad sitzt, und die Sehnsucht nach ihm besiegt meine Ängste. Ich ziehe die Highheels aus und gehe auf Strümpfen nach oben.

Vor der Wohnungstür bleibe ich stehen und lausche.

Alles ist still.

Ich schiebe den Schlüssel ins Schloss und öffne ganz vorsichtig die Tür. Das Licht in der Küche strahlt in die Dunkelheit, doch leider zu schwach. Ich stelle die Taschen leise auf dem Boden ab und schließe die Tür hinter mir. Rainbow rührt sich nicht. Nates Handy liegt ausgeschaltet dort, wo ich es auf dem Couchtisch hingelegt habe. Die Stille macht mir eine Scheißangst. Ich gehe in Richtung von Nates Schlafzimmer. Die Tür ist zu. Auch das war so, als ich gegangen bin. Nichts deutet darauf hin, dass er entkommen sein könnte, trotzdem ist mir sterbensübel vor Angst. Und eiskalt; ich merke, wie ich zittere. Ganz behutsam drücke ich die Tür auf. Dahinter ist alles dunkel.

Doch als ich das Licht einschalte, bin ich starr vor Schreck.

28

Die Tür zum Bad wurde eingeschlagen. Ein ausgefranstes Loch klafft auf der einen Seite. Allerdings ist es nicht so groß, als dass sich jemand da durchquetschen könnte, außer vielleicht ein sehr dünner Schlangenmensch.

Noch während ich zu verarbeiten versuche, was das zu bedeuten hat, wird mein rechter Arm gepackt und auf den Rücken gedreht. Ich werde zu Boden gestoßen und schreie laut auf, bis eine Hand meinen Mund verschließt. Die Hand riecht nach Nate. Dann werde ich am Handgelenk wieder hochgezerrt und so heftig aufs Bett geschleudert, dass es mir kurz den Atem verschlägt. Ich versuche aufzustehen, aber er schubst mich zurück auf die Matratze.

»Jetzt bist *du* an der Reihe zuzuhören«, sagt er.

Ich stehe auf und will zur Tür rennen, aber wieder schubst er mich zurück.

Er sieht aus wie ein Psychopath.

Ich sehe mich um. Meine Sachen sind ordentlich auf dem Boden aufgestapelt. Das Hochzeitsfoto, mein Magazin, die Handschellen, mein Kleid, einfach alles. Es ist entwürdigend, als wollte er jede Spur von mir ausradieren. Ich starre ihn an.

Er sieht entgeistert auf meine Uniform. »Du bist geflogen? Du bist ja wahnsinnig! Es hätte weiß Gott was passieren können. Es hätte ein Feuer ausbrechen können; ich hätte sterben können. Als du mich nicht daran gehindert hast, die Tür einzutreten, dachte ich, du wärst nur kurz in deine Wohnung gegangen. Ich wäre nie auf die Idee gekommen …«

»Und wie wahrscheinlich ist es, dass ein Feuer ausbricht? Im Ernst? Du wohnst jetzt wie lange hier – drei, vier Jahre? Ich nehme also an, man kann getrost davon ausgehen, dass deine Nachbarn halbwegs vernünftige Leute sind. Jedenfalls habe ich dir eine Krawatte und ein Aftershave gekauft. Beides ist in der Tüte an der Tür. Ich würde sie ja holen, aber ich habe keine Lust, noch mal aufs Bett geworfen zu werden.« Ich reibe mein schmerzendes Handgelenk.

»Wenn du glaubst, du könntest damit wettmachen, dass du mich eingesperrt hast, brauchst du dringender Hilfe, als ich befürchtet habe.«

Ich verschränke die Arme.

Nate fährt mit seiner Ansprache fort, die in meinen Ohren einstudiert klingt. »Ich verstehe jetzt, wieso du meinst, ich sei deine erste Liebe. Das war damals dein erstes Mal, und ich habe mich wie ein Arsch benommen. Ich war jung, arrogant, unabsichtlich grausam und gedankenlos, und das tut mir leid.« Er setzt sich neben mich und nimmt meine Hand.

In meinem Kopf regt sich eine leise Hoffnung. Ich starre ihn an. Ist mein Plan etwa aufgegangen? Und in diesem Moment erkenne ich den Fehler: Ich werde es nie wirklich wissen. Ich werde ihm nie wirklich trauen können. Der Schlafmangel und der anstrengende Tag zehren an meinen Kräften, und nun muss ich auch noch diese Ungewissheit verarbeiten.

»Ich hatte heute viel Zeit zum Nachdenken. Das mit deinem Bruder muss grauenhaft für dich gewesen sein. Aber ich glaube, du hast dich in einer Art romantischer Fantasie auf mich kapriziert und …«

Ich falle ihm ins Wort. »Wie bist du rausgekommen?«

Er sieht mich an, als wäre er schockiert, dass ich mich nicht von seiner Mitleidsansprache einlullen lasse. »Ich hatte *den ganzen Tag,* um sie einzutreten.«

»Womit? Ich habe alles aus dem Bad entfernt, was als Werkzeug herhalten könnte.«

»Tja, vielleicht bist du nicht so gerissen, wie du denkst.«

»Sag schon, das macht mich ganz verrückt!«

»Die mittleren Paneele in der Tür sind dünner als die am Rand. Ich habe mich auf die konzentriert, und dann musste ich nur noch die Hand durch das Loch strecken und den Riegel drehen.« Er hält seine rechte Hand hoch; sie ist verschrammt und zerkratzt.

Ich weiß nicht, was ich noch sagen soll; allmählich normalisiert sich mein Herzschlag wieder. Aber irgendwie ist mir die Situation immer noch unbegreiflich, weiß ich nicht recht, wohin das alles führen soll.

»Also, es wird jetzt folgendermaßen laufen«, fährt Nate fort. »Wir werden diese Ehe so zügig wie möglich auflösen. Du wirst keine Tricks mehr versuchen – und das schließt ein, dass du dich von mir, meiner Familie, meiner Wohnung fernhältst. Bei der Fluglinie werde ich ein Trennungsgesuch einreichen, damit wir nicht gemeinsam eingeteilt werden. Außerdem glaube ich, dass du Hilfe, professionelle Hilfe suchen solltest, um über alles hinwegzukommen. Wenn du das möchtest, bin ich bereit, dir bei der Suche nach jemandem mit guten Empfehlungen zu helfen.« Er macht eine Pause. »Wenn du mit alledem einverstanden bist, gehe ich nicht zur Polizei. Falls du mir auf der Straße begegnest, wirst du den Gehsteig wechseln. Aber falls du gegen eine dieser Bedingungen verstößt, werde ich ein Kontaktverbot gegen dich beantragen.«

»Vergisst du nicht, dass auch ich dich anzeigen könnte, weil du mit einer Fünfzehnjährigen geschlafen hast? Ich könnte jederzeit zur Polizei gehen. Du müsstest mindestens mit einer Bewährungsstrafe rechnen und könntest deinem Traumjob Adieu sagen.«

Er sieht mich an, doch ich kann nicht recht deuten, was er gerade denkt oder empfindet. Ich jedenfalls empfinde ein leichtes Unbehagen, aber ich muss mich schützen. Jetzt, wo alles auf dem Tisch liegt, fühlt es sich fast so an, als hätten wir eine Chance, durch unsere Aufrichtigkeit ein neues Band zu knüpfen.

»Allem Anschein nach haben wir beide schwer aneinander zu tragen. Falls wir uns darauf einigen können, dass wir uns nicht einig sind, und uns in Zukunft aus dem Weg gehen, können wir ein Spektakel vermeiden. Wenn wir versuchen, uns gegenseitig zugrunde zu richten, ist nichts gewonnen, denn an einem ist nicht zu rütteln – dass ich der Falsche für dich bin. Ich hatte reichlich Zeit, über alles nachzudenken, und habe einfach die logischen Schlüsse gezogen. Als du auf meinem Handy angerufen hast, war mir klar, dass du irgendwann zurückkehren würdest, dass wir dann vernünftig über alles sprechen könnten und uns hoffentlich einigen, wie es weitergeht.«

Ich sage nichts.

»Lily. Lass mich los. Das soll nicht herablassend klingen, wirklich nicht, aber es wäre das Beste, was du für dich selbst tun könntest. Ich weiß, es sieht im Moment vielleicht nicht danach aus, aber falls ich dir je etwas bedeutet habe, so wie du behauptest, dann versuch mir bitte zu glauben. So schwer es dir auch fällt.«

»Ich versuche es ja, Nate, ich versuche es wirklich, aber mir will einfach nicht einleuchten, was ich davon hätte. Wir sind verheiratet. Wer wird deiner Version glauben? Ernsthaft? Ich bin kein One-Night-Stand, der ganz plötzlich mehr von dir will. Ich habe schon alles.«

Er stürmt aus dem Zimmer und kommt mit dem Handy am Ohr zurück.

»Tu nicht so, als würdest du gerade die Polizei rufen«, sage ich.

»Tue ich nicht«, fährt er mich an, aber das leichte Zittern in seiner Stimme verrät, dass er mehr Angst hat, ich könnte ihm ernsthaft schaden, als er zugeben will. »Ich bitte James zu kommen, damit er bezeugen kann, was du getan hast.«

Oh Gott, nicht schon wieder James. Ich ertrage es nicht, dass er ein weiteres Mal den Stab über mich bricht, nur damit sie mir dann beide ins Gewissen reden können.

Ich greife ebenfalls nach meinem Handy. »Schön. Und ich zeige dich an.«

Nate ist schnell. Er reißt mir das Handy aus der Hand, schaltet es aus und stopft es in meine Handtasche.

»Raus hier!«, schnauzt er mich an. »Verschwinde, bevor ich mich endgültig vergesse! Es reicht. Du solltest mir dankbar sein, dass ich dich nicht verhaften oder zwangseinweisen lasse. Ich gebe dir noch eine letzte Chance. Eine Chance, die du nicht verdient hast, aber ich kann jede Sekunde meine Meinung ändern!«

Erschöpfung überkommt mich. Ich weiß nicht, wie ich ihm noch erklären soll, dass ich ihm immer ganz und gar gehören werde. Er wird nie bereuen, dass er sich für mich entschieden hat; ich werde mein ganzes Leben nur darauf ausrichten, ihn glücklich zu machen. Ich fühle mich hundeelend, so als hätte ich uns beide enttäuscht. Aber die Worte in meinem Kopf sind wie verdorrt. Ich stehe auf, sammele benommen meine Sachen ein und stecke sie in meine Tasche. Ich muss mir überlegen, wie ich alles auflösen kann. Wenn ich beharrlich bleibe, wird er irgendwann unsere gemeinsame Vergangenheit nicht mehr ignorieren können.

»Meine Schlüssel, bitte.« Nate streckt mir auffordernd die Hand hin.

Ich gebe sie ihm, sie sind unwichtig; ich habe noch einen Satz.

Er öffnet die Wohnungstür, baut sich wie ein Wachposten daneben auf und sieht mir zu. »Hast du das *verstanden,* Lily? Dass wir ein beiderseitiges Abkommen haben?«

»Ja, ich *verstehe.* Adieu, Nate.«

»Adieu.«

Während ich auf den Lift warte, sagt er etwas, das wie »Auf Nimmerwiedersehen« klingt, dann schließt er die Tür.

Ich trete gegen die Innenverkleidung des Aufzugs.

Gleich am nächsten Morgen schicke ich Miles eine Nachricht, dass ich ihn zum Mittagessen treffen könnte, aber als Antwort kommt nur eine knappe Nachricht, dass er im Homeoffice arbeitet und beschäftigt ist. Ich checke Bellas Facebook-Seite, finde aber keinen Hinweis darauf, was sie heute vorhat.

Ich weiß, wo die beiden wohnen, also fahre ich hin. In der Einfahrt steht nur Miles' Auto, doch Bellas Wagen kann auch in der Garage abgestellt sein. Ich rufe Miles an, er geht gleich nach dem ersten Läuten ran und ist ziemlich barsch.

»Ich habe dir doch erklärt, dass ich in Arbeit ersticke.«

»Ist Bella zu Hause?«

»Nein.«

»Gut. Dann komm an die Tür. Ich stehe draußen.«

Er hat keine Wahl.

Ich trete in einen düsteren Hausflur. Er ist ganz anders, als ich mir Bellas Zuhause vorgestellt habe. Rechts windet sich eine Treppe mit dunklem Holzgeländer empor, und die Seitenwand ist passend vertäfelt. Der Teppich in tiefem Burgunderrot verstärkt die düstere Atmosphäre. Direkt vor mir steht ein runder Tisch mit einer olivgrünen Vase voller roter Rosen. Die Bilder an der Wand sind goldgerahmt und stellen Gewaltakte dar: Schlachten, Jagdszenen, Blut und Elend.

Ich überreiche Miles die Tüte aus dem Duty-free.

»Warst du wieder auf Geschäftsreise? Vielen Dank, aber das kann ich nicht annehmen. Juliette, so läuft das nicht. So läuft das ganz und gar nicht. Du kannst *auf keinen Fall* unangekündigt bei mir zu Hause auftauchen. Das war so nicht vereinbart.«

Er gibt mir die Tüte zurück. Ich stecke sie in meine Handtasche. Vorübergehend.

»Das weiß ich, aber wir müssen reden. Ich trinke nur schnell einen Kaffee, dann lasse ich dich in Frieden.«

»Bella wollte zwar erst am frühen Nachmittag wiederkommen, sie könnte aber auch früher zurück sein.«

»Schick ihr eine Nachricht. Frag sie, wie ihr Tag läuft, wenn es dich beruhigt.«

Ich gehe ihm voraus durch den Flur, der sich am Ende

zu einer Küche öffnet. Miles folgt mir nach, ohne meinen Vorschlag umzusetzen. Hier sieht es schon eher so aus, wie ich mir ihr Zuhause ausgemalt habe. Modern und luftig. Edelstahl glänzt, alle Oberflächen sind blank; sehr minimalistisch. In einer Obstschale aus Edelstahl häufen sich Bananen, Orangen und Kiwis. Ein Designer-Kaffeeautomat steht unter gerahmten Leinwandbildern mit Motivationssprüchen. Das überrascht mich; ich hätte immer gedacht, dass Bella so selbstbewusst ist, dass sie keinen aufmunternden Zuspruch braucht.

Glaube an das Gute in der Welt.

Stehe zu deinen Begabungen.

Tu genau das, was du dir nie zugetraut hast.

Ich stelle meine Tasche auf den Boden und fahre mit dem Finger über die Arbeitsfläche, während Miles mit Tassen und Kaffeekapseln hantiert. Meine Hand kommt auf einem mit Margeriten dekorierten Plastikordner unter einem kleinen Briefstapel zu liegen. Ich schiebe die Briefe beiseite, hebe den Ordner hoch und lasse den Inhalt herausgleiten. Darin liegt eine ausgedruckte Mail, in der Bellas Mutter die einzelnen Punkte des jährlichen Familientrips im Februar auflistet. Wie üblich wohnen sie im Ferienchalet ihrer Tante in Whistler.

Das ist nicht alles: Vor mir liegt auch der Probedruck einer Hochzeitseinladung. Miles und Bella haben ihre Heirat auf Mitte Januar vorverlegt und damit auf einen Termin kurz vor Nates Entheiratung von mir. Miles sieht her und runzelt die Stirn, als er begreift, was ich lese. Ich lasse mich nicht beirren. Sie haben sich gegen die Villa im italienischen Stil und stattdessen für ein Fünfsterne-Hotel am Ort entschieden. Ich überfliege die Gästeliste; es sind weit über hundert Personen geladen.

»Juliette! Das ist privat!«

Er kommt anmarschiert, nimmt mir den Ordner weg, stopft alles wieder hinein und beschäftigt sich wieder mit dem Kaffeeautomaten.

»Ist Bella schwanger?«

»Nein. Und selbst wenn sie es wäre, würde es dich nichts angehen.«

»Warum habt ihr dann die Hochzeit vorverlegt?« Ich sehe ihm in die Augen.

Er wird rot.

Ich setze mich auf einen Hocker an der Frühstückstheke. Er ist hart und unbequem. Miles setzt sich mir gegenüber und schiebt mir vorsichtig die Tasse herüber.

»Wir … Ich hielt es für das Beste, wenn wir mit der Hochzeit nicht allzu lange warten. Es hat mir einen ziemlichen Schock versetzt, als ich dich neulich abends gesehen und begriffen habe, dass ihr euch kennt. Ich habe mich unfair verhalten, und ich will sie nicht verlieren.«

»Und was ist mit mir?«

»Wir hatten eine *Vereinbarung*. Wir hatten gleich zu Anfang vereinbart, dass wir auf gar keinen Fall unsere Beziehungen aufs Spiel setzen würden.«

»Ja, aber ich verstehe nicht, warum alles vorbei sein soll, nur weil du es sagst?«

»Du *kennst* Bella.«

»Ich *kannte* sie.«

»Sie hat mir erzählt, dass sie in der Schule nicht immer nett war, doch du hättest ihr damals richtig Angst gemacht.«

Ich lache. »Ich? Ihr Angst gemacht? Weißt du, was an meiner Schulzeit noch das Schönste war?« Miles schüttelt den Kopf, doch ich rede schon weiter. »Es waren die ein, zwei erträglichen Stunden pro Woche, in denen ich die Schule verlassen konnte. Ich hatte mich für den Duke of Edinburgh Award angemeldet, aber nicht, weil *ich* so naturbegeistert bin. Das war die einzige Freizeitgruppe, in die sie keinesfalls gegangen wäre. Zwei Stunden pro Woche war ich frei, während ich bei Wind und Wetter über verschlammte Felder stapfte.«

»Also, ich bin sicher, sie war nicht so übel, wie du es jetzt darstellst. An meiner Schule ist auch alles Mögliche vorgefallen.«

»Wenn du es sagst.« Ich stelle meine Kaffeetasse ab. Das läuft ganz und gar nicht so, wie ich dachte. Ich stehe auf. »Kann ich kurz auf die Toilette, bitte?«

Er deutet in den Flur. »Die Tür rechts.«

Ich nehme meine Tasche und gehe los. Ich öffne und schließe die Toilettentür, dann streife ich meine knöchelhohen Stiefel ab, nehme sie in die Hand und husche nach oben. Alle Türen stehen offen, und schon das zweite Zimmer, in das ich spähe, ist eindeutig das gemeinsame Schlafzimmer. Ich lege mich aufs Bett und ziehe schnell das Handy aus der Hosentasche. Dann mache ich ein Selfie. Beim Aufsitzen lasse ich den Blick durchs Zimmer wandern. Bellas Nachttisch ist völlig überhäuft: Bücher, Nagellack, Watte und drei verschiedene Gesichtscremes, allesamt teuer. Ich stecke einen ihrer Lippenstifte ein, stelle Miles' Aftershave zu ihren Parfüms und hänge eine seiner Krawatten über einen Stuhl. Zum Abschluss mache ich noch ein paar Fotos vom Zimmer und ein weiteres Selfie auf dem Stuhl vor ihrem Schminktisch. Ich will Bilder von ihrer Welt sammeln.

Dann flitze ich wieder nach unten, ziehe die Stiefel wieder an und marschiere in die Küche, gerade als Miles mir entgegenkommt, als wollte er gucken, wo ich bleibe. Wir prallen fast zusammen. Ich strecke mich und gebe ihm einen Kuss.

Er tritt zurück. »Wir dürfen uns nicht mehr sehen. Es tut mir leid, aber es ist endgültig vorbei, Juliette. Du bist eine wunderbare Frau, und dein Verlobter kann sich wirklich glücklich schätzen, aber ich kann das Risiko nicht länger eingehen, so traurig das auch ist. Tatsächlich können wir im Nachhinein von Glück reden, dass es mit uns noch nichts Ernsteres geworden ist. So wird es uns leichter fallen, Abstand zu halten.«

»Mein Verlobter und ich haben uns getrennt.«

»Oh. Oh, ich verstehe. Das tut mir wirklich leid.«

Ich stehe vor ihm, mit hängenden Armen, und sage nichts. Allmählich spiegelt sich auf seinem Gesicht die Erkenntnis, dass ich mich nicht so einfach abservieren lasse. Er sieht aus, als würde er sich vor mir fürchten, und das bestätigt mein starkes Gefühl, dass ich ihn in der Hand habe. Ich werde meine Macht zu meinem Vorteil nutzen, nur wie, weiß ich noch nicht genau. Erst einmal gehe ich an ihm vorbei, stelle mich ans Fenster und schaue hinaus. Ein Makler würde den Garten als üppig und gepflegt beschreiben: mit Eschen und Birken am hinteren Grundstücksrand und ordentlich gepflegten Blumenbeeten, die mit Planung angelegt wurden. Ich wette, Bella malt sich schon heute aus, wie sie ihn in ein paar Jahren mit Schaukeln, einer Rutsche und einem Klettergerüst verschönern wird.

»Ihr wohnt wirklich schön.«

»Danke.«

Er sagt zwar nichts weiter, aber ich kann fast hören, was

er denkt: Er hofft, dass ich endlich verschwinde, dass ich ihm nicht alles vermassele.

»Ich werde dich in Frieden lassen«, fahre ich fort, ohne ihn anzusehen.

»Danke«, sagt er und gibt sich dabei nicht einmal Mühe, seine Erleichterung zu verhehlen.

»Aber«, ich drehe mich zu ihm um, »wenn ich je wieder Verbindung zu dir aufnehme, warum auch immer, dann ignorier mich bitte nicht.«

»Ich verstehe nicht, warum wir es nicht wie Erwachsene beenden und mit schönen Erinnerungen zivilisiert Abschied voneinander nehmen ...«

Ich falle ihm ins Wort, denn dank Nate kenne ich sein Skript bereits. Gleich wird er davon anfangen, dass ich *vernünftig* sein soll. »Adieu, Miles. Bis dann«, ergänze ich, damit er sich nicht allzu sicher fühlt.

Ich drehe mich um, nehme meine Tasche und gehe zur Haustür.

Ich bin zu aufgebracht, um etwas Sinnvolles zu tun, darum parke ich am Meer und mache einen Spaziergang.

Meine seit gestern Nacht unterdrückten Gefühle – der Zorn, die Wut, die Scham – lodern auf. Nicht nur, dass Nate schon wieder beschlossen hat, mich abzuservieren, jetzt hat es Miles ihm auch noch gleichgetan.

Der Wind beißt, die Wellen tosen. Die schwarze See lockt, ich muss gegen den Drang ankämpfen, loszurennen und mich ins Wasser zu stürzen, um meinen Schmerz zu ertränken. Aber ich hasse die Vorstellung, dass mein Körper irgendwann mit all dem Müll am Ufer angespült werden könnte. Das wäre wirklich zu demütigend.

Stattdessen gehe ich schneller und hoffe insgeheim, dass irgendein Jugendlicher versucht, mich zu berauben oder zu überfallen, und ich mich mit aller Macht wehren kann, nur um dem vulkanischen Brodeln in mir Luft zu machen.

Ich atme die Seeluft tief ein. Ich muss meinen Zorn kanalisieren.

Ich rufe in dem Hotel an, in dem Bella und Miles ihren Hochzeitsempfang geben werden, und erkundige mich nach Jobs im Service bei Großveranstaltungen. Sie geben mir die Nummer einer örtlichen Eventagentur, bei der ich anrufe und mich registrieren lasse.

Zurück in meiner Wohnung, betrachte ich die Fotos, die ich von Bellas Zimmer gemacht habe, und liste in Gedanken auf, was ihr alles gehört. Ich präge mir die Markennamen auf den zahlreichen Parfümflaschen und Cremetiegeln ein.

Dann checke ich, was Nate so treibt. Er ist unterwegs, besucht in Leeds einen alten Freund von der Uni. Frischer Zorn brodelt auf, wenn ich mir vorstelle, wie er fröhlich und sorgenfrei in der Welt herumgondelt.

Ich kann nicht länger tatenlos herumsitzen.

Ich krame in der Küche herum.

Ich renne übers Green und schließe die Haustür auf. Noch auf der Treppe ziehe ich die Dose mit Ameisengift – ich habe gelesen, dass Fische es nicht vertragen – aus meiner Tasche und stelle sie auf dem Boden ab. Dann schiebe ich den Schlüssel ins Schloss.

Er klemmt. Er passt nicht mehr.

Zugang verwehrt.

Ich drücke den Schlüssel nach links und rechts und probiere immer weiter, obwohl in mir längst die Erkenntnis dämmert, dass Nate absolut entschlossen ist, mich ganz und gar aus seinem Leben auszusperren.

29

Vier Tage vor Weihnachten erhalte ich einen extrem förmlichen Brief von der Kanzlei James Harrington. Das Verfahren zur Aufhebung der Ehe ist eingeleitet. Nate und ich – nunmehr »Antragssteller« und »Antragsgegner« – werden schon bald kein Paar mehr sein.

Stundenlang sitze ich auf meinem Bett und starre auf die Rechtsbegriffe, die alles ganz klar und einfach klingen lassen, als handele es sich um einen vollkommen emotionslosen Vorgang. Als ich mir schließlich jedes peinigende Wort eingeprägt habe, gehe ich in die Küche, nehme ein Feuerzeug und verbrenne das Schreiben über dem Spülbecken. Verkohlte Flocken erzittern, lösen sich und landen in schwarzen Locken auf der weißen Keramik.

In der Ferne höre ich einen Chor »Stille Nacht« anstimmen.

In meinem Weihnachtsurlaub löse ich mein Family-and-Friends-Ticket für einen kostenlosen Flug ein und lasse mich von Babs nach San Francisco begleiten. Mit ihr Sightseeing zu machen, ist eine willkommene Ablenkung: Alcatraz, die Golden Gate Bridge, eine Fahrt mit dem Cable Car, Fisherman's Wharf – keine Touristenattraktion entgeht uns.

Das Weihnachtsessen ist wenig traditionell, denn Babs und ich dinieren in einem Fischrestaurant mit zwanzig Fremden – Kolleginnen von der Airline mit ihrem jeweiligen Anhang: Freunden, Müttern, Freundinnen. Ich esse Muscheln in Weißweinsoße und zupfe Flocken von einer Krabbenschale. Das Restaurant versucht sein Bestes – es gibt Weihnachtsmusik und entsprechenden Schmuck –, aber insgeheim lassen mich die verzweifelten Bemühungen würgen, *Freude* und *Fröhlichkeit* heraufzubeschwören.

Als Babs in unserem Hotelzimmer auf ihrer Seite des riesigen Kingsize-Bettes eingeschlafen ist, foltere ich mich selbst, indem ich immer wieder Nates fröhliche Nachrichten aufrufe, von dort nach da, als würden Tennisbälle über die halbe Welt geschossen. Er ist zu Hause bei seiner wunderbaren, ihn liebenden Familie.

Eine Frau – *Tara* – wünscht ihm über Facebook »wunderschöne Weihnachten«, sie freut sich auf ihr baldiges Wiedersehen. Er freut sich, laut seiner Antwort, nicht minder.

Ich sehe genau vor mir, wie Bella, Nate und Miles gemeinsam um den Tisch sitzen, am Truthahn säbeln, Glühwein nippen, teure Geschenke öffnen. Wie sie glücklich jenes Leben leben, auf das sie Anspruch zu haben meinen.

Ich schalte den Fernseher ein und schaue einen Film, eine romantische Komödie, nur um mich noch mehr zu quälen.

Auf dem Rückflug fehlt mir die Geduld, und zwar komplett. Beim Boarding will eine Frau, die mir dreimal erklärt, sie sei *Managing Director* in einem großen Unternehmen, vor dem Take-off partout nicht ihre Tasche wegräumen.

»Können Sie das nicht machen?«

Ich beiße die Zähne zusammen. »Tut mir leid, aber wir dürfen kein Gepäck heben. Und wenn Sie die Tasche nicht wegtun, komme ich in ein paar Minuten zurück und lasse sie im Frachtraum verstauen.«

Irgendwo über dem Atlantik erzählt mir dann die Kabinenchefin, dass sich die Frau über mich beschwert hätte. Ich versuche, zerknirscht auszusehen. Ich bin zu aufgewühlt, um Pause zu machen. Stattdessen sitze ich in der Galley und höre einer Kollegin namens Natalie zu, die sich endlos über ihre Küchenrenovierung auslässt, die im kommenden Monat ansteht. Sie arbeitet Teilzeit und muss erst im Februar wieder fliegen.

»Das Küchenstudio meint, sie werden das Chaos auf ein Minimum beschränken.«

Manche Leute glauben einfach alles. Tatsächlich habe ich nichts gegen Natalie, und wenn sie etwas näher wohnen würde – sie pendelt von Glasgow, was entschieden zu weit ist für gegenseitige Besuche –, würde ich mich mit ihr anfreunden. Ich habe erkannt, dass es mir nicht guttut, wenn ich zu einsam bin.

Nach der Landung fühle ich, kaum dass ich die Willkommens-Durchsage für unsere Passagiere abgespult habe, ganz unerwartet so etwas wie leisen Optimismus. Ein neues Jahr steht bevor, ein guter Zeitpunkt für einen Neuanfang.

Ich öffne das Gepäckfach über dem Sitz der angeblichen Top-Managerin und biete an, ihr Gepäck herunterzuheben. Ehe sie etwas darauf erwidern kann, ziehe ich die Tasche heraus und lasse sie auf ihre Füße fallen.

Sie verzieht unter Schmerzen das Gesicht. »Autsch! Passen Sie doch auf!«

»Das tut mir wirklich schrecklich leid«, sage ich. »Ich

persönlich finde es immer sicherer, mit leichtem Gepäck zu reisen.« Und damit gehe ich davon.

Sie kann sich beschweren, so viel sie mag, es gibt keinen Beweis dafür, dass es kein Unfall war.

Drei Wochen später nehme ich mir ein Hotelzimmer an dem Ort, an dem Miles sich an Bella ketten und damit sein Leben ruinieren wird, und verlange eines mit Blick auf die Kirche.

Am frühen Nachmittag, als die Gäste im Hochzeitsstaat eintrudeln, herrscht – selbstverständlich – traumhaftes Winterwetter. Ich halte vom Fenster aus Ausschau nach Nate. Als ich ihn entdecke, direkt neben seiner Mutter und einer zweiten Frau, bei der es sich zweifelsfrei um Tara handelt – zierlich und mit dunklen Haaren –, bildet sich ein dicker Kloß in meiner Kehle, und ich kann die Tränen nicht länger zurückhalten.

In seinem dunklen, maßgeschneiderten Anzug mit der rosa Rose im Knopfloch sieht er aus wie einem Werbeprospekt entstiegen. Nate hilft seiner Mutter, ihren ausladenden cremefarbenen Hut zurechtzurücken, während Tara bewundernd zuschaut.

Bella erscheint mit zehn Minuten Verspätung in einer Pferdekutsche und sieht – von meinem Beobachtungsposten – wie eine echte Märchenprinzessin aus. In ihren Händen hält sie einen Strauß aus weißen und rosa Rosen. Ihr langes, spitzenbesetztes Hochzeitskleid schimmert. Gold blitzt auf, als sie den Arm ihres Vaters nimmt und auf das Kirchentor zuschreitet. Sie erlebt all das, was ich mir immer erträumt, aber nie wirklich bekommen habe.

Ich tupfe mir die Augen mit einem Taschentuch ab; ich habe zu tun.

Bevor es losgeht, studiere ich die Sitzordnung und lasse mich dann für das hintere Ende des Saals einteilen, weit weg vom Brautpaar und den Angehörigen. Ich trage eine dunkelbraune Perücke, blaue Kontaktlinsen und zusätzlich eine Brille, damit ich mich sicherer fühle. Man hat uns angewiesen, das Haar nicht offen zu tragen, darum habe ich es zu einem Pferdeschwanz gebunden, wobei allerdings ein paar lose Strähnen mein Gesicht einrahmen. Ich fühle mich ziemlich sicher, denn niemand wird auf mich achten – nicht wenn eine Schönheit wie Bella auf dem Ball die *Belle* gibt.

Ich gehöre zum unsichtbaren Personal. Niemand wird sich wirklich an mich erinnern, wenn man nach mir fragen sollte. Ich habe gehört, dass Augenzeugenberichte notorisch unzuverlässig sind.

Die Gäste bedanken sich jedes Mal höflich, wenn ich ihnen winzige Schüsselchen mit panierten Käse-Makkaroni und Schnapsgläschen mit Tomatencremesuppe serviere, gefolgt von Filet Mignon und neuen Kartoffeln. Ich fülle Wein- und Wassergläser auf und kreise dann mit einem Brotkorb um den Tisch.

Es ist genau wie bei der Arbeit, nur mit absolut festem Boden unter den Füßen.

Vor dem Dessert reichen wir Gläser mit Champagner für die Ansprachen.

Ich stehe hinten, eine Flasche Champagner fest in der Hand, während Miles sich in endlosen Danksagungen und einem ekelhaften Hohelied auf Bella ergeht. Er ist ein »glücklicher« Mann, seine Chancen standen bei ihr »eins zu einer Million«.

Ich verschwinde diskret in einen Nebenraum und schenke mir ein Glas ein. Anders ist dieser Müll und diese

Verlogenheit nicht zu ertragen. In der Küche jenseits des Korridors ist alles ruhig, soweit ich erkennen kann. Alle nutzen die Unterbrechung, um eine Pause einzulegen oder die letzten Sachen wegzuräumen. Ich sehe mich in dem Raum um, in dem ich gelandet bin. Neben den Geschenken und einem Haufen Mäntel entdecke ich die Torte – zu meiner Überraschung eine sehr traditionelle weiße Schichttorte mit Braut und Bräutigam auf der Spitze. Sie ist riesig, fünf Schichten hoch, und steht auf einem Servierwagen bereit, als sollte sie später ihren eigenen Auftritt bekommen und dramatisch in den Saal gerollt werden.

Ohne auch nur eine Sekunde nachzudenken, kippe ich den Wagen um. Die Torte klatscht auf den Boden. Ich widerstehe dem Drang, ein Messer hineinzujagen oder mit dem Absatz in die Creme zu treten. Braut und Bräutigam versinken unter einem zusammensackenden Berg aus Zuckerguss und Vanillebiskuit.

Dann kehre ich in den Saal zurück, wo eben der Trauzeuge seine Rede hält, in der er die üblichen Anekdoten über verrückte Uni-Eskapaden abspult. Ich hätte versuchen sollen, ihn vorab zu kontaktieren – ich hätte seine Geschichten etwas aufpeppen können –, und bemerke, wie die Catering-Managerin mit grimmiger Miene die Hochzeitsplanerin aus dem Saal geleitet.

Wenig später wird Bella von beiden beiseite genommen, und ich sehe ihre Hand an den Mund fliegen und ihre unübersehbar schockierte Miene. Sie kann sich glücklich schätzen – wäre ich leichter an sie herangekommen, hätte es ihr Kleid oder ihr Gesicht getroffen.

Bis zum nächsten Gang, laut Speisekarte ein »Dessert-Trio« aus Zitronen-Käsekuchen, Baileys in Schokosplitter-

Eiscreme und einem Miniatur-Schoko-Gugelhupf, gefolgt von Kaffee, reicht es mir. Der säurehaltige Champagner verätzt meinen leeren Magen, alles hier fühlt sich immer surrealer und verwirrender an. Ich ignoriere die Kollegin, die mich zu einer Versammlung des Personals abholen soll, einer Mini-Ermittlung über den Tortensturz.

»Wahrscheinlich waren es bloß tobende Kinder«, erkläre ich und tue so, als müsste ich einem Gast einen Sonderwunsch erfüllen.

Gerade als ich Übelkeit vorschützen will, um meinen Kurzzeit-Job zu kündigen, beginnt ein DJ am Rand der Tanzfläche sein Equipment aufzubauen. Ich werde noch den ersten Tanz abwarten und mich dann verabschieden.

Ich schleiche davon und genehmige mir ein weiteres Glas Champagner. Ich brauche das, wenn ich diesen Abend überstehen will, und zwei Gläser Schampus werden mich wohl kaum in meine Mutter verwandeln. Ich spüre den Alkohol in meinen Adern und merke, wie er meine Schmerzen und das Einsamkeitsgefühl dämpft.

Vielleicht war Amelia doch nicht so dumm.

Im Saal wurde mittlerweile das Licht gedimmt, und Bella und Miles betreten die Tanzfläche zu ihrem ersten Tanz – David Bowies »The Wedding Song«. Meine Kehle ist wie zugeschnürt, als der Song endet und Nate den Arm auf Taras Rücken legt, um sie sanft in die Menge um Miles und Bella zu schieben, nunmehr Mr. und Mrs. Yorke. Was weniger zu Bella passt als Goldsmith; sie sieht einfach nicht wie eine Bella Yorke aus.

Ich merke, dass ich nur noch schwer Luft bekomme, darum ziehe ich einen Stuhl unter einem freien Tisch heraus und will mich kurz setzen, als ich Miles' Sakko an der Rückenlehne eines nahen Stuhles entdecke. Ich schiebe verstohlen die Hand hinein und taste herum. Seine Brieftasche. Sein Handy. Ich ziehe die Brieftasche heraus und lasse sie in meine eigene Tasche fallen. Dann schaue ich weiter zu.

In Gedanken bin ich wieder an dem Abend der Schulfeier, an dem ich mich in Nate verliebte. Ich atme tief durch; ich möchte jetzt nicht daran denken. Das ist nicht der richtige Augenblick. Aber wenn ich Bella und Nate so glücklich sehe – und dazu die ganze glückliche Familienbande –, schnürt es mir die Luft ab.

An dem Tag, an dem Will starb, wollte ich nichts als ein paar Minuten Ruhe. Und doch habe ich sie seither nicht mehr gefunden.

Das Aufklatschen drang gar nicht richtig in mein Bewusstsein.

Der Gärtner kam mir zu Hilfe, als ich Will retten wollte. Das hat er nie jemandem erzählt, er wollte mich schützen. Er sagte nichts, als ich behauptete, ich hätte Will stürzen sehen und augenblicklich reagiert. Dass ich um Hilfe gerufen hätte, aber dass alles viel zu schnell passiert wäre. Nach einiger Zeit wird jede Lüge zur Wahrheit. Er erzählte nie jemandem, dass ich faul oder nachlässig gewesen wäre oder dass ich wahrscheinlich eingedöst war.

Noch vor dem ersten Blick in den Pool ahnte ich, was passiert war. Ich rannte los und kletterte hinunter. Der abfallende Beckenboden war grausam glitschig. Ein langer Stock lag vor meinen Füßen. Daneben standen seine Schuhe und die nicht zusammengehörenden Socken, die er immer auszog, bevor er an irgendein Wasser ging. Es kostete mich wertvolle Sekunden, bis ich ihn in dem brackigen Wasser entdeckt hatte. Ich griff nach ihm, bekam ihn aber nicht richtig zu packen.

Der Gärtner erschien. Als er mich losrennen sah, hatte er sich seinen Teil gedacht und war ebenfalls losgerannt. Letztendlich war *er* es, der Will aus dem Wasser zog, nicht ich. Ich schaute zu, wie er das barfüßige Bündel durchnässter Kleider wiederzubeleben versuchte. Wasser sickerte unter ihm hervor, rann die schiefe Ebene abwärts, floss zurück ins Brackwasser. Schreiend schaute ich zu, wie er meinen Bruder zu retten versuchte. Auf den ich hätte aufpassen sollen. Der widerhallende Lärm war viel schlimmer als alles, was je aus seinem unschuldigen kleinen Mund gekommen war.

Der restliche Tag zerfällt in Erinnerungsfragmente, aus denen allein der Blick meiner Mutter heraussticht, wie sie mich ansieht. Im ersten Moment dachte ich, sie würde mich an sich drücken, doch ihre Arme hingen ihr schlaff vom Körper herunter.

Stattdessen stürzte sie zu Boden und begann zu schluchzen.

Inzwischen habe ich über die Schuld gelernt, dass man an manchen Tagen mit ihr leben kann. An anderen Tagen wütet sie – genau wie die Trauer – ohne jede Vorwarnung und verbrennt dich mit Haut und Haar. Und das Schlimmste daran ist, dass du nichts dagegen tun kannst.

Ein Fehler lässt sich nicht wiedergutmachen. Nie. Stattdessen gräbt er sich in dein Fleisch und wird ein Teil von dir, ein übler, verrottender, alles erstickender Teil deiner selbst.

In all meinen Träumen, all meinen Albträumen wünschte ich mir immer nur eine Zeitmaschine, die mich zurücktransportiert, damit ich die Vergangenheit korrigieren kann. Als ich Bella begegnete, begann ich zu hoffen, es könnte noch einen anderen Weg für mich geben – ich könnte eines Tages gesunden und vielleicht sogar ein ganz normales Leben führen, wenn ich mich nur im Schlepptau von Bella befand. Ich wollte das so sehr, dass es schon schmerzte.

Als sie mir diese Chance verwehrte, bot mir das Schicksal eine zweite Gelegenheit und schenkte mir Nate. Mit ihm hatte ich ein Lebensziel, die Möglichkeit, jemand anderes zu sein als der Mensch, der ich keinesfalls mehr sein wollte – eine ausgehöhlte, entleerte Version meiner selbst. Ein Roboter.

In mir nistet eine tiefe Angst, die mich nie wirklich losgelassen hat. Und ohne einschneidende Veränderung – etwas Wunderbares, auf das ich mich konzentrieren kann – wird sie es wohl nie tun.

Denn ohne Liebe und Anerkennung bleibt nur etwas Düsteres, Hasserfülltes zurück.

Ich stehe auf und gehe zur Tanzfläche. Ich bleibe stehen. Ich bin ihm so nahe. So nahe bin ich dem Leben, das mir eigentlich zusteht, dass ich nur die Hand ausstrecken müsste und Nate in meine Arme ziehen könnte. Er tanzt gerade mit Bella. Ich stehe am Rand und schaue zu. Ich bekomme immer noch kaum Luft.

Konzentrier dich.

Ich zwinge mich wegzugehen. Ich überlasse sie alle ihrem Märchen.

Draußen umfängt mich willkommene Kälte.

»Alles in Ordnung, meine Liebe?«, fragt mich ein älterer Herr. Er raucht eine Zigarette.

»Nein«, sage ich. »Ich hatte eine Affäre mit dem Bräutigam. Er hat damals behauptet, er würde mich lieben, aber …« Ich zucke mit den Achseln.

»Nein!« Seine Augen werden groß. »Miles? Er ist mein Neffe. Nein, ich bin sicher, er …«

Ich zucke noch mal mit den Achseln. »Verzeihen Sie. Wenn ich gewusst hätte … aber er hat mir damals wehgetan. Sehr wehgetan.«

Ich gehe los, weg von dem Leben, das mir verschlossen bleibt.

Auf dem Rückweg zum Hotel komme ich an einer Obdachlosen vorbei, die im Eingang eines Schuhgeschäfts Posten bezogen hat. Ich nehme das ganze Bargeld aus Miles' Brieftasche und schenke es ihr.

Es müssen mindestens zweihundert Pfund sein; so entsteht aus etwas Schlechtem doch noch etwas Gutes. Den Geldbeutel versenke ich in einem Mülleimer.

Nach einer schlaflosen Nacht packe ich im Morgengrauen meine Sachen und checke aus.

Statt nach Hause zu fahren, zieht es mich in Richtung Dorset. Erst parke ich im Stadtzentrum von Dorchester. Nachdem ich Babs mit einer Nachricht vorgewarnt habe, dass ich gleich vorbeikommen werde, schiebe ich die Tür zu einem Blumengeschäft auf. Ich warte ungeduldig ab, während eine junge Frau vier Sträuße zusammenstellt und jeden Stängel mit Garn umwickelt. Sie fügt noch einen Teddybären-Ballon am Stock hinzu, den sie in einen Strauß aus weißen Nelken steckt.

Als ich an Babs Tür läute, steht sie schon im Mantel dahinter.

»Die hier sind für dich.« Ich reiche ihr den teuersten Strauß, eine Komposition aus apricotfarbenen und gelben Rosen.

Sie lässt sich nicht davon abbringen, den Strauß in einer Vase zu arrangieren, bevor wir uns auf den Weg zum Friedhof machen.

Wir beginnen bei William Florian Jasmin. Babs sagt ein Gebet auf, während ich ihm stumm erkläre, wie leid es mir tut.

Ich hätte besser auf dich aufpassen müssen. Ich hätte dir eine bessere große Schwester sein müssen.

Als Nächstes besuchen wir meine Mutter. Weil ich nicht recht weiß, was ich sagen oder tun soll, beschreibe ich ihr stattdessen die Blumen, die ich neben ihrer Plakette abgestellt habe.

»Was waren ihre Lieblingsblumen?«, frage ich Babs, weil mir plötzlich aufgeht, dass ich das gar nicht weiß.

»Sie liebte alles, was wuchs«, antwortet Babs bibbernd.

»Geh zurück zum Auto.« Ich gebe ihr die Autoschlüssel. »Und dreh die Heizung auf. Ich komme gleich nach.«

Sie widerspricht mir nicht.

Ich schaue ihr nach, während sie zum Parkplatz geht. Dann suche ich nach dem Grabstein des Gärtners, der Will zu retten versuchte und mich beschützte. Sein Grab liegt verlassen da, selbst die Blumenvasen sind leer. Ich lege meinen letzten Strauß auf dem Boden ab.

Michael John Simpson

1946–2004

Er starb an Lungenkrebs, während ich im Internat war. Amelia erwähnte es nebenbei, als ich in den Schulferien zu Hause war. Ich weinte.

»Danke, dass du es wenigstens versucht hast«, sage ich laut.

Ich setze Babs zu Hause ab und schlage ihr Angebot aus, bei ihr zu übernachten.

Ich muss nach Hause und an meinen Plänen arbeiten, auch wenn meine App nicht mehr funktioniert. Entweder hat Nate ein neues Handy und nicht alle alten Daten umgezogen. Oder sie wurden irgendwie gelöscht.

Außerdem hat er alle Passwörter geändert, aber es muss etwas geben, woran ich bislang noch nicht gedacht habe. Da muss es einfach etwas geben.

Ich habe nur noch ein paar Monate, dann ist alles zu spät.

In den frühen Morgenstunden überkommt es mich schlagartig und mit einer so *reinen Klarheit,* dass ich mich abrupt im Bett aufsetze: Nate schuldet mir noch die Flitterwochen.

Allerdings muss ich vorerst in den Grenzen arbeiten, die mir gesetzt wurden. Er reist in Kürze nach Whistler – die Daten in der ausgedruckten Mail in Miles' Küche stehen mir immer noch vor Augen. Sofort beginne ich an meinen Plänen und Ideen zu feilen und das Wichtigste in mein Handy einzutippen. Ich muss meine Taktik erneut anpassen, denn Taten sprechen immer noch eine deutlichere Sprache als Worte.

Eines ist allerdings sicher: Die Annullierung kann er sich abschminken. Ein frisches Mantra drängt sich mir auf.

Wenn du jemanden liebst, dann gib ihn frei.

Wenn er zurückkommt, gehört er dir. Wenn nicht, dann zwing ihn dazu.

30

Ich bündele mein Haar zu einem Knoten und stecke ihn mit ein paar Haarnadeln fest, bevor ich den Lippenstift nachziehe, den ich von Bellas Frisierkommode mitgehen ließ. Ich hole tief Luft, lächle mein Spiegelbild an, entriegele die Toilettentür und trete in die Galley der Ersten Klasse. Um sicherzustellen, dass ich für genau diese Arbeitsposition eingeteilt wurde, habe ich meine Funktion als Sicherheitsbotschafterin eingebracht und argumentiert, dass ich die Sicherheit nicht wirklich umfassend beurteilen kann, wenn ich nicht in jeder Passagierklasse gearbeitet habe. Nachdem ich das Catering mit der Speisekarte abgeglichen habe, bestätige ich das mit meiner Unterschrift.

»Ciao und guten Flug«, sagt einer der immer fröhlichen Catering-Mitarbeiter, bevor er in die nächste Galley weiterzieht, um die nächsten Checks vorzunehmen.

Ich kontrolliere, ob wir genügend Decken, Jogginganzüge für die Nacht und Geschenktüten für unsere Passagiere haben, und arrangiere die blassrosa Nelken in der fixierten Silbervase in der Kabine. Nachdem alle Vorbereitungen abgeschlossen sind, beschäftige ich mich damit, die PIL – *Passenger Information List* – zu studieren. Zwar quält mich immer noch die vertraute, nie verheilte, neidgrüne, bittere, verzehrende, Übelkeit erregende Eifersucht, trotzdem bewahre ich Ruhe. Ich ermahne mich, dass es zwar keine idealen Voraussetzungen sind – keine Frau sollte sich so kurz nach der Hochzeit mit einer Geliebten herumschlagen müssen –, doch dafür läuft alles nach Plan.

Nur ein paar Hindernisse muss ich noch aus dem Weg räumen, und das werde ich ganz methodisch, Schritt für Schritt tun.

»Cabin Crew, prepare doors for departure.”

Die Stimme des Kabinenchefs kommt aus der Bordsprechanlage. Das heißt, dass alle Ladeluken verriegelt wurden, alle Papiere abgezeichnet sind und die letzte Passagiertür verschlossen ist. Ich sichere meine Tür, aktiviere dadurch den Auslösemechanismus für die Notrutsche und checke dann, ob die Kollegin von gegenüber ebenfalls ihre Tür gesichert hat. Wir setzen zurück, und vor dem Bullauge weicht der Flugsteig zurück. Wie jedes Mal schrumpft die Welt in diesem Moment auf das Innere des Flugzeugs zusammen. Wir sind gefangen; wir müssen uns ganz auf die Piloten, die Elemente, die Technik und den kollektiven Glauben verlassen, dass die Ingenieure und Wartungsteams gründliche Arbeit geleistet haben.

Wir fahren gemächlich zur Rollbahn, stellen uns in die Schlange und rücken Flugzeug um Flugzeug vor. Endlich kommen wir an die Reihe. Das Flugzeug macht einen Halbkreis nach rechts. Eine kurze Pause, dann setzen unter dem Dröhnen der Turbinen der kraftvolle Schub und die Beschleunigung ein, die Räder rasen über die Rollbahn und das Flugzeug nimmt Geschwindigkeit auf. Wir heben ab. Ich schließe die Augen und sehe vor mir, wie tausend Meter unter uns unser Flug – plopp! – wie eine Seifenblase von den Monitoren im Terminal verschwindet.

Als hätte es ihn nie gegeben.

Ich lenke mich mit der Essenszubereitung ab. Martin und Nicky, meine beiden für den Service verantwortlichen Kollegen, schenken Getränke aus und nehmen die Bestellungen für die Mahlzeiten auf, die ich anschließend aufwärme, auf Porzellan anrichte und garniere. Zitrone und Petersilie für den Fisch, frische Minze für das Lamm. Während wir Tee und Kaffee servieren, geraten wir in Turbulenzen – das Timing ist fast schon wieder typisch. Sobald der Service erledigt ist und wir die Überreste – Gläser, Geschirr und Essen – abgeräumt haben, ziehen Martin und Nicky die Jalousien vor den Fenstern herunter, und ich dimme das Licht.

Ich stehe hinten, im Eingang zur Ersten Klasse, und beobachte. Bis auf die flimmernden Bildschirme ist es dunkel und still. Mehrere Passagiere schlafen – dicke Haufen unter ihren Decken –, und hier und da umklammert ein Trinker ein Glas Whisky oder Port. Die Klimaanlage surrt über den Turbinen, jemand schnarcht. Ich inhaliere ein Gemisch aus kaltem Essen, Fußschweiß und Wind, unterlegt mit Raumspray und dem Duft nach »Eau-de-Boeing«, wie wir es nennen – dem unverkennbaren Flugzeuggeruch. Alles ist ruhig.

Meine Kollegen gehen in die Pause. Ich bin allein.

Ich habe die Macht. Und alles unter Kontrolle.

Ich lasse mir einen Augenblick Zeit.

Ich kann Taras Kopf ausmachen. Sie hat langes und glattes Haar, glänzend und voll wie in der Fernsehwerbung. Ich schließe die Augen, atme ein paarmal tief ein und aus und gehe erneut meinen Plan durch, doch hässliche Worte drängen sich in meine Gedanken; Satzbausteine aus offiziellen Briefen, die mir die Kanzlei von James Harrington zugesandt hat. Diese unschuldig aussehenden und doch so mächtigen Papiere zeigen unverkennbar den Anfang vom Ende an. Mir bleiben nur noch ein paar Monate, dann wird mich und Nate nichts mehr verbinden. Der quälende Gedanke verleiht mir frische Entschlusskraft. Ich habe nichts mehr zu verlieren.

Ich trete in die Kabine; der Teppichboden schluckt meine Schritte. Ich gehe zum Schrank vorn in der Kabine und öffne die Tür, als würde ich etwas suchen. Links von mir befindet sich Sitz 1A, einer der bevorzugten Sitze von VIPs und Promis. So auch heute: Ein kanadischer Fernsehschauspieler sitzt dort, guckt einen Film und mümmelt die Reste seiner Käseplatte mit Biskuits. Der Passagier rechts von mir, eine ältere Ausgabe von Nate, liest die *Financial Times.* Auf dem Platz direkt hinter ihm liegt friedlich schlafend Bellas und Nates Mutter Margaret. Nächstes Jahr werde ich auf einem dieser Sessel sitzen und Champagner oder Gin Tonic schlürfen. Leise schließe ich die Schranktür wieder und drehe mich um. Bella sitzt aufrecht da und kramt in ihrer Handtasche. Miles liegt in seinem Sessel und schaut einen Film, den geräuschunterdrückenden Kopfhörer fest auf den Ohren. Auf seinem Tischchen steht ein unberührtes Glas mit Portwein. Schadenfreude erfüllt mich.

Ich stelle mich neben ihn, winke ihm und schenke ihm ein kleines Lächeln.

Er will mich schon höflich wegschicken, offenbar hält er mich für eine aufmerksame Flugbegleiterin, die sich noch einmal extra nach seinem Befinden erkundigen will, doch dann zeigt sein Gesicht völlige Verwirrung. Er setzt sich auf, nimmt die Kopfhörer ab und starrt auf mein Namensschild.

»Miles! Miles Yorke!«, verkünde ich strahlend.

Bella sieht her.

»Sonst ist Port doch nicht so dein Ding«, erkläre ich etwas lauter als nötig.

Er starrt mich immer noch an, sagt aber kein Wort.

Bella starrt ebenfalls her.

Ich kann nicht anders, ich muss noch mal nachsetzen. »Komm, ich schenk dir nach. Um unsere *besonderen* Gäste kümmere ich mich besonders gern.«

Ich schiebe den Stiel des Portglases durch meine Finger, hebe es an und lasse es zur Seite kippen. Rote Flüssigkeit klatscht auf Miles' Hose.

»O je, das tut mir aber leid.« Ich schlage mir die freie Hand auf den Mund. »Komm mit in die Bordküche, dann gebe ich dir was zum Abwischen.«

Ich schlendere aus der Kabine, an Nates Sitz vorbei. Er sieht nicht auf. Miles folgt mir nach. Obwohl ich ihn nur mit einem knappen Kuss auf die Wange begrüße, sobald wir allein in der Galley stehen, dreht er sofort das Gesicht weg.

»Meine *Frau* – Bella – ist an Bord! Was zum Teufel soll das eigentlich? Du hast mich angelogen. Du hast behauptet, du wärst in der Touristikbranche.«

Ich spare mir die Bemerkung, dass Fluglinien eine wichtige Rolle in der Touristikbranche spielen.

»Du kannst dich glücklich schätzen, wenn ich dir auch nur die Uhrzeit sage. Du warst wirklich nicht fair zu mir. Du hast mehr mit Nate gemeinsam, als dir klar ist.«

Er starrt mich an. »Nate?«

»Ja. Nate.«

»Nate, nicht Nick? Oh mein Gott.« Er sieht mich an. »Du hast mich hinters Licht geführt. Von Anfang an. Warum?«

Hinter ihm taucht Bella auf.

»Miles? Schatz, hast du die Hose sauber bekommen?«

Als er ihre Stimme hört, fährt er herum. »Fast.«

Ich halte eine Serviette unter den Wasserhahn, drücke sie aus und reiche sie ihm. Er rubbelt heftiger als nötig über seinen rechten Schenkel.

»Ich kenne dich doch, oder? Aus der Schule.« Bella glotzt mich an. »Du bist Elizabeth Price. Du warst auch auf dieser Party. In Bournemouth.«

Miles rubbelt weiter wie besessen auf dem Fleck herum. Dabei ist die Hose dunkelgrau, man sieht den Port überhaupt nicht.

»Und Stephanie hat erzählt, du hättest sie in ihrem Fitnessclub besucht.«

»Kann ich Ihnen was zu trinken geben?«, frage ich. »Falls nicht, müssen Sie mich entschuldigen, ich habe zu tun.«

»Wie hast du das gemeint, dass Miles für gewöhnlich keinen Port trinkt?« Sie wendet sich an Miles. »So oft fliegst du doch gar nicht.«

Ich beschließe, Miles aus der Patsche zu helfen. Vorerst. »Ich bin Kundin bei ihm.«

»*Du*? Du bist eine Kundin von Miles?«

Ihr ungläubiger Tonfall verletzt mich.

»Sie war es«, sagt Miles und sieht auf. »Nein, eigentlich stimmt nicht mal das. Aus unserer ersten Begegnung hat sich nichts weiter ergeben. Ich bin verwirrt. Ich dachte, du heißt Juliette?«

»So heiße ich auch. Inzwischen.«

»Warum hast du dich ausgerechnet für Miles' Firma entschieden? Das war bestimmt kein Zufall. Schon in der Schule hast du das gemacht. Immer hast du dich an mich gehängt, mich kopiert, meine Kleider geklaut, mein Make-up. Und dich bei meinen Freundinnen eingeschleimt.«

Miles sieht aus, als müsste er sich gleich übergeben.

»Miles, Schatz, hat sie dir persönliche Fragen gestellt, als sie zu dir ins Büro kam? Kam dir irgendwas an ihr komisch vor?«

»Nein. Wieso?«

»Weil ich bei der ganzen Sache kein gutes Gefühl habe.«

Ich merke, wie ich die Fäuste balle. Das Gespräch läuft nicht so, wie ich es mir vorgestellt habe. Ich hatte mit etwas wie aufblühender Scham oder Angst gerechnet. *Irgendwas*. Denn nicht mal sie kann erwarten, nach Rosen duftend aus diesem Gespräch hervorzugehen. Mein Blick fällt kurz auf einen flachen Container, in dem ein Brecheisen liegt. Offiziell ist es dazu da, die Wandverkleidungen abzuhebeln, wenn ein Brand ausbricht. Es ist aus Eisen und schwer und hat am einen Ende einen hässlichen Haken.

»Verzeihung?«

Wir sehen alle drei nach rechts. Dort steht ein Passagier, der kanadische Schauspieler.

Ich beschwöre mein professionelles Ich herauf. »Kann ich Ihnen helfen?«

»Ja, bitte. Mein Bildschirm ist eingefroren.«

»Ich werde mir das sofort ansehen.« Damit folge ich ihm in die Kabine, tue so, als würde mich die Sache interessieren, und drücke ein paar Knöpfe auf der Fernbedienung. »Ich lasse Ihr System neu starten«, verspreche ich.

Er lächelt. »Danke. Sehr nett von Ihnen.«

Auf dem Rückweg zum hinteren Ende der Kabine gehe ich neben Taras Sitz in die Hocke. »Hi«, sage ich stumm.

Sie hält ihren Film an – eine neuere romantische Komödie – und setzt die Kopfhörer ab. »Hi«, erwidert sie zögerlich.

Ich sehe ihr an, dass sie sich verzweifelt bemüht, nicht allzu offensichtlich auf mein Namensschild zu schauen.

»Ich bin's, Juliette. Erinnerst du dich? Wir waren letzten Monat auf dem Flug nach Athen. Oder war es Kairo? Egal, wie *geht* es dir?«

»Gut, danke.«

Sie wirkt immer noch verwirrt. Wozu sie auch jedes Recht hat; wir sind noch nie zusammen geflogen. Während sie sich bemüht, eine nicht existente Erinnerung wachzurufen, deute ich auf Nate. Er sieht her.

»Ist das dein Neuer?«

Sie grinst. »Ja.«

Ich ziehe ein grimmiges Gesicht. »Na dann. Viel Glück. Wenn ich du wäre, würde ich die Augen offen halten.«

Nate nimmt den Kopfhörer ab und setzt sich auf, den Blick fest auf mich gerichtet. Bis zu diesem Augenblick habe ich mir nie wirklich Gedanken über den Ausdruck »Zornesblitze« gemacht, doch jetzt sehe ich, wie sie aus seinen Augen schießen; sein ganzes Gesicht ist eine einzige Gewitterwolke. Ehe Tara noch etwas sagen kann, stehe ich auf und gehe zur Galley, doch Nate ist erstaunlich schnell. Er eilt mir nach und packt mich am Arm.

Bella und Miles, beide sichtlich in ein ernstes Gespräch verwickelt, halten inne und starren uns an.

»Was soll das werden?«, fährt Nate mich an. »Wieso redest du mit meiner Freundin?«

Ich schüttele seine Hand ab. »Ich bin bei der Arbeit. Sie sah aus, als bräuchte sie etwas zu trinken.«

»Du hast gegen unsere Vereinbarung verstoßen.«

»Wieso? Ich kann nichts dafür, wenn ihr auf diesem Flug seid. Wenn es dich so stört, kannst du dich ja in die Economy umsetzen lassen. Ganz im Ernst. Hinten sind jede Menge Sitze frei.«

»Das ist verflucht ärgerlich und ganz bestimmt kein Zufall.«

Ich zucke mit den Schultern. »Du kannst glauben, was du willst. Das Schicksal hat eindeutig noch Großes mit uns vor.«

»Du kennst diese Frau also auch?«, fragt Bella Nate.

Ich antworte für ihn. »Oh, Nate und ich kennen uns sogar sehr gut.«

Tara sucht sich genau diesen Augenblick aus, um zu uns zu stoßen. Hinter ihrer rechten Schulter ragt der Schauspieler auf.

»Verzeihen Sie«, komme ich ihm zuvor. »Aber es dauert ein paar Minuten, bis Ihr Bildschirm wieder anspringt. In fünf Minuten schaue ich noch mal vorbei.«

Er sieht aus, als wollte er um noch etwas bitten, doch anscheinend entscheidet er sich anders. Stattdessen verschwindet er in einer Toilette. Wir verstummen alle, bis wir das Schloss klicken hören. Dann gehe ich zum Bordtelefon über dem Jumpseat, rufe den Kabinenchef an und bitte ihn, das Entertainment-System für Platz 1A neu aufzusetzen. Danach kehre ich zu der immer größer werdenden Gruppe in der Galley zurück.

Tara klammert sich an Nates Arm.

»Ich habe doch gesagt, dass ich kein gutes Gefühl bei der Sache habe«, sagt Bella zu Miles. »Oder etwa nicht?«

Er nickt, ohne mir dabei in die Augen zu sehen.

»Was ist denn los?«, fragt Tara.

»Er mag seine Freundinnen eben viel, viel jünger, nicht wahr, Nate?«

Nate hebt den Arm, als wollte er mich ohrfeigen. Bella packt seine Hand und drückt sie nach unten.

»Du gibst mir da doch recht, oder, Bella? Weißt du nicht mehr, was du in der Schule immer gesagt hast?« Ich ahme ihre Stimme nach. *»Das ist nur Gerede, Elizabeth. Du stehst da drüber. Nichts als Gerede.«*

»Ich dachte, du hättest Bella in der Schule nicht besonders gut gekannt?«, fragt Nate.

»Jeder kannte Bella, habe ich gesagt.«

Tara probiert es erneut. »Ich kapiere immer noch nicht, worum es hier geht.«

»Frag *sie.«* Ich deute auf Bella.

»Ach, wir haben sie damals in der Schule ein bisschen aufgezogen, weil sie mit einem Kerl geschlafen hatte, obwohl sie erst fünfzehn war. Wir anderen behaupteten immer bloß, wir hätten es schon getan – um anzugeben oder um erwachsener zu wirken –, aber sie hat es tatsächlich bis zum Ende durchgezogen. Typisch Elizabeth. Sie musste alles bis zum Exzess betreiben.«

Jetzt sieht Nate aus, als müsste er gleich brechen.

»Ein bisschen aufgezogen«, ahme ich sie wieder nach. »Mit widerlichen Bildern in meinem Schreibtisch. Ständigen Beschimpfungen. Schlampe. Hure. Flittchen. Wanderpokal. Lily-Loch. Und das sind noch nicht einmal die Schlimmsten. Ihr habt damals ständig mit euren Freunden angegeben, mit denen ihr angeblich so viel *Spaß* hattet. Auch *euretwegen* dachte ich, ich würde etwas Erwachsenes tun. Etwas, für das ihr mich respektieren würdet. Stattdessen geschah das genaue Gegenteil.«

»Oh Gott, jetzt schieb das nicht mir in die Schuhe«, faucht Bella. »Du hast doch selbst einen Kopf, oder? Niemand hat dich zu irgendwas gezwungen.«

»Du hast damals behauptet, der Junge würde mich niemals respektieren. Dass Männer keine Frauen heiraten, die so leicht zu haben sind. Aber da hast du dich getäuscht. Er hat mich geheiratet. Es war die Liebe fürs Leben, genau wie ich damals gesagt habe. Erzähl es ihnen, Nate. Erzähl ihnen von unserer Hochzeit.«

Es wird still, alle schauen ihn an. Er sagt nichts, starrt mich nur an, als würde er glauben, dass wir alle nur lang genug herumstehen müssen, damit dieses surreale Zusammentreffen endet und er in einem Fünfsterne-Hotel erwacht, wo sich die anstrengendsten Fragen darauf beschränken, ob er joggen gehen und was er zum Frühstück essen soll.

»Ihr seid verheiratet?«, fragt Bella. »Und damals …? Oh. Gott.« Sie schlägt die Hand vor den Mund und schüttelt den Kopf, als wäre ihr plötzlich alles zu viel. »Nathan?«

Tara findet ebenfalls die Sprache wieder. »*Verheiratet*?«, ergänzt sie. »Mit *ihr?*«

Mir fällt auf, dass sie Nates Arm losgelassen hat.

»Nein. Ja. Nicht richtig. Deswegen habe ich es nie erzählt. Es war eine Vegas-Geschichte. Die Ehe wird gerade annulliert.«

»Das ändert nichts daran, dass wir noch verheiratet sind.«

Die Toilettentür geht auf. Alle verstummen, als der Schauspieler heraustritt.

»Der Bildschirm müsste inzwischen wieder funktionieren, Sir.« Sein Name will mir einfach nicht einfallen. »Möchten Sie vielleicht noch etwas zu trinken?«

Er nimmt die Szene, die sich vor ihm abspielt, in Augenschein und schüttelt den Kopf. »Nein, alles gut, danke.« Dann verschwindet er.

»Also«, sagt Tara. »Nur damit ich das alles richtig verstehe …«

Miles springt ein. »So wie es aussieht, haben Nathan und Juliette eine Menge zu besprechen. Sollen wir sie nicht ein paar Minuten allein lassen?«

Bella ist einverstanden. Natürlich. Jetzt, wo sie begriffen hat, dass sie mich wegen ihres eigenen Bruders so gequält hat, kann sie es kaum erwarten, von hier zu verschwinden und ihre Erinnerungen angesichts der neuen Erkenntnis neu zu sortieren. Ich kann mir gut vorstellen, wie sie alles in ein anderes Licht zu rücken versucht, damit sie nicht ganz so schlecht wegkommt. Tara hingegen will lieber bleiben. Sie schüttelt stumm den Kopf, als Bella sie aus der Galley lotsen möchte. Sie bleibt stehen und wirft mehrfach ihr Haar zurück.

Nate tritt an die Bar und nimmt sich ein Minifläschchen Cognac. Er verzichtet auf ein Glas, sondern schüttet sich den Inhalt direkt in den Mund. Tara und ich sehen ihn schlucken. Er atmet aus, stellt das Fläschchen ab und fährt sich mit beiden Händen durchs Haar.

»Ist das die Ex, von der du mir erzählt hast?«, fragt Tara ihn. »Die, die dich nicht in Ruhe lassen will?«

»Keine Ex, sondern seine Ehefrau«, korrigiere ich sie.

Sie starrt mich an, als wäre all das meine Schuld. Nate geht zu ihr und flüstert ihr etwas ins Ohr. Sie wirft mir einen verächtlichen Blick zu und verschwindet in die nächste Toilette. Die Tür schließt sich mit einem Klicken, und das *Besetzt*-Licht springt an. Nate und ich sind allein. Ich gehe zur

Tür rechts von uns und schiebe die Abdeckung vor dem Bullauge hoch. Oberhalb der dunklen Wolken zieht sich ein blau-oranger Streifen über den Horizont. Er packt mich an den Schultern, dreht mich brutal um und schiebt sein Gesicht vor meines. Ich kann den Cognac in seinem Atem riechen.

»Was soll der Scheiß?«, sagt er. »Bei alledem ging es nie nur um mich, habe ich recht? Jetzt hast du auch Bella in die Sache reingezogen. Wie kannst du andeuten, ich würde auf junge Mädchen stehen? Du warst genauso schuldig.«

»Das kannst du dir gern weiter einreden. Aber lass mich los.«

Was er auch tut.

Ich seufze und probiere es noch mal. »Nate, du hast mich geheiratet. Deine Schwester hat mir deinetwegen in der Schule das Leben zur Hölle gemacht. Du bist mir etwas schuldig. Deine Schwester ist mir etwas schuldig. Ich will ein Märchenende, und zwar mit dir.«

»Ein einziger Fehltritt. Ein dummer, gedankenloser Fehltritt, den ich vor so vielen Jahren begangen habe.« Er spricht zwar laut, doch es klingt, als würde er zu sich selbst sprechen. »*Ein* unachtsamer Moment.«

»Um fair zu sein, der einzige Fehler, den du je gemacht hast, war zu glauben, dass ich irgendwann aufgeben würde.«

Er öffnet den Barwagen und holt sich noch ein Fläschchen heraus. Ich widerstehe dem starken Drang, die Tür zuzuknallen und ihm die Finger einzuquetschen.

Ich bin noch nicht fertig. »Akzeptanz ist der Schlüssel zu allem. Ich werde nicht verschwinden. Wenn du das akzeptierst, wird alles gut. Kämpf weiter gegen mich, und du wirst dafür bezahlen. Liebe ist schmerzhaft. Gewöhn dich daran. Ich musste es auch.«

»Ich dachte, wenn ich mich fair dir gegenüber verhalte, wirst du irgendwann Vernunft annehmen. Mehr habe ich nicht zu sagen.«

»Schön. Ich werde zur Polizei gehen. Ich werde sagen, dass du mich gezwungen hast. Dann bekommt die Geschichte von damals ein ganz anderes Gewicht.«

»Was für eine lächerliche Idee! Wieso solltest du mich heiraten, wenn ich dir Gewalt angetan hätte?«

»Weil du behauptet hast, dass es dir leidtut, und weil du alles wiedergutmachen wolltest. Weil ich dich trotz deiner Fehler – und glaub mir, du hast viele – liebe.«

»Ich gebe auf, Juliette«, sagt er. »Du bist einfach zu tief gesunken. Schlichte Bitten wirken nicht. Drohungen wirken nicht. Vernunft wirkt nicht.«

Die bloße Tatsache, dass er mich plötzlich Juliette nennt, macht mich misstrauisch. Er versucht, mich in falscher Sicherheit zu wiegen.

Trotzdem bleibe ich geduldig. »Und nichts wird es je tun«, ergänze ich ruhig.

Plötzlich scheint er in sich zusammenzufallen. Als hätte er aufgegeben. Er seufzt aus tiefster Brust und dreht sich weg. Und in mir explodiert etwas, als er mir den Rücken zudreht und mir wieder klar wird, dass unsere Ehe unaufhaltsam einem kalten, brutalen Ende entgegenjagt, wenn ich nichts dagegen unternehme, und zwar sofort. Ich sehe mich um und rupfe einen Feuerlöscher aus der Halterung, um Nate damit niederzuschlagen. Offenbar hat er etwas gehört, denn er dreht sich blitzschnell um und entreißt ihn mir. Er entwindet ihn mir so brutal, dass ich zu Boden falle. Der Schmerz in meinem rechten Arm verschlägt mir für eine Sekunde den Atem. Eisige Luft bläst mir aus den Lüftungsschlitzen entgegen, und mein Blick bleibt an dem Schmutz unter den Trolleys hängen – einem Teelöffel, einer Olive und einem Korken -, bevor ich aufblicke und in Taras entsetzte Miene schaue.

Noch ein Passagier sieht mich auf dem Boden liegen; ein älterer Herr, der völlig verdattert wirkt. Nate will mir beim Aufstehen helfen, doch ich ignoriere seine Hand und richte mich allein auf, die freie Hand an meinem schmerzendem Arm.

»Ist alles in Ordnung?«, fragt der Passagier.

Ich nicke. »Ich glaube schon.«

»Ich werde eine Kollegin holen«, sagt er.

»Es geht schon«, halte ich ihn zurück. »Aber danke, wenn es notwendig werden sollte, werde ich mit jemandem sprechen.«

Der Passagier zögert kurz, geht dann aber weiter zum Zeitschriftenständer, wo er ausgiebig in den angebotenen Magazinen stöbert und dabei alle paar Sekunden betont zu uns hersieht.

Ich sehe Tara an. »Lass uns bitte kurz allein.«

Sie sieht unschlüssig aus, doch Nate bestärkt mich mit einem dezenten Nicken. Nach einem fassungslosen Blick auf uns beide kehrt sie langsam auf ihren Sitzplatz zurück.

»Mach mit ihr Schluss«, befehle ich, während ich den Feuerlöscher wieder befestige. »Ab sofort lasse ich mich auf keine Kompromisse mehr ein, das hätte ich schon längst so tun sollen. Wenn ich irgendetwas bereue, dann, dass ich nicht hart genug um dich gekämpft habe. Ich war viel zu nachgiebig, als du mich mit James unter Druck gesetzt hast. Doch damit ist es nun vorbei. Sag ihr, dass es Schluss ist. Sag ihr, dass sie den nächsten Rückflug nach London nehmen soll. Sag deiner Familie, dass ich mit euch nach Whistler fahre und wir dort zusammen Mini-Flitterwochen machen, damit ich deine Familie kennenlernen kann.«

»Kommt gar nicht infrage.«

»Na schön.« Ich zähle an den Fingern meine Möglichkeiten auf. »Sex mit einer Schutzbedürftigen, ob nun erzwungen oder nicht – deine eigene Schwester kann gern als Zeugin auftreten –, dazu Ehebruch und Körperverletzung, was deine neue Freundin sowie ein weiterer unabhängiger Beobachter bezeugen werden. Und vergiss nicht, dass ich *neue* Fotos von unserer *glücklichen* Hochzeit präsentieren kann. Aus alledem lässt sich eine großartige Story basteln, vertrau mir.« Ich ziehe ein trauriges Gesicht und beginne mit zittriger Stimme: »Zuerst gab er sich so reumütig, dass ich ihm sogar das von damals verzieh. Aber ich hätte mich niemals von ihm zu dieser überstürzten Hochzeit drängen lassen, denn danach glaubte er, dass er …«, ich schluchze, »dass er weiterhin seine grausamen Spiele mit meinen Gefühlen treiben könnte. Nie wusste ich, woran ich bei ihm war. Es war schrecklich.« Ich wechsle wieder in meine normale Tonlage. »Was meinst du wohl, wem sie glauben werden?«

»Ich liebe dich nicht.«

»Gib dir mehr Mühe.«

Tatsächlich habe ich es satt, ihn immer anzubetteln und anzuflehen und so erbärmlich geduldig mit ihm zu sein. Er hat keine Wahl. Ich will, dass sich hier alles klärt. Ich will endlich unser Leben weiterleben.

»Los, sprich mit ihr«, erkläre ich ruhig. »Allmählich wird die Zeit knapp.«

»Es wäre nicht fair, ihr das mitten im Flug um die Ohren zu hauen. Ich werde mit ihr sprechen, wenn wir allein sind, und ihr dann alles genau erklären. Und meiner Familie gegenüber ist das genauso unfair.«

»Nichts von dem, worum ich dich gebeten habe, ist verhandelbar. Schluss. Ich lasse mich nicht länger von dir herumschubsen.«

»Ich brauche Zeit zum Nachdenken.« Er verstummt kurz und fügt dann ein »bitte« an, als wäre es ihm erst im Nachhinein eingefallen. »Hör zu, ich hab's kapiert. Ich verstehe. Aber du wirst nicht mit uns nach Whistler kommen. Ich brauche Zeit, um mit meiner Familie zu sprechen. Allein. Wenigstens *das* musst du mir zugestehen.« Er hält noch mal inne. »Außerdem hast du bloß – wie lang – höchstens dreißig Stunden Aufenthalt. Es wäre also ohnehin nicht besonders toll für dich.«

Bei genauerem Nachdenken ist es vielleicht am besten, wenn Nate nichts von meinen weiteren Plänen weiß. Ich werde ihm nur das mitteilen, was er wissen muss. Außerdem wirkt es, wenn ich es recht bedenke, auch nicht besonders glamourös, wenn ich seinen Eltern am Gepäckband oder in der Ankunftshalle vorgestellt werde. Von jetzt an läuft alles so ab, wie ich es mir vorstelle: richtig und stilvoll. Ich werde in Whistler einen großen Auftritt hinlegen und den Augenblick zu einem wahrhaft erinnerungswürdigen Ereignis machen.

»Gib nur Tara den Laufpass«, sage ich. »Dann halte ich dich über unsere zukünftigen Pläne auf dem Laufenden.«

Nate geht langsam zu Taras Platz, dreht sich zu mir um, sieht, dass ich ihn beobachte, und setzt sich auf den Gästesitz ihr gegenüber. Er beugt sich vor. Ich ziehe mich in die

Galley zurück, beobachte die beiden aber hinter dem Vorhang hervor. Nate sieht aus, als könnte er sie nur mit größter Mühe beruhigen.

Es sieht gut aus.

Martin und Nicky kommen aus ihrer Pause, aber ich werde meine keinesfalls antreten. Ich muss zu viel im Auge behalten. Ich tue so, als würde ich Zeitung lesen, und schaue dabei ab und zu in die Kabine. Dauernd werden Plätze gewechselt, fast wie bei einer Reise nach Jerusalem, und allem Anschein nach findet inzwischen ein intensiver Meinungsaustausch statt.

Ich bitte Nicki, Miles diskret eine zusammengefaltete Nachricht zu überbringen, »… weil er einen Rat wegen eines Geschenks für seine Frau wollte.« Tatsächlich steht auf dem Zettel, dass ich ihn sehen will.

Kurz nachdem sie die Nachricht überbracht hat, kommt Miles zu mir in die Galley der Business Class.

»Kannst du ein Geheimnis für dich behalten?«, frage ich. »Ach was, wir wissen beide, dass du das kannst.«

»Ich habe nicht viel Zeit«, sagt er. »Bella wird gleich nach mir suchen.«

»Ich werde euch in Whistler Gesellschaft leisten. Aber ich möchte nicht, dass die anderen das vorab wissen. Du musst mir nur so gut wie möglich helfen, mich einzufügen. Sei einfach nett zu mir. Je entschiedener du dich auf meine Seite stellst, desto weniger wahrscheinlich werde ich dich fallen lassen.«

»Bitte tu das nicht …«, setzt er an.

»Ich habe Fotos gemacht. Bei euch zu Hause. Und von dir im Bett in Tokio. Ich nehme an, wir haben einen Deal?«

»Ich kann das nicht. Bitte. Ich weiß, das damals … das in der Schule war schwer für dich, aber Bella tut es leid. Sie hat das nicht verdient.«

Gott, er hat so gar kein Rückgrat. Achselzuckend gehe ich durch den Gang nach vorn.

»Warte!«, ruft er mir nach.

Mehrere Passagiere sehen zu uns her.

»Okay«, sagt er. »Mir gefällt nicht, wie das klingt, aber okay.«

Der Duft von frischem Kaffee weht mir entgegen, als ich mich der Galley nähere. Martin und Anna sind schon mit dem Morgenservice beschäftigt. Alle haben warmes Frühstück bestellt, außerdem gibt es ein paar letzte Bitten nach Duty-free-Angeboten.

Ich linse mehrmals in die Kabine, aber alle sechs sitzen wie gebannt vor ihren Bildschirmen – so als könnten sie die wahre Welt ausblenden, wenn sie sich ganz und gar auf eine andere konzentrieren.

Wo die Realität, wie ich nur zu gut weiß, doch immer einen Weg findet, sich in unser Bewusstsein zu drängen.

Zu Beginn des Landeanflugs kommt Bella auf mich zu.

»Auf ein Wort?«

»Du solltest dich setzen.« Ich deute nach oben auf das leuchtende Zeichen zum Anschnallen.

»Also«, sagt sie, ohne darauf einzugehen. »Die Angelegenheit scheint ein bisschen verwickelt. Und so wie es aussieht, habe ich unabsichtlich dazu beigetragen. Die Sache mit der Schule tut mir leid … du weißt schon, die Sache mit Nathan. Ich glaube, wir können uns darauf einigen, dass wir damals alle jung und unreif waren.«

Ich sage nichts darauf.

Meine unbestimmte Reaktion scheint sie zu ermutigen, denn sie holt tief Luft und setzt noch mal an. »Die Sache ist die, Tara ist wirklich nett. Sie ist eine gute Freundin von mir. Warum lässt du die beiden nicht ihr Leben leben? Willst du Nathan nach der Geschichte von damals wirklich zurück? Du hast was Besseres verdient.«

»In der Schule klang das aber anders.«

»Das tut mir leid. Ich war damals nicht besonders nett.«

Martin unterbricht uns. »Madam, Sie müssen jetzt auf Ihren Platz zurückkehren und sich anschnallen.«

Bella wirft mir einen letzten Blick zu – als sei damit »alles klar zwischen uns« – und folgt seiner Aufforderung.

Während wir uns im Landeanflug auf Vancouver befinden, ist mir heiß und kalt zugleich. Doch ich sage mir immer wieder, dass Nate endlich begriffen hat. Endlich versteht er. Allerdings ist der Haken bei der Geschichte, dass ich ihm nie ganz vertrauen kann, schließlich weiß ich, wie schnell er seine Meinung ändert. Ich gebe ihm noch eine letzte Chance; wenn er diesmal versagt, muss ich zu noch härteren Mitteln greifen.

Und was Bellas erbärmlichen Entschuldigungsversuch angeht – sie hat so getan, als wäre alles nur ein kleines Missverständnis, das aufgeklärt werden muss. Ich bin wütender auf sie als je zuvor.

Ich schaue aus dem Fenster, kann aber nur ein paar verstreute Lichter in der Dunkelheit ausmachen. Ich weiß von mehreren vergangenen Landungen bei Tag, dass der Anflug über eine weite Wasserfläche führt; und dass in der Ferne majestätische, schneebedeckte Berge aufragen.

Als die Räder aufsetzen und das Flugzeug abbremst, fressen mich die Anspannung und die Sehnsucht fast auf.

Nicht mehr lang. Gar nicht mehr lang.

Endlich habe ich Nate dort, wo ich ihn immer haben wollte. Bald werden sich meine Hartnäckigkeit und mein Einfallsreichtum auszahlen.

Das Flugzeug hält an. Mit einem wahrhaft erleichterten Lächeln stehe ich an der Tür.

Tara marschiert als Erste von Bord, ohne mich dabei anzusehen.

Danach kommen Nates Eltern, gefolgt von Miles und Bella.

Und zuletzt Nate.

Ich halte ihn am Arm fest. »Es ist also alles geklärt, oder?«

»Ja.«

»Und wir sehen uns in einer Woche zu Hause? Ohne Tara?«

»Ich muss los.«

Damit lässt er mich stehen. Ich sehe ihm nach, bis er am Ende der Fluggastbrücke verschwindet.

Es dauert eine Ewigkeit, bis der letzte Passagier ausgestiegen ist.

Ich folge wenig später den Schildern auf Französisch, Englisch und Chinesisch, stehe mit dem Rest der Crew an der Passkontrolle an und gelange anschließend in die Gepäckhalle, wo ich wie angewurzelt stehen bleibe, weil ich sehe, wie Tara sich auf die Zehenspitzen stellt und Nate auf den Mund küsst. Mit angehaltenem Atem warte ich ab, was als Nächstes geschieht. Erst als sie sich abwendet und durch die Zollabfertigung verschwindet, atme ich wieder aus. Ich schaue auf die fünf anderen aus der Gruppe, die sich um zwei Gepäckkarren scharen, während Nate und Miles die auf dem Band ankommenden Koffer der Reihe nach herunterheben.

Ohne weiter auf sie zu achten, marschiere ich zu den ordentlich aufgereihten Koffern der Crew und ziehe meinen heraus. Ich drehe mich um. Miles fängt meinen Blick auf. Ich winke ihm fröhlich zu, bevor ich in Richtung Zoll gehe.

»Einen schönen Nachmittag«, lächle ich den Zöllner an.

»Willkommen in Kanada. Genießen Sie Ihren Aufenthalt.«

»Das habe ich vor, vielen Dank.«

Mit hoch erhobenem Kopf gehe ich weiter. Die Automatiktüren schließen sich hinter mir.

Schon auf den ersten Blick entdecke ich Tara, die auf einer Bank sitzt und vorgibt, ein Buch zu lesen. Sie schaut kurz auf, senkt die Augen aber sofort wieder. Sie bräuchte Schauspielunterricht. Ich gehe zum Crew-Bus, aber als der Fahrer mein Gepäck einlädt, tue ich so, als hätte ich unterwegs etwas verloren. Ohne auf das Gestöhne meiner Kollegen zu reagieren – »Mach schnell«, »Ich bin k.o.« – überquere ich die Fahrbahn und verschwinde in der Ankunftshalle.

Und wahrhaftig steigen sie der Reihe nach in einen Kleinbus. Zuerst die Eltern – wie nett und respektvoll –, dann die anderen vier, Tara eingeschlossen, wie nicht anders zu erwarten.

Sie müssen mich für dämlich halten. Was ich vielleicht auch bin. Denn immerhin habe ich zu hoffen gewagt, dass Nate diesmal endlich kapiert hätte.

Ich schüttle den Kopf. Er sollte mich inzwischen besser kennen. Ich bleibe stehen, bis der Wagen wegfährt.

Sie denken bestimmt, damit wären ihre Probleme gelöst. Doch da haben sie falsch gedacht, denn Nate hat seine Prüfung nicht bestanden.

Und damit ist das Maß voll. Endgültig.

31

Rote Ziffern illuminieren die absolute Schwärze. Es ist 01:38 Uhr.

Ich sitze hier fest, gefangen in einer kleinen Hotelsuite in der Innenstadt von Vancouver, weil der erste Bus nach Whistler erst frühmorgens fährt. Umgeben von Dunkelheit liege ich im Bett und durchlebe erneut die Vergangenheit. Im Rückblick wird mir klar, dass ich die vergangenen zehn Jahre nur auf diesen Moment hingelebt habe. Mal angenommen, dass ich siebzig Jahre alt werde, bedeutet das, dass ich etwa ein Siebtel meines Lebens verschwendet haben werde. Und wofür? Damit ich jetzt versuche, einen Mann zu finden, der nicht so adäquat ist? Oder mich mit einem trostlosen Leben abfinde? Wohl kaum.

Weil ich sowieso keine Ruhe finde, schalte ich die Nachttischlampe an, drücke eine Kaffeekapsel in die Maschine und sichte, im Schneidersitz auf dem Bett sitzend, noch einmal meine Pläne, meine Korrekturen und Fotos. Ich überzeuge mich ein weiteres Mal, dass ich den Schlüssel zum Ferienhaus in Whistler habe – einer der vielen Schlüssel, die ich habe nachmachen lassen, während ich bei Nate war, weil die Erfahrung mich gelehrt hat, dass man auf alles vorbereitet sein muss. Ich zähle mein kanadisches Bargeld und trinke dabei ab und zu einen Schluck Kaffee, bevor ich aufstehe, dusche und beim Zimmerservice ein Clubsandwich bestelle.

Ich packe immer wieder um und halte mich beschäftigt, bis es endlich Zeit zum Aufbruch ist. Als Letztes lege ich Laptop, Handy, Pass und Ausweis in den Safe. Ich reise mit leichtem Gepäck.

Die Zimmertür fällt mit einem leisen Klicken hinter mir ins Schloss. Ich bin perfekt für die bittere Kälte angezogen: mit Wollmütze, Handschuhen und dickem Schal. In meinen Rucksack und die Reisetasche habe ich meine gesamte Skikleidung gepackt – Skihosen in diskretem Grau mit dünnen dunkelblauen Streifen, eine dazu passende Jacke, die verspiegelte Skibrille und Skistiefel.

Der Bus kommt pünktlich.

Ich lasse mich in einer Sitzreihe weit hinten nieder, hinter einem jungen australischen Pärchen, das sich nicht für mich interessiert. Um mein Gesicht so wenig wie möglich zu zeigen, ohne dass es unnötige Aufmerksamkeit erregt, bedecke ich es und stelle ich mich schlafend – damit füge ich mich gut in diesen Bus ein, denn andere Passagiere schlummern ebenfalls noch.

Es ist dunkel, und die Scheiben sind beschlagen, darum reibe ich ein kleines Loch frei, durch das ich nach draußen schauen kann. Scheinwerferstrahlen beleuchten den Schnee und das Eis neben dem Sea to Sky Highway. In unregelmäßigen Abständen macht der Fahrer uns über Lautsprecher auf unsichtbare Attraktionen aufmerksam: Parks, Wasserfälle, Wälder.

Als wir uns knapp zwei Stunden später den Ausläufern des Skigebiets nähern, enthüllt das erste Tageslicht schneebedeckte Gipfel mit vereinzelten Bäumen und rechteckig angelegten Skipisten – das perfekte Postkartenidyll.

Beim Aussteigen bemerke ich ein nervöses Kribbeln. Ich stehe still abseits, während sich die anderen Fahrgäste um den Anhänger drängeln, um ihre Ski zu holen. Ein paarmal atme ich tief die eisige Luft ein, dann überquere ich die Straße und biege in eine Fußgängerzone, die in die Richtung des Ferienhauses führt, dessen Lage ich auf Google Maps überprüft und mir so gut wie möglich eingeprägt habe. Ich könnte mit dem Bus fahren, doch es sind nur zehn Minuten zu Fuß. Ich gehe ein gewisses Risiko ein, weil ich darauf baue, dass alle – dank des Zeitunterschieds – früh aufgestanden und schon auf der Piste sind. Ich brauche Zeit, um mich zu orientieren, und will dabei niemandem über den Weg laufen.

Anfangs ist der Weg einfach. Der Fußweg wurde geräumt und gestreut; schmutzige Schneehaufen türmen sich an den Rändern. Ich überquere eine Brücke, unter der ein Bach dahinplätschert. Allerdings wurden die Bilder, an denen ich mich orientiere, im Sommer aufgenommen, darum ist der Weg nicht ganz so einfach zu finden, wie ich ihn mir vorgestellt habe. Ich biege in eine falsche Straße und muss ein ganzes Stück zurückgehen, bis ich eine Kurve wiedererkenne. Doch sobald die Villa im Chalet-Stil auftaucht, bin ich ganz sicher, dass ich richtig bin, und die Hausnummer bestätigt es. Das Haus steht ein Stück von der Straße zurückgesetzt, an einer kurzen Zufahrt, die ebenfalls gestreut wurde.

Auf einem vereisten Pfad, der am Grundstück vorbei erst den Hang hinauf- und dann in einen Wald führt, gehe ich vorsichtig bis zur Rückseite des Chalets. Zwischendurch bleibe ich kurz stehen, stelle die Tasche zu meinen Füßen ab, lehne mich gegen eine Fichte, hole eine Flasche Wasser heraus und trinke einen Schluck. Das Chalet ist in Wirklichkeit noch schöner als auf den Bildern. Die Holzwände lassen es mit der Umgebung verschmelzen. Durch die hohen Fenster auf der Rückseite kann ich direkt in den weitläufigen Ess- und Wohnbereich schauen. Eiszapfen hängen unten an den Holzläden. Hoch über mir ragen zwei Balkons heraus, und auf einem davon steht ein Whirlpool. Unter dem Dach des Balkons befinden sich mehrere Bänke, Holzstapel und Halterungen für Skiausrüstungen: Skis, Stöcke und Ersatzstiefel. Wenn ich mich nach links drehe, blicke ich auf einen nahen Skilift und schneebedeckte Berge in der Ferne. Rechts von mir stehen mehrere ganz ähnliche Häuser.

Keine Menschenseele weit und breit.

Trotz der dicken Handschuhe sind meine Füße und Hände halb erfroren, aber sicherheitshalber warte ich noch etwas länger und lausche dabei dem leichten Rascheln der morgendlichen Brise in den Bäumen, bevor ich beschließe, dass ich den Weg getrost zurückgehen kann. Als ich meine Tasche hinter dem Holzstapel verstecke, entdecke ich eine Hintertür. Ich mache mir leise Hoffnungen, dass Nates Schlüssel passen könnte, doch er ist der komplett falsche Typus für das Schloss. Ich muss also ganz frech zur Vorderseite des Chalets zurückkehren und über die Stufen zur Haustür gehen.

Bereit, sofort die Flucht zu ergreifen, klopfe ich an, aber im Haus ist alles still.

Ich spüre einen ängstlichen Stich, als ich den Schlüssel ins Schloss schiebe; mit Handschuhen ist das nicht ganz einfach, doch Gott sei Dank schaffe ich es. Ich bin drin.

Stille. Licht strömt durch die hohen Fenster.

Ich schaue mich um, nehme das Ambiente in mich auf: die hohe Holzbalkendecke, die glänzenden Marmor- und Glasflächen, der gemütliche Sitzbereich mit den leuchtend rot-orangen Sofas und den üppigen Polstern.

Zorn durchschießt mich wie ein Blitz, denn ich spüre genau, wie gut ich hier hereinpassen würde.

Von frischer Empörung angetrieben, erforsche ich die Räume, gehe nach oben und öffne und schließe jede Tür, bis ich Nates Zimmer gefunden habe. Ich bringe es nicht über mich, den Raum als Nates und Taras Zimmer zu bezeichnen. Mir ist so schlecht, dass mir schon schwindlig ist. Ich dachte zwar, ich hätte mich auf den Anblick vorbereitet, trotzdem ist es ein Schlag in die Magengrube, den unumstößlichen Beweis zu sehen. Sie hat sich nicht mal die Mühe gemacht, richtig auszupacken; ihre Sachen liegen zum Teil noch im Koffer, während Nates ordentlich aufgehängt sind.

Nur mit Mühe kann ich dem Drang widerstehen, alle ihre Klamotten in Fetzen zu reißen. Um mich abzulenken, schiebe ich die Balkontür auf und atme die eisige Luft tief ein. Ich zwänge mich an dem abgedeckten Whirlpool vorbei und lehne mich gegen das Holzgeländer. Mein Blick wandert über die atemberaubende Landschaft, bis ich den Punkt ausgemacht habe, an dem ich gerade noch stand. Noch immer ist keine Menschenseele zu sehen. Ich schaue nach unten. Der Balkon ist viel höher, als es von außen aussieht, über ihn kann ich also keinesfalls flüchten, falls sie plötzlich zurückkehren sollten. Angetrieben von dieser Erkenntnis, kehre ich in die Wärme zurück.

Ich durchsuche Taras Tasche, bis ich auf etwas Nützliches stoße: eine Quittung für gebuchte Skistunden. Die Information kann ich gut verwenden, denn jetzt kann ich sie suchen gehen und ihr erklären, warum sie abreisen muss. Sie muss wissen, warum es zwischen ihr und Nate niemals funktionieren kann.

Obwohl es Zeit wird zu gehen, kann ich der Versuchung nicht widerstehen, kurz auch Nates Sachen durchzusehen. Ich merke, wie sehr mir der Zugang zu seiner Welt fehlt. Das Gefühl ist berauschend, so als würde ich nach langem Entzug wieder eine Droge nehmen.

Unten schleiche ich durch die Hintertür hinaus und ziehe meinen Skianzug über die Anziehsachen. Hier stehen reichlich Ersatzski und Skistöcke herum, ich brauche also nichts zu mieten. Ich suche ein halbwegs brauchbares Paar aus und nehme sie mit.

Dann gehe ich zurück ins Zentrum von Whistler und stehe wenig später in einer langen Schlange.

»Wo finde ich die Skischulen?«, frage ich die Frau hinter dem Schalter, während ich ihr den Betrag für einen Tagespass zuschiebe. »Gibt es spezielle Anfängerpisten?«

Sie klappt einen Pistenplan auf und tippt auf die Olympiastation auf dem Whistler Mountain.

Ich stelle mich in einer eigenen Schlange für Singles an – die Geschichte meines Lebens –, steige in eine der Gondeln und an der Zwischenstation wieder aus. Es geht hektisch zu. Überall leuchten Overalls in Neonfarben. Tara ist hier bestimmt nicht leicht zu finden. Aber ich habe fest vor durchzuhalten, denn das ist mein Plan, ich muss allein mit ihr sprechen. Mein Blick geht über die verschiedenen Gruppen, doch dank der sich im weißen Schnee spiegelnden Sonne tragen alle riesige Skibrillen unter ihren Mützen oder Helmen.

Mittags gebe ich auf. Meine Wangen brennen, meine Lippen sind spröde. Oben am Hang zögere ich kurz, dann stoße ich mich mit den Skistöcken ab. Ich hatte den kurzen ängstlichen Augenblick ganz vergessen, das gespannte nervöse Herzklopfen vor dem Losfahren. Doch dann setzt das Hochgefühl ein, und ich komme in den Rhythmus. Ich habe kaum mehr Augen für die anderen Skifahrer, nur noch für meinen Schatten, dunkel auf dem weißen Schnee.

Es ist ein surreales Gefühl, dass ich jetzt hier bin. Obwohl ich schon heute Abend zurück nach London fliegen werde – während Tara desillusioniert und mit gebrochenem Herzen zurückbleibt.

Nach einem Sandwich und einem Kaffee kehre ich zum Haus zurück.

Hinter dem Haus lehnen mehr Skipaare an der Wand, es wäre also nicht besonders klug, noch einmal den Hang hochzuklettern und durch die Fenster zu schauen; dabei könnte ich zu leicht entdeckt werden. Langsam und heimlich versuche ich die Hintertür zu öffnen. Sie ist nicht abgeschlossen. Ich drücke sie weit genug auf, um ins Haus schleichen zu können. Vor mir liegt ein Sortiment an Skistiefeln auf verschiedenen Halterungen, dazu ein Haufen von Handschuhen, Helmen und Skibrillen. Mit pochendem Herzen bleibe ich unten an der Treppe stehen und lausche. Alle sind oben, Tara eingeschlossen. Gesprächsfetzen wehen zwischen dem Klappern von Besteck und Porzellan herab.

»Großartiger Vormittag.«

»Kommt jemand heute Nachmittag mit auf die andere Piste?«

»Das Wetter könnte nicht besser sein.«

Ich bete insgeheim, dass Tara verkünden möge, sie sei müde, sie würde deshalb zu Hause bleiben und ein Nickerchen machen, doch so viel Glück habe ich nicht. Als sich im Gespräch andeutet, dass sie wieder auf die Piste gehen wollen, husche ich nach draußen und verstecke mich im Wald links neben dem Grundstück hinter einem großen Baum. Ich habe mir ausgerechnet, dass sie mit ihren Skiern in die andere Richtung losfahren werden. Bella und Miles brechen als Erste auf, gefolgt von ihren Eltern. Nate und Tara bleiben zurück. Ich bemühe mich, meinen Zorn und meine Eifersucht unter Kontrolle zu halten, und zwinge mich, zu dem sicheren Ort in meinem Geist zurückzukehren, denn ich kann spüren, wie ich allmählich die Kontrolle verliere. Ich weiß, dass ich ins Haus stürmen werde, wenn ich mich nicht wieder in den Griff bekomme. Und wenn ich sie dann zusammen sehe, werde ich mich nicht mehr beherrschen können.

Erst nach einer halben Stunde tauchen sie auf. Und mit jeder qualvollen Minute verstärkt sich mein Hass auf Tara.

Ich folge ihnen. Sie trägt eine orange Jacke und eine dazu passende Mütze. Nate, Gentleman wie stets, trägt ihre Skier neben seinen. Sie stellen sich in die Schlange vor der Gondel. Ich folge ihnen mit der nächsten Gondel und steige auch diesmal an der Zwischenstation aus. Nate begleitet seine zukünftige Ex zu ihrem Kurs. Sie kommt zu spät. Als sie sich zu der bunt zusammengewürfelten Gruppe aus Jungen und Älteren, Männern und Frauen gesellt hat, setzt Nate die Skibrille auf, richtet seine Skier aus und braust los, nachdem er ihr ein letztes Mal mit dem erhobenen Skistock zugewunken hat.

Ich beobachte sie. Der Skilehrer demonstriert die richtige

Haltung. Ich erkenne nur zu gut, wie sehr sie sich bemüht, sich in Nate und seine Familie einzufügen. Wie gern sie allen gefallen würde. Am liebsten würde ich einfach zu ihr hinüberfahren und ihr erklären, dass sie sich die Mühe sparen kann; dass sie damit nur ihre Zeit verschwendet. Mich hat das zehn Jahre harter Arbeit gekostet. Ein paar Tage auf dem Idiotenhügel werden ihr einen feuchten Dreck helfen. Außerdem ist sie eine Null auf Skiern: viel zu ängstlich. Übervorsichtig.

Ich wende mich an einen Skifahrer in den gleichen blauen Skisachen wie Taras Lehrer. »Verzeihung. Wissen Sie, wann der Unterricht zu Ende ist?« Ich deute auf Taras Gruppe.

»Normalerweise eine Stunde vor Schließung der Lifte.«

»Danke«, sage ich und schaue auf meine Uhr.

Ihr bleiben noch anderthalb Stunden. Der Bus nach Vancouver fährt in nicht mal drei Stunden. Wenn ich den verpasse, verpasse ich auch meinen Flug, und das wäre nicht gut.

Um mich warm zu halten, fahre ich zweimal den nächsten Hang hinunter, während ich mir zurechtlege, was ich zu ihr sagen werde. Als sich ihre Gruppe zerstreut, fahre ich eine Gondel vor ihr ins Tal, damit ich sie unten erwarten kann.

Sie steigt aus, zieht ihre Skier aus der Halterung und lädt sie ungeschickt auf ihre Schulter. Ich folge ihr. Ich werde erst mit ihr sprechen, wenn wir allein sind. Sie geht langsam und wie unter Schmerzen in Richtung Ortsrand. Dann reiht sie sich in die Schlange an der Bushaltestelle ein, was mich kurz aus dem Konzept bringt. Ich zögere und gehe dann weiter, um sie möglichst abzufangen, bevor sie ans Haus kommt.

Wenige Minuten, nachdem ich losgegangen bin, fährt

der Bus an mir vorbei. *Verdammt.* Ich ziehe das Tempo an, gehe so schnell wie möglich und ohne auf die schweren, an meinen Knöcheln reibenden Stiefel zu achten. Aber auf der Straße zum Chalet ist nichts von ihr zu sehen, also umrunde ich das Haus. Ich merke, wie mich immer stärkeres Unbehagen beschleicht; ich muss sie unbedingt treffen, und allmählich wird die Zeit knapp, mit ihr zu sprechen. Bald nach Schließung der Lifte, wenn nicht schon früher, werden Nate und die anderen zurückkommen.

Während ich meine Skier absetze, sehe ich an einem anderen Ski einen Klecks Schnee herablaufen und auf den Boden fallen. Nur ein Paar ist nass. Es müssen Taras sein. Ich wechsle die Schuhe, streife die Handschuhe ab und tausche sie gegen dünnere. Dann steige ich den Hang hinauf, um mich noch einmal zu überzeugen, dass wirklich Tara zu Hause und dass sie allein ist. Ich halte Ausschau. Im Wohnbereich ist niemand, aber dann … Erleichterung! Sie ist allein. Auf dem Balkon. Ich beobachte sie. Sie legt einen Morgenmantel ab und steigt in den Whirlpool. Ich kann sehen, wie sie sich zurücklehnt. Aus Angst, meine Chance zu verpassen, renne ich mehr oder weniger hügelabwärts.

Die Hintertür ist abgeschlossen; sie ist definitiv ein vorsichtiger Mensch. Ich bin also gezwungen, noch einmal durch die Vordertür zu gehen.

Drinnen ist alles still. Ich gehe nach oben und öffne die Tür zu Nates Zimmer. Hinter der Fensterscheibe kann ich ihren Hinterkopf erkennen. Auf dem Wannenrand entdecke ich ein Glas Weißwein, ein Handy und zwei kleine Lautsprecher. Ich schiebe die Glastür zur Seite. Über dem Blubbern des Wassers im heißen Pool höre ich einen Lokalradiosender dudeln. Ich nähere mich langsam. Sie wirkt komplett entspannt, ihre Augen sind geschlossen. Ich könnte ihren Kopf unter Wasser drücken und ihn dort festhalten, doch das werde ich nicht tun. Ich bleibe reglos stehen. Ihr kirschroter Badeanzug schimmert unter den weißen Bläschen. Ich nehme mir ihr Handy. Als ich die Musik abstelle, fliegen ihre Augen auf, und sie dreht sich zu mir um. Ich sitze am Rand des blassblauen Whirlpools, außerhalb ihrer Reichweite.

»Hallo, Tara.«

Sie starrt mich an. »Was tust du hier?«

Ich winke ihr freundlich zu. »Wie geht's denn so? Ich kann dir nachfühlen, dass du da drinsitzt, ich wette, dir tut alles weh. Ich weiß noch genau, wie ich mich gefühlt habe, als ich Skifahren gelernt habe. Aber das bringt nichts, weißt du? Die ganze harte Arbeit, die ganze Mühe.«

Sie blickt sehnsüchtig auf ihr Handy.

Ich halte es in die Luft. »Wie wär's, wenn ich vorerst darauf aufpasse?«

Sie klettert aus der Wanne und greift nach einem Handtuch. »Gib das wieder her!«

»Noch nicht. Erst müssen wir über Nate sprechen. Er hat nicht den Mumm, es dir selbst zu sagen, also bleibt das wohl an mir hängen. Wir sind immer noch zusammen. Du bist bloß die *andere*.«

Sie rubbelt sich halb trocken. »Er sagt da was anderes.«

»Ich bin seine *Frau*. Wie du genau weißt. Und nicht nur das, du hast selbst gesehen, wie er mich im Flugzeug angegriffen hat. Er war wütend, weil er nicht will, dass ich über uns beide spreche, weil er dich im Dunkeln lassen will. Immer soll alles nach Nates Willen, zu seinen Bedingungen ablaufen, verstehst du? So ist er in Wahrheit. Und du lässt ihn damit durchkommen.«

Tara kämpft sich durch die Ärmel des weißen Morgenmantels, den sie überzustreifen versucht. Sobald sie ihn angezogen hat, scheint sie sich sicherer zu fühlen. »Du lügst. Und weißt du, woher ich das weiß? Weil er ein Kontaktverbot gegen dich beantragen will.«

Treffer; aber ich gebe ihr nicht die Genugtuung, eine Reaktion zu zeigen. Ohne ihr Handy aus der Hand zu legen, lasse ich den Rucksack von meinen Schultern gleiten und hole ein Vegas-Foto heraus. Ich halte es hoch, damit sie sehen kann, wie entspannt und normal er darauf aussieht.

Sie wirft nur einen kurzen Blick darauf und sieht mich dann wieder an.

»Das hat gar nichts zu bedeuten. Er sagt, du würdest immer alles verdrehen. Wieso kannst du nicht wie ein ganz normaler Mensch in ein Fitnessstudio oder auf irgendeine Dating-Seite gehen? Und jetzt gib mir mein Handy! Die anderen werden gleich hier sein. An deiner Stelle würde ich schleunigst verschwinden.«

Ich packe das Bild wieder ein und halte ihr Handy über das Wasser.

»Nein! Ich hab meine Fotos noch nicht gesichert!«

Sobald sie einen Schritt auf mich zu macht, richte ich mich auf und trete rückwärts ans Geländer.

»Hör zu, Juliette …« Sie hält inne. »Das führt doch zu nichts.«

Ich gehe gar nicht darauf ein. »Du musst deine Sachen packen und mit mir kommen.«

»Wieso?«

»Es geht nicht anders. Du kannst Nate einen kurzen Abschiedsbrief schreiben, dann verschwinden wir von hier. Sobald wir im Flieger nach England sitzen, gebe ich dir dein Handy zurück. Du gehörst nicht hierher.«

Sie dreht sich kurz um, sieht ins Zimmer und danach über den Balkon nach unten, als würde sie verzweifelt darauf hoffen, dass Nate ihr zu Hilfe eilt, als Ritter in glänzender Rüstung.

Das macht mir bewusst, dass ich wertvolle Zeit vergeude.

Ich unternehme einen letzten Versuch. »Du kannst nicht mit Nate zusammen sein, er ist nicht für dich bestimmt. So einfach ist es.«

»Gib mir mein Handy zurück. Wir rufen Nate an, dann können wir uns zu dritt zusammensetzen und alles in Ruhe bereden.«

Ich lächle. »Nein.«

Ein paar Sekunden schweigen wir beide, bis ich gezwungen bin, etwas zu sagen: »Niemand wird ihn je so lieben wie ich.«

Sie starrt mich an. Ich glaube, erst jetzt geht ihr auf, wie ernst ich es meine, dass ich niemals aufgeben werde. Und mir kommt ebenfalls die Erkenntnis, dass Tara niemals Vernunft annehmen wird. Sie wird Nate erzählen, dass ich hier war.

Als sie auf mich zukommt, läuft ihr das Wasser aus den nassen Haaren übers Gesicht. Sie versucht meine rechte Hand festzuhalten, um an ihr Handy zu kommen, aber ich bin größer als sie und halte es aus ihrer Reichweite. Ich lehne mich nach hinten übers Geländer. Sie streckt sich danach. Und …

Ich tu's. Etwas anderes kann ich nicht mehr tun. Ich weiche zur Seite aus und stoße sie.

Irgendwie wusste ich von Anfang an, dass es dazu kommen würde, schießt es mir durch den Kopf.

Im ersten Moment ist sie völlig perplex; ihre Augen werden riesig. Sie packt mich am Arm, aber ich biege ihre Finger wieder auf. Schreiend tritt sie nach mir und versucht, sich an mir festzuhalten. Aber zwei richtig feste Schubse, und sie ist weg. Ich höre einen mächtigen Schlag, als würde Eis brechen.

Schwer atmend beuge ich mich über das Geländer.

Sie liegt ganz still da. Fast heiter. Schneeweiß.

Ihr nasses Haar liegt halb aufgefächert auf dem weißgefrorenen Grund, das linke Bein ist merkwürdig abgeknickt. Ihr Kopf ist mir zugewandt, aus ihrer Nase fließt Blut. Ihre Augen kann ich nicht erkennen; sie scheinen halb geöffnet zu sein. Ich beuge mich vor – nicht so weit wie möglich, sondern gerade so weit, wie sie meiner Einschätzung nach gekommen wäre – und schieße mehrere Fotos von der Schneelandschaft hinter ihr. Bäume und Äste sind schneebedeckt, alles wirkt friedlich und still. Ich lasse das Handy fallen. Es landet genau neben ihr.

Vielleicht wird Nate jetzt, wenn er erkennt, dass ihm nie Glück in der Liebe winken wird, endlich zu schätzen wissen, was er immer so vorschnell verschmäht hat. Ich bin zuverlässig und berechenbar. Im Gegensatz zu allen anderen werde ich immer da sein.

Mein Blick fliegt durch den Raum. Ich lasse alles so, wie es ist, und renne nach unten zur Hintertür.

Ich vergeude keine Zeit. Ich schnappe mir meine Tasche und gehe den Hügel hinauf, bis ich nach unten schauen kann und sie dort liegen sehe. Es wird bald dunkel werden, ich frage mich, wann man sie finden wird.

Ich schaue auf meine Uhr; der Bus zurück nach Vancouver fährt erst in zweiundvierzig Minuten. Es wird dunkel, und bald danach sehe ich Stirnlampen aufblitzen, als die anderen zurückkommen und sich hinter dem Haus versammeln, wo sie mit ihren Skiern und Skischuhen hantieren, ohne auch nur zu ahnen, dass Tara nur wenige Meter von ihnen entfernt liegt. Ich beobachte sie.

Drinnen gehen die Lichter an. Nach ein paar Minuten sitzen alle rund um die Frühstückstheke und trinken Wein. Nate greift nach seinem Handy. Ich höre, wie Taras Handy zum Leben erwacht, sehe es in der Dunkelheit aufleuchten und nach einer Weile wieder erlöschen. Gebannt bleibe ich stehen und beobachte Nate und seine Familie wie in einer Reality Show. Ein Platz bleibt frei. Ich male mir aus, dass er für mich reserviert ist.

Ich würde mich so gern zu ihnen gesellen. Ich würde so gern die Szene vor meinen Augen dahingehend ändern, dass ich daran teilhabe und zum Abspann die magischen Worte erscheinen: *Und sie lebten glücklich und froh bis ans Ende ihrer Tage.*

Stattdessen verschwinde ich und kehre mit hochgeschlagener Kapuze und eng geschlungenem Schal auf die Hauptstraße zurück.

An der Bushaltestelle habe ich das Gefühl, Ewigkeiten weg gewesen zu sein. Es beginnt zu schneien.

Nach zwanzig Minuten, gerade als ich einen Anflug von Panik spüre, sehe ich die Scheinwerfer des Busses. Ich habe keine Zeit für irgendwelche Verspätungen.

Als ich Platz genommen habe, schließe ich die Augen, sehe Taras leblose Gestalt vor mir und halte mir vor, dass sie es nicht anders verdient hat. Dann setzt sich ein anderer Gedanke fest: Nate. Jetzt gehört er wieder mir allein. Er wird außer sich sein, natürlich, aber er wird darüber hinwegkommen. Sie war kaum die Liebe seines Lebens. Und vielleicht wird ihn das zum Nachdenken bringen. Denn wenn er mit Tara Schluss gemacht hätte – so wie er mir versprochen hatte –, dann wäre sie jetzt noch am Leben. Wäre sie gleich wieder in ein Flugzeug nach London gestiegen, dann hätte sie nicht bei einem dummen Foto-Unfall ihr Leben gelassen.

Es ist seine Schuld, nicht meine.

Als der Bus in Vancouver hält, bleibt mir nur noch eine knappe Stunde.

Ich nehme ein Taxi und beschränke die Unterhaltung auf ein Minimum. Der Fahrer setzt mich einen Block von meinem Hotel entfernt ab. Ich versenke die Skistiefel in zwei getrennten Mülleimern und kehre auf Socken in die Hotellobby zurück.

Auf dem Weg zu meinem Zimmer bete ich still, dass mir niemand über den Weg läuft. Ich hole meine Sachen aus dem Safe, dusche, packe und antworte auf eine Textnachricht von Babs, die sich nach meiner Reise erkundigt.

Totaler Mist. Lag die ganze Zeit mit Mordserkältung im Bett. Fühle mich elend. XXX

Auf einer Woge von reinem Adrenalin nehme ich den Lift nach unten und stelle mich in der Lobby zu den übrigen aus meiner Crew.

Nur Sekunden, bevor wir zurücksetzen, verkündet der Kapitän, dass sich der Abflug verzögert, weil das Flugzeug erst enteist werden muss. Aber als wir nach einer Stunde endlich in die Luft abheben, empfinde ich Erleichterung – blanke, gesegnete Erleichterung, weil ich endlich den Mut hatte, etwas zu unternehmen. Die Zukunft ist von ihrem Wesen her unantastbar. Doch wenn man sich etwas Kontrolle über sein Leben erkämpft, ist fast alles möglich, die Zukunft wird formbar. Das habe ich gerade bewiesen.

In elftausend Metern Höhe, eingebettet in den Wolken und losgelöst von der wahren Welt, kann ich mit wachsendem Abstand immer konzentrierter meine nächsten Schritte vorbereiten.

Als die Flugzeugtür aufgeht, rechne ich halb damit, von der Polizei empfangen zu werden.

Aber nichts passiert.

Und bis ich meine Schlüssel aus der Tasche hole und in meine Wohnung trete, bin ich fast sicher, dass auch nichts passieren wird.

Während meiner drei freien Tage habe ich viel zu tun.

Ich rufe Babs an und erzähle ihr, dass ich wieder mit meiner wahren Liebe zusammen bin. Wenn Nate zurückkommt, wird er noch unter Schock stehen. Aber irgendwann wird er darüber hinwegkommen. Sobald er aus seinem Skiurlaub zurück ist, werde ich eine Mail an James Harrington abschicken und ihm erklären, dass Nate und ich unserer Beziehung noch eine Chance geben wollen.

An Will denke ich auch oft. Aber irgendwie fühle ich ein wenig Trost, seit ich gesehen habe, wie friedlich Tara dalag.

Um alle Eventualitäten abzudecken, schicke ich Nate eine Nachricht, dass ich mich schon freue, wenn wir uns am Mittwoch sehen.

Er antwortet nicht.

Ich meide das Internet, damit ich gar nicht erst in Versuchung kommen und Nachrichten über Tara googeln kann.

Am Tag vor Nates Rückkehr, vorausgesetzt, sie können wie geplant heimfliegen – ich frage mich, ob Taras Leichnam im Frachtraum mitreist? –, fahre ich ins Crew-Center und checke die Tafel mit den Nachrufen.

Taras Tod wird als tragischer Unfall aufgeführt. Was irgendwie auch stimmt. Es wird eine Andacht geben – jeder, der sie kannte, kann daran teilnehmen und Abschied nehmen.

Ich werde nicht hingehen, aber ich werde Blumen schicken.

Natürlich Lilien.

Am Mittwoch kommt Nate nicht zurück.

Ich melde mich für meinen nächsten Flug krank und warte den ganzen Tag. Rastlos wandere ich durch die Wohnung und schlage die Kissen auf. Ich arrangiere die Äpfel in der Obstschale um, ebenso das Essen im prall gefüllten Kühlschrank und in den Vorratsschränken. Die Mini-Schokomuffins warten still an ihrem Platz. Ich bürste jedes Kleidungsstück im Schrank ab, ganz besonders mein Lieblingskleid. Ich trinke Kaffee aus den Bechern, die Nate mir gekauft hat, und streiche mit den Fingern über die Kühlschrankmagneten, die wieder an ihren Ursprungsplatz zurückgekehrt sind. Ein riesiges, gerahmtes Hochzeitsbild steht auf einem Ehrenplatz zwischen verschiedenen Accessoires und Vasen.

Es kommt auf die Details an. Immer.

Am Donnerstag höre ich, nachdem ich Rainbow stundenlang beim Hin- und Herschwimmen beobachtet habe, endlich Stimmen – die von Nate und einer Person, die ich nicht kenne, wahrscheinlich der Hauswart. Gleich darauf dreht sich ein Schlüssel im Schloss. Ich stehe auf, streiche mein Kleid glatt, setze ein Lächeln auf und mache mich bereit, ihm die Schulter zu sein, an der er sich ausweinen kann. Sein Fels. Seine Lebensgefährtin.

»Hallo, Schatz«, sage ich. »Warum hast du nicht auf meine Nachricht geantwortet? Ich habe mir Sorgen um dich gemacht.«

Er lässt seine Reisetasche fallen. Sein Gesicht ist weiß.

»Das mit Tara tut mir leid. Ich habe es bei der Arbeit gehört – aber du hättest es mir erzählen sollen. Du siehst erschöpft aus. Komm erst mal richtig an. Ich habe übrigens ein paar Veränderungen vorgenommen, ein paar Sachen umgestellt, aber du wirst mir bestimmt recht geben, dass es besser so ist.«

»Meine Schlüssel?«, fragt er.

Ich weiche seinem Blick nicht aus. »Ich habe sie auf dem Flug aus deiner Jackentasche genommen. Das war nur vernünftig.«

Er wird nie beweisen können, dass ich sie in Whistler an mich genommen habe. Weil ich nicht dort war. Schließlich hatte er mir verboten, dorthin zu kommen.

Er starrt mich an. Offenbar kann er die Puzzleteile einfach nicht zusammenfügen. Was mir nur recht ist, denn von nun an wird er es auf die harte Weise lernen. Oder die einfache. Er hat die Wahl. Und es ist so viel besser, wenn er unsicher ist. Die Menschen sind gefügiger, wenn sie verängstigt sind. So wie Miles es sein wird, wenn ich ihn und Bella zum Essen einlade. Er wird sie überreden müssen, mitzukommen und mich zu ertragen. Vielleicht wird sie sogar nett zu mir sein, meine Kochkünste loben, man kann nie wissen.

»Auf keinen Fall. Das wird nicht passieren.«

»Darauf haben wir uns geeinigt«, sage ich ruhig, aber fest.

Das haben wir wirklich. Denn wie ich Nate in meinem Videotagebuch erklärt habe, war ihr beider Schicksal besiegelt, als das Mädchen dem Jungen ihr Herz schenkte. Ernsthaft, er hätte besser zuhören sollen, niemand kann gegen seine Bestimmung ankämpfen.

Niemand.

Nate wurde zur Blaupause für mein Leben, schon als ich in der Schule zum ersten Mal sein Foto auf Bellas Nachttisch stehen sah. Auch dass er unbewusst am Bach nach mir gesucht hatte, beweist das. Er hat mich vor mir selbst gerettet, vor der Dunkelheit und den Schuldgefühlen tief in mir. Und doch lastet der Schatten jener Nacht bis heute auf mir; immer noch engt mich ein unsichtbarer Schleier in Grau und Schwarz ein.

Nate blieb mir damals Liebe und Respekt schuldig, und er schuldet sie mir bis heute. Er wird sie mir immer schulden.

Nachdem Nate sich nicht vom Fleck rührt, gehe ich los und schließe die Tür. Wir sind allein. Nur wir zwei.

Der Traum ist wahr geworden. Ich habe alles getan, damit wir endlich wieder zusammen sein können.

Ich hatte recht durchzuhalten, mich nicht mit weniger abspeisen zu lassen. Jetzt können wir von vorn anfangen; mit einem völlig neuen Verständnis füreinander.

Nur so kann es sein.

DANKSAGUNGEN

Dieses Buch zu schreiben war nicht einfach, denn es gibt so viele Menschen, denen ich zu danken habe, dass ich gar nicht weiß, wo ich anfangen soll. Nach langer Überlegung (ich erstellte mehrere Listen, weil ich keinesfalls jemanden vergessen wollte), beschloss ich, einfach drauflos zu schreiben und meinen tief empfundenen Dank so ehrlich wie möglich auszudrücken.

Zutiefst dankbar bin ich Sophie Lambert, meiner unglaublichen Agentin, die klug und nachsichtig ist und dabei zu den leidenschaftlichsten, fleißigsten Menschen gehört, die mir je begegnet sind. Danke für dein fantastisches Einfühlungsvermögen, deine Geduld, die brillanten Hinweise und dafür, dass du meinen Traum wahrgemacht hast. Sehr dankbar bin ich auch Alexander Cochran, Emma Finn, Alexandra McNicoll, Jake Smith-Bosanquet und natürlich dem ganzen Team der C+W Agency.

Ein weiteres großes Dankeschön geht an das wunderbare Wildfire-Trio, dem brillanten Lektorat aus Kate Stephenson, Alex Clarke und Ella Gordon – ein ganz erstaunliches Team, das vor Energie und Enthusiasmus strotzt und dabei unglaublich einfühlsam ist. Es ist mir ein Vergnügen, mit euch zu arbeiten, und ich bin dankbar, dass ich jetzt zur Familie gehöre. Natürlich schließt dieser Dank das restliche Team von Headline ein – Viviane Basset, Becky Hunter, Frances Doyle, Ellie Wood, Becky Bader, Siobhan Hooper und Sarah Badhan, außerdem Shan Morley Jones und Rhian McKay für ihren scharfen, kompetenten Blick.

Meine Entscheidung und mein Weg, »Schriftstellerin zu werden«, nahm mehrere Jahre in Anspruch. Ich tauchte nur langsam in die Welt der Literatur ein. Ich besuchte Bücherfestivals, Kurs und Lesungen. An diesem Punkt möchte ich Jenny Ashcroft hervorheben, die mir beständig Beistand und großzügige Hilfe anbot sowie mir stets ihr Ohr lieh. Ich danke auch Emily Barr und Craig Green für die freundliche Ermutigung. Sie war extrem wichtig.

Erwähnen und danken möchte ich auch meinem Tutor in kreativem Schreiben, Nicky Morris, der mich ermutigte, meine Schreibkünste zu vertiefen, und der mir als Erster Mut machte, meine Arbeiten vorzulesen. Ich erinnere mich gern an die vielen Geschichten, die dienstagabends ausgetauscht wurden. Genauso wie an meine anderen talentierten Freunde aus der Schreibwerkstatt und an die engagierte Gruppe rund um die fantastische Hampshire Writers' Society; deren viele Veranstaltungen sind allesamt einen Besuch wert.

Nachdem ich 2014 meinen Job als Flugbegleiterin aufgegeben hatte, schrieb ich mich beim Romankurs an der Faber Academy ein. Dort habe ich unter der kundigen Anleitung von Richard Skinner (danke, dass du mich immer wieder ermutigt hast »*weiterzumachen*« und dass du mir das Selbstvertrauen gegeben hast, mich bei diesem Buch auf meinen Instinkt zu verlassen) nicht nur viel Wertvolles gelernt, ich hatte auch das Glück, zu einer unglaublichen Gruppe zu stoßen. Einem Haufen talentierter, hilfsbereiter, großzügiger Autorinnen und Autoren. Wir treffen uns regelmäßig, um über unsere Erfolge zu sprechen und um uns gegenseitig während der unvermeidlichen Durststrecken aufzumuntern – wobei Wein eine wichtige Rolle spielt! *Danke* und nochmals danke, Laura, Fiona, Mia, Joe, Rose, Rohan, Antonia, Jess, Roger, Maggie, Phil und Helen. Für alles.

Mein tief empfundener Dank gilt auch allen, die meine Geschichte in ihren frühen Stadien lasen, Geraldine (die das gesamte Buch mehrmals durcharbeitete), noch einmal der gesamten Faber-Gruppe und auch, für die vielen Hilfestellungen und Ratschläge, Amanda, Ian, Lindsay, Roy und Walter. Danke, dass ihr so großzügig mit eurer Zeit und euren klugen, wertvollen Tipps wart.

Mein Ehemann hat nicht eine Sekunde lang meinen Wunsch, Autorin zu werden, infrage gestellt. Nicht ein einziges Mal. Und bestimmt war er oft, sehr oft kurz davor. Danke für deinen Glauben an mich, für deine Unterstützung und deine Liebe. Und ich danke meinen drei Söhnen dafür, dass sie mir bewusst gemacht haben, wie schnell die Zeit verfliegt und dass man sie mit den Menschen und Dingen füllen muss, die einem wirklich wichtig sind.

Der übrigen Familie: Mum, Dad und Schwester, ich danke euch voller Liebe. Dafür, dass ihr mir immer den Glauben gegeben habt, ich könnte alles erreichen. Und meinen Schwiegereltern danke ich für ihre Unterstützung. Außerdem bin ich extrem dankbar für die Kinderbetreuung, die mir von beiden Seiten der Familie angeboten wurde, denn ohne dieses Teamwork hätte ich nie all die Kurse und Veranstaltungen besuchen können, die zu diesem Buch geführt haben. Ich danke euch, dass ihr alle so an mich geglaubt habt.

Und zuletzt, aber natürlich umso herzlicher danke ich meinen vielen wunderbaren, hilfsbereiten, netten, lustigen, treuen, großzügigen Freunden, die zwar über den ganzen Globus verstreut, aber immer in meinem Herzen sind. Ohne euch wäre mein Leben längst nicht so schön – ihr holt mich immer wieder aus meinem Schneckenhaus. Ich hatte schon eine Liste erstellt (noch eine!), doch die wurde viel zu lang, darum kann ich hier nur ein riesiges, alle umfassendes *Danke* schreiben – für die geteilten Erlebnisse und dafür, dass ihr für mich da wart. Immer. Ihr wisst schon, wer gemeint ist. Und dafür, dass ihr geglaubt habt, ich könnte ein Buch schreiben. Und all meinen Freunden bei der Airline, in Vergangenheit und Gegenwart, es wird immer einen großen Teil in mir geben, der die Welt des Fliegens vermissen wird: Die Kameradschaft, das Gemeinschaftsgefühl.

Diese Dankesliste ist nicht allumfassend, denn dann müsste ich noch ewig weiterschreiben. Und noch weiter. Aber da ich irgendwann zum Ende kommen muss, gilt mein letzter Dank meinen Lesern: ein riesiges *Dankeschön*, dass Ihre bzw. eure Wahl auf dieses Buch gefallen ist.